게리 쿠퍼여 안녕

ADIEU GARY COOPER
by Romain Gary
© Éditions Gallimard 1969
Korean translation copyright © Maumsanchaek 2016

This Korean edition was published
by arrangement with Éditions Gallimard
through Sibylle Books Literary Agency, Seoul.

이 책의 한국어판 저작권은 시빌에이전시를 통해
프랑스 Gallimard사와 독점 계약한 마음산책에 있습니다.
저작권법에 의해 한국 내에서 보호를 받는 저작물이므로
무단 전재 및 무단 복제를 금합니다.

Cet ouvrage a bénéficié du soutien des Programmes d'aide à la
publication de l'Institut français.

이 책은 프랑스문화진흥국의 출판 번역 지원 프로그램의 도움으로 출간되었습니다.

■ 이 도서의 국립중앙도서관 출판시도서목록(CIP)은
서지정보유통지원시스템 홈페이지(http://seoji.nl.go.kr)와
국가자료공동목록시스템(http://www.nl.go.kr/kolisnet)에서 이용하실 수 있습니다.
(CIP제어번호: CIP2016005812)

게리 쿠퍼여 안녕

로맹 가리
김병욱 옮김

마음산책

게리 쿠퍼여 안녕

1판 1쇄 인쇄 2016년 3월 10일
1판 1쇄 발행 2016년 3월 15일

지은이 | 로맹 가리
옮긴이 | 김병욱
펴낸이 | 정은숙
펴낸곳 | 마음산책

편집 | 이승학·최해경·김예지·박선우   디자인 | 이혜진·이수연
마케팅 | 권혁준·김종민   경영지원 | 이현경

등록 | 2000년 7월 28일(제13-653호)
주소 | (우 04043) 서울시 마포구 잔다리로 3안길 20
전화 | 대표 362-1452 편집 362-1451   팩스 | 362-1455
홈페이지 | http://www.maumsan.com
블로그 | maumsanchaek.blog.me
트위터 | http://twitter.com/maumsanchaek
페이스북 | http://www.facebook.com/maumsanchaek
전자우편 | maum@maumsan.com

ISBN 978-89-6090-261-9 03860

* 책값은 뒤표지에 있습니다.

디에고를 위하여

당신이 정말 깨끗함과
가까이 있다고 느끼려면
몸을 좀 얼릴 필요가 있다.

- 일러두기

1. 외국 인명, 지명, 작품명 및 독음은 외래어표기법을 따르되, 관용적인 표기와 동떨어진 경우 절충하여 실용적 표기를 따랐다.
2. 옮긴이 주는 글줄 상단에 맞추어 표기했다.
3. 원서에서 강조된 단어는 굵은 고딕 글씨로 표시했다.
4. 국내에 소개된 소설, 영화 등은 번역된 제목을 따랐고, 국내에 소개되지 않은 작품은 원어 제목을 독음대로 적거나 필요한 경우 우리말로 번역해 적었다.
5. 영화명, 곡명, 잡지와 신문 등의 매체명은 〈 〉로 묶었고, 책 제목은 『 』로 묶었다.

1

그곳에는 '두 번째 코르디예라'를 스키를 타고 내려갈 최초의 인간 이지 벤 즈위가 있었다. 이 산맥은 수 세기 전 폴라 인디언들이 자신을 학살하려 들던 인간과 종교, 콘키스타도르인지 진짜 종교인지 하는 것을 피해 숨어들었던 곳이었다. 에스파냐인들은 그런 고도에서는 호흡이 불가능했고, 기독교 신앙도 그렇게 높은 곳까지는 감히 올라올 생각을 하지 못했다. 해발 5,500미터에서 출발하여 25일 동안 내려오는 지독한 도정, 그 무엇도 그 누구도 이지보다 그런 일을 더 잘할 수는 없었다. 말하자면 이지는 끊임없이 어디론가 떠나야만 하는 사람이었다. 그의 시선에는 오로지 이곳에 없는 뭔가를 위해서만 사는 사람들의 갈증과 조급함이 어른거렸다. 이곳에 있는 모든 것은 만년설을 향해 해마다 더 높이 더 높이 자랄 뿐이었다. 레니는 처음에는 영어를 한마디도 할 줄 몰랐던 이 이스라엘인과 우정을 맺었고, 두 사람의 관계는 더할 나위 없이 좋았다. 한데 3개월이 지나자 이지는 영어를 능숙하게 구사하기 시작했다. 그것으로 끝이었다. 돌연 둘 사이에 언어의 장벽이 드리워졌다. 두 사람이 같은 언어로 말하기 시작하는 순간 장벽이 생겨난 것이다. 더는 서로를 이해할 방법이 없었다.

이지는 심리학에 달통한 사람이었다. 영어를 익히자마자 그는 인종주의니, "흑인문제"니, "미국의 죄의식"이니, 부다페스트니 하는 것들에 대해 떠들어대기 시작했다. 하지만 레니는 심리학 따윈 거들떠보지도 않는 사람이었다.

그래서 레니는 조심스럽게 그를 피하기 시작했다. 이지가 어떤 개인적인 문제로 그러는구나 하는 생각을 못 하도록, 레니는 자신이 반유대주의자임을 은근슬쩍 흘렸다. 사람을 괜히 화나게 할 필요는 없었다.

또한 사부아 출신인 알렉이란 녀석도 있었다. 아내가 가장 친한 친구와 그 짓을 하고 있는 꼴을 목격한 날까지 사부아에서 가이드로 일하던 녀석이었다. 나이가 서른이나 되었지만 아무래도 아직 세상 물정을 잘 모르는 것 같았다. 자료 수집을 해봐야 할 문제지만, 걸리지 않고 빠져나갔을 법한 늙은이가 한둘이 아니었다. 무엇보다도 재미난 건, 앞에서 말한 사랑 이야기가 이 프랑스 친구의 의심을 일깨웠다는 점이었다. 그는 자식들 사진을 앞에 놓고, 동반에 데려간 모든 고객의 얼굴을 기억해내려고 애쓰면서 누가 진짜 자기 자식인지 점치며 시간을 보내곤 했다. 레니는 그게 녀석에게 무슨 의미가 있다는 건지 정말 이해가 되지 않았다. 당신 자식이 당신의 아이인지 아닌지가 뭐 그리 대수로운 문제지? 그딴 건 국수주의나 애국주의 같은 강박관념과 다를 게 없어. 내 말이 무슨 얘긴지 모르겠어? 당신의 피를 받았는지 아닌지 따지려는 건, 뭐랄까 드골이나 맹목적 애국주의, 잔 다르크

같은 거라는 말이야. 나라면 말이지, 내가 꼭 아이를 하나 가져야 한다면, 오히려 내 자식이 아닌 아이가 낫겠어. 그러면 서로 싸울 일도 전혀 없을 테고, 친한 친구가 될 수도 있을 거야. 한데 프랑스 사람들은 모두 하나같이 애국자다. 하긴 그딴 걸 만들어낸 녀석들이 바로 그들이다. 하여간 그 불쌍한 가이드는 그저 아이들 사진만 들여다보며 시간을 보냈다.

"내 생각엔 큰놈이 날 닮은 것 같아."

"그렇군. 아주 판에 박은 듯이 닮았어."

알렉은 의심이 들 때면 아내와 아이들과 자기 자신까지 모두 플라스틱 폭탄으로 날려버리겠노라고 떠벌리곤 했는데, 그런 그에게 레니는 짜증이 났다. 자기 자식이 아니면 아니지 왜 죽인단 말인가? 여러분은 설마 내 말이 무슨 소리인지 모르지 않을 것이다. 이제 와서 감상적이 될 이유가 없지 않은가 말이다.

"맙소사, 그건 논리적인 게 아냐. 지금 네가 돌연 그 애들의 아비가 아닌 걸 확신한다고 해서 뭐가 어떻단 거야? 말이 안 된다고."

"제 자식이 아닌 아이들을 갖는 게 어떤 건지 몰라서 그래. 넌 한 번도 그런 아이를 가져본 적이 없잖아."

"엥? 무슨 소리야? 이 세상엔 내 자식이 아닌 아이들이 쌔고 쌨어!"

알렉이 약간 평정을 되찾았다. 그러고는 사진 한 장을 들어 불빛에 비춰 보며 말했다.

"어쨌거나 큰놈은 분명 내 자식이야. 봐. 틀림없어."

정말이었다. 틀릴 수가 없었다. 큰놈은 아버지가 흑인이었다. 알프스 등산 행렬에서, 흑인이 산을 오르는 모습을 본 사람은 아무도 없었다. 흑인들에겐 이미 다른 골칫거리가 많으니 말이다. 그러므로 알렉의 고객 중에 누가 그를 배신한 게 아니었다. 괜히 화를 낸 것이다. 스포츠의 명예는 더럽혀지지 않았다. 그래도 그는 계속 자기 내면의 드라마로 모든 사람을 지겹게 했고, 그러는 그를 피할 방법도 없었다. 산장 밖으로 나갈 수가 없었다. 여름이었기에, 남아 있는 눈이 없었다. 그들은 모두 어서 여름이 지나가기를 기다리며 버그 모렌의 산장에 웅크리고 있었다. 여름은 팡파르를 망치는 더러운 놈이었다. 어디를 봐도 바윗돌과 더러운 알몸을 내보인 맨땅뿐이었다. 암석들은 육중한 진면목을 적나라하게 드러내고 있었다. 스키 광팬에게 여름이란, 마치 바다가 어디 해볼 테면 해보라며 개흙 속에 물고기들을 남겨둔 채 물러가버린 것과 같았다. 어떤 멍청이들은 제네바 호수나 코스타 브라바, 코트다쥐르 등지로 수상스키를 가르치러 떠나기도 했지만, 그들은 하나같이 수상스키를 혐오했다. 서핑 세계의 건달들이건 스키 세계의 건달들이건 진짜 **범스**bums, 건달들는 모두 수상스키를 종교에 대한 모독으로 간주했다. 밧줄과 모터에 끌려다니느니 차라리 군에 입대하거나 대학을 다니는 편이 나았다. 그런 녀석들은 자연이 베풀어주는 것보다는 강력한 자동차나 80마력짜리 모터가 둘 달린 '리바' 모터보트를 필요로 했다. 여자는 모터보트에 태워 바다로 데려가면 스스로 몸을 열지 않는가. 지금 우리가 인공 음경의 문명 속에, 뭔가를 대신하고 뭔가를 시늉하는 반자연적인 더러운 것으로 가득한 문명 속에 살고 있다는 버그 모렌의 말은 옳았다. 자동차니, 공산주의, 조국, 마오, 카스트로 등등 이 모든 게 인공 음경 같은 것이었다. 칙스라는 녀석은 언젠가 완전히 속이 상해 돌아온 적이 있었다. 코네티컷 주의 민주당 당원들이 나눠준 피임 기구를 한 여자와 섹스를 했는데, **나는 케네디를 지지한다**는 문구가 박힌 그 기구 때문에 처넣을 장소를 찾기 힘들었던 모양이었다. 레니는 한두 번 제네바로 내려간 적이 있었다. 버그 모렌이 카다케스로 바캉스를 떠나자 그들의 배가 고파지기 시작했기 때문이었다. 그는 수상스키 강습 일을 할 수 있었다. 슬픈 노릇이지만 그가 저 아래, 고도 2천 미터 아래에서 하는 일은 뭐든 상관없었다. 그의 세상인 눈 속에서는 다른 이들처럼 그만의 규칙이란 게 있지만, 저 아래에서는 무슨 짓이든 할 수 있었다. 그는 그의 세상이 아니라 '그들 세상에' 있었다. 거기에 맞춰야 했다. 그가 받아들이지 않은 단 한 가지는 그를 뒤쫓는 호모들이었다. 그의 엉덩이만큼은 누구도 건드려선 안 되었다. 엉클 샘도, 베트남도, 군대도, 경찰도, 호모들도. 기껏 스위스에서 호모의 여자 노릇을 하려고 스무 살이나 먹고 미국을 떠난 건 아니잖은가. 세상에서 가장 크고 가장 강력한 나라조차도 그의 엉덩이만큼은 건드리지 못했는데 말이다. 그는 2주간의 스키 강습으로 300프랑을 벌어 잽싸게 다시 산으로 올라와버렸다.

산장 주위에는 아직 눈의 흔적이 남아 있어 고개만 들면 언제라도 진짜배기 눈, 이른바 만년설을 볼 수 있었다. 오후 3시가 되면 융프라우 권곡圈谷 전체가 한순간에 초록과 분홍빛이 일렁이는 보랏빛으로 변했고, 냉기는 너무도 순수해져 문득 정상에 도달한 것 같았다. 어디에서도 더는 더러움을 찾아볼 수 없었다. 곧이어 아주 빠르게 밤이 찾아오지만, 그것은 중앙부뿐이었다. 사방의 눈이 밤 따위는 헌 양말짝인 양 신경도 쓰지 않기 때문이다. 달빛과 별빛이 있는 한, 고맙게도 만년설은 계속 반짝거렸다. 아주 단순했다. 어디에서도 더는 심리의 흔적을 찾아볼 수 없었다. 그러니 자꾸 뭘 덮어쓸 게 아니라, 냉기가 가까이 오게 해야 한다. 당신이 20년이라는 긴 세월을 끌고 다니는 사람일지라도, 정말 깨끗함과 가까이 있다고 느끼려면 몸을 좀 얼릴 필요가 있을 것이다. 물론 위험은 계산해야 하며, 몸이 완전히 얼어버리게 해서는 안 된다. 아무리 좋은 일도 적당한 때에 멈출 줄 알아야 한다. 샌프란시스코 출신 민트 레프코비츠는 멈출 줄 모르고 너무 멀리 가버렸다. 그는 5주 후, 어느 후미진 곳에서 입가에 바보 같은 미소를 머금은 채 얼어붙은 모습으로 발견되었는데, 버그 모렌이 그런 그를 사진 찍어 벽난로 위에 걸어두었기에 우리는 그의 모습을 언제라도 쳐다볼 수 있었다. 이런 일이 실제로 존재하며, 마음만 먹는다면 얼마든지 해낼 수 있음을 상기하기 위해서였다. 산장에서 우리는 민트 레프코비츠의 가족에게 그 바보 같은 미소를 보내주어야 하는지를 놓고 길게 논의했다. 민트의 가족이 "대체 어떻게 된 일인지" 알고 싶다며 버그에게 빗발치듯 전보를 때렸던 것이다. 하지만 결국 버그는 레프코비츠의 아버지에게 그저 의례적인 편지를 쓰고 말았다. 그의 아들이 베트남전쟁에 항의하다가 추위에 목숨을 잃었다는 내용이었다. 그것은 돈 한 푼 들이지 않고 민트의 가족을 기쁘게 해주는 일이었다. 베트남전쟁 영웅을 아들로 두는 기쁨 말이다. 여러분이 짐작하듯, 민트나 우리나 베트남전쟁 따위엔 전혀 관심이 없었다. 어찌 우리가 하도 더러워서 완전히 정상적이 되는 그런 거시기에 관심을 가질 수 있단 말인가? 이는 생물학적 문제요, 그들은 그것을 염색체라고 부른다. 산장의 어떤 녀석도 베트남전쟁이 자신과 관계있다고 생각하지 않았다. 단지 거기에 가지 않는다는 점에서만 관계가 있을 뿐. 중요한 단 한 가지는 세계 인구에 참여하지 않는 것이라고 한 스탠코 자비치의 말은 기가 막히도록 옳았다. 인구란 화폐와 같다. 통화량이 많을수록 가치가 떨어진다. 오늘날의 스무 살 청년은 가치가 완전히 절하된 존재다. 세상에 너무 많다, 인플레이션 상태다. 그렇다고 인구에게 따지려 들 필요는 없다. 그건 바보짓이요 맹목적인 짓이다. 그것은 폭발하듯 불어나 여러분을 짓밟아버린다. 레니는 어떤 중요한 사람이 되고 싶은 마음도 전혀 없었지만, 어떤 것이 되고 싶은 마음은 더더욱 없었다. 스탠코 자비치는 좋은 녀석이었다. 그는 정치와는 전혀 무관한 어떤 암울한 상황에서 유고슬라비아를 떠났다. 사람들은 그것이 유고슬라비아에서 가장 아름다운 아가씨, 어느 스타 여배우와의 비범한 사랑, 정말이지 어떤 지진 같은 일 때문이요, 너무나 로맨틱한 연애여서 결국은 그가 조국을 떠날 수밖에 없었다고, 너무나 아름다워서 더는 지속될 수가 없었다고 떠들어댔다. 그는 그 아가씨에게 열정에 찬 장문의 편지들을 보냈다. 그에겐 나름 독특한 문체가 있었고, 편지로는 정말이지 한결 쉽게 진짜 시라는 걸 만들어낼 수 있었기 때문이었다. 그 아가씨도 같은 어조로, 눈물에 젖은 답장들을 보내왔다. 두 사람은 함께 뭔가를 건설하고자 진정으로 노력했다. 아가씨는 바쁘게 사랑의 키스를 보냈고 스탠코도 마찬가지였으며, 그들은 진짜로 자신들의 사랑을 구해냈다. 사랑을 안전한 곳, 어떤 성소에 안치시키는 데 성공한 것이다. 냉소적인 고참 버그조차도 깜짝 놀라, 이들의 사랑이 무척 아름다운 무엇임을 인정했다. 사람들은 위대한 사랑 같은 건 존재하지 않는다고 말하지만, 버그는 도르프 시 여관집 주인의 여덟 살 난 아들과 체스를 두고 있는 스탠코—녀석은 꼬맹이가 체스같이 추상적인 게임에 맛을 들이도록 늘 져주곤 했다—를 바라보며 낮은 목소리로 말했다. 언젠가 스탠코 같은 사람들이 어딘가 완전히 다른 곳, 다른 어떤 차원에서 새로운 세계를, 현실로부터 완벽하게 안전한 정말로 사회주의적인 세계를 건설할 것이요, 그런 아름다움이 어딘가에 존재한다는 걸 알게 되는 날 사람들은 레닌의 진정한 위대함을 이해하게 될 것이라고 말이다. 버그 모렌은 "황홀경에" 있을 때면 언제나 레닌에 대해 떠들어대곤 했다. 레니도 LSD라는 빌어먹을 약에 한번 손을 댄 적이 있었다. 하지만 약을 먹기 전과 똑같은 것들이 총천연색으로 보이는 게 전부였다. 딱 한 번 달랐던 때라면 그의 자지가 몸에서 떨어져 나가, 그의 파카를 걸쳐 입고 스키를 탔을 때였다. 레니는 울부짖으며 그들을 붙잡으러 달리기 시작했다. 스키 장비는 그가 끔찍이도 아끼는 것이었다. 그걸 자신의 일부에게 도둑맞다니…… 정말이지 이제 더는 어느 누구도 믿을 수가 없었다. LSD나 해시시, 그런 것은 모두 요가 같은 거였다. 가난뱅이들에게 좋은 거라는 얘기다. 하지만 레니는 가난뱅이가 아니었다. 그는 스키 위에 단단히 발을 붙이고 있었다. 아래의 대지야 어찌 되건 아무래도 상관없었다. 대지는 단지 눈을 떠받치는 무언가에 불과했다. 하지만 불행하게도 여름이 당도했고, 대지는 여러분에게 인사하며 자기 존재를 상기시켰다. 밖으로 코만 내밀면 겉으로 드러난 지각이 눈에 가득 들어왔다. 레니는 더는 산장 밖으로 나가지 않았다.

언젠가 아주 유식한 버그가 학식을 총동원하여 레니의 별자리를 봐준 적이 있었다. 버그는 그에게 액운이 끼어 있으며, 전갈과 처녀를 경계해야 한다고 조언했다. 레니도 그 정도는 이미 알고 있었다. 하지만 앞으로 아주 신중하게 처신하고 특히 마다가스카르에만 가지 않는다면 행운이 따를 거라는 얘기는 이번이 처음이었다. 마다가스카르는 어떤 대가를 치르더라도 피해야 할 곳이었다. 버그도 어떤 함정이 거기에서 레니를 기다리고 있는지는 말 못했지만, 아주 더러운 일일 거라는 것만은 확신했다. 알아두면 좋은 일이었다. 당신이 스무 살 난 미국 청년이라면 되도록 멀리 떠나려 애쓸 게 분명하니, 마다가스카르에도 얼마든지 갈 수 있지 않겠는가. 버그의 사전 경고는 고마운 일이었다.

여름은 시작이 아주 좋지 않았다. 신시내티 주 출신 쿠키 월러스는 산악빙하 위에서 휘발유를 뒤집어쓰고 분신자살했다. 산장의 '건달들'에게 부모님께 자초지종을 설명해주라는 유서를 남기고서 말이다. 하지만 그게 불가능한 일이라는 건 쿠키도 잘 알고 있었을 터다. 그의 부모님은 거의 쉰 살은 먹었을 텐데, 그들에게 우리가 무엇을 설명할 수 있단 말인가? 그토록 오랫동안 삶에 속아 더는 아무것도 느끼지 못하는 사람들에게 그런 걸 설명할 방법은 없었다. 쿠키는 전적으로 이해가 가는 짓을 한 거지만, 그런 일은 소통이 되는 게 아니었다. 그런 일을 말로 표현할 수는 없었다. 말들이란 입만 벙긋하면 거짓말이니까. 하지만 레흐 글라스는 쿠키의 부모님께 그가 항의의 뜻으로 그런 짓을 했다고 설명해주자는 제안을 했다. 그분들의 정치적 견해를 모르니, 무엇에 대한 항의였는지는 말하지 않고 말이다. 그의 말대로 했다가 다음과 같은 반신료가 선납된 답신 전보를 받고 우리는 충격을 받았다. 그 몹쓸 자식이 대체 무엇에 항의했단 말입니까? 서명, 월러스 부부. "쯧쯧" 버그 모렌이 전보를 다시 읽어보며 혀를 찼다. "이 전보, 세대 갈등 냄새가 나는군." 그래서 버그가 나섰다. 그는 세대 차에 맞서는 사람이었다. 그는 직접 답장을 작성했다. 귀댁 아드님은 본인이 구매한 저질 라이터에 항의하는 뜻으로 분신했습니다/ 마지막 순간에 사랑하는 부모님 생각을 한 것을 보면 끔찍한 고통 속에서 죽은 모양입니다/ 왼발은 거의 온전하니 사랑하는 어머님께서 찾으러 와주시길 바랍니다/ 장담하건대 자제분의 희생은 헛되지 않을 것입니다/ '라이터 품질 개선 투쟁 협회'의 호모, 버그 모렌 드림. 스위스 전신국은 모렌에게 호모라는 단어를 삭제해줄 것을 요구했다. 그 단어에 충격을 받은 모양이었다.

버그의 생각은 산에 눈만 있었어도 쿠키가 자살하지는 않았으리라는 거였다. 봄이 사방에서 모습을 드러낸 지각과 함께 그의 기를 꺾어버린 것이다. 아무튼 우리는 쿠키의 유품에서 메릴린 먼로 사진을 한 장 발견하고는 적잖이 놀랐다. 녀석은 여전히 뭔가를 믿고 있었다. 현실과 단단한 관계를 맺고 있었다. 요컨대 우리는 고도 2,400미터의 요새에서 그런대로 잘 버텼으나, 더는 사기가 없었던 것이다. 돈도 없었다. 그나마 그럭저럭 앞가림을 한 유일한 인물은 독일인 잘터였다. 그는 이 설산으로 올라오기 전에 베를린장벽을 향해 22일 동안이나 트럼펫을 불어댔다. 물론 그런다고 장벽이 무너지지는 않았다. 다만 상징적 항의였을 뿐이었다. 결국 장벽 건너편에서 다른 한 트럼펫이 화답을 했다. 23일째 되는 날 새벽, 사람들은 전신에 흰옷을 걸친 한 청년이 트럼펫을 불며 지뢰밭을 걷는 모습을 보았다. 금발 청년이었다. 곧바로 그에게 총을 쏘지는 않았기에, 청년은 〈세인트 제임스 인퍼머리 블루스〉를 끝까지 연주할 수 있었다. 동독에는 블루스와 재즈곡이 한참 뒤처져 들어가는 모양이었다. 그러다 그는 지뢰를 밟고 말았다. 23일째 되는 날 아침 6시였다. 장벽 이편의 청년이 맞은편 청년과 돌로 된 인공 음경에 의해 분리되어 있었으나, 둘은 한참 동안이나 함께 연주했다. 그 시간만으로도 그들은 무슨 일이든 결코 완전히 끝장난 건 아니라는 말을 주고받을 수 있었다. 최고의 트럼펫은 멤피스에서 만들어지는 것 같다.

6월 초, 매년 그랬듯 우리는 모두 버그의 산장에 모였다. 거기서는 공짜로 먹고 마시고 잘 수 있기 때문이었다. 버그 모렌이 호모라는 사실은 모두 잘 알고 있었지만, 그는 우리에게 자신의 문제를 느끼게 한 적이 한 번도 없었다. 그저 구조를 기다리는 커다란 세인트버나드 개처럼 두 개의 커다란 젖은 눈동자로 우리를 바라볼 뿐이었다. 그런 그를 구해주지 않는다고 해서 불편해지는 일은 없었다. 버그의 산장은 성소였다. 그곳은 온갖 가난뱅이들을 거둬들였다. 옛날에는 아마 성당이 그런 구실을 했을 것이다. 아직 성당이 뭔가 쓸모 있었을 때 말이다. 가장 마지막에 온 녀석은 이탈리아인 알도였다. 그는 등뼈가 부러지는 바람에 등을 구부리지 않고도 스키를 탈 수 있는 자기만의 스타일을 만들어냈다. 들썩거리는, 웃기는 스타일이었다. 하강은 할 수 있지만 다시 올라갈 수는 없었다. 그는 비수기가 시작될 무렵 도르프 시의 두 꼬맹이에게 떼밀려 버그의 산장에 도착했는데, 온갖 괴상한 녀석들이 표층에 모습을 드러내는 것은 바로 그렇게 쌓인 눈이 얇아지기 시작할 때였다. 도르프 시 경찰들은 우리를 진심으로 혐오했으며 온갖 트집을 잡아 추방했다. 그들은 대마초와 LSD를 찾아내려고 산장을 수색했지만, 그런 것은 저 멀리 엄마 아빠 집에 버려두고 온 터였다. 수음도 하지 않은 지 오래였다.

성수기에도 이 구석에서 밥벌이를 하기는 쉽지 않았다. 스위스 스키 강사들은 우리를 못 견뎌 하며 조합을 만들었다. 우리는 관광객으로 간주되었으며 강습할 권리가 없었다. 하지만 몰래 헐값으로 강습을 하며 앞가림을 해나갔다. 레니는 다행히도 두 시즌 내내 강습을 하게 되어, 굶지 않을 정도로 돈을 벌면서도 일주일에 적어도 사흘은 사람들 자취가 없는 깨끗한 눈을 즐길 수 있었다. 힘들었지만 그만한 가치가 있었다. 만년설이 너무나 순수하게 빛나는 곳, 그래서 정말이지 어떤 것 혹은 어떤 존재 바로 곁에 있다는 느낌이 드는 곳을 레니는 알고 있었다. 텅 빈 그런 곳들이야말로 진정한 생명이 가득했다. 다만 어느 순간 만족감에 취해 완전히 얼어버리는 일이 없도록 주의하기만 하면 되었다. 낡은 스키복에 구멍이 뚫려 있었기에 레니에게는 언제나 다른 곳보다 차가운 구석이 있었다. 이 지역 **스키레흐러**스키 강사들은 레니 같은 부랑배를 혐오했다. 그들을 "절망에 빠진 사람"으로 보는 여자들의 환심을 샀기 때문이었다. 그들에게서는 모험 냄새가 풍겼고, 스위스인들은 그것을 받아들일 수가 없었다. 이따금, 대개 일요일이 되면 이 "모험가" 중 누군가가 스위스 녀석들에게 얻어맞곤 했다. 그들은 군소리 없이 얻어맞았다. 스위스인의 낯짝을 갈길 수는 없었기 때문이었다. 그런 일은 엄두도 못 냈다. 애스펀 출신인 에드 스토리이 헬무트 산괴山塊의 '금지' 구역에서 스키를 타다 눈사태에 파묻혔을 때 건달들은 3주 동안이나 산비탈에서 쫓겨났고, 지역신문은 관광객에게 "가장 기초적인 안전 수칙도 모르는 미숙하고 무책임한 자칭 스키 강사들"에 대한 주의를 당부했다. 하지만 그래봤자 문제는 언제나 해결되곤 했다. 레니의 경우는 일이 특히 더 쉽게 풀렸다. 여자들이 보기에, 그에게는 "둥지에서 떨어진 아기 병아리" 같은 구석이 있기 때문이었다.

이제는 어서 좋은 겨울철이 돌아오기를 기다리며 용기로 무장하는 수밖에 없었다. 작은 그룹을 이루는 단골 건달들이 모두 모였다. 맨 마지막에 온 베르나르 필이라는 녀석을 우리는 "고귀한 경"으로 부르곤 했다. 푸른 눈의 영국인으로 다보스에서 고상한 결핵을 치료받던 중 스키 타는 법을 배웠는데, 그 후로는 2,500미터 아래로 내려가기를 거부했다. 고지 취향을 가진 진짜 귀족이었다. 거기에서 300미터 더 아래로 내려오는 여름을 제외하고는 절대 그를 볼 수 없었다. 눈만 내리면 스키를 타고 사라져버려, 더는 어디에서도 만날 수가 없었다. 들리는 얘기로 그는 오버란트의 발리 산과 스퇵 사이 70킬로미터 도정을 횡단했다고 한다. 간간이 허공에 걸린 폭 60센티미터의 나선형 루트 위를 미끄러져 내려가야 하는 곳으로, 유명한 모센 형제가 1946년에 목숨을 잃은 바로 거기였다. 전설은 바로 그렇게, 아무도 당신을 보지 못할 때 만들어진다. 레니도 딱 한 번 그 코스에 도전한 적이 있다. 하지만 그는 두려움을 느꼈다. 제때에 말이다. 흰 산은 정말 세이렌 같은 존재다. 당신을 부르고, 당신에게 약속한다. 정상들을. 하늘을. 조금만 뭣하면 생각이 신을 향하게 된다. 그것은 고도의 문제다.

공작인지 후작인지 하여간 지체 높으신 진짜 케네디 같은 "고귀한 경"의 아버지는 해마다 자신의 아름다운 고성古城에서 이곳으로 와 아들에게 귀가할 것을 종용했다. 가문의 마지막 남은 아들이었다. 대를 이어야 했던 것이다. "고귀한 경"은 이탈리아의 베르사글리에리^{산악} 부대처럼 깃털이 달린 우스꽝스런 모자를 쓰고, 빨간 스웨터에 초록색 바지를 입은 채 약속 장소에 나타나곤 했다. 아들은 부친의 흥분된 목소리에 귀를 기울였지만 사실은 아무것도 듣지 않았다. 아버지가 말을 마치면 아들은 이렇게 말하곤 했다. "그럼 내년에 또 봐요. 만나서 반가웠어요." 그러고는 어디론가 사라져버렸다. 어딘가에 은신처가 있는 게 분명했지만, 거긴 밀수입자들조차 몰랐다. 그는 스키를 탄 최초의 인간, 스위스 관광청이 성인처럼 추앙했던 전설의 그뤼틀리를 생각나게 했다. 대체로 호보^{부랑자}들은 언어를 배우려 들지 않았다. 어휘에 수반되는 온갖 함정에 빠지지 않기 위해서였다. 말이란 항상 다른 사람들의 말, 당신에게 떨어지는 일종의 유산 같은 것 아닌가. 언제나 우리는 다른 사람들의 말을 하는 것 아닌가. 당신과는 아무 상관도 없고 그 속의 무엇도 당신 것이 아니다. 말들이란 당신에게 떠넘겨진 위조화폐 같은 것이다. 그 속에는 배신하지 않은 것이 하나도 없다. 버그 모렌은 방귀광으로 불린 19세기의 한 프랑스인이야말로 역사상 가장 위대한 인물이라고 주장했다. 그는 방귀를 무한히 다양하게 변주하여 자신의 의사를 완벽하게 표현할 수 있었기 때문이다. 마치 찰리 파커가 트럼펫으로 모든 것을 말했듯이 말이다. 그는 프랑스 국가 〈라 마르세예즈〉, 미국 국가 〈스타 스팽글드 배너〉, 영국 국가 〈갓 세이브 더 퀸〉을 방귀로 연주한 인물이었다. 그야말로 진정한 선지자, 모든 것을 예언했다고 할 수 있는 인물이었다. "고귀한 경"은 교육을 잘 받은 덕에 5개 언어를 할 수 있었다. 그는 당신이 상상할 수 있는 가장 말이 없는 자식이었다. 폐가 하나밖에 없었지만 우리 중 가장 건장한 녀석보다 더 많은 적개심을 품고 있었다. 정말 괜찮은 놈이었다.

도르프 시 사람들은 **스위스 독일어**로 말할 뿐 영어는 거의 못했는데, 이는 당신의 삶을 아주 편하게 했다. 미국에서는 언어 문제가 끔찍했다. 누구라도 말을 걸어올 수 있어, 당신은 웬 놈이건 문득 당신에게 호감을 느낀 자식의 처분에 맡겨지는 것이다. 사람들은 레니를 좋아했다. 버그 말로는, 금발에 키가 188센티미터나 되는 레니가 미남인 데다 동정심을 불러일으키는 유형이기 때문이었다. 여자들은 그에게 모성애를 느꼈고, 그래서 그는 언어 장벽이 없는 미국에서 자신을 방어하기가 쉽지 않았다. 그는 애스펀에서 스키 강사로 세 계절을 보낸 적이 있는데, 정말 힘든 시간이었다. 거기서는 모두가 하나의 행복한 대가족처럼 굴었기 때문이었다. 진짜 악몽이었다. 결국 그로서는 그들의 기분을 상하게 하지 않을 도리가 없었다. 고맙지만 사양하겠어요. 난 플로리다의 당신 집에 가서 보름씩이나 머무르고 싶지 않아요. 저는 고도 2천 미터 아래의 어떤 것에도 전혀 관심 없어요. 당신들도 포함해서 말이에요.

하지만 여름에는 정글의 법칙이 지배했고, **호보**들은 자신의 원칙을 스키와 함께 안전한 곳에 치워두었다. 눈이 없는 곳에서는 지켜야 할 원칙도 없었다. 모든 것이 허용되었다. 심지어 일을 하러 가는 녀석도 있었고, 예쁜 엉덩이 두 짝에 좋은 직업까지 가진 스위스 처녀와 결혼하는 녀석도 있었는데, 여자는 어려운 시즌을 나도록 도와주고는 두 번 다시 그들을 보지 못하곤 했다. 부도덕하다고? 농담하는가? 진정한 눈의 방랑자, 세칭 **스키 범스**, 진정한 광은 저 아래 지상에 있을 때는 자신이 하는 일에 개의치 않는다. 고도 제로 미터의 똥 바닥에서는 모든 것이 허용된다. 적응할 줄 알아야 하는 것이다. 2천 미터 아래에서 중요한 단 한 가지는 덫에 걸려들지 않는 것이다. 로니 샨처럼 말이다. 그는 작년 5월 취리히로 내려갔다가 6개월 후 한 문구점 계산대 뒤에서 선 채로 사망했다. 결혼을 했고 연필을 팔던 중이었다. 정말 가슴 아픈 일이었다. 우리는 그를 실종 처리했고, 그 일에 대해 두 번 다시 얘기하지 않았다. 신입에게 겁줄 때만 빼고 말이다. 우리는 그의 유품에서 솔트레이크시티에 사는 부모님 주소를 찾아냈지만 그들에게 진실을 감췄다. 단지 버그가 아드님이 횡단보도를 건너다 죽었다고 편지를 썼을 뿐이다. 그들에게 고통을 줄 필요는 없었다. 가끔씩 레니는 어째서 눈의 방랑자들 대다수가 미국 사람일까 하는 의문을 품곤 했다. 분명 그것은 그토록 거대하고 강력한 나라가 뒤에 버티고 있을 때, 단 한 가지 해결책이 도피이기 때문일 것이다. 미국은 실로 무시무시한 나라라 빠져나올 수 있는 가능성은 없다. 정말이지 전혀 없다. 유럽에서는 가능했다. 특히 프랑스에서는 미국인이라면 곧바로 바보 취급을 해버리기 때문에, 얼굴에 미국인이라고 써두기만 하면 사람들이 너그럽게 웃으며 당신을 가만히 내버려둔다. 하지만 미국인의 인기에 대해서도 말해야 한다. 좋은 점은 유럽에서도 사람들에게 "아메리칸 드림"이 있다는 사실이다. 그들도 앞다퉈 세탁기며 새 자동차를 가지려 하고, 외상으로 물건을 사려고 한다. 여자들과의 관계도 무척이나 쉽다. 프랑스 여자들은 미국 남자들이 바보임을 알기에 더 쉽게 잠자리를 갖고 안전함을 느낀다. 프랑스에서 여자가 당신과 잠자리를 가질 때 요구하는 가장 중요한 것, 그건 자신을 존중해주는 것이다. 왜 그럴까? 레니는 정말이지 그 이유를 전혀 알지 못했다. 프랑스 여자들은 누구보다도 그걸 잘하지만, 일이 끝난 뒤에는 "나에 대해 어떻게 생각하세요?"라고 말한다. 자신들의 섹스 방식에 대해 품평해야 한다는 듯이 말이다. 섹스가 끝나자마자 프랑스 여자들은 자리에서 일어나 씻으러 달려간다. 아마도 이는 종교와 관계가 있을 것이다. 프랑스는 가톨릭 국가니까. 그녀들에게는 인종적 편견이 없다. 파리의 미국 흑인들은 원하기만 하면 어떤 여자와도 잘 수 있었다고 레니에게 설명했다. 프랑스 여자들은 흑인과 하는 것은 덜 심각한 일, 중요하지 않은 일로 자기 정당화를 하기 때문이다. 프랑스 남자들은 아내가 다른 프랑스 남자와 바람이 나면 미친 듯이 격분하지만, 상대가 흑인이라면 낄낄거린다. 똑같지가 않다. 미국 사람들이 하는 말과는 달리 프랑스인들은 외국인을 전혀 혐오하지 않는다. 외국인을 너그럽게 봐주는 관대한 사람들이다. 프랑스인들은 언제나 약간 냉소적인 표정을 짓는데 그건 당신이 미국인이고, 그들이 모두 전쟁에서 죽임을 당했었기 때문이다. 레니는 한 번도 프랑스 스키장에 제대로 적응한 적이 없다. 프랑스라는 나라 자체에 적응이 되지 않았다. 프랑스인들을 실망시키지 않고 만족시키려면 바보짓 하는 미국인이라는 평판을 유지하기 위해 엄청난 노력을 기울여야 했다. 레니는 그러기가 지겨웠다. 그는 미국 대사가 아니었다. 그것은 대사의 일이지 레니의 일이 아니었다. 더욱이 그런 일을 하라고 파리에 미국 문화원을 연 것 아닌가. 스위스에서는 일이 훨씬 더 쉬웠다. 스위스 사람들은 모두 자신을 믿음직한 얼간이로 여겼고 스스로를 전적으로 신뢰했다. 끊임없이 안심시켜야 하는 프랑스인들과는 달랐다. 어쨌거나 레니는 이곳 사람들이 자신에게 곧바로 호감 갖는 것을 보고 깜짝 놀랐다. 술집에서 그들은 자기네 테이블로 초대해 마실 것을 주곤 했다. 마치 그에게 그들에게는 없는 뭔가가 있기라도 하듯 말이다. 그는 키 188센티미터에 금발이었고, 종종 청년 게리 쿠퍼를 닮았다는 소리를 들었다. 게리 쿠퍼는 레니의 마음에 든 유일한 사나이였다. 그는 게리 쿠퍼의 사진까지 갖고 다니며 종종 들여다보곤 했다. 버그 모렌의 산장을 드나드는 사내들은 낄낄거렸고 그런 그를 웃기다고 생각했다.

"게리 쿠퍼, 그 작자가 너랑 무슨 상관이야?"

레니는 대답 없이 그저 사진만 소중하게 간수했다.

"레니, 한마디만 해줄까? 게리 쿠퍼는 끝났어. 영원히. 자신과 자기 권리를 확신하는 조용한 미국인은 끝났어. 언제나 대의를 위해 악당에 맞서는, 정의를 바로 세우고 마지막에 늘 승리하는 미국인은 끝이야. 아듀, 확신에 찬 미국이여! 이제는 베트남과 폭발하는 대학과 흑인 게토가 대세야. 굿바이 게리 쿠퍼라고."

사내들은 입을 다물었다. 레니는 등을 돌린 채 가방을 뒤지는 척했다.

"케네디가 아무리 뉴 프런티어니 어쩌니 하며 우릴 짜증 나게 해봤자 조용한 영웅, 겁 없고 비난받지 않고 바위처럼 단단한 영웅은 이제 **빠이빠이야**. 이제는 프로이트와 불안과 의심과 똥이라고. 미국도 거기 합류했지. 게리 쿠퍼는 자기가 표상하던 것, 침착하고 확신에 찬 미국과 함께 죽어버린 거야. 모두 다 길을 잃었어. 뉴 프런티어, 그건 LSD 같은 거야. 한데 너와 그 사진이라니……

이왕이면 성경을 갖고 다니지그래?"

이어 그는 다른 사람들을 증인 삼아 말했다.

"이보게들, 미국에서 아주 멀리멀리 떠나온 친구가 게리 쿠퍼 사진을 챙겨온 게 이해가 가나? 참으로 비장하지 않은가."

"버그, 그 친구 좀 가만 내버려둬. 누가 보면 자네가 레니한테 마음이 있는 줄 알겠어."

그들은 레니가 자기방어에 나서길 기다렸다. 하지만 레니는 침묵을 지켰다. 해명하고 싶은 마음이 없었다. 게다가 해명할 것도 전혀 없었다. 그가 하고 싶었던 말은 모든 게 완벽히 분명하기에, 모든 게 완벽히 설명 불가능하다는 거였다.

참으로 놀라운 것은 온갖 선전에도 불구하고, 레니가 가는 곳마다 미국인들의 인기가 아주 좋다는 사실을 발견한 점이었다. 어느 나라에 가든 사람들이 그를 환한 미소로 맞이하고 등을 토닥거려주었기에 아주 조심하지 않으면 자칫 회유당해 사회로 복귀하게 될 판이었다.

"버그, 왜 사람들은 미국인을 그렇게 좋아하는 걸까? 정말 믿을 수가 없어. 대체 미국이 그들에게 뭘 해주었지?"

버그는 숨을 쉬려 애쓰며 100킬로그램의 거구를 긴 소파 위에 눕혔다. 공기가 몸 안에 들어갈 때마다 쌔액—쌔액— 하는 소리가 났다. 당연하지만, 공기는 저항을 했다. 버그는 모든 것에 알레르기가 있었다. 의사들은 이런 경우는 한 번도 본 적이 없다고 말했다. 예컨대 그는 똥에 알레르기가 있었는데, 이는 의학 역사상 전례가 없는 일이었다. 성인에서 속인에 이르기까지 지금까지 살았던 사람들 모두가 전적인 호의로 똥을 잘도 참아주었지만 버

게리 쿠퍼여 안녕

그는 아니었다. 그는 곧바로 숨이 막혔다. 정말이지 그것은 한 인간이 감당할 수 있는 일이 아니었다. 알도는 거기에는 그리스비극 같은 뭔가가 있다고 말하곤 했다.

"레니, 너 정말 웃기는군, 쌔액—쌔액—쌔액. 사람들이 좋아하는 건 말이지, 쌔액, 미국인들이 아냐, 쌔액—쌔액—. '어떤' 미국인을 좋아하는 거지, 쌔액—쌔액—쌔액. 바로 너 말이야. 모든 사람들이, 쌔액—쌔액—쌔액, 너에게 호감을 가져. 쌔액—쌔액—쌔액, 제기랄, 그러니까 이 중에 몸에 똥을 묻힌 놈이 있는 거야, 쌔액—쌔액. 그렇지 않고서야 이럴 수가 없어, 숨이 막히는군."

"그건 바로 너야, 버그" 하고 알도가 말했다.

"뭐, 나라고? 쌔액—쌔액—쌔액. 그게 뭔 소리지?"

"넌 바로 너 자신에게 알레르기가 있어. 넌 너를 좋아할 줄 몰라. 넌 인간 혐오자야."

"그런가, 쌔액. 그럴지도 모르지. 그래, 레니, 사람들이 호감을 갖는 건 바로 너야."

"나에게 무슨 문제가 있는 거지?"

"네 얼굴에는 순수한 뭔가가 있어. 이것 봐, 너를 바라보고 있으면 숨이 막히지 않아. 너의 예쁘장한 얼굴에 천사 같은 뭔가가 있다고 이 자식아."

"흥분하지 마, 버그."

"내가 가족만은 절대 건드리지 않는 건 너도 잘 알잖아. 가족이란 신성한 거야. 너희는 모두 내 형제나 다름없어."

옳은 말이었다. 버그에게는 악습이 있지만, 이 고도에서는 아니었다. 고도 2천 미터 아래서야 그가 무슨 짓을 하건 아무도 신경 쓰지 않았다. 저 아래서는 자신을 현실에 맞춰야 했고, 그것은 문제 되지 않았다.

버그의 부모님이 그에게 고도 2,300미터에다 이 산장을 지어 준 이유는 이 정도 높이에서는 천식이 없기 때문이었다. 그래도 버그는 숨이 가빴고, 취리히의 정신과 주치의는 그것이 그의 이상주의 때문이라고 말했다. 버그는 자기 자신을 받아들이길 거부했다. 그는 자연을 거부하는 족속, 그것도 아주 엘리트 반자연주의자였다. 철저한 불운아였다. 산장을 짓는 데 엄청난 돈이 들었다. 집 지을 돌 하나하나를 썰매로 끌어 올려야 했다. 산장은 암반 위에 요새처럼 지어졌고, 벨렌 시가 700미터 아래 있었다. 에빅이 보였고, 구름이 발밑에 있었으며, 아마 히말라야를 제외하고는 다른 어디보다도 눈이 많았다. 모든 것이 호화로웠다. 욕실들은 입이 쩍 벌어질 정도였고, 가구들도 기가 막혔으며, 백만장자나 가질 법한 그림들에, 좌변기는 너무도 환상적이어서 앉으면 죄책감이 들 정도였다. 사디스트가 된 듯한 느낌 말이다. 버그 모렌은 돈이 썩어날 정도로 넘쳤지만, 그것을 아주 잘 견뎌내고 있다고 인정하지 않을 수 없었다. 백만장자면서도 인도 기아 문제를 나 몰라라 하는 녀석을 보면 뭔가 건전하고 낙천적인 것을 느끼게 된다. 물론 대다수 사람들이 인도 기아 문제를 나 몰라라 하지만, 그거야 그들이 땡전 한 푼 없기 때문이다.

올여름, 그는 취리히에서 어느 가난뱅이와 함께 돌아왔다. 시집을 두 권 출간했고, 달러로 지불하면 유럽 어느 곳이든 몇 번이고 갈 수 있는 기차표를 가진 녀석이었다. 그는 기차를 갈아타고 또 갈아타느라 완전히 돌아버렸고, 본전을 뽑고 싶어 했다. 그는 더는 멈출 수가 없었다. 버그가 이따금 들르던 취리히 역 화장실에서 그와 마주치지 않았다면, 아마 녀석은 또다시 어느 기차에 올라 그렇게 계속 돌아다녔을 터요, 결국에는 총으로 쏘아 쓰러뜨리는 수밖에 없었을 것이다. 그는 기차표 기한이 몇 주밖에 남지 않았다는 생각에 공포에 질려 히스테리 발작을 일으키고 있었다. 그래서 버그는 그를 반쯤 때려눕혀서야 그가 이미 열네 번이나 탔던 '취리히—베니스' 급행열차에 올라타지 못하게 제지할 수 있었다. 버그는 그를 산장으로 데려왔다. 처음에는 그를 결박해두어야만 했는데 기차를 놓칠 거라고, 기차표가 8월 말로 만료된다고 울부짖어댔기 때문이었다. 버그는 그에게 신경안정제인 발륨 디스를 강제로 먹였지만, 이미 9개월 전부터 신경안정제로만 살아온지라 얌전해지기는커녕 도리어 그가 발륨 디스를 돌아버리게 할 것 같았다. 버그는 온 세상이 이 지경에 처했으며, 조만간 신경안정제들에게 신경안정제를 투여해야만 하는 상황이 될 거라고 말하곤 했다. 결국 그는 안정을 찾았고, 자신이 있는 곳이 어디인지 묻고 나서는—그는 덴마크인 줄로 알고 있었다— 곧바로 버그와 시를 논하기 시작했다. 역겨운 노릇이었다. 그의 이름은 알 카포네였다. 가명이 아니라 정말 본명이 그랬다. 말이 되는가? 우리가 진정으로 깨끗한 무언가를 호흡할 권리를 가진 곳, 고도 2,300미터 산장에서 알 카포네가 시를 읊조린다? 레니는 갱단 편도 아니었고 미국 편도 아니었다. 그딴 것에는 나 몰라라 하는 편이었다. 하지만 알 카포네라면 얘기가 좀 다르다. 세상에는 건드려서는 안 될 것들이 있다. 그렇다, 시. 게다가 그게 다도 아니었다. 수염투성이에다 눈썹 사이에 붉은색 브라흐마 표식이 그려져 있고 옷마다 시커멓게 숯 검댕이 칠해진, 아직까지도 수챗구멍 냄새를 풍기는 이 끔찍한 자식이 시에 이어 곧바로 철학 얘기로 넘어갔던 것이다. 알고 보니 버그가 멋모르고 **히피** 한 명을 데려온 거였다. 진짜 중의 진짜 부랑배인 그들조차 무서워하는 존재가 하나 있다면 그건 바로 **히피**였다. 녀석들은 하나같이 파시스트 그러니까 세상을 구하려는, 새로운 사회를 건설하려고 하는 거지 같은 족속이었다. 지금 사회가 더는 별로 멋지지 않다는 듯 말이다.

"너희는 전부 개자식이야. 행복해지길 바라니까. 스키, 고산으로의 도피, 청명한 공기, 너희는 이런 것에서 삶의 기쁨을 쿵쿵거리고 있어. 난 절대 행복을 용납하지 않아. 행복이란 얼간이들, 촌놈들, 개들, 프롤레타리아, 부르주아지한테나 좋은 거지. 난 자유인이야. 행복의 노예가 되길 거부해. 행복은 그게 뭐든 다 똑같아. 삶을 즐기며 행복해하는 것, 그건 곧 반항의 종말이지. 행복이 있는 곳에 반항은 없어. 그렇지 않다면 어디 한번 증명해보시지. 행복은 인민의 아편이요 정체야. 진보를 가능하게 하는 건 불행이고. 가시가 너희를 앞으로 나아가게 하는 거라고. 내 말이 틀렸으면 어디 한번 증명해봐."

알도가 곧바로 나서서 바로잡았다.

"좆같은 자식, 우리는 말이야, **스위스**에서 행복한 거야. 부정하게 행복한 거라고. 모르겠어? 우린 사람들을 행복하게 하는 데 전혀 관심 없어. 그런 건 경찰들, 행복한 사람들이나 하는 짓이지. 우리는 누구에게도 그런 해를 끼치지 않아. 사람들에게 관심이 없다고. 우리 손은 깨끗해. 우리 중에 누가 사람들을 해치는 어떤 일, 다시 말해 사람들을 위하는 일—둘은 결국 같은 거야—을 한 사람이 있다면 얘기해봐. 그 자식을 당장 내쫓아버릴 테니까."

우리는 서로를 쳐다보았다. 하지만 아주 확신하는 표정들은 아니었다. 배신자는 어디에나 있는 법이니까. 버디 칙스의 얼굴이 새빨개졌다.

"그래, 난 베트남전쟁에 참전했어. 하지만 결코 누군가를 위해서가 아냐. 게다가 기회를 봐서 곧바로 탈영했고."

"아하!" 하고 알 카포네가 의기양양 손가락질을 하며 외쳤다. "탈영했다면 넌 반전反戰을 한 거야. 베트남 사람들을 죽이고 싶어 하지 않은 거니까, 결국 베트남 사람들 편에 선 거지!"

"천만에, 전혀 그렇지 않아. 난 그저 죽을까 봐 겁이 났을 뿐이야! 베트남 사람들은 보지도 못했어. 1만 피트 상공에서 폭격을 했으니 말이야!"

이 대목에서 알 카포네는 완전히 심오해졌다.

"이 친구들아, 난 말이야, 부패와 타락과 부식과 죽음의 편이야. 다시 말해 현실의 편이라고. 미국의 비극은, 너무 젊어서 빨리 썩지 않는다는 데 있어. 위인이 나오지 않는 건 그래서야. 한 명의 위인을 만들려면 수 세기의 부패가 필요해. 퇴비 같은 것 말이지. 그래야 한 번도 본 적 없는 새로운 꽃들이 피어난다고. 간디, 드골, 비틀스, 나폴레옹 같은 위인은 절고 절은 때에서, 스무 세기 동안의 피고름, 역사적인 퇴비에서 나오는 거야. 그게 문화라는 거지! 미국은 선 채로 썩을 필요가 있어. 이를 위해 모두가 힘을 합한다면 전혀 새로운 시들, 랭보며 끝내주는 천재 화가들이 쏟아져 나올 거야. 헤로인, LSD, 사염화물 등을 남용하다 보면 머지않아 뭐가 돼도 될 거야!"

레니가 그의 얼굴을 갈긴 것은 바로 그때였다. 용납할 수 없는 일이었다. 물론 미국 따위야 그 알 바 아니었지만, 미국에는 비록 죽었으되 그가 존경하는 한 남자가 있었기 때문이다. 레니가 이 갈라진 정자精子 같은 자식의 턱을 날린 것은 게리 쿠퍼, 그를 위해서였다. 지금까지 이 산장에서 누군가가 다른 누군가를 때린 일은 한 번도 없었기에 버그가 놀라 까무러쳤고 그래서 인공호흡을 해줘야 했다. 참으로 역겨운 일이었다. 왜냐하면 버그의 입이란 게 정말 생각조차 하고 싶지 않은 상태였기 때문이다. 게다가 문득 그들은 버그가 기절한 게 아니라 한쪽 눈을 뜨고 있다는 사실을 깨달았다. 이 돼지 같은 자식이 알고 보니 축제를 즐기고 있었던 것이다. 그렇지만 어쨌거나 버그는 성자였다. 무엇보다 이상했던 것은 알 카포네가 자신이 내뱉은 어떤 말도 곰곰이 생각해서 한 말이 아니라 단지 반론을 유발하기 위한, 좀 더 수준 높고 유익한 대화를 유도하기 위한 도발이었다고 맹세한 것이었다. 단 한 녀석에게 그토록 대량의 멍청함이 있을 수 있다는 게 믿기질 않았다. 온 국민을 먹일 수 있을 양이었다.

건달들은 기차표가 만료되어가니 어서 기차를 타러 가야 하지 않느냐며 알 카포네를 떠나보내려 했지만, 이 백해무익한 수염투성이 난쟁이는 팔짱을 낀 채 "목적지에 도착했노라"라고 엄숙하게 선언했다. 이를 증명하기라도 하듯 이 비열한 자식은 눈썹 사이에 그려놓은 브라흐마의 붉은 표식을 지워버렸다. 그 표식은 "나는 진리를 찾아가는 순례자다"를 의미한 듯했다. 그러니까 마침내 진리를 찾았다는 얘기다. 기가 찰 일이었다. 그는 다만 좋은 피신처를 찾아낸 거였다. 곧이어 그는 자신의 **영적 실현** 도정을 드높은 목소리로 읊기 시작했다. 그들로서는 그저 그를 쳐다보면서, 그를 태우지 않은 채 떠나간 기차의 수를 헤아리는 수밖에 없었다.

아무튼 여름이었다. 가혹한 시련의 계절이었다. 갈 데가 전혀 없었다. 벨렌 시에는 스위스 사람들뿐이었고, 그들의 딸내미는 손끝 하나 건드릴 수 없었다. 처녀의 수를 헤아려두어 몇이나 되는지 잘 알고 있었기 때문이었다. 다행히도 버그가 날마다 새로운 음반, 최고의 음반들을 입수했다. 다른 사람들은 아직 아무도 모르고 있으나 곧 거장이 될 전적으로 새롭고 경이로운 음악가들. 미샤 부벤츠, 아르크 메탈, 스탠 가벨카, 제리 라조타, 딕 브릴리언스키…… 장담하건대, 머잖아 여러분은 이 이름들을 듣게 될 것이다. 드골이나 카스트로가 누구였는지, 혹은 벌써 이름이 가물가물한 그 중국인이 누구였는지 더는 알지 못하게 되는 날까지도, 그들의 이름을 되뇌게 될 것이다.

밤이 되면 그는 스키를 타고 별 무리 속으로 떠나곤 했다. 낮에는 하일리히 봉의 산비탈을 탈 수 없었다. 눈사태 때문에 **금지** 되었기 때문이다. 하지만 레니는 자신에게 아무 일도 일어나지 않으리라는 걸 알았다. 온몸으로 그렇게 느끼고 있었다. 버그는 노심초사하며 그건 단지 젊은 객기에 불과하다고, 그 객기라는 늙다리 갈보를 조심해야 한다고, 객기만큼 더러운 수작으로 사람을 가지고 노는 것은 없다고 말하곤 했다. 그러나 레니는 자신했다. 물론 언젠가는 그에게도 그런 일이 닥치겠지만, 저 위에서는 아니었다. 죽음은 저 아래 어디에서 법, 경찰, 무기 등과 함께 그를 기다리고 있었다. 물론 죽음도 관례였고, 하나의 법이었다. 레니는 버그에게 그의 별자리 점을 존중하겠노라고, 처녀자리와 물고기자리와 마다가스카르는 피하겠노라고 약속한 뒤 떠나곤 했다. 그는 푸른 밤 하일리히 봉의 경사면을 미끄러져 나아갔고, 산은 그런 그를 지켜보며 눈사태를 붙들어주었다. 산은 그가 친구임을 알고 있었다. 한밤중에 스키를 탈 때마다 레니에게는 뭔가 이상한 일이 일어났다. 하지만 스키를 벗고 나서는 그것에 대해 생각하고 싶지가 않았다. 물론 레니는 정말이지 신의 존재를 믿지 않았다. 하지만 신의 자리에 신 대신 누군가, 혹은 뭔가가 있다는 느낌은 받았다. 지금까지 한 번도 우리를 도와준 적 없는 전적으로 다른 어떤 존재, 혹은 뭔가가 말이다. 그는 그것을 너무도 강렬하고 분명하게 느꼈기에, 어떻게 사람들이 아직도 신을 믿을 수 있는지 이해되지 않았다. 그토록 멋지고 진실한 뭔가가 존재하는데, 추호도 의심할 수 없는 뭔가가 존재하는데 말이다. 신을 믿는 자들은 알고 보면 모두가 무신론자였다.

그는 그렇게 사라졌다가 벨렌 시에서 우유를 배달하는 검고 흰 개들의 목에 달린 방울이 저 아래 계곡에서 울릴 때쯤에야 산장으로 돌아와 스키를 옆에 눕힌 채 잠자리에 들곤 했다. 그는 절대 스키와 떨어지는 법이 없었다. 스키는 레니의 동반자였고, 어떤 의미에서는 스키를 사사로이 사랑한 거라고 할 수도 있었다. 좋은 스키였다. '데스 지펜'. 조금 낡긴 했지만, 그는 녀석들을 잘 알았고 서로 잘 맞출 수 있었다. 그 정도도 양보하지 않고 누군가와 함께 살 수는 없는 법 아닌가.

몇 달 전, 그는 한동안 린덴 호텔 바의 여종업원 틸리와 함께 밤을 보내곤 했다. 당신의 손길에 몸을 맡기는, 손길 닿는 곳곳이 너무도 싱그러운 금발 여인이었지만 그녀와 함께 있을 때 그는 이런저런 불안을 느끼기 시작했고, 그것이 결국 쾌감을 망쳐버렸다. 상황이 나빠지기 시작했다.

처음에는 모든 것이 아주 좋았으며, 그는 틸리와 함께 황홀한 몇 분을 보내곤 했다. 알도는 진정한 사회주의란 오르가슴을 느낄 때요, 그 전후는 아무런 재미가 없는 암울한 난장판일 뿐이라고 말했다. 틸리와의 관계는 황홀했지만 곧바로 레니는 뒤끝이 좋지 않으리라는 걸 직감했다. 그를 쳐다보는 그녀의 방식 때문이었다. 그녀는 마치 명세표를 작성하기라도 하듯 그의 얼굴 구석구석을 뜯어보고, 온몸을 만졌다. 스위스라는 나라가 소유권의 나라임을 잊어서는 안 된다. 코, 귀, 배꼽, 발가락 등 무엇 하나 빠뜨리는 것이 없었기에, 레니는 내일 아침이면 자신이 그녀의 옷장 속에 가지런히 정돈되어 있는 것 아닐까 하는 의문을 갖기 시작했다. 특히 그의 거시기를 바라보는 그녀의 시선은 참으로 놀라워, 누가 보았다면 아마 그녀가 예금통장을 들여다보는 줄 알았을 것이다. 틸리는 스위스 독일어와 프랑스어밖에 못했고, 레니는 둘 중 어떤 말도 할 줄 몰랐다. 둘 사이의 이 언어 장벽으로 인해 그들은 아주 잘 통했고, 그보다 나은 인간관계는 찾아볼 수 없었다. 그런데 그녀가 아주 더러운 수작을 부리고 말았다. 링거폰 CD 세트를 사서 몰래 영어 공부를 하는 어느 날 레니가 꿈에도 짐작하지 못한 순간, 바로 그의 코앞에서 영어를 빵! 하고 터뜨려버린 것이다. 그렇게 해서 일이 틀어졌다. 도대체 사람들은 존중이란 걸 몰랐고, 인간관계를 보전하려고도 하지 않았다. 곧 그의 입에서 입에 발린 말들이 쏟아졌다. 그래, 틸리, 나도 널 사랑해, 정말이야 틸리, 그래, 평생 널 사랑할 거야, 맹세해, 넌 정말 끝내주는 여자야, 틸리, 그렇고말고, 네가 날 위해서라면 어떤 일도 마다하지 않을 걸 알아, 넌 정말 환상적인 퐁뒤를 만들지, 하지만 이제 그만 가봐야 해, 여긴 정말 너무 덥군, 숨이 막혀, 게다가 스키 강습을 받으려고 도르프 앞에서 기다리는 녀석이 있어, 가봐야 해, 이따 봐, 곧 다시 보자고, 그렇지, 물론이야, 난 네 거야, 틸리. 자, 안녕…… 그것으로 끝이었다. 진정으로 사랑할 방도가 더는 없었다. 링거폰 학습법을 만들어낸 녀석은 언어 장벽을 허물어뜨리고 연애 관계에 독을 풀고, 세상에서 가장 아름다운 사랑 이야기를 망치는 인류의 적이었다. 아무것도 존중할 줄 모르는 족속이었다. 아마 그는 지금쯤 만족해서 손을 비비고 있을 것이다. 또 하나의 가정을 파괴했으니 말이다. 결국 레니는 체념하고서 틸리를 차버렸다. 마치 손가락이 모두 풀로 뒤범벅된 것 같아 더는 견딜 수가 없었다. 유감이었다. 그녀가 환상적인 퐁뒤를 만들어준 건 사실이었다. 레니는 배가 고플 때면 틸리를 생각하곤 했다. 틸리는 그 후에도 스키 강습 중인 레니를 한두 번 찾아왔으나, 그는 그녀에게 이제는 끝났다고 말했다. 어쨌든 행복에도 끝은 있는 법, 과장해서는 안 되었다.

"날 이해해줘, 틸리. 네가 싫어서가 아냐. 넌 정말 멋진 여자야. 너 같은 여자는 두 번 다시 만나지 못할 거야. 틸리, 너 같은 여자는 말이야, 평생 딱 한 번 만날 수 있을까 말까 해. 그러니 너만 피하면 된다고. 그러니까 내 말은, 너 같은 여자를 피하지 않으면 완전히 돌아버리게 된다는 거지. 사랑에 미쳐버리게 된단 말이야. 난 그게 겁이 나."

"레니, 도대체 왜 그래? 난 널 사랑해. 난 전적으로 네 거야. 영원히 말이야."

레니는 그 말에 소름이 돋았다. 그렇다고 그를 위협할 필요까지는 없었다.

"너에게 설명하지 못하겠어, 틸리. 난 너무 멍청해. 게다가 말도 할 줄 몰라. 난 나 자신하고도 말을 하지 않아. 내게 아무런 할 말도 없고."

"맙소사, 대체 내가 뭘 어쨌다고 그래? 이제껏 너처럼 누군가를 사랑해본 적 없어, 레니. 한 번도 없다고."

"내 얘기 좀 들어봐, 우리 어머닌 말이야, 내가 열 살 때 웬 남자에게 홀딱 미쳐버렸어. 그래서 어떻게 됐는지 알아? 나도 전혀 몰라. 그렇게 되어버렸다고."

"레니, 모든 여자가 그렇지는 않아, 게다가……"

"울지 마, 틸리. 그러면 내 사업에도 좋지 않아. 내가 임자 있는 몸이란 걸 알면 아무도 고용하지 않을 거야. 여자들은 말이야, 강사를 고를 때 어떻게 해볼 여지가 있는 사람을 원해."

"자고 싶은 여자가 있으면 얼마든지 자도 돼. 상관없어. 무엇보다 일이 가장 중요하다는 건 나도 알아."

"난 절대 그 여자들과 자지 않아. 난 직업 강사가 아냐. 노동 허가증도 없지."

"레니……"

아무래도 그녀에게 해명할 수가 없었다. 이런 경우에 딱 맞는 말이 있다. 버그 모렌이 만들어낸 말, 바로 소외다. 이 기막힌 말의 뜻은 누구와도 함께하지 않고, 누구에게도 반대하지 않고, 누구에게도 찬성하지 않는다는 것이다. 버그는 청춘의 지대한 문제는 바로 이 소외에 어떻게 도달할 것인가 하는 문제라고 말했다. 매우 어려운 일이지만, 일단 도달하기만 하면 당신이 타인들에게서 얻어낼 수 있는 다른 어떤 것보다도 낫다. 이 소외라는 말을 기억하라. 내 말이 옳다고 할 날이 올 것이다.

처음에는 틸리의 보드랍고 뜨거운 몸이 그리웠다. 그는 자신의 구멍 난 파카 속에서 평소보다 더 추위를 느꼈다. 하지만 스키에만 오르면 이 세상의 그 무엇도 떨쳐버릴 수 있었다. 그 자신조차 떨쳐버릴 수 있었다. 운도 따라서, 아이 셋을 둔 한 독일인 부부가 때마침 그를 고용했다. 그 후에는 양 떼 사육장들에서 잠을 자가며 벨렌 시에서 그라우뷘덴 주의 브로예 강까지 갔다. 겨울철에는 사람 구경을 할 수 없는 도정이었다. 가는 동안 너무도 깊은 고독 속에서 보름을 보냈기에, 때로는 마치 인생을 다 산 것 같은 느낌이 들었다. '그랑드 몰라스'에서는 '몰라송프랑스어 '몰라송 mollasson'은 형용사 '무르다mollasse'를 인격화한 명사이며 '무른 사람'이라는 뜻이다' 이라 불리는 얼어붙은 개울이 얼음장 아래에서 속살거린다. 귀를 기울이기만 하면 들리지만, 지금까지 몰라송을 직접 본 사람은 아무도 없었다. 여름에도 마찬가지였다. 몰라송은 만년설에서 나오기 전에 지하로 들어가버리기 때문이다. 하지만 우리는 아주 분명하게 그의 소리를 들을 수 있으며, 어쩌면 그가 우리에게 뭔가 말하려는 게 아닐까 하는 느낌을 갖게 된다. 그러니까 몰라송 근처는 너무도 아름다워서, 그 앞에 서면 마치 모종의 손해배상을 현물로 지급받는 느낌이 든다는 얘기다. 그것은 더 이상 색깔과 빛의 문제가 아니었다. 맹세컨대 지금껏 한 번도 무엇에 쓰인 적이 없는 어떤 것이었다. 물론 그저 과학적이고 시각적이고 대기적인 것이요, 다른 모든 것과 마찬가지로 탈신비화되었지만, 그것은 그가 '살아볼 가치가 있는 삶'의 장르로 꼽는 것 중에서도 가장 아름다웠다. 이는 이십여 분간 지속되다 빛이 사라지면서 끝나고 말았지만 그것으로 충분했다. 그는 재충전할 수 있었다. 이제 내려갈 수 있었다. 스키폴을 잡고서 막 몸을 날리려는 순간, 그는 혼자가 아니라는 사실을 알게 되었다. 스스로를 위로하러 온 사내가 또 한 명 있었다. 베르사글리에리 모자를 쓴 "고귀한 경"이었다. 그들은 멀리서 아는 체를 했을 뿐, 마주치지 않도록 신경 썼다. 각자의 사생활은 신성하니까.

돌아오는 길에 레니는 정말로 얼어 죽을 뻔했다. 대개 사람들은 처음에는 그저 춥다고 느낄 뿐이지만, 그러다 차츰차츰 마치 물속에서 수영하는 듯한 느낌을 갖게 되며, 이윽고 물도 자기 자신도 더는 느껴지지 않는 상태, 그저 사방에서 어떤 느림 같은 것, 어떤 영원만이 느껴지는 상태가 찾아온다. 다행히도 그는 그것이 바로 마다가스카르임을 깨달았다. 별자리 운세에 있던, 무슨 일이 있어도 피해야 한다던 그 빌어먹을 마다가스카르 말이다. 동물적 직감을 가진 버그는 허튼소리를 지껄이는 인간이 아니었다. 점성은 속임수가 아니었다. 그에게 마다가스카르란 곧 종말임이 사실이었던 것이다. 그는 몸을 흔들어 깨웠고, 노래를 부르기 시작했으며, 해가 떨어질 무렵 아직 살아 있는 채로 베니 대피소에 다다랐다. 그곳에서 리옹 출신의 수염이 텁수룩한 친절한 한 변호사가 프랑스 음식 **카술레**를 나눠주었다. 강조하는 바지만, 이 **카술레**라는 이름을 잘 기억해두시라. 정말이지 그건 기억할 가치가 있는 무엇이었다.

수염이 텁수룩한 대머리인 그 변호사는 정말 친절했다. 그는 대피소 안으로 들어서는 레니를 보자마자 쓰러지지 않도록 부축하여 온몸을 문질러주었으며, 이어 김이 모락모락 나는 음식을 가져다주었다. 큼지막한 그릇에는 강낭콩과 소시지와 오리고기가 가득 들어 있었고, 상상 가능한 어떤 요리보다도 맛이 좋았다. **카술레**는 이를테면 잔 다르크처럼, 프랑스 역사상 가장 위대한 이름 가운데 하나였다.

변호사는 그에게 미국에 대해 말했다. 자신이 미국을 잘 아는 건, 한 번도 가본 적이 없어 미국을 통찰할 수 있기 때문이라고 했다. 그렇다, 미국은 통째 수출이 가능하기에 가보지 않고도 알 수 있는 나라다. 어느 가게에서든 미국을 찾아볼 수 있다. 레니는 그의 견해에 동의했다. 그는 자신이 동의하지 않을 때는 언제나 동의한다는 원칙을 세워놓았다. 바보 같은 의견을 내놓는 녀석은 대개 끔찍하도록 자존심이 강한 놈이기 때문이다. 멍청한 생각을 많이 가진 녀석일수록 더욱더 그의 견해에 동조해주어야 한다. 버그는 자고로 가장 위대한 정신적 힘은 바로 멍청함이라고 말하곤 했다. 멍청함 앞에서 스스로를 발견해야 하고 이를 존중해야 하는 이유는 거기서는 그래도 뭐든 기대할 수 있기 때문이라는 것이다.

"자국의 물질주의를 피해 달아나는 당신 또래 미국 젊은이들을 잘 이해합니다……. 당신들은 길 잃은 세대지요."

버그 모렌은 이렇게 말했다. "모든 세대가 다 길 잃은 세대야. 어떤 세대가 스스로를 인식할 수 있는 건 바로 그래서야. 길 잃은 느낌이 더 이상 들지 않는다면, 그땐 정말 끝장이지. 어떤 세대든

길 잃었다고 느끼지 않는 세대는 똥 덩어리와 같아. 이봐, 우린 완전히 길을 잃었어. 완전히 말이야. 아직 뱃속에 뭔가가 있다는 증거지."

"옛 설" 하고 레니가 **카술레**를 퍼먹으며 대답했다.

"당신에게 미국은 머리에서 발끝까지 다시 만들어야 하는 나라예요. 그러니 당신 같은 일부 젊은이들이 그런 불안과 책임감으로부터 달아나는 건 당연합니다. 내가 이 '그랑드 몰라스'에서 반쯤 얼어붙은 당신과 만나게 된 것도 그래서고요. 하지만 당신도 언젠가는 미국으로 돌아가 일에 매달려야겠지요."

웃기는 소리! 하고 레니는 생각했다.

"맞습니다, 선생님. 돌아가서 열심히 해볼 생각입니다."

수염 난 사내는 꽁꽁 언 버터 조각을 칼끝에 얹은 채, 프랑스 사람들이 프랑스인으로서 말할 때 항상 입술에 머금는 그 호의적이되 다소 비꼬는 듯한 미소를 띠고서 뿔테 안경 너머로 레니를 바라보았다. 마치 천년 묵은 고르곤졸라 치즈가 짓는 미소 같았다. 조용히 썩은 내를 풍기는 데 만족하지 않고 아직 웃을 힘이 남아 있으니 말이다.

"이봐요, 희망이 아주 없는 건 아닙니다. 지금까지 미국은 역대 대통령들을 통해 아버지의 이미지를 자기화했죠. 아이젠하워의 엄청난 인기는 거기에서 나온 겁니다. 케네디에 와서야 처음으로 아들의 이미지, 형제의 이미지로 변했어요……. 이건 엄청난 변화입니다."

오 마이 갓, 레니는 결국 올 게 왔다고 생각했다. 그렇다. 심리학. 사회학. 분석. 네 자지 보여줘, 나도 내 걸 보여줄게. 이런 것들을 떨쳐버릴 방도는 없다. 참으로 기막힌 노릇이었다. 그들은 너무도 멍청하고 역겨운 세계를 건설했고, 그것은 처녀와 해로운 물고기가 넘쳐나는 진짜 마다가스카르였다. 오직 기적적으로 살아남은 소외가 있어 마침내 찾아내 지키고 있자니 또다시 심리학, 정치 강론을 해대고 뭐가 문제인지 설명해댄다. 버그가 말했듯, 멍청함이라는 인류사의 가장 위대한 정신적 힘 외에도 문제없는 뭔가가 있다는 듯이 말이다.

레니는 어떻게 사람들이 아직도 정치라는 것을 거론할 수 있는지 도통 이해가 가지 않았다. 미치광이들이 이 세상 곳곳의 프랑켄슈타인들과 함께 만들어낸 것이 정치 아닌가. 하지만 그런 그도 쿠바와 카스트로에게만은 사족을 못 썼다. 자신을 궁지에서 구해준 적이 있기 때문이다. 몇 달 전, 레니는 벤젠의 어느 산장에서 한 프랑스 아가씨와 사랑을 나눈 적이 있었다. 다음 날 아침, 두 손에 신발을 들고 발끝으로 살금살금 빠져나오려다가 그녀의 어머니와 맞닥뜨렸다. 발뺌할 여지가 없었기에 그는 정중하게 예의를 갖춰 궁지에서 벗어나려 했고, 그래서 노부인에게 프랑스어로 뭔가 친절한 한마디를 해주고자 했다. 결국 찾아낸 것은 그가 아는 거의 유일한 말이라고 할 수 있는 **대단히 감사합니다**였다. 정황으로 볼 때 어머니에게 할 말은 아니었지만, 이미 엎질러진 물이었다. 말은 이미 뱉어버렸고, 노부인은 고함을 질러대기 시작했으며, 더는 어떻게 이 상황을 모면해야 할지 몰라 하다가 결국 그가 알고 있던 또 다른 프랑스어 문장, **당신의 건강을 위하여**라는 말을 건넸다. 그러고는 그런 자신을 아주 대견스럽게 여기면서, 사람들의 심금을 울린다는 미국인의 천진난만한 미소를 활짝 지어 보이며 그녀의 반응을 기다렸다. 전혀 아니었다. 노부인의 분노는 극에 달했고 급기야 남편을 불렀다. 하지만 다행히도 쿠바가 있었다. 당시 쿠바에서는 금방 무슨 일이 벌어질 것 같다가 말아버렸다. 곧 전쟁이 터질 것 같다가 터지지 않았다. 러시아가 말려드는 것이 싫어 총구를 거둬버린 것이다. 레니는 그딴 일에는 전혀 관심이 없었다. 그는 이 세상 어느 곳에서도, 무엇을 위해서도 전쟁을 하지 않을 마음의 준비가 되어 있었다. 그는 구두 두 짝을 손에 들고 셔츠 자락을 드러낸 채 계단에 서서 미국인의 미소를 짓고 있었다. 그것은 그가 "철없는 어른 아이"임을 과시하는 최선의 방식이었다. 얼마나 미소를 지었던지 입술에 경련마저 일었다. 그 정도로도 그러니 하루 일과를 끝낸 창녀들의 입은 어찌 되겠는가. 하지만 노부인은 계속 고함을 질러댔고, 결국 남편이 잠옷 바람으로 나왔다. 작은 턱에 검은 수염을 짧게 기르고 배꼽을 드러낸, 아르메니아계 프랑스인이었다. 아내는 마치 현장에 있었기라도 한 듯 남편에게 모든 사정을 소상하게 말했다. 어머니의 마음이란 그런 일을 다 느끼는 모양이었다. 노부인은 흐느꼈고, 마치 생전 처음 겪는 일인 양 행동했다. 그녀가 아니라 그녀의 딸이 말이다. 하지만 그것은 기분 좋게도 전혀 사실이 아니었다. 그 아가씨는 경험이 있는 정도가 아니라 그 이상이었다. 마치 드골처럼, 그녀 뒤에는 수 세기에 걸친 역사가 있었고 그 누구에게도 배울 것이 전혀 없었다. 바로 그때, 그 아가씨가 계단 저 위에 나타났다. 흐트러진 얼굴에 반라의 모습, 얼핏 보기에도 강간당한 처녀가 분명했다. 그녀들은 일이 끝난 뒤에는 언제나 이렇듯 강간당한 가련한 처녀가 된다. 그녀를 본 레니는 미소를 거두었다. 아니, 그는 그런 줄 알았지만 사실은 양쪽 입꼬리 근육이 마비되어 미소가 고장 나 약간 일그러진 상태 그대로 있었다. 그것은 곧 경찰을 교도소를 그리고 소외의 종말을 의미했다. 레니는 이 모든 문제를 해결해줄 무엇, 진정으로 친프랑스적인 무엇, 프랑스를 칭송하는 말을 프랑스어로 말하기 위해 지적 노력을 총동원했으나, 결국 그가 찾아낸 것이라고는 알베르트 슈바이처와 모리스 슈발리에뿐이었고, 물론 그것은 이처럼 난감한 상황에서 어떤 동맹군이 되어줄 만큼 안전하고 단단한 지반이 아니었다. 그런 그를 구한 것은 카스트로였다. 그가 셔츠 자락에 묻은 빨간 립스틱을 몰래 닦아내면서 이제 끝장임을 절감하고 있을 때, 아가씨의 아버지가 몹시 염려하는 표정으로 그를 주의 깊게 바라보다가, 이윽고 비난하는 기색이 역력한 심각한 어조로 말했다.

"당신 미국인이요?"

"옛 설." 그렇게 대답하며 레니는 속으로 '그래, 어쨌거나 내가 저 아가씨랑 관계를 가진 거지 베트남이랑 관계를 가진 건 아니잖아' 하고 배짱을 부렸다.

남자는 잠시 두 눈을 깜빡이다가 정말로 걱정스러워하는 얼굴로 레니에게 물었다.

"당신이 보기에는 쿠바의 러시아 발사 기지 때문에 곧 전쟁이 터질 것 같소?"

아마도 레니는 **바르부도**수염 난 남자, 카스트로가 이 자리에 있었다면 얼싸안았을 것이다. 누구 편도 들지 않는 그였지만 이번만큼은 정말 '쿠바' 편이었다. 그는 즉각 이 노인을 안심시켰다. 그는 노인에게 그들이 유럽에서 가지고 있는 그 오랜 미국식 낙관주의를 실컷 맛보게 해주었다. 먼저 쿠바에 전쟁은 없을 것이라고 했고, 뒤이어 전쟁이 일어나더라도 이길 거라고 말했다. 왜냐하면 우리 미국인들은 전쟁에서 진 적이 한 번도 없으니까. 베트남전쟁 역시 이제 막바지요 거의 다 이긴 거나 마찬가지며, '펜타곤'의 모든 장군이 동의하는 바지만 이제는 적의 항복을 기다리기만 하면 된다고 말해주었다. 노인은 그를 문까지 바래다주며 오랫동안 그의 손을 움켜쥐었고, 덕택에 레니는 무사히 구두까지 신을 수 있었다. 그는 그 후 그 아가씨를 두 번 다시 보지 못했으나, 그래도 이제는 그녀의 부모님도 안다고 할 수 있었다.

이번 모험은 그가 사람들에 대해 품었던 관념을 확고하게 한 계기였다. 아니, 그보다 버그가 해준 설명을 확인한 거라고 말하는 편이 옳았다. 사람들은 정말 모두가 절대적으로 **초현실주의자**였다. 레니는 초현실주의라는 것이 뭔지 잘 이해하지 못했지만, 그런 그에게 버그는 초현실주의란 바로 그런 것, 즉 이해하려 해서는 안 되는 것임을 확인시켜주었다. 사람들이란 정말 그런 존재였다.

누군가, 그러니까 웬 아가씨가 레니더러 "반사회적인 사람"이라고 말한 적이 있다. 사실 늘 그렇듯 사람들이 당신이나 혹은 다른 누군가에 대해 떠들어대는 말은 모두 지엽말절이었다. 그들의 거시기 사회 전체가 A부터 Z까지—거듭 말하지만, 알파벳을 조심하도록 하자— 절대적으로 미스터리하고 이해 불가능하며, 단지 솟아오른 산봉우리들만 보일 뿐, 그 밖에 나머지는 호시탐탐 당신을 노리는 처녀와 물고기가 가득한 하나의 광대한 마다가스카르였다. 할 수 있는 일이라곤 그저 겁을 집어먹고서 적에게 극도로 예의 바르게 처신하는 것뿐이었다. 적이 당신의 소외를 날려버리지 않도록 말이다. 사실 그들은 소외를 좋아하지 않는다. 그들은 소외를 불쾌히 여기며 사람들 모두가 같은 구렁텅이에 빠져 있기를, 즉 그들이 "형제애"라고 부르는 인구 속에서 그들과 함께 우글거리고 있기를 바란다. 물론 '니그로'들은 빼고서다. 버그는 마침내 미국이 "부조리"와 "존재의 불안"을 발견한 거라고 말했다. 그것으로 게리 쿠퍼는 끝이었다. 레니가 그들 면전에 쿠퍼의 사진을 꺼내놓은 것은 절대 하지 말았어야 할 짓이었다. 그 때문에 그들은 그 후 부단히 레니를 성가시게 했다. 사실은 레니 자신도 어째서 그 사진을 가지고 있었는지 알지 못했다. 아마도 이 헌사 때문일 것이다. "레니에게, **친구 게리 쿠퍼가.**" 레니가 자신도 카우보이가 되고 싶다는 내용의 긴 편지를 써서 그의 사진을 받은 것은 열한 살 때였다. 웃기는 추억이었다.

그를 난처하게 한 건 친구들 모두에게 비장한 뭔가가 있다는 사실이었다. 그래서 그들을 정말로 싫어할 수가 없었다. 휴머니티라는 것, 이는 목적지 없는 표가 한 장 있어 기차란 기차는 모조리 뒤쫓아 다닌 알 카포네를 생각나게 했다. 그는 자신이 지불한 표 값을 최대한 이용하기 위해 기차들을 전전했고, 그러다가 이 휴머니티는 취리히 역 공중변소에 이르렀으며, 자신이 덴마크에 있는 줄로 믿었다. 길 잃은 자. 언젠가 우리는 취리히 역 공중변소에서, 목적지 없는 반액 할인 기차표를 주머니에 넣은 채 어떤 급행열차를 기다리는 마오쩌둥이나 드골을 보게 될 것이다. 아직 탈선하지 않은 급행열차를 말이다.

이는 레니가 반사회적임을 의미하는 게 전혀 아니었다. 오히려 그는 사회의 편이었다. 그들도 사회의 편이기를 진심으로 바랐다.

먹고살기에는 그편이 좋았다.

언젠가 레니가 설명을 부탁했던 사람이 딱 한 명 있기는 했다. 그 사람은 다보스 요양소에서 죽음을 기다리던 에른스트 파브리시우스라는 남아프리카인이었다. 까마득한 옛날, 전설의 시대라 할 에밀 알래1912~2012. 프랑스의 전설적인 스키 선수의 시대, 아직 산에 인구의 자취가 없던 시절에 스키를 탄 노인이었다. 이제 에른스트의 폐는 사실상 거의 남아 있지 않은 상태였다. 이 늙은 스키어가 곧 죽을 거라는 소문이 산장에 들려오자, 건달들은 도르프에서 농부들이 조각한 작은 목상 '그뤼틀리'를 다보스에 전달하는 임무를 레니에게 맡겼다. 도르프는 그들이 스키를 탄 최초의 인간 탄생지로 일컫는 곳이었다. 물론 사실무근이었지만, 건달들은 그 얘기를 멋지다고 생각했다. 사실 중요한 것은 그 우스꽝스런 그뤼틀리 목상이 아니라, 그들이 거기에 부여한 의미였다. 레니는 그렇게 하는 것을 전혀 바라지 않았다. 그런 감상과 낭만은 검은 깃발을 들고 행진하는 대학생들이나 하는 짓이었다. 검은 깃발이라지만 어쨌거나 깃발은 깃발 아닌가. 한데 이번 일은 버그의 아이디어였다. 여름이 도래했기에, 산장과 통조림을 소유한 버그는 대단히 소중한 존재였다. 그들은 제비뽑기를 했고 레니가 당첨됐다. 그는 그 히죽거리는 인형을 다보스로 가져가 에른스트 파브리시우스의 침대 머리맡에 놓아야 했다. 레니는 이때처럼 자신이 바보같이 느껴진 적이 없었고, 두 눈에 눈물마저 고였다. 그는 죽어가는 자의 머리맡에 앉았다. 너무도 불행하게 느껴지고 화가 치밀어, 오로지 체면을 살리고 평판을 지켜야 한다는 생각뿐이었다. 그는 뭔가 진짜로 냉소적인 얘깃거리를 찾아보았지만 여의치 않았다. 마음이 따라주지 않았다. 게다가 갑자기 열두 살배기가 된 것 같은 느낌마저 들었다. 평소 같으면 이런저런 거짓말로 어떤 더러운 궁지도 잘도 빠져나갔는데 말이다.

"에른스트, 저한테 100프랑만 빌려줄 수 있어요? 나중에 갚을게요. 약속하죠. 몇 달이면 돼요."

그것은 신통찮은 시도였고, 당연히 먹혀들지 않았다. 파브리시우스는 미소를 지었다. 양 볼이 있던 곳, 움푹 팬 그 구덩이에 잿빛 털이 나 있었다.

"녀석, 괜히 애쓸 것 없어. 난 어찌 돼도 괜찮아. 그러니 날 안심시키려 들 필요 없어. 며칠 뒤면 스키 아래 묻힐 테지. 아무튼 고마워."

"에른스트, 전 그저 돈을 좀 꿔주길 바랄 뿐이에요. 그래서 여기 온 거고요. 그러니 인심 좀 쓰세요. 100프랑만. 한 달 뒤에 갚을게요."

그는 마치 감상感傷이라는 끈끈한 풀의 바다에서 수영하는 느낌이었다. 하지만 자신의 미소, 자신의 냉소가 아직 잘 버티고 있음을 알았다.

"간호사 말로는 오늘내일한다더군요, 에른스트. 당신에겐 그런 얘기를 하지 않던가요? 틀림없이 당신에겐 숨기고 있을 거예요. 안심시키려는 구질구질한 소리 엄청 해대죠, 그렇죠?"

"물론이야. 그들은 이해를 못해. 우리 같은 사람들에 대해 전혀 아는 게 없단 말이야, 레니. 우리도 자기네와 같을 거라고 생각하지. 우리도 여기 있는 걸 좋아할 거라고 상상한다고."

"당신 스키 신발 제가 가져도 돼요, 에른스트? 딱 제 치수예요. 어쨌든 이제 당신은 필요 없잖아요."

"가져. 홀스텍이야. 최고급이지."

"고마워요. 그런데 이렇게 닥치니 기분이 어때요? 마침내 진짜로 이 세상을 떠날 수 있게 된 거?"

"최고야, 레니. 언젠가는 너도 알게 되겠지. 그렇다고 너무 서두르진 마. 청하지 않을 때 찾아오는 편이 더 나아. 뜻밖의 선물 같은 효과가 있으니까."

"지금 적어도 마흔 살은 되셨죠?"

"쉰이야, 레니."

"제기랄! 아주 지랄 같은 세대로군요. 우리 세대가 아니라. 우리라면 그렇게 오랫동안 버티지 못했을 거예요. 하지만 어쨌거나 많은 것을 깨달았을 것 같아요. 뭔가 좀 건진 게 있나요?"

"전혀."

"행복했나요? 그러니까 스키는 빼고 말예요."

"아니, 그것만은 피할 수 있었지. 그래서 떠나는 게 아무렇지도 않아. 여한이 없어."

"듣자 하니 동양 사람들이 만들어낸 거시기가 있는 것 같더군요. 그들은 그걸 금욕주의라고 하죠."

"레니, 그건 동양의 거시기가 아냐. 그리스 거지. 요가랑 혼동하는군."

"그래요, 그리스 거라고 치죠, 에른스트. 솔직히 말해 우리에겐 아무도 관심 없어요. 아무도 없는 곳, 저기 저 위에서 누군가가 낄낄거리고 있죠. 체셔 고양이 아시죠? 제가 꼬맹이였을 때 들은 얘기예요. 그저 웃음만 있을 뿐, 뒤에 고양이는 없단 말이에요.

저 위가 그래요. 지독한 냉소만 있고, 그 뒤엔 아무도 없어요."

"이봐, 레니. 너도 이제 말문이 터졌나 봐?"

"아무럼 어때요? 어쨌거나 전 뭔가를 말하려고 하지는 않아요. 할 말도 없고. 당신이 더는 스키를 탈 수 없을 거라는 생각에 짜증이 날 뿐이에요, 에른스트."

"익숙해지겠지."

"전 죽음의 운명이 싫어요. 한쪽엔 인구가 있고, 다른 쪽엔 죽음의 운명이 있어요. 누구나 그 둘을 누릴 권리가 있죠. 빌어먹을 민주주의. 제 생각을 말씀드릴까요? 여기엔 뭔가 사기 같은 게 있어요, 에른스트. 우린 보수를 제대로 받지 못했다고요. 우린 속았어요."

"누구에게 말이야, 레니?"

"그야 저도 전혀 모르죠. 우린 모두 수십억 년 전에 대양에서 나왔다고 하죠. 그렇다면 그 전에는? 그 전에는 뭐가 있었죠? 그리고 그 전의 전에는? 그 전의 전의 전에는? 역시 그 모종의 웃음이 있었을까요? 당신은 며칠 후면 알게 되겠죠, 에른스트. 그럼 저한테도 귀띔해주세요. 가끔씩 저는 우리가 여기 있는 게 누군가를 웃겨주기 위해서가 아닐까 하는 생각이 들어요."

"다른 녀석들은 어때?"

"이제 곧 여름이니, 별 볼일 있나요. 나비들이죠 뭐. 취리히에서 은행을 털겠다는 녀석들도 있어요. 아래 세상에는 정말 은행이 수두룩해요. 하지만 그런 일을 해내려면 몇 주나 작업해야 하는데, 그러느니 차라리 은행에 취직하는 편이 낫죠. 모두를 흥분시킨 건 역시 영국에서 일어난 우편열차 사건이에요."

"그럴 테지. 젊은이들에겐 본보기가 필요하니까."

"이 요양소 비용은 누가 대죠?"

"이곳 오스트리아 사람들이야. 아마도 내가 키츠뷔엘에서 스키 강습을 해주었던가 봐. 그들이 꼬맹이였을 때 말이야. 난 기억이 안 나. 하여간 부자들은 가끔씩 웃겨. 이런 걸 인류애라고 하지."

"그건 또 무슨 소리죠?"

"부자들이 자기만족을 느끼고 싶어 한다는 얘기야."

"혹시 어딘가에 누가 있어요? 장지를 알려주어야 할 사람?"

"괜히 우표 낭비할 필요 없지."

레니가 그에게 물음을 던진 것은 바로 그때였다.

"에른스트."

"응?"

"대체 이 모든 게 다 뭐죠?"

"자식, 그건 나도 전혀 몰라. 하지만 이 속엔 좋은 것도 있어. 그걸 찾아야 해. 나에게도 좋은 때들이 있었어."

레니는 늙은이가 확실히 죽음을 맞이할 때까지 다보스에서 얼쩡거리다가, 그의 곁에 좀 더 머무르기 위해 그가 즐겨 찾던 장소로 가서 스키를 계속 탔다. 죽고 나서도 처음 얼마 동안은 누군가의 동행이 필요할 것 같아서였다. 레니는 그륀 잔 숲 쪽으로 내려왔다. 슈토름과 아를베르크, 블레세 메첸 봉을 내려오는 동안, 대체 인간은 어디까지 어디론가 갈 수 있는 것일까 하는 의문이 간간이 들곤 했다. 떠나기 전 그는 'U.S. Army'라고 적힌 에른스트의 뜨끈뜨끈한 보온병을 가져왔다. 그것은 그에게 미국이 자신에게 계속 편지를 보내고 있는 것 같다는 생각이 들게 했다. 귀국하여 군 복무를 하라고 명하는 그 더러운 노란 종이쪽지들 말이다. 이는 그가 이 세상에 존재함을 상기시켰다. 레니가 다보스의 정육점 유리창 앞에서 군침을 삼키며 소시지들—프랑크푸르트 소시지보다 다섯 배는 더 큰 거대한 소시지들—을 멍하니 바라보고 있을 때, 웬 예쁘장한 스위스 독일 아가씨가 그의 사진을 찍었다. 스위스에서는 뭘 훔치기가 쉽지 않았다. 사람들이 무섭도록 정직한 데다 뭐든 간수도 철저했기 때문이었다. 아가씨가 말을 걸어왔고, 곧바로 그는 조금만 예의 바르게 굴면 소시지를 먹게 될 수도 있겠다는 생각이 들었다.

"어디에서 오셨죠?"

"미국, 몬태나 주요."

물론 사실이 아니었다. 원칙적으로 레니는 늘 거짓말을 했다. 무엇보다도 종적을 감춰야 했다. 무슨 일이 생길지는 아무도 모르는 거니까.

"미국 스키 팀 선수인가요?"

"아뇨, 어떤 팀 소속도 아닙니다. 전 늘 혼자 타죠."

"스키를 정말 잘 타시더군요. 아까 보았어요. 스타일이 다르더라고요. 정말이지 아주 멋졌어요. 미국 팀 빨간 스웨터를 입으셔서, 그래서……"

"빨간색을 좋아해요. 하지만 어떤 팀에 어울리는 빨간색은 좋아하지 않아요. 전 대중교통도 싫어합니다. 혹시 스키 강습을 받으시려는 분 모르세요? 저는 이곳 **스키 강사**들이 받는 강습료의 반값에 해드리거든요."

"잘됐네요. 제가 마침 강사를 구하고 있었는데."

아무렴.

"하지만 돈을 많이 드리진 못해요."

"한 푼도 안 내셔도 됩니다. 이 소시지 한 줄만 사주시면 여덟 번 공짜 강습을 해드리죠. 배고파 죽겠어요. 속이 텅텅 비었죠."

그녀는 바젤 시에서 비서로 일하는 아가씨로 보름간 바캉스를 보내는 중이었다. 너무 길지도 짧지도 않고 딱 적당했다. 하지만 레니가 미처 몰랐던 것은 아름다운 사랑 이야기는 언제나 끝이 있어 해피엔딩인 법인데, 남자가 스키장 거리에서 배고파 죽어가다 여자에게 거둬들여지는 것만큼 해피엔딩에 불길한 것도 없다는 사실이었다. 아가씨는 돌봐줄 이 하나 없는 이 사내를 보고 곧 일이 잘되리란 걸 직감했고, 역시나 사흘이 지나기 무섭게 '이거 맹세해 저거 약속해'가 튀어나왔으며, 그는 신사답게 끊임없이 거짓말을 해야 했다. 누구에게도 상처 주고 싶지 않아서 그랬지만, 이 세상에 어떤 소시지도 그가 기울인 정도의 노고를 받을 자격은 없을 것이다. 그는 장신의 거구였으나, 가만 내버려두면 여자들이 산 채로 잡아먹으려 들 만큼 강렬한 모성애를 불러일으켰다.

"물론이야, 트루디. 맹세할게. 정말이지 누군가를 이토록 사랑해본 적은 한 번도 없었어. 단 한 번도. 이건 '미친 사랑'이야, 트루디. 게다가 스위스에서 이렇게 되었다는 게 신기해. 다른 데서 이렇게 되었어야 하는 건데 말이야. 그래서 우린 헤어져야 해, 트루디. 한창 아름다울 때, 아직 지속되고 있을 때 헤어져야 해. 일을 지속시키려고 해서는 안 돼, 트루디. 그건 비인간적이야. 마음에 상처를 안고 헤어져야 한다고. 언젠가 우리가 아무 일 없었던 듯 그저 조용히 헤어진다면 아주 더러울 거야."

"하지만 평생을 함께 행복하게 지낼 수도 있잖아, 레니."

"그런 소리 하지 마, 트루디, 정말이야. 그런 말은 하는 게 아냐. 기분이 좋지 않아."

"여행사에 괜찮은 일자리도 구해줄 수 있어."

"**뭐라고? 어디? 지금 뭐라고 했지?**"

"바젤에 있는 쿡 여행사에 빈자리가 하나 있어."

"계속 비어 있으라고 해, 트루디. 비어 있는 건 좋은 거니까."

"날 사랑하지 않는구나."

"이봐, 트루디. 너랑 나처럼 이렇게 서로를 정말 사랑할 때는 말이지, 사랑을 구제하기 위해 최선을 다해야 해. 가장 먼저 해야 할 일은 바로 헤어지는 거라고. 내 말 믿어."

"하지만 우린……."

레니는 그녀에게 달려들어 입을 다물게 하려고 미친 사람처럼 키스를 퍼붓기 시작했다. 하지만 트루디는 숨을 되찾자마자 같은 소리를 떠들어댔다. 그는 온 손가락이 풀로 범벅이 된 느낌이었다. 그녀에겐 스위스 사람들의 그 차분하고 묵직하고 평화로운 고집이 있었고, 그래서 레니는 더욱 머리가 돌아버릴 것 같았다. 게다가 요즘은 사람들 모두가 영어를 유창하게 할 줄 알아 더는 피할 곳도 없었다.

"트루디, 내 말 좀 들어봐. 남자와 여자가 정말 서로 영영 들러붙어버리면 말이야, 결국 자동차와 집과 아이들과 직장을 갖게 돼. 그렇게 되면 그건 더 이상 사랑이 아냐, 생활이지."

"원하지 않는다면 결혼해달라고 하지 않을게. 너에겐 나름의 원칙들이 있으니까. 하지만 난 결혼하지 않고도 아이들을 키울 수 있어."

문득 그의 머릿속에 '외몽골'이 떠올랐다. 어딘가에 '외몽골'이라는 나라가 있었다.

"트루디, 나 좀 도와줘. 난 후회를 먹고 사는 부류야. 천성이 그래. 널 몹시도 그리워할 것이고, 그럼 넌 '내 후회의 옥좌'에 앉은 진짜 여왕 같은 존재가 될 거야……."

그렇게 말하고 나서 레니는 생각에 잠겼다. 이럴 수가! 대체 어디서 이런 멍청한 말을 찾아낸 거지? 알고 보면 나도 위대한 시인이 분명해. **내 후회의 옥좌라……** 제법 그럴싸해. 버그 녀석도 자기가 문맹이라고 했어. 사실 이런 건 학교에서 배우는 게 아냐. 자기 안에 갖고 있어야 하는 거지.

레니는 슬프고 맥이 빠지는 느낌이었다. 불운했다. 처음으로 정말 귀엽고 착한 여자애를 하나 찾았나 했더니, 돌연 고약해져 자기랑 평생을 함께하려 들지 않는가. 분명 그에게는 착한 여자들에게 더없이 저속한 감정을 일깨우는 뭔가가 있는 게 틀림없었다.

"레니, 잘 보살펴줄게. 무엇 하나 부족한 것 없도록 말이야."

"트루디, 대체 영어는 어디서 배워 그렇게 잘하는 거지?"

"바젤의 벌리츠 어학원에서."

그 말에 레니는 그녀의 손을 잡고서 다정하게, 벌리츠 얘기를 해주었다. 그러려고 그녀는 바젤에서 3개월 과정 수강료로 500프랑을 낸 것 아닌가. 겨울 스포츠 장에서 만날 정직하고 근면한 잘생긴 미국 청년을 꿈꾸면서 말이다. 그는 꼭 담보로 잡힌 것 같은 느낌이 들었다. 게다가 친구 녀석들은, 그처럼 멋진 미국 낯짝을 가진 인간은 응당 벌리츠 어학원으로 찾아가 수강료의 20퍼센트를 요구해야 한다고 떠들어댔다. 그 자식들이 그를 등쳐 먹은 거였다. 이런 제기, 그 자식들에게 소송을 걸어야 해. 그는 트루디에게 친절하게 대해주었다. 여자에게 고통을 주면, 그녀와 개인적인 관계를 맺게 될 수밖에 없다. 절대 누구에게도 상처를 줘서는 안 된다. 누군가와 가까워지지 않고는 고통을 줄 수 없는 법이니까. 그것은 소외에 해롭다. 그렇게 해서 가정이 시작되고 우애와 조국이 시작되는 것이다. 그런 게 바로 베트남 아닌가. 그래서 징집당하면 스키는 접을 수밖에 없다. 사실 브롱크스 출신의 위대한 중국 시인 돈 쥐스킨트, 이란의 왕에게서 좀먹은 카펫을 하사받기까지 한 위대한 쥐스킨트가 일본 지혜의 정수를 담은 **호쿠사이**인지 **스키야키**인지 하는 것의 페르시아 버전인 **토케스**에서 한 말도 바로 그런 뜻이었다. "특히 너의 이웃을 너 자신처럼 사랑해서는 안 된다, 어쩌면 그는 괜찮은 녀석일지도 모르니까." 쥐스킨트는 비관주의에 반대했다. 레니도 사람들이 자신과 매우 다를 것이라고 믿었다. 하지만 종종 그에 대해 심각한 의문을 품곤 했으며, 그럴 때는 우울했다. 교구 목사들이 떠들어대는 것과 달리, 어쩌면 예수는 달랐을지도 모른다. 어쩌면 인간의 흔적, 진짜 인간의 흔적이라고는 전혀 찾아볼 수 없는 피조물들이 사는 다른 세계가 있을지도 모른다. 건달들에게 매우 인기 있는 쥐스킨트의 또 다른 유명한 **스키야키**인지 **하라키리**인지 하는 것 중에는 **여자와 어린아이 먼저**라는 짤막한 **토케스**도 있다. 레니는 이 토케스가 너무 으스스하다고 생각했다. 다른 무엇보다도 그것은 사실이 아니었다. 베트남에서 여자와 어린아이를 먼저 죽이지는 않았다. 이런, 그래서 어쨌단 말이야, 탈영하거나 병역 수첩을 불살라버린 마당에 또다시 베트남 생각을 할 필요는 없었다. 베트남이라면 지긋지긋했다. 허구한 날 고통스러워할 수는 없는 법이다.

쥐스킨트는 중국 식당 주인들에게 일본 것인지 페르시아 것인지 모를 그 지혜의 문장을 팔아 생계를 잘도 꾸렸다. 식당 주인들이 문구가 적힌 종잇조각을 작은 쌀 과자 안에 넣어두면, 손님들은 과자를 깨서 그 속의 문장을 읽었다. 그러다 쥐스킨트는 직접 중국 식당을 개업했는데, 어찌 보면 그것은 자신이 자신의 에디터가 된 격이었다. 게다가 반은 중국인 반은 아프리카인인 여종업원과 결혼해서, 모두 동일 아버지 소생인 아이를 셋이나 낳았다. 그러다 그는, 어느 날 매우 풀 죽은 모습으로 다시 산장에 나타났다. 시의적절한 지혜의 문장을 만들어낼 능력을 완전히 상실한 채였다. 결국 그것을 만든 이는 버그였다. 때는 크리스마스였고, 마음에 축제의 감흥이 일어서였다.

> 동방박사들이 찾아와
> 자신들이 본 모든 것을 불태웠지.
> 그러곤 추적에 나섰다네,
> 공산주의 동방박사들을.
> 그래서 나의 '스키얍'은 이렇네—
> 동방박사들, 난 그들이 지긋지긋해.

모두가 버그에게 열렬한 찬사를 보냈다. 그것은 훌륭한 **스키야키** 혹은 **나가사키**, 하여간 거시기였다. 특히나 고도 2천 미터에서 천식을 앓는 호모가 크리스마스이브에 처음 쓴 것치고는 더더욱 그랬다. 이 심오한 문장의 아름다움 앞에서 눈물을 떨구지 않을 녀석은 한 명도 없었다. 이곳에서 공짜로 먹고 자지 않는 녀석이라 할지라도 말이다. 딱 한 사람 위대한 쥐스킨트만이 동의하지 않았다. 크리스마스이브였기에, 그는 다른 모든 유대인들처럼 기분이 상해 있었다. 그리하여 우리의 위대한 쥐스킨트는 막대한 노력을 기울였고 잔뜩 웅크린 채, 정신을 집중하더니 결국 다음과 같은 **요코하마**를 테이블에 올려놓았다.

정말로 세상을 바꾸려면
녹을 때까지 기다려야 해.
화씨 10만 도
세상은 그 뒤에나 바뀌지.

나쁘지 않았다. 어디에선가 예수가 탄생 중인 크리스마스이브에, 유대인이 쓴 것치고는 말이다. 그것은 언젠가 사람들의 지탄을 받게 될 것이 분명했다. 대체로 유대인 친구를 사귀길 꺼려한 레니였지만 이 위대한 쥐스킨트만은 무척 좋아했다. 멸절 이후 그들은 가는 곳마다 그들의 죽음을 끌고 다녔고, 개중에는 좋지 않은 동기로 이곳에 온 이들도 있었다. 말하자면 더는 유대인으로 존재하지 않기 위해 소외를 선택하고서. 물론 그들은 반유대주의자가 된 데에 부끄러움을 느꼈고, 그래서 틈만 나면 사람들에게 자신이 유대인임을 상기시켰다. 언제나 그 빌어먹을 심리가 문제였다. 사람들은 심리가 인간에게 무슨 짓을 할 수 있는지에 대한 개념이 없었다. 그것은 용서라는 걸 몰랐다.

쥐스는 착한 사람이었지만 정신장애가 있었다. 캄캄한 어둠 속에서 잠이 들면, 곧 불이 켜져 있는 꿈을 꾸고서 깨곤 했다. 그러고는 불을 켜둔 채 잠든 개자식이 있다고 아우성치며 한밤중에 사람들을 깨웠다. 버그는 그 증상의 원인이 출산 전에 있을 거라고 말했다. 그가 아직 태중에 있을 때 의사가 손전등을 켜고 검진했거나, 아니면 그의 아버지가 자동차 헤드라이트를 켜두었거나, 아무튼 그런 일이 있었을 거라는 것이다. 쥐스는 자신의 태아 시절에 대해 그런 식으로 말하는 걸 싫어했다. 이래도 짜증 저래도 짜증이었다. 결국 버그가 기막힌 꾀를 하나 냈다. 그의 설명은 이랬다. 자신은 유대인을 잘 알며, 유대인들의 극도로 예민한 감수성 때문에 그들을 무척 좋아한다는 것, 그리고 그들을 다룰 줄 알아야 한다는 거였다. 이 미친놈이 찾아낸 묘안이란 게 뭔가? 쥐스를 욕실에 재우고 불을 켜두는 것이었다. 그러자 쥐스는 아이처럼 곤히 잠들었다. 유대인이 모순의 정신을 가졌다는 건 널리 알려진 바다.

복잡한 그의 머릿속을 좀 비워주기 위해, 레니는 여드레간의 대장정에 쥐스킨트를 데려갔다. 에베르 봉을 넘어 탈 봉을 지나 시앵 계곡으로 들어가는 도정이었다. 그들은 암스테르담 출신 어느 다이아몬드 상인의 산장에서 여드레를 지냈는데, 이 상인은 산장에 머무는 법이 없어 굴뚝으로 들어가기만 하면 되었다. 산장에는 둥둥 떠다니는 느낌을 주는 끝내주는 침대가 있었다. 이처럼 자리를 비울 때는 부자들에게도 괜찮은 구석이 있었다. 그 후 그들은 이탈리아가 내려다보이는 그리종과 피에르 뤼네르 봉으로 갔으며, 레니는 언젠가 피라미드를 보러 이탈리아에 가야겠다고 다짐했다. 그륀덴으로 가는 한밤의 눈길은 너무나 푸르러서 마치 하늘 속을 걷는 것 같았다. 쥐스킨트가 돌연 어떤 신비로운 기운에 사로잡혀 안경을 고쳐 쓰고는 그의 가장 유명한 **호쿠사이**를 하나 뽑아냈다. 생존자가 있다면 틀림없이 후대에 길이 전해질 작품이었다.

　이 얼마나 거대한 미의 세계인가.
　이를 폭파한다는 건 유감스런 일.
　그래서 나의 '파뮈존'은 이렇다네―
　펜타곤을 폭파하라.

　스키를 타는 진짜 공자님이랄까, 바깥바람을 쐰 모든 지식인이 그렇듯 이 자식도 나사가 완전히 풀려 있었다. 게다가 이런 고도에다 반짝이는 광년光年들까지 있어 더는 그를 자제시킬 방도가 없었다. 산장에 도착하기 전까지 그는 무려 75편이나 되는 지혜의 진주를 하나씩 차례로 뽑아냈으나, 하나만 빼고 모두 후세에 전해지지 못하게 되었다. 딱 한 작품이 레니의 기억에 남았는데 그것이 그의 생각과 전적으로 같았기 때문이었다. 그렇다고 해서 그가 그딴 일에 끼어든 건 아니었다. 그런 것에는 전혀 관심이 없었다.

　세계는 엄청나게 성공했다.
　한데 인간들은 여기서 뭘 하고 있지?
　일어나라, 지상의 저주받은 인간들이여
　모두 서둘러 허공으로 달아나라.

마지막 진주는 산장의 친근한 분위기에서 친구들이 옷을 벗기고, 얼음찜질로 그의 혈액순환을 멈춰보려고 애쓰던 때에 만들어졌다. 스물네 시간 동안의 긴 잠에 곯아떨어지기 전에, 그는 이렇게 외쳤다.

나는 위대한 쥐스킨트
인도의 지혜를 마셨노라.
하여 나의 '보디사트바'는 이렇다네—
잘 지낼수록, 잘 지내지 못하는 것.

그러고 나서 그는 잠들었다. 자신이 대단히 만족스러운 듯 얼굴 가득 미소를 머금은 채, 두 손을 맞잡고 감미로운 코골이로 수염을 흔들면서.

레니는 비록 지혜의 진주는 단 하나도 뽑아낼 수 없었지만, 트루디에게 "아니"가 무엇을 의미하는지 설명하고자 했다. 단호하고 총체적인, 정말로 마음을 비운 "아니", **사무라이**나 **쿨리비악**의 "아니", 뭐랄까, 이 세상으로 새로운 세상을 건설할 수는 없음을 너무나 잘 아는 자의 진짜 "아니"를 말이다. 하지만 트루디는 동양 지혜의 진주들을 도통 알아듣지 못했고, 급기야 레니는 악몽까지 꿀 지경에 이르렀다. 그는 하트 모양 덧문이 달린 어느 예쁜 집에 정착해 있었다. 뒤에는 작은 텃밭 정원이 딸려 있고, 그가 사랑스런 두 아이와 노는 동안 트루디는 부엌에서 스위스 독일어로 노래를 불렀다. 그 밖에 애정 어린 눈으로 주인을 바라보는 착한 스위스 독일산 강아지도 한 마리도 있었고, 바깥에는 번지수 위에 그의 이름이 적힌 우편함도 하나 있었다. 레니는 온 머리카락을 곤두세운 채 식은땀에 젖어 깨어났다. 주소와 신원, 그것은 만사 끝장을 의미했다. 소재가 알려지고 법적으로 존재하게 되면 재소집당한다. 고정 주소를 가진 또래 녀석들은 모두 베트남의 무거운 궤짝 속에 누워 있다. 종고 백스터, 필 저킨, 루 포조 등 대부분 흑인인 20만 명 이상의 또래 녀석들, 그것이 바로 통합이었다. 이런 생각에 더럭 겁이 난 그는 더없이 포근한 침대에서 뛰어내려 바지를 꿰입었다. 생존 본능이 동양 지혜의 진짜 진주 한 알, 재치 있는 거짓말 하나를 그의 귀에 속삭여준 게 바로 그때였다.

"이봐, 트루디. 전부 다 털어놓을게. 난 네 곁에 머무를 수 없어. 어디에도 머무를 수 없어. 두 달 전에 바젤에서 경찰 한 명을 죽였거든. 배에 세 발을 쐈지. 왜 그랬는지 모르겠어. 그는 나한테 아무것도 물어보지 않았어. 사흘 전에 내가 한 가족을 살해한 사실을 모르고 있었단 말이야. 그 사건 너도 기억날 거야. 신문에도 났지. 잘 있어, 트루디. 널 곤란하게 하고 싶지 않아. 살인자를 유숙시키는 짓은 형량이 가볍지 않아. 10년 형이야. 그렇다고 겁낼 건 없어, 산 채로 잡히는 일은 없을 테니까."

그녀는 금방 조용해졌다. 그러고는 자신의 모든 것을 숨기기 위해 이불을 턱까지 끌어올리기 시작했다. 그가 살인자였기 때문이었다. 그것이 스위스의 논리였다. 그녀는 곧바로 그의 말을 믿었으며, 심지어 기분 좋게 듣기까지 했다. 아메리카. 사실 그들 모두가 병적인 살인자임을 그녀도 잘 알고 있었다.

"**마인 고트**세상에, 레니, 왜 그를 죽인거야?"

"트루디, 사람을 죽이는 데 꼭 동기가 있어야 하는 건 아냐. 그건 개인적인 감정 때문이 아니었어. 경찰이란 곧 아버지의 이미지인 것 같아. 권위 말이야. 난 심리적으로 불안정해, 트루디. 적개심에 차 있지. 그런데 미국 인구는 2억 명이나 돼. 미칠 노릇이지."

레니가 양말과 장화를 신는 사이, 트루디는 이불을 턱까지 끌어올린 채 잔뜩 겁에 질린 눈으로 그를 쳐다보았다.

"잘 있어, 트루디. 가끔 보러 올게. 어쩌면 어느 날 총알구멍이 숭숭 뚫린 너의 집 문 앞에서 날 보게 될지도 몰라. 그럼 네가 날 집 안으로 들여, 둘이서 함께 바리케이드를 치고 총알이 다 떨어질 때까지 버티다가 같이 죽게 되겠지. 지금은 아무것도 약속할 수 없지만, 어쨌든 난……."

유럽인들이 아메리카에 대해 너무나 잘 아는 그 모든 것에는 전부를 걸어도 좋았다. 그것은 확실하기에 안심해도 되었다. 그녀의 두 눈에는 '아메리칸 드림'이 가득했고 그것은 거기, 그녀 앞에 있었다. 비록 아직 총알구멍이 숭숭 나지는 않았지만, 이미 거리 모퉁이에서 여자를 강간하고 **미연방 경찰**에게 린치를 당하는 흑인이 가득했다. 유럽 어디를 가나 사람들에게 '아메리칸 드림'이 있었기에, 그들을 속이는 것은 식은 죽 먹기였다.

그는 그녀에게 가볍게 손짓하며 "따—따—따" 하고 말했다. 그러고는 아주 기민하고 홀가분하게 집을 빠져나갔다.

다만 문제는 그가 스위스 사람들을 잘 몰랐다는 데 있었다. 다음 날, 체르마트 시의 거리를 어슬렁거리며 피츠버그 출신 아베 슬로민스키를 찾아가던 중 그는 경찰에게 체포되었다. 슬로민스키는 2년 전 무無에 대한 믿음을 저버리고, 더는 스키조차 타지 않고서, 뮐러 호텔 뒤에 에스프레소 바를 하나 연 녀석이었다. 예

올드 잉글랜드 알베르트 아인슈타인 기념 에스프레소 앤드 햄버거 바라고 이름 붙인 이 바는 시 창작 아틀리에임과 동시에, 체르마트 반핵 비무장 위원회 및 유엔 지원 운동 사령부이자, 베트남전쟁 반대 투쟁과 인도 산아제한을 위한 스위스 연합의 지역 센터이기도 했다. 레니가 언제라도 달걀 프라이를 공짜로 얻어먹을 수 있다고 확신하던 곳이었다. 언젠가 그들에게 자기 아버지가 한국전쟁 영웅이라 아들인 자신은 더 이상 사람들을 똑바로 쳐다볼 낯이 없게 되었다고 말해준 적이 있기 때문이다. 경찰 두 명이 그의 양팔을 하나씩 붙들었다. 오 분 후 레니는 체르마트 경찰서에서, 바젤 시에서건 어디에서건 결코 살인한 적이 없음을 서장에게 납득시키려고 무진장 애를 써야 했다. 단지 한 아가씨를 예의 바르고 친절하게 대하고자 했을 뿐이라고, 자신을 진정으로 사랑하는 아가씨였기에 고통을 주지 않고 그녀를 떠나고자 했을 뿐이라고 말이다. 모두가 알다시피 사랑이란 그런 경이로운 것 아닌가. 그는 일이 아주 더럽게 되었다고 생각했다. 그녀는 그가 밖으로 나간 지 일 분도 채 지나지 않아 전화기로 달려가 경찰에 모조리 불었다. 그녀는 그가 지금까지 만난 여자들 중에서 가장 정직하고 성실했다. 이는 부인할 수 없는 사실로서, 어쨌든 이런 일이 세상에 존재한다는 것은 좋은 일이었다. 뭐라더라, 이런 걸 가리키는 말이 하나 있었다. 딱 맞는 말, 그렇다, 양심. 스위스 사람들이 세계 최고의 손목시계를 만드는 게 당연했다. 그들은 믿을 수 있었다.

"당신은 석 달 전 바젤에서 슈츠 경관을 권총으로 쏴 죽인 사람이 바로 당신이라고 증인에게 털어놓았소."

"친절을 베풀려고 그런 거예요, 서장님. 선의로 한 거라고요."

"뭐라고? 이런 파렴치한 자를 봤나?"

"아니, 제가 그랬다는 얘기가 아니에요. 제 말은 선의의 거짓말이었다는 겁니다, 서장님 나라의 언어를 잘 몰라서 정말 죄송합니다."

"당신에게 영어로 말하고 있지 않소?"

"물론 그렇습니다, 서장님. 하지만 말들이 저에게는 쉽게 다가오지 않습니다. 말들은 제 것이 아닌 것 같아요. 사이가 좋지 않아 서로 피하죠."

"거참 편리하군."

"그렇습니다, 서장님도 그렇게 말씀하시는군요. 아주 편리합니다. 심지어는 목숨을 구해주기도 하죠."

버그는 이렇게 말했다. "이를테면 **애국주의**라는 말이 그래. 이게 무슨 말인지 모르는 녀석은 십중팔구 위험에서 벗어날 수 있어."

"그럼 생각은 무엇으로 하시나?"

"되도록 생각은 하지 않으려고 하는 편입니다, 서장님. 이따금 명상을 하는 경우는 있지만."

"그게 그거 아니오?"

"꼭 그렇지는 않습니다, 서장님. 명상은 아무 생각도 하지 않으려고 하는 거지요. 그럴 때는 행복합니다."

서장은 애써 웃음을 참았다. 제복의 위엄을 지켰다. 그는 머리카락이 희끗희끗한 자로, 피부가 심한 구릿빛인 것으로 보아 아마도 스키를 타는 듯했다. 아주 더럽게 들리겠지만, 경찰 중에도 스키를 타는 자들이 있다. 경찰은 그 무엇도 존중하질 않는다.

"증인은 당신이 돈도 갈취했다고 하더군. 자기를 때리고 돈을 훔쳐갔다고 말이야."

레니는 두 어깨 위로 산 하나가 떨어져 내린 것 같았다. 아주 기가 막혔다. 기분이 유쾌해졌다. 그 아가씨는 레니를 즐겁게 해주려고 일부러 그런 얘기를 꾸며낸 게 분명했다. 여자의 직감이랄까. 그녀는 그가 그녀를 차버린 일로 기분이 아주 더러울 것이요 자책하고 있으리란 걸 알고서, 그를 위해 이런 거짓말을 꾸며낸 거였다. 사랑, 역시 진실한 것은 사랑뿐이었다. 그의 두 눈에 눈물이 글썽거렸다. 감사의 눈물이었다. 어떤 때는 그런 것도 참 지긋지긋하지만 말이다.

"거참, 울지 마시오."

"전 절대 울지 않습니다, 서장님. 눈이 예민해서 쉬 축축해지죠. 반사광 때문입니다. 늘 눈 위에서 지내니까요."

"정말 훔치지 않았소?"

"제가 훔친 건 그녀의 마음뿐입니다, 서장님. 그녀는 저를 진심으로 사랑하기에 고통을 주려는 겁니다. 서장님도 사랑이 뭔지 아실 거라고 확신합니다. 그러니까 경찰로서 말이지요. 그건 곧 살인과 다를 바 없습니다."

서장은 이번에는 미소를 자제하지 않았다. 마음 같아선 크게 폭소를 터뜨리고 싶었다. 이미 레니가 수도 없이 경험한 바지만 미국인들과는 늘 이런 식이었다. 사람들은 미국인을 무척 좋아했다.

"사실 슈츠 살해범은 이미 잡혔소. 자백도 했지. 그저 확인을 해보는 것뿐이오. 노동 허가증은 있소?"

"없습니다, 서장님. 전 일은 전혀 하지 않습니다. 저 빼고 먹여 살려야 할 사람이 있는 것도 아니고, 친구들도 있으니까요."

"당신 여자 친구 말로는 스키 강습을 한다던데."

레니는 반박하려고 입을 벌렸다가 곧 생각을 바꾸었다. 비록 경찰이긴 하지만 이 친구에게도 한 번쯤 기회를 주어야 하지 않겠는가? 레니는 부인하지 않았다. 경관은 그를 바라보더니 곧바로 기회를 포착했다.

"좋소, 가보시오. 정말이지 스위스엔 당신 같은 미국 젊은이가 너무 많소. 우리 나라의 뭐가 그렇게 당신들 마음에 드는 거요?"

"그야 물론 스키부터 꼽아야죠. 또 뭐가 좋냐 하면……. 잘 모르겠어요. 멀리 떨어져서 좋은 것 같아요. 스위스는 정말 모든 것에서 멀리 떨어져 있어요."

"고맙소."

"제 말은……."

"알았으니 그만 가보시오. 나도 당신 또래의 아들이 하나 있소. 녀석은 스위스를 아주 끔찍해합니다."

"그건 단지 언어 장벽 때문이랍니다, 서장님."

"녀석은 스위스 사람이오."

"그래서 그렇다는 겁니다. 아드님은 이 나라 언어로 말합니다, 서장님. 그래서 스스로를 방어할 수가 없지요."

경관은 머리를 끄덕이고는 신분증을 돌려주었다. 그의 얼굴이 어두워져 있었다. 그만 자리를 뜨는 게 상책이었다. 아들 생각을 하다가 그를 감방에 처넣을 수도 있을 것 같았다.

레니는 적잖이 우울한 심정으로 경찰서를 나섰다. 지구는 살 수 없는 곳이 되어간다. 모두가 영어를 할 줄 알고 모두가 서로를 이해할 수 있게 되었다. 날이 갈수록 끔찍한 일이 많아지는 게 당연했다.
 게다가 경찰들은 그의 여권이 만료되었음을 알리고 갱신하거나 스위스를 떠나야 한다고 말했다. 하지만 그럴 수는 없었다. 미국 군대가 그를 뒤쫓고 있었다. 그것은 인구가 미어터지는, 아직도 레니를 달아나게 할 만큼 강력한 느낌을 주는 무시무시한 군대였다. 레니는 그 힘이 너무도 무서웠다. 그건 더러운 것, 인공 음경 같은 것, 성불구자들을 위한 아주 추잡한 것이었다. 그들에게 양심적 병역 거부자라는 얘기를 해봤자 소용 없었다. 어떻게든 그들은 당신에게 뭔가 유용한 일을 하게 할 방법을 찾아냈다.
 정말 재수 없는 하루, 진짜 마다가스카르였다.
 무엇보다 나쁜 건 가는 곳마다 따라다니는 여름이었다. 눈은 밤이 되면 얼어붙고 낮에는 흐물흐물 녹아내렸으며, 곳곳에서 바위들이 드러나고 주위에 점점 더 맨땅이 많아졌다. 이른바 현실이었다. 우리는 그 한가운데에 있었다. 여름에는 언제나 그것이 우리를 덮쳤다. 어찌 보면 아래가 위로 올라와 고도를 비웃는 것 같았다. 도르프 시에서조차 기름 냄새가 풍기기 시작했다. 관광객은 이제 거의 찾아볼 수 없었다. 제리 거트리가 본명인 시디 벤사이드의 재즈 그룹도 떠났다. 가장 먼저 시디가 마리화나가 가득 든 마흔 켤레의 구두와 함께 떠나갔다. 호텔들은 "암벽등반가"가 찾아오는 여름 시즌을 준비하기 위해 한 달 동안 문을 닫았다. 밧줄에 매달려 흔들리며 진정한 자유를 맛보는 것보다 더 달콤한 게 없다고 생각하는 녀석들이었다. 다른 무엇보다도 버그가 부모님이 기다리는 이탈리아로 떠날 예정이었다. 부모님을 무척 사랑하는 그였지만, 부모님과의 만남은 끔찍한 천식 발작을 일으켰다. 하지만 그는 외아들이었고, 그들은 그가 요강 같은 호모임을 알지 못한 채 결혼하도록 설득하고자 했다. 그는 모두 털어놓을 작정을 하고서, 그들의 정신을 열기 위해 동성애에 관한 모든 자료를 모아두기까지 했으나, 그럴 때마다 그의 아버지가 자기 아들이 혹 여자 역 호모는 아닐까 하는 생각을 해보기도 전에 이미 자신이 심근경색을 일으켰기에, 버그로서는 더 이상 어떻게 해볼 도리가 없었다. 어떤 때는 이런 끔찍한 의혹마저 들기도 했다. 그가 아버지를 이렇게 조심스럽게 다루는 데는 근친상간적인 뭔가가 있는 게 아닐까 하는 의혹 말이다. 결국은 또 심리다. 건달들 가운데 일부는 굴복하기 시작했다. 벨렌 시의 호텔에서 그릇 닦는 일을 하거나, 심지어 암스테르담발 군 수송차를 거론하는 녀석들도 있었으며, 별 이유도 없이 미국 송환을 받아들이는 개자식들까지 있었다. 조니 립스키처럼 땡잡은 녀석도 있었다. 조니가 테네시 윌리엄스라는 필명으로 쓴 작품들을 좋아하는, 지적인 엉덩이를 가진 웬 프랑스 여자가 그를 거둬들인 것이다. 마티 스티븐스는 로잔의 어느 스트립쇼 클럽 종업원 일자리를 구해, 클럽 제복을 입고 거리로 나섰다. 그 밖에 다른 녀석들은 소리 소문 없이 허공으로 증발했다가, 어느 날 갑자기 퉁퉁 부은 기름진 모습으로 다시 발견되기도 했다. 맨해튼의 어느 광고 대리점 표면에 떠오르거나, 대출로 주택을 구입하거나, 가정을 꾸리거나 하여 결국에는 완전히 침몰, 세계 인구라는 항아리의 맨 밑바닥에 가라앉아버린 모습으로 말이다. 이제 산장에는 왕고참들, 진짜 중의 진짜, 아래로 내려가느니 차라리 곯아 죽는 편이 나은 몇몇 꼴통뿐이었다. 날이 너무 길었다. 길어도 너무 길어, 별들이 그리

왔다. 버그는 떠날 결심을 하지 못했다. 숨이 가쁜 건 아니었지만, 대신 발끝에서 머리까지 온통 습진에 뒤덮였다. 그는 한 소녀와 입씨름을 하고 있었는데, 지금껏 그들 중 어느 누구도 본 적이 없는 꼬마 아가씨였다. 얼굴은 못생겼지만, "날 꼬집어줘, 귀염둥이"라는 소리가 절로 나올 법한, 영양이 부족한 어여쁜 작은 체구의 소녀였다. 버그는 취리히 역에서 울고 있는 그녀를 발견했다. 취리히 역은 정말이지 뭔가 비범한 구석이 있는 곳, 진정한 성소가 분명했다. 계집애는 땡전 한 푼 없었고 여권도 잃어버렸으나, 어떻게든 교황 요한 23세를 만나러 로마로 가려고 했다. 누군가가 녀석에게 그가 좋은 사람이라는 얘기를, 먼 길이지만 그런 사람은 분명 만나러 가볼 만하다는 얘기를 해주었기 때문이었다. 버그는 이 아가씨가 흥미로운 족속이라고 생각하여 산장으로 데려왔다. 지금 그는 아주 현대적인 소파, 너무나 현대적이어서 혹 그가 나머지 다른 모든 것과 더불어 우리 눈앞에서 해체되어버리는 건 아닐까 하는 생각이 들 만큼 현대적인 자신의 소파에 왕처럼 앉아 있었다. 버그는 우리에게 그 꼬마 아가씨의 "문제"를 분석해주었다. 기쁨에 그녀의 낯빛이 붉어졌다. 그녀가 "문제"건 뭐건 그녀에게 뭔가가 있다는 얘기를 들은 것은 이번이 처음이었다. 그건 마치 누군가가 그녀에게 대뜸 하나의 인격을 제공한 것과 같았다.

"이야말로 무차별적 생식의 전형적 케이스야" 하고 버그가 집게손가락으로 꼬마 아가씨를 가리키며 말했다. "그들은 수없이 많은 정자를 자연에 방출해놓고 그걸 아메리카라고 부르지. 얘를 좀 봐. 완전 떨거지 아냐. 행위 중인 커플은 교접의 어마어마한 결과를 전혀 몰라. 이 계집애는 절대 이 세상에 태어나지 말아야 했다는 걸 한눈에 알 수 있어. 장차 뭐가 되건 아무 곳에 아무렇게나 애들을 싸지르는 건 집단 학살과 같아. 저런 탄생은 곧 정자 살해라고. 요즘 평균적 정자가 어떻게 되는지 감들이 잡히시나? 여길 보라고!"

건달들이 그녀를 쳐다보았다. 그녀는 미소를 지으려 했다.

"가슴이 미어질 거야" 하고 버그가 계속 지껄여댔다. "이 애의 정자가 속에서 자기 모습을 본다면 아마 머리카락을 쥐어뜯을 거야. 인간을 지키려면 먼저 정자를 지켜야 해. 인간과 종의 운명은 거기에 달려 있어. 그렇게 하지 않으면, 인간의 정액은 로마제국의 운명을 따르게 되는 거지. 네 이름이 뭔지 말해줄 수 있어?"

"리지 슈바르츠."

"아, 제법이군. 그래도 교육은 받은 모양이야. 무슨 일을 하고 있어?"

"교황 요한 23세를 만나러 로마로 갈 거예요."

"뭣하게?"

"그분은 좋은 사람이에요."

버그는 손가락을 추켜세웠다.

"이보게들, 그녀는 돈 한 푼 없이 주린 배를 움켜쥐고 대양을 가로질렀네. 어딘가에 좋은 사람이 있다는 얘기를 듣고서 말이야. 그가 누구라고? 바로 교황이야. 멋진 인구학적 명상 주제 같지 않은가? 부모님은 어디 계시지?"

"숙모님 손에 자랐어요."

"숙모에겐 당장 죽음을 내려야 해! 총살시켜야 해! 한데 부모님은?"

"그분들은 날 좋아할 수 없었어요."

"그건 왜?"

"부모님과는 종종 그렇게 되잖아요. 두 분 사이가 좋지 않을 때 말이에요. 저를 보면 함께 잠을 잔 일이 떠올랐나 봐요."

버그의 얼굴빛이 창백해졌다. 습진이 있어서 보기에 끔찍했다. 건달들은 그의 상태가 염려되었다.

"이봐, 버그. 그쯤 해둬" 하고 레니가 말했다. "그거 다 뻔한 얘기잖아. 그래서 우리가 여기 있는 거고. 신경 꺼. 보다시피 얜 그냥 떨거지일 뿐이야. 그러니 그냥 가만 내버려두라고. 얘가 얘기를 시작하기라도 하면……."

"부모님 주소를 대, 당장!" 하고 버그가 소리쳤다. "너의 꼬락서니를 그들에게 똑똑히 알려줘야겠어……."

계집애는 살짝 불안해하기 시작했다. 어쩌면 이 대화가 그녀와 무관치 않으리라는 생각이 들기 시작한 모양이었다. 만약 버그라는 이 더러운 머저리가 그녀를 지적으로 깨어나게 하는 날이면, 아마 그는 족히 7년쯤은 정신분석을 받아야 원상회복할 수 있을 것이다.

"주소는 저도 모르죠. 그렇지 않겠어요?"

"그럼 숙모는?"

"돌아가셨어요."

"아, 하긴. 그래도 잘된 일이 하나 있긴 있구먼. 뭐 할 줄 아는 거 있어?"

그녀는 대꾸하지 않았다. 그녀가 두 눈썹을 떨었다. 인공 눈썹이었다. 필요한 곳엔 마스카라를 칠했다. 그녀는 화장할 줄 알았다.

"뭐 할 줄 아는 게 있느냐고 물었어. 얘기해봐. 부끄러워할 필요 없어. 교황은 아직 먼 곳에 있어."

"버그, 그 앨 좀 가만 내버려둬" 하고 쥐스가 언성을 높였다. "보다시피 화장을 할 줄 알잖아. 자신을 아름답게 꾸밀 줄 안다고. 깨끗하게 관리할 줄 알아. 손톱에 매니큐어도 칠했고. 더 이상 뭘 바라? 그 앤 문명인이야."

"난 승강기 안에 있었어요" 하고 계집애가 말했다. 그녀의 두 눈에 눈물이 고였다. 그들은 묘한 불안과 거북함을 느끼기 시작했다. 그녀가 뭔가 중요한 말을 할 것 같은 느낌이 들었다.

"승강기를 작동시켰다고? 그건 어디서 배웠지?"

"통신으로 UCLA 강의를 들었어요."

"UCLA 말이야? 더러운 자식들. 승강기 수업료는 어떻게 마련했지?"

기어이 그녀가 울음을 터뜨렸다. 진짜 눈물, 지적인 눈물이었다. 눈물이란 늘 지적이다. 그것은 이해에서 나온다.

"울지 마. 전화로 마련한 거야?"

이제 아가씨는 더 이상 자신을 방어하지도 않았다. 정반대였다. 그녀는 모든 것을 털어놓고 싶어졌다.

"아뇨. 그러니까, 이곳저곳에서. 술집에서, 거리에서. 돈을 저축하고 싶었어요."

"교황을 보러 가려고?"

"버그" 하고 쥐스가 언성을 높였다. "지금 무슨 짓을 하는지 알아? 넌 지금 남색 발작 중이야."

"그럴지도 모르지. 하지만 난 정자들을 아무 데나 싸지르진 않

아. 녀석들을 위해 그들 나름의 아름다움에 아주 잘 어울리는 장소를 고르지. 울지 마. 내가 교황에게 가는 왕복표를 구해주고, 미국에서 찾을 수 있는 2천 달러짜리 수표도 끊어주지. 가서 내 아버지를 만나봐. 곳곳에 승강기를 가진 사람이야. 아프리카에도 말이야. 그중에 가장 멋진 놈으로 하나 골라. 너에게 사진을 보여줄 거야. 잘 살펴보는 편이 좋아. 그놈과 평생을 함께하게 될 테니. 개중에는 에어컨 달린 것도 있어. 빌어먹을, 승강기 속에서 일생을 보내다니. 그걸 문명이라 부르지. 정자를 그런 식으로 취급할 권리는 없어. 당장 피임약을 쓰게 해야 해! 교회가 승인하지 않는다면, 남색을 하는 수밖에."

꼬마 아가씨가 눈물을 닦았다. 이지 벤 즈위가 그녀와 결혼할 뜻이 있다고 선언했다. 이스라엘 사람들은 모두가 영웅이었다. 다른 녀석들은 전부 깊은 생각에 잠겼다. 물론 뭔가를 할 생각은 추호도 없었다. 그들은 폭탄에 반대했다. 어쨌든 폭탄을 가진 건 적이기 때문이다. 미국인들, 러시아인들, 중국인들. 또한 그들은 혁명에 반대했다. 혁명이란 성공하는 즉시 실패한 것이 되기 때문이다.

"여러분의 정자를 자연에 방출하기 전에, 그들을 맞이할 환영위원회를 구성해야 해!" 하고 버그가 큰 소리로 외쳤다.

"난 반대야" 하고 알 카포네가 말했다. "백 프로 반대야. 환영위원회 따윌 만들면 안 돼. 난 세상의 종말 편이야."

그의 발언은 그들에게 즉각 효과를 나타냈다. 종교적 침묵이란 바로 이런 경우를 두고 하는 말이었다. 버그조차 숨을 몰아쉬었다.

"세상의 종말이라고? 그건 파시즘이야."

"그러거나 말거나. 세상의 종말, 그것으로 끝. 그리고 나면 기막힌 한 편의 시를 갖게 되겠지."

"뭐라고?" 하고 버그가 외쳤다. "너 미친 거 아냐? 세상의 끝, **그 다음**엔 한 편의 시? 어떤 시 말이야? 시의 제재는 뭐고?"

"아무렴 어때. 세상의 끝은 말이지, 예술에서는 늘 경이로운 거야. 세상이 끝날 때마다 그 뒤엔 언제나 아카익한 형태가 탄생해."

"아, 그래" 하고 트럭 운전수들을 좋아하는 버그가 말했다.

"우리에겐 세상의 새로운 끝이 필요해. 그게 급선무야. 찬성하는 사람, 손 들어봐."

카포네 자신을 제외하고, 아무도 손을 들지 않았다. 모두 스키 생각을 했다. 그들은 스키에 집착했다.

"알겠어, 그렇다면 난 떠나겠어" 하고 알 카포네가 화가 나서 말했다. "세상의 끝 편이 아니라면, 자네들은 모두 반동인 거야."

"잠깐" 하고 버그가 말했다. "아마 해결책이 있을 거야."

"버그" 하고 레니가 말했다. "네가 곧 떠난다니 말인데, 50프랑만 꿔줄 수 있어? 제네바에 내려가봐야 해."

"미쳤어? 제네바는 아주 낮은 곳이야. 공기가 없는 곳이라고. 고도 제로의 똥 바닥이란 말이야."

"어쩌겠어, 밥은 먹어야 하잖아. 지금은 여름이야. 네가 아버지를 만나면, 너의 심리 문제 때문에 병원에서 3개월은 보내야 할 게 분명한데 그렇다면 뭔가 찾아 나서야 하는 거지."

"불쌍한 녀석, 제네바에서 뭘 하겠다는 거야? 수상스키?"

"천만에, 그건 다신 안 해. 웬 녀석이 내 일거리가 하나 있다고 하더군."

"뭔 일?"

"난들 알겠어? 앙주라는 녀석이 있어. **뮐러**에다 내 앞으로 메시지를 남겼더라고."

"그 앙주프랑스어로 '천사'라는 뜻이다라는 놈은 어떤 녀석이야? 이름을 보아하니 아주 구린내가 나는데."

"물론이지. 그렇지 않은 인간이길 바랐어?"

"아무 설명도 해주지 않았나?"

"전혀. 그저 내게 딱 맞는 일이라고만 했어."

"너도 뭔가 할 줄 아는 게 있다는 거야, 레니? 어디 내게 얘기 좀 해봐. 날 놀라게 해보라고."

"그만해, 버그. 네가 우릴 먹여 살린다고 해서 우릴 엿 먹일 권리까지 있는 건 아냐. 그렇게 되면 권위가 되어버린다고."

"그렇지. 하지만 정말 궁금해. 네가 할 줄 아는 게 뭐지, 레니?"

"무인도에 있다면 깜짝 놀랄 활약상을 보게 될 거야, 버그. 그런 섬 하나 구해줘봐."

버그는 파이프를 빨면서 매서운 눈길로 레니를 뜯어보다가 말했다. "좋아. 50프랑을 주도록 하지. 하지만 먼저 한 가지 거대한 철학적 수수께끼의 답을 한번 찾아봐."

"아, 엿 같군."

"그게 아냐. 그건 오이디푸스가 스핑크스에게 한 대답이야. 『비극의 탄생』에서 니체가 그랬지."

"그 니체라는 작자는 또 뭐야?"

"내 질문은 이래, 레니. **누가 쿠키 통에서 쿠키를 훔쳤지? Who took the cookie from the cookie jar?**"

"버그, 얼른 취리히 남자 공중변소로 가보는 게 좋겠어. 급해

보이는데."

"꼬맹이였을 때 기억나, 레니? 모두 손을 잡고, 둥글게 맴을 돌면서 물었지. 누가 쿠키를 훔쳤지, 레니?"

> Who took the cookie from the cookie jar?
> Not I took the cookie from the cookie jar.
> Then who took the cookie from the cookie jar?
> He took the cookie from the cookie jar.
> Not I took the cookie from the cookie jar.
> Then who took the cookie from the cookie jar?

"내가 알 게 뭐야, 버그. 정말이야. 전혀 모르겠어. 굳이 대답을 듣고 싶다면, 쿠키 따윈 애초부터 없었다고 하겠어. 넣는 걸 잊어버린 거야. 빌어먹을 USA 쿠키 통에 말이야."

"Who took the cookie from the cookie jar, 레니? 세상에서 가장 아름다운 쿠키 같아 보이는데."

"물론 가장 아름다운 쿠키야, 버그. 존재하지 않는 쿠키들이니까. 신. 공산주의. 형제애. 인간, 그러니까 대문자 H로 시작하는 '인간Homme' 말이야."

"멋진 '아메리칸 드림'을 훔친 자가 대체 누구지, 레니? Who took the cookie from the cookie jar?"

"좋아, 50프랑 빌려주지 않아도 돼."

하지만 버그는 돈을 주었고, 레니는 제네바로 내려갔다.

2

그 오리는 '바이런 경'으로 불렸다. 녀석도 절뚝거리기 때문이었다. 녀석은 멋들어진 오렌지색 깃털을 가졌고, 그녀가 품에 안을 때마다 프랑스어로 "꽈? 꽈?왜? 왜?"라고 하면서 제 깃털 속으로 파고들어 잠이 들었기에, 어쩔 수 없이 그녀는 몇 시간 동안이나 그 상태로 머무르곤 했다. 그녀는 모든 절름발이 오리와 더없이 좋은 관계로 지냈는데, 그녀의 삶에서 그것은 일종의 주특기인 셈이었다. 호수에는 갈매기도 있었고, 생크림 아이스크림을 닮은 백조도 있었으며, 어딘지 프롤레타리아 면모를 풍기는 검은 새도 있었다. 종종 그녀는 새들에게 모이를 주러 왔다. 이곳은 그녀가 제네바에서 가장 좋아하는 구석이었다. 그녀는 일주일에 이틀을 '동물보호협회'에서 일하기도 했다. 이 세상의 모든 문제를 단칼에 해결할 수는 없었고, 무슨 일이든 시작이 필요했다.

그녀는 한 시간 후 병원으로 아버지를 마중 가야 했으나 병원비를 지불할 돈을 아직 마련하지 못했다. 게다가 '트리움프'도 곧 기름이 떨어질 것이다. 제네바 주재 미국 영사의 딸이 돈이 없어

점심을 굶었다는 얘기를 누가 믿겠는가. 아닌 게 아니라 정말 그랬다. 어느 누구도 그런 사실을 짐작조차 하지 못했다. 하기야 미국이 영사들에게 돈을 지불하는 건 바로 그런 위신을 위해서가 아닌가. 그녀의 아버지는 조국에 너무 열심히 봉사하다가 알코올 중독자가 되어버렸다. 외교특권을 가진 신분임에도 불구하고 말이다. 사실 이 빌어먹을 외교특권이란 것도 참 재미있다. 모든 것으로부터 당신을 너무나 잘 면책해주기 때문에, 결국엔 당신을 내부에서 파괴해버린다. 당신을 보호하는 유리 뚜껑이 당신을 부숴버리는 것이다. 이상주의자들은 외국에서 자기 나라를 대표할 권리를 가져서는 안 되었다. 그들은 극히 제한된 분량의 현실을, 특히 진 토닉과 함께 흡수할 수 있을 뿐이다. 장래가 촉망되던 아버지의 이력은 최근 몇 년 사이 알게 모르게, 하지만 일관되게, 점점 더 낮은 자리로 하강했다. 그는 총살반의 일제사격 소리를 듣고 난 후 그들과 함께하는 공식 만찬장으로 담배를 피우며 갈 수 없는 아주 드문 외교관 부류에 속했다. 외국 주재 미국 대표의 이 치명적인 결함은 주 정부 인사국 기록부에 "성격 결함, 불안정"이란 말로 기록되었다. 쉰세 살이나 먹었지만 아직은 어엿한 호남자였다. 요즘 사람들은 항생제 덕에 아주 오래 사니 말이다. 짙은 두 눈동자가 유머와 아주 잘 어울렸는데, 재치의 미미한 빛이 푸른 바탕 위에서 유난히 돋보여서일 것이다. 매우 우아하고 대단히 지적인 사람이었지만, 약했다. 이를 부정할 필요는 없었다. 그녀가 아버지를 사랑하는 건 특히 그가 약한 사람이었기 때문이었다. 세상을 건설한 건 강자들이다.

그녀는 절름발이 오리를 물에 놓아주고는 다시 계단을 올라가 운전석에 앉았다. '트리움프'는 시동을 걸고 싶어 했으나 의지만으로는 충분치 않았다. 기름도 필요했다. 그녀는 혹시 '트리움프'가 자신의 개인적 문제를 잊게 되지 않을까 하는 막연한 희망을 품고서, 픽업전축에 헨델의 〈메시아〉를 넣었다. 그녀는 만약 이 자동차가 자신을 제네바 시 한가운데에 내려놓아버린다면, 울음을 터뜨리게 되리란 걸 알았다. 아무리 사태를 똑바로 바라보기로 결심했다고 하나 모든 일에는 한계가 있었다. 아무래도 안 되면 외면하는 수밖에 없었다. 하지만 그녀는 결국 카페에 도착했다. 늘 그렇게 생각했지만 아무래도 이 '트리움프'라는 놈은 그녀 가족 모두가 그렇듯 좋은 음악만 들을 수 있다면 무슨 짓이라도 하는 것 같았다. 미술. 콘서트. 뮤즈. 아니면 다른 뭐든, 이른바 문화라는 것에는 인류에게 기름 문제를 잊게 할 수 있는 뭔가가 있는 게 분명했다.

그녀가 자동차에서 내려서는 순간, 지금까지 한 번도 본 적 없는 웬 녀석이 미소를 보냈다. 큰 키에 구릿빛으로 그을린 피부와 야성적인 금발을 가진, 〈엘〉지에서 말하는 "〈태양은 가득히〉" 스타일의 청년이 어깨에 스키 한 쌍을 짊어지고 있었다. 그녀는 이 얼룩말을 한 번도 본 적 없으나, 그 미소만은 잘 알았다. 그 미소에는 냉혹한 자들이 갖는 조롱기와, 두려움 많은 자들의 소심함과, 자신을 안심시켜야만 하는 자들의 남성적 허세가 어려 있었다. 사실은 두 다리와 엉덩이만 보아도 알 수 있었다. 미국인이었다. 두 다리와 엉덩이에 관한 한 미국인들은 무적이었다. 그들의 걷는 모습을 보는 것은 하나의 즐거움이었다. 그녀는 그가 낯을 붉히도록 싸늘한 눈길로 그의 두 다리를 쳐다보았다.

"CC가 무슨 뜻이죠? 당신 차의 번호판에 적힌 글자 말이오."
"영사단의 약자예요. 다리가 아주 멋지군요."
"무슨 뜻이죠?"
"저에게 외교특권이 있다는 뜻이에요. 오케이?"

그가 웃음을 터뜨렸으나, 그녀는 이미 카페 안으로 들어간 뒤였다. 외교특권 같은 소리. 그녀는 대단히 잘빠진 여자였다. 특권이 있는지 어떤지는 두고 볼 일이었다. 레니는 기분이 좋아졌다. 사실 예쁜 여자들과는 언제나 일이 더 쉬웠다. 늘 못생긴 여자들이 속을 썩였다. 자신들이 대단히 인기 많은 존재임을 보여주기 위해서 말이다.

그는 앙주가 맞은편에 주차된 큰 포드 승용차에서 나와 담배에 불을 붙이며 자기 쪽으로 오는 것을 보았다. 순금으로 된 라이터였다. 그것은 모종의 신앙 선언 같았다.

성공하지 못한 부류의 올리브색 얼굴. 작은 털모자, 검은 사슴 가죽 구두, 검은 산동견 양복, 검은 선글라스. 가상의 존재랄까.

"외면당했군그래. 자넬 거들떠도 보지 않았어."
"보존 본능이야, 앙지."

녀석이 순금 라이터를 다시 호주머니에 넣자, 문득 그의 가치의 8할이 사라져버린 듯했다. 심지어 넥타이까지, 전신이 온통 검은색이었다. 자기 자신의 장례식을 치를 만반의 준비를 갖춘 사람 같았다.

이틀 전 그의 올리브색 얼굴이 지평선에 나타나는 것을 보자 레니는 곧바로 기운이 나는 것을 느꼈다. 그는 자신이 좋아할 수 없는 사람들을 좋아했다. 그러는 편이 정신 건강에 좋았다. 사람들은 견해를 갖는 데 그치지 않고, 그것이 확증되는 걸 보고 싶어 한다. 레니는 호감 가는 사람은 누구든 참을 수가 없었다. 그들은 그의 생각에 의문을 품게 했다. 그만의 기질을 물렁물렁하게 만들어버렸다. 그건 그의 금욕주의에 좋지 않았다. 그들은 그만의 세계를 허공에 날려버리려고 했다. 혁명가들이었다. 버그는 세상살이에서는 확신을 가져야 한다고, 믿을 수 있는 뭔가를 가져야 한다고 말했다. 이 앙주라는 녀석, 이놈은 틀림없었다.

"벌써 스키를 탄 거야, 앙지?"

"아니, 왜?"

"그냥. 넌 모든 걸 할 수 있는 녀석 같으니까."

녀석이 웃었다. 그러자 마치 녀석이 목구멍에서 또 하나의 순금 라이터를 꺼낸 듯했다. 몸속에 금이 가득 들어 있었다.

"정말 재미있군, 레니. 자네 같은 미국인들은 말이야, 재미난 농담을 아주 좋아해. 그래서 자네들이 베트남에 간 것 아냐. 농담에 농담을 좇아서."

레니는 그의 말에 적잖이 놀랐다. 누구든 무슨 소릴 못 지껄이겠는가마는, 도덕이라는 것도 놀랍도록 진보하고 있었다. 앙지 같은 쓰레기까지도 베트남을 비난했다.

그는 '트리움프'를 한 바퀴 둘러보고 나서 쪼그리고 앉아 번호판을 살펴보았다. CC. 특권이라고. 웃기는 소리다. 그는 지금껏 그녀처럼 약해 보이는 계집애를 본 적이 없었다. 대단히 조심해야 할 것이다. 금방이라도 부서질 것 같은 계집애들이야말로 우리를 완전히 망가뜨릴 수 있으니까.

그는 창문을 통해 그녀를 찾아보았지만 보이는 건 당구 치는 녀석들뿐이었다.

"가서 말을 걸어봐."

특권. 그런 것이 존재한다는 건 좋은 일이었다. 그러려면 이 세상에 태어나는 즉시 엉덩이 속에 그걸 잔뜩 처넣어야 할 거다.

"가보라고 했잖아."

"내가 알아서 해, 앙지. 가르침은 필요 없어. 자네가 오기 전부터 시작한 일이야. 한데, 자넨 어째서 늘 검은 옷을 입는 거지? '검은 천사'. 그렇게 불리던 레슬링 선수가 있었어. 혹시 친척 아냐?"

"너에게 스물네 시간을 주겠어. 그 후엔 다른 사람을 구할 거야."

"스물네 시간? 너무 많아. 안 되면 돈을 돌려주도록 하지."

쓰레기는 어깨를 으쓱하고는 포드를 향해 갔다. 너무도 혐오스러워서, 레니는 하마터면 녀석을 다시 부를 뻔했다. 그의 곁에 누군가 사람의 존재가 필요했다.

3

루이스 도르는 모든 장학생이 집결하는 제네바 지적 생활의 중심이었다. 또한 학생들이 가장 좋아하는 곳이기도 했는데, 그들은 적을 관찰하기 위해 이곳으로 왔다. 사방 벽은 역사상 가장 유명한 커피 애호가들의 초상화로 덮여 있었다. 우선 칼 마르크스—사이클 선수가 아니라—의 초상화가 있었고, 크로포트킨, 파데레프스키 그리고 신문을 읽는 레닌의 사진도 한 장 있었다. 지금 척은 바로 그 자리에 앉아 마오의 "작은 빨간책"에 심취해 있었다. 그는 지금 막 문학사 과정에 등록한 참이었다. 척은 어딘지 연약해 보이는 흑인으로 앨라배마 주, 버밍햄 시티 택시 운전사의 아이들 열한 명 중 막내였다. 그는 제스와 같은 과목을 수강했는데, 언제나 안경 너머로 그녀를 훔쳐보았다. 흑인들이 백인 아가씨를 바라볼 때 으레 그러듯, 짐짓 무관심한 표정으로 말이다. 척의 아버지는 1957년에 "사욕을 품고 백인 여자를 바라보았다"는 이유로 5년 형을 언도받은 적이 있었다. 그 후 법은 바뀌지 않았지만 효력은 없어졌다. 입법자는 토하고 싶은 눈으로 백인 여자들을 바라보는 흑인들의 경우는 예상하지 못했던 것이다.

"척, 200프랑 좀 빌려줄 수 있어?"

"왜 또 날 노리는 거야? 유색인에게 좀 친절하면 안 돼?"

"척, 어깨 위에 짐이 한가득이야. 집세. 주차장. 정육점. 병원. 정말 악몽 같아."

"폴에게 부탁해. 엄청 부자잖아."

"그에게는 돈을 꿀 수 없어, 날 좋아한단 말이야. 윤리 문제지. 너도 알게 될 거야. 윤리라는 것. 2학년 과정에 강좌가 있어."

"미국 영사의 딸이 어떻게 이 정도까지 곤궁해질 수 있는지 난 정말 이해가 안 돼. 너와 네 아빠, 둘 다 호화로운 생활을 할 수 있을 만큼 우리가 많은 세금을 낸다고 생각했는데 말이야."

척은 일부러 은어 사용을 피했다. 그것은 열등감이 그에게 남긴 유일한 흔적이었다. 제스도 프랑스어권 흑인들이 대단히 세련된 프랑스어를 사용하며 '접속법'까지 구사하여, 저러다 자칫 다리를 부러뜨리지 않을까 싶을 만큼 놀라운 문법적 곡예를 펼친다는 사실에 유의한 적이 있었다.

"납세자들의 돈이 어디로 다 새어나가는지는 모르겠지만, 새 드레스 한 벌 못 사 입은 지가 6개월은 되었어. 하물며 속옷은……."

"그만, 내가 감방 가는 꼴 보고 싶어? 자, 100프랑. 지금 이 순간, 내가 동포에게 해줄 수 있는 건 이게 다야. 나도 내 스위스 유학을 위해 피땀 흘리며 일하는 형제자매가 열 명이나 있어."

"괜찮아, 척. 그들을 원망하진 않겠어."

"아무튼 날 선택해줘서 고마워, 제스. 너야말로 진짜 자유인이야."

그는 읽던 책을 다시 잡았다.

"그런데 이번 새 교황 말이야, 괜찮은 사람 같아. 신문 봤어? 집전 중이던 미사를 중단하고는 주임신부에게 '불충한 유대인' 어쩌고 하는 단락을 빼게 했다더군. 괜찮은 사람 같다는 느낌이야. 그런 인물이 사라지면 교회는 다시 일어나지 못할 거야. 이거 알아, 제스? 나도 언젠가 교황에 선출되고 싶어."

그녀는 그의 친절한 검은 얼굴을 한번 쳐다보고는 깊은 한숨을 내쉬었다.

"교황에 선출되려면 이탈리아 사람이어야 해" 하고 그녀가 재치 있게 쏘아주었다.

그녀는 주크박스에 동전을 하나 넣었다.

"아무래도 공부는 때려치워야 할까 봐" 하고 척이 말했다. "세탁하는 듯한 느낌이 들어. 사실 여기는, 거대한 피난처 같아. 모든 사람이 탈출하려 들어. 이스라엘의 키부츠로 일하러 가겠다고 떠들어대는 우리 친구들처럼 말이야. 요즘은 이게 대세야. 올여름엔 키부츠 자원자가 많아. 지난해엔 모스크바 평화 축제가 인기였지. 2년 전에는 '비핵화'를 위한 도보 행진 참가자들과 함께 영국을 가볍게 산책한 뒤, 유고슬라비아의 '청년 여단'으로 몰렸고 말이야. 마치 완벽한 청년 이상주의자의 유럽 여행 안내서를 따르는 것 같아. 장담컨대 내년에는 분명 마오의 작은 빨간책이 그런 가이드북이 될 거야. 그 전에 먼저 쿠바로 가 체 게바라 집에서 주말을 보내겠지. 신종 **제트족**이랄까. 순수한 공기의 십자군. 해상에서의 보름. 난 버밍햄 시티로 돌아가 다시 똥 바다에 잠겨 들고 싶어. 아무래도 재충전을 좀 해야 할 것 같아."

그녀는 크래프티 데드 악단이 연주하는 바흐의 푸가를 들었다. 트롬본 소리가 장엄 그 자체였다. 뒤이어 다른 누군가가 끼어들었는데, 바그너의 음악이었다. 그녀는 이맛살을 찌푸렸다. 바그너는 음악의 푸치니였다.

"크래프티 데드 악단, 훌륭하다고 생각하지 않아? 특히 트롬본 말이야. 그런 소리는 정말 한 번도 들어본 적이 없어."

"미시시피 유역에서 놈들이 또 우리 흑인 셋을 살해한 사실 알아? 그 살인범들을 체포하기까지 했지. 놈들이 석방되었으면 좋겠어. 분노는 말이야, 아무리 많아도 부족해. 분노가 모든 것을 날려버릴 거야."

그녀는 잠시 따뜻한 눈길로 그를 바라보았다. 계속 미소를 짓고 있었으나 어느 순간부터 문득 두 눈에 눈물이 고였고, 미소가 우거지상으로 일그러졌다.

"있잖아 척, 가끔은 말이야, 나도 임신부가 되는 꿈을 꾸곤 해. 오로지 나도 뭔가 근심거릴 가져봤으면 하는 바람에서 말이야. 그럼 다음에 봐. 수업에서 보자고. 고마워."

그녀는 바를 향해 갔다. 병원비를 내려면 300프랑이 더 필요했지만, 바에는 그녀가 아는 사람이 아무도 없었다. 아는 사람이라곤 딱 한 명, 까마득히 먼 옛날 그러니까 프랑코 정권 이전의 옛 스페인 외교관뿐이었는데, 언제나 그는 누구도 자기보다 더 잘 이야기할 수 없다는 듯 스페인 내전에 대해 떠들어댔다. 그는 옛 폴란드 저항운동 지도자와 논쟁 중이었다. 아마도 둘은 양쪽의 사망자 수를 비교하는 것 같았다. 루마니아 사람도 한 명 있었으나, 그 역시 지금은 흔적 없이 사라져버린 어느 옛 정당의 옛 무엇이었다. 제네바에는 이처럼 옛 무엇이 득시글거렸다. 피아노를 치는 청년은 〈마이 페어 레이디〉를 연주하고 있었지만, 청중을 고려한다면 스트린드베리의 〈유령 소나타〉를 연주하는 편이 나을 것이다. 모든 구체제 인사들이 스위스로 와서 결핵 환자들과 교대했다. 그녀의 아버지를 제네바에 부임시킨 것은, 우울증 최고 전문가들이 있는 곳으로 보내주는 세련된 방식이었기 때문이다. 그의 우울증이 시작된 것은 1948년 불가리아에서 자유주의자 스타브로프가 교수형에 처해졌을 때부터였다. 당시 그녀의 아버지는 '연합국관리위원회'에 의석을 가진 미국 측은 절대 민주적인 반대파가 없어지는 것을 그냥 좌시하지만은 않을 거라고 '농민당'에 호언했다. 외교부가 그에게 그런 방향의 지침을 내린 바는 전혀 없었다. 자신이 조국에 품은 관념에 따라 독자적으로 행동한 것이었다. 즉시 그는 책망당하고서 워싱턴으로 소환되었다. 즉시라지만, 턱시도를 차려입고 스타브로프 살해자들과의 공식 만찬에 갈 시간은 있었다. 외교 의례에 따라서였다. 그 후 그는 영원히 그 일에서 회복하지 못했다.

  그녀는 너무 많은 나라를 전전했고 너무 많은 일에 대해 너무 아는 것이 없었다. 그건 그렇다 치고, 그녀의 몸으로 말하자면 아버지가 웃으면서 굴곡이 아주 "분명하다"고 말한 몸매여서 스웨터 같은 건 감히 입을 생각조차 하지 못했다. 그녀는 5개 언어를 능숙하게 구사했으며 히브리어와 스와힐리어도 좀 알았다. 지난 6개월간은 '돌들의 부드러움'이란 소설을 집필했다. 이 소설에 관심을 보인 출판인이 한 명 있었지만, 그는 그녀가 자기 집에 와서 소설을 읽어주길 바랐고, **바타클랑**의 스트리퍼 같은 그녀의 몸은 총체적 혼란만 더욱 가중시켰을 따름이었다. 대학에서는 늘 최고 점수를 받았으나, 거리에서 눈에 띄는 건 그런 게 아니었다. 종종 제스는 너무 많은 제스가 있다고 느꼈다. 시점마다 제스가 있는 것 같았다. 아무튼 섹슈얼리티는 절대적으로 해결 불가능한 문제였다. 지금껏 어느 누구도 해결하지는 못했다.

그녀의 어머니는 일가족이 사우디아라비아에 있을 때 그들을 떠났다. 남편과 딸을 버리면서까지 멀리 떠나고 싶은 나라로는 사우디만 한 곳도 찾기 어려울 것이다. 그 후 어머니는 최신 모델 캐딜락과 재혼했다. 어머니날이 되면 제스는 언제나 경건한 마음으로 어머니를 생각했다. 그러니까 그 캐딜락을 말이다. 우리 모두는 내면에 따뜻한 정을 위한 작은 자리 하나쯤은 감춰두고 있는 모양이었다.

그녀는 블러디 메리를 주문했다. 싫어하는 음료였지만, 이걸 주문하면 계산대로 가서 맛있는 오르되브르를 달라고 요구할 수 있었다. 지지난 밤, 이탈리아 총영사 집에서 저녁 식사를 한 이후 한 번도 식사다운 식사를 하지 못했다. 그날 저녁 식사가 끝난 뒤, 총영사는 자동차가 있는 곳까지 그녀를 바래다주겠다고 고집 부렸고, 승강기 안에서 진짜 무장 강도가 습격하듯 그녀에게 달려들었다. 더욱이 그는 건물 3층에 살고 있었다. 불과 두 개 층 만에 뜻을 이루려 한 것이다. 정말이지 그녀를 인스턴트 네스카페로 안 모양이었다.

그녀는 우유 한 잔을 주문하고 싶은 마음이 굴뚝같았지만, 그런 것을 주문할 수 있는 곳이 아니었다.

스위스는 자살률이 가장 높은 나라였다. 스위스, 덴마크, 스웨

덴, 샌프란시스코 등 모든 곳이 자살률 최고였다. 그것이 번영의 효과였다.

그 모든 일 중에서도 그녀가 도저히 이해할 수 없는 한 가지가 있었다. 페서리라는 것, 이걸 사용하는 데는 그녀도 동의한다. 그런데 만약 당신이, 뭐랄까, 망가지지 않은 몸이라면 어떻게 페서리를 넣는단 말인가? 그것은 해결할 수 없는 문제였다.

그녀는 잔을 들고 피아니스트에게 다가갔다. 로스앤젤레스 출신의 에디 와이스라는 녀석이었다. 미국 청년들은 조국을 떠나 유럽으로 몰려들었다. **벨트슈메르츠**감상적 염세, **젠주흐트**동경 그리고 베트남 때문이었다. 그들은 마치 블라스코 이바녜스와 그의 『유혈의 투우장들』을 조롱하는 미친 젊은 황소처럼 조국을 떠났다.

"어떻게 지내, 에드?"

"잘 모르겠어, 제스. 애써 외면하고 있어. 바에 있는 저기 저 녀석 말이야, 네 엉덩이에 관심이 대단한 것 같아. 전기 천공기로 꿰뚫을 듯 바라보고 있단 말이야. 미국에서는 가슴인데, 유럽에서는 왜 늘 엉덩이인지 모르겠어. 왜지?"

"유럽은 문화가 달라서 그래, 에드. 가치 감각이 우리와 같지 않은 거지."

그녀는 자리를 피하기 위해 잠시 화장실에 들렀다가 되돌아와 마침내 행운을 발견했다. 프랑수아가 팔꿈치를 괴고서 바에 앉아 있었다. 지난번에 꾼 돈을 갚은 게 거의 확실했다.

"프랑수아, 지금 몹시 급해서 그러는데 300프랑만 좀 꿔줄 수 있어?"

그가 입술 위에 손가락을 하나 얹었다. 조용하라는 뜻이었다.

그는 웬 영감이 전화로 떠들어대는 소리를 듣고 있었다. "이보시오, 청년들에게 부족한 건 말이요, 바로 전쟁이요"라고 말하는 그런 부류였다. 노인은 미술 얘기를 하고 있었다.

"좋아요, 그럼 난 빠집니다. 시장에 믿음이 안 가요. 전부 너무 고가인데, 계속 이럴 수는 없어요. 모조리 파시오. 따지려 들 것 없소, 분명히 말하지만 팔아버리시오. 피카소, 브라크, 아르퉁, 술라주 등등, 모조리 파시오. 뒤뷔페도. 알아요, 나도 알아요, 그가 아주 세게 나가는데, 곧 호되게 당할 거요. 18세기 것들을 사주시오. 데생이든 뭐든. 희귀 도서들하고. 어떤 책이냐고? **희귀** 도서라고 했소. 지금은 자신을 감춰야 할 때요. 안전 증권을 챙겨야지."

노인이 전화기를 내려놓았다. 프랑수아는 노인을 찬찬히 뜯어보았다. 아니, 그의 가죽을 벗겼다고 해야 할 것이다.

"얼마라고 했지, 제스?"

"400프랑. 곧 갚을게."

"갚지 않아도 되니 날 피하지나 마. 자, 여기 500프랑. 내가 지금도 여전히 널 미친 듯이 사랑하는 줄은 알고 있겠지."

"그런 말 마, 그러면 진짜로 네게 돈을 갚아야 한단 말이야."

"신문 봤니? 조제트 로니에 말이야, 콜걸로 체포되었잖아. 스위스에서 가장 부유한 가문 중 하난데. 넌 그게 이해가 돼?"

"독립하고 싶은 거겠지. 자, 난 이만 가볼게. 고마워."

"사랑해."

"프랑수아, 제발!"

"알았어, 알았어, 어서 꺼져."

그녀는 언제나처럼 회전문과 한바탕 씨름을 하고 나서 밖으로 나서다가 깜짝 놀라 걸음을 멈추었다. "흰 이, 신선한 숨결"이 여전히 거기, 좀 전보다 더욱 빛나는 금발로 서 있었다. 진짜로 빛나는 금발이었다.

"보아하니 한 반 시간쯤은 웃고 계신 듯한데, 안면 경직인가 보죠?"

돌연 그의 표정이 진지해졌다.

"이보세요, 당신이 이곳 미국 영사요? 그러니까 번호판 CC가 그것 아뇨? 뭣 때문에 그렇게 비꼬는 거죠? 난 지금 고장 난 상태예요. 오도 가도 못하는 신세란 말입니다. 빈털터리에다 여기에 아는 사람 하나 없어요. 날 본국으로 송환해줄 수 없나요? 정말 웃을 일이 아니에요! 영사들은 송환시켜줄 수 있다고 들었는데."

"대사관 사무국으로 가서 당신이 무일푼임을 증명해야 해요."

"증명한다고요? 속을 들여다보기만 하면 될 텐데. 벌써 사흘째 비어 있소. 굶주리다 못해 이젠 화가 나 있단 말이오."

그들은 둘 다 웃음을 터뜨렸다.

이 빈털터리는 아무리 봐도 잘생겨먹은 녀석이었다. 그녀는 가방에서 50프랑을 꺼냈다.

"받으세요."

그러고는 어느새 '트리움프' 쪽으로 걸음을 옮겼고, 그는 돈을 손에 들고 그대로 서 있었다. 절망적이었다. 그는 마치 양주가 현장을 지켜보다가, 그의 등에 올라타고는 순금 라이터를 손톱으로 긁어대는 것 같은 느낌이 들었다. 알고 보면 아랍 녀석들은 그들의 낙타와는 달리 신경이 아주 예민했다. 그는 그녀가 몇 걸음 더 앞으로 나아가도록 내버려두었다. 30미터 정도, 사격에 알맞은

거리였다. 이 아가씨처럼 단호하게 '노'라고 말할 줄 아는 여자들은 한 번 때를 놓치면 다시는 어떻게 해볼 도리가 없다.

"헤이!"

곧바로 그녀가 우뚝 걸음을 멈추었다. 기다렸다는 듯이.

그가 다가갔다. 이제는 정조준, 못 맞힐 수가 없었다. 진짜 끝장을 내야 했다.

"왜 이러시는 거지요?"

"뭘 말인가요?"

여전히 등을 돌린 채였다. 가엾은 계집애는 위험을 직감했다. 강자인 그 역시 위험을 느꼈다. 아마 동일한 위험일 것이다. 심장이 목구멍까지 올라온 듯했다. 미리부터 그 빌어먹을 미소를 준비했지만, 더는 지을 수가 없었다. 그러다 문득, 이유를 깨달았다. 고도 결핍. 평소 습관을 잃어서였다. 너무 아래로 내려왔기 때문이었다.

"어째서 이 돈을 주는 거요? 내가 요구한 건 이게 아니잖소. 얼른 가버리쇼. 아직 내가 키스를 해준 것도 아니니, 감사할 필요는 없소."

그는 이제 자신의 목소리마저 잘 알아들을 수 없었다. 하지만 그녀가 이미 동요하고 있다는 생각이 들었다. 그가 단지 아버지가 거리로 나가 놀지 못하게 한다고 해서, 텔레비전에 아무것도 볼 게 없다고 해서 울음을 터뜨리려고 한 것은 아니었다.

그녀가 몸을 돌렸다.

"화내지 마세요. 언젠가 갚으시면 되죠."

그녀는 그의 스키를 쳐다보고 나서 미소를 지으며 말했다.

"베트남 때문인가요?"

"꼭 그것 때문만은 아니오. 그보다는 포스터 때문이오."

"무슨 포스터?"

"당신도 알 거요. 케네디가 도처에 붙이게 한 포스터 말이오. **조국이 여러분을 위해 무엇을 해줄 수 있는지 묻지 말고 이렇게 물어보시오. 조국을 위해 나는 무엇을 할 수 있는가?** 어느 날 아침 7시 반 어느 벽에서 그걸 보자마자 내뺐소. 가능한 한, 최대한 빨리 최대한 먼 곳으로."

그녀가 웃음을 터뜨렸다.

"당신도 그런 생각을 해봤는지 모르겠지만, 사실 그건 대단히 미국적인 반응이죠. 예전엔 그런 걸 개인주의라고 했어요."

"예전에는 그랬죠. 이젠 끝났어요. 나에겐 이런 노래까지 쓴 친구도 하나 있소. 〈게리 쿠퍼여 안녕〉이라는. 그 왜 있잖소, 늘 혼자 걸으며 누구의 도움도 필요로 하지 않는 사람, 언제나 결국에는 악당들을 물리치는 사람 말이오."

그녀는 유심히 그를 쳐다보다가 말했다.

"그렇군요. 그걸 우리 나라의 새 애국가로 삼아야겠어요. 자 그럼, 안녕, 게리 쿠퍼!"

그녀는 그의 어깨를 토닥여주고 나서 자동차에 올랐다. 젊은 미국인 중에는 정말이지 끔찍하도록 잘생긴 녀석들이 있다는 것, 그것만은 인정하지 않을 수 없었다. 아마도 그건 그들이 아기였을 때의 새로운 영양 섭취 방식 덕분인 듯했다. 그녀는 육아법의 몇 가지 기본 개념은 알고 있었으며 아버지 임지였던 콩고에 살 때는 탁아소에서 일하기도 했다.

손에 자동차 열쇠가 들려 있었건만, 그녀는 도무지 그 열쇠를 찾을 수가 없었다.

"돈을 돌려드리겠소. 어디로 가면 당신을 볼 수 있죠?"

"그냥 잊어버리세요. 전 엄청난 부자니까요. 그래도 정 갚고 싶다면, 저기 보이는 호수로 오시면 돼요. 매일같이 부두로 나가요. 새들이 있는 곳 말이에요. 언제든 마음 내키면 거기로 오세요."

그녀는 오늘 오후 어느 이스라엘 학생에게 히브리어 수업을 받기로 약속했지만, 그야 얼마든지 취소해버릴 수 있었다. 어쨌든 이제 더는 키부츠로 일하러 갈 마음이 없었다. 그것은 지난해의 생각이었다. 그렇다고 해서 오후 내내 그를 기다리며 다리 아래에 머물 생각도 없었다. 그는 오지도 않을 것이요, 사실 오든 말든 전혀 중요하지 않았다. 가엾은 녀석, 완전히 길을 잃었어. '동물보호협회'에라도 보내주고 싶은 심정이었다. 이제 떠나는 게 좋겠어. 녀석이 무슨 상상을 할지 모르니까. 그러고 나서도 잠시 기다려보았지만 너무 소심한 건지, 감감 무소식이었다. 마침내 그녀는 열쇠를 찾기로 결심하고서 시동을 걸었고, 그에게 애정 어린 가벼운 손짓을 해주었다. 정말이지 이 불쌍한 녀석은 둥지에서 떨어진 아기 새 같았다.

레니는 보도에 주저앉았다. 앙주가 포드에서 다시 튀어나왔다. 그런데 이번 포드는 검은색이 아니었다. 초록색이었다. 그의 자동차가 아닌 것 같았다.

"잘했어."

레니는 목소리를 가다듬었다. 신중을 기했다. 이런 녀석에게는 남성다움을 보일 필요가 있었다.

"잘 보았겠지?"

아직 끝난 건 아니지만, 일단 수작이 먹혀든 건 분명했다. 그는 담배를 받았고 라이터도 요구했다.

"일이 잘돼야 해, 레니."

"잘될 거야."

"인샬라."

레니는 깜짝 놀랐다. 상대가 아랍인인 줄 미처 몰랐던 것이다.

"너 정확히 어디 출신이지? 나라 말이야."

"알제리 사람."

"알제리 사람이라고?"

그는 돌연 의심이 들었다. 어떤 예감 같은 것. 묘하게도, 예감이란 언제나 좋지 않은 것이었다. 어느 누구도 좋은 예감을 가졌던 적은 없었다. 별자리 운세가 떠올랐다. 빌어먹을.

"그렇다면 마다가스카르라고 너도 알지? 혹시 그거 가끔은 알제리에 있지 않아?"

"아니, 왜?"

"그냥. 확실해? 마다가스카르가 더러 알제리에 있기도 한다면 말이야, 그 아가씨를 너에게 되돌려주겠어."

"마다가스카르가 왜 문제가 되지?"

"거기는 내가 머물 수 없는 곳이라고만 해두지."

"알제리가 아냐."

"확실해?"

"제길, 경찰에게 물어봐, 어디 있는지 얘기해줄 테니까."

그렇다면 어쨌든 걱정거리 하나는 던 셈이었다.

4

아스트라칸산 잿빛 토크챙 없는 둥근 모자, 산골 위선자 같은 느낌을 주는 뻣뻣하고 뾰족한 검은 콧수염, 병세가 역력한 박박 얽은 곰보 얼굴―그에게 마맛자국이 남아 있음을 본다는 건 왠지 안심이 되기도 했다―, 벵골 창기병의 궤짝 같은 가슴팍 등 그 모든 것이 토크 아래의 **스위스 자율 은행**이라는 후광과 함께 폴라로이드 카메라 파인더 안에 들어왔다. 발사!

"잡았어, **브와나**주인님?"

"두 눈 사이. 명중이야."

"잘했어, **브와나**."

진작 이걸 스위스에 들여왔으면 좋았을 것이다. 큰 사냥감을 사냥하는 것. 꼭 전리품을 바라서가 아니라, 저 짐승이 싫어서 말이다. 더욱이 폴의 아버지는 스위스에서 큰 사냥감 사냥꾼으로 활동하지 않았는가. 다른 한편으로는 은행가이기도 했지만.

"봐, 또 한 녀석이 있어. 이집트인인가? 튀니지인? 어쨌거나 아주 잘 빼입었군그래. 잡아봐. 그럼 정확히 알게 되겠지."

"알았어, **브와나**."

폴라로이드는 부드러운 눈빛의 키 작은 사내가 불안한 표정으로 커다란 서류 가방을 겨드랑이에 낀 채 은행 안전지대로 들어서는 순간을 포착했다.

십 분 뒤, 두 정치학도는 폴라로이드 카메라에서 따끈따끈한 전리품을 꺼냈다. 부드러운 눈빛의 근동인, 무섭게 생긴 궁가 딘, 장밋빛 터번을 쓴 인디언 한 명 그리고 제네바 토박이로 보이는 아랍인 셋이었다. 폴은 아랍인들은 제쳐두기로 했다. 그들은 신물이 났다.

> 발벡에 한 사내자식이 있어,
> 족장의 두 불알을 관리했지.
> 그중에서 보들보들한 놈은
> 스위스 금고에 보관했어,
> 허나, 다른 한 놈은 메카로 떠났지……

"궁가 딘이 어떨까 싶어."
"알았어, **브와나**……. 헤이, 제스!"
"녀석들, 아침부터 내내 너희를 찾았어" 하고 제스가 말했다.
"오늘 뭐 좋은 일 한 것 없어, 제스?"
"했지. 내 뱃속에 점심을 제공해주었어. 뭐 새로운 소식은?"
폴이 휘장을 젖히고 말했다.
"올라와. 널 스위스 국민의 레지스탕스 활동에 초대하겠어. 지하 단체. 게릴라 활동 말이야. 은행을 나서는 저 큼지막한 짐승 보이지? 지금 막 녀석을 잡은 참이야. 이제 전리품을 수확할 일만 남았어. 가자고."

"이건 또 뭔 게임이람?"

"소위 체제 비판이라는 거지. 새로운 건데, 곧 알게 될 거야."

문제의 파탄인, 구르카족, 궁가 딘이 조용히 보도 위를 걸어가자 자동차가 그의 몇 미터 뒤에서 소리 없이 굴러갔다.

"난 모르겠는걸. 하긴 지성인에겐 이해할 수 없는 것보다 더 자극적인 것도 없지."

"삶을 아주 흥미롭게 만드는 게 바로 그거지. 저기 봐."

궁가 딘이 막 어느 카페 안으로 들어간 참이었다. 곧 그들은 근처 테이블에 자리 잡고서 우유 세 잔을 주문했다.

"우리 세대가 끔찍하리만큼 청교도적이 된 게 아닐까 하는 생각이 들어" 하고 폴이 말했다. "너만 해도 그래, 제스. 아직도 나랑 자는 걸 허락하지 않잖아."

"난 부적응자야."

"병적이 돼가는 것 같아. 너에게 오행시 한 편을 헌정할게."

> 대학에 한 처녀가 있었지.
>
> 정말이지 약간 이상한 애였어.
>
> 누가 하자고 할 때마다
>
> 그녀는 말했지. "안 돼, 절대로,
>
> 무서워, 무서워, 무서워."

"바보 같아."

그랬다. 사실이기에 더욱더 바보 같았다.

"이제 가봐."

그들은 궁가 딘에게 다가갔다. 장의 손에는 갓 현상한 사진이 들려 있었다.

"실례합니다, 선생님."

"괜찮습니다."

"혹시 포르노 사진에 관심 있으세요?"

사내의 두 눈동자가 바깥바람을 쐬러 튀어나오려는 듯했고 수염이 곤두섰다. 제스는 불쌍한 녀석, 하고 생각했다. 정말 분위기가 특이한 녀석이야. 난 이국적인 게 좋아. 분명 파탄 녀석 같은데. 늘 파탄 녀석들이었지. 구르카족이 아닐 때는 말이야. 이런 시도 있었던 것 같아. **건너편 기슭에 한 전사가 있네. 그의 엉덩이는 부드러운 복숭아 같지**…… 아마 키플링의 시일 거야. 언제나 그렇듯이.

"미안합니다만 무슨 소린지 이해하지 못하겠소."

"지금 우리에겐 아주 잘빠진 당신 사진이 한 장 있어요. 당신이 스위스 사설 은행으로 들어갈 때 찍은 겁니다. 물론 스위스 은행에 비밀 계좌를 갖는다고 문제가 될 건 전혀 없어요. 문제는 당신네 나라에서는 이를 사형으로 다스린다는 거죠. 교수형으로 알고 있는데."

사내의 몸이 갑자기 부풀어 오르는 듯했고 두 눈동자가 요요처럼 변했다. 콧수염은 여전히 총검을 용감하게 곤두세우고 있었지만, 지금 그것을 용맹스럽게 여길 사람이 없었다.

"그 사진은 아무 증거도 되지 못해요."

"브라보, 기죽지 않겠다는 거군요. 절대 인정하지 마시오. 당신

네 나라 신문에 이 사진이 실려도 말입니다. 이를 테면 〈타임스〉지에 말이오."

살짝 넘겨짚은 말이었지만, 사실 그쪽에는 언제나 〈타임스〉지가 있었다. 〈봄베이 타임스〉〈카라치 타임스〉〈바그다드 타임스〉.

사내가 공포에 질렸다. 관자놀이에 굵은 땀방울이 맺혔다. 분명 그것은 파탄인답지 않은 태도였다. 아마 그들도 영국과 키플링을 잃고 영웅주의를 상실한 후, 이제 그런 것은 괘념치 않는 모양이었다.

"여러분을 보낸 사람이 혹시 하킴 장군인가요?"

"그보다 훠…훠…훨씬 더 심각하죠" 하고 장이 말했다.

제스는 그의 말더듬증을 좋아했다. 말을 더듬는 사람들은 대개 다정하다.

"우리는 '스위스 해방 국민전선' 소속입니다. 카…칼뱅 장군 휘…휘하의 제1청교도 분대."

사내의 얼굴에 비 오듯 땀이 흘렀다. 궁가 딘이 제네바에서 이처럼 땀 흘리는 모습을 보니 묘한 기분이 들었다. 제스가 번뜩이는 기지를 발휘했다.

"칼뱅 장군은 당신도 아실 테죠. 유명한 유대인이니."

"유대인이요?"

그가 뭔가를 삼키고 나서 말했다.

"그 사진을 구입했으면 합니다만."

"좋습니다. 당신이 수중에 지닌 모든 현금과 시계를 주시오. 루비도. 사진과 필름은 여기 있소. 칼뱅 장군의 찬사도 전합니다. 이제 가보셔도 좋습니다."

사내가 몸을 일으키며 물었다.

"칼뱅 장군은 어떤 분이죠?"

"모세 칼뱅. 우리의 정신적 지도자요. 제네바의 위대한 교전敎典 이론가. 우리의 간디 같은 분입니다. 체 게바라 같은 분이랄까. 한마디로 다얀히브리어로 '심판자'라는 뜻. 랍비 재판소의 판사를 가리킨다이죠. 당신에게 스물네 시간 내에 제네바를 떠나라고 하시더군요. 그렇지 않으면 텔아비브행이라고."

문득 그녀는 폴이 술에 취했음을 깨달았다. 얼굴빛이 무서울 만큼 창백했고 두 콧구멍에 불만이 가득했다. 언젠가 그는 머릿속이 부글거리는 뭔가로 가득 차서, 폭발 일보 직전까지 간 적이 있었다. 그는 그런 얘기를 끊임없이 떠들어댔다. 그 모든 것이 아버지가 싫어서였다. 언젠가 그녀는 쌀 과자, 그러니까 중국 식당마다 제공하는 **포춘쿠키**에서 경구 하나를 발견하고는 재미있어한 적이 있었다. 이제는 중국 식당에서도 이런 걸 하는구나 싶어서였다. 그 경구는 이랬다. **너의 아버지를 죽여서는 안 된다. 그것이 좋은 일이라면 몰라도.** 그녀는 그 종이쪽지를 폴에게 주었다.

그 불쌍한 바그다드인은 이젠 뭐가 뭔지 도통 모르겠다는 표정이었다. 그녀는 폴의 팔을 붙잡았다. 그가 주먹을 움켜쥐고 있어서였다. 사실 궁가 딘은 아무 상관없는 사람이었다. 과거에는 인과관계라는 것이 확실했지만 이제 그런 시대는 끝났음을 인정해야 했다. 부모들 세대는 운이 좋았다. 그 세대에게는 히틀러와 스탈린이 있었고 그들에게 모든 짐을 지워버리면 그만이었지만, 지금은 히틀러도 스탈린도 아니요 세상 사람 모두가 문제였다. 당신이 미국에 사는 흑인이거나 인도에 사는 불가촉천민이라면 뭐가 문제인지 아주 정확하게 알 수 있지만, 공부를 많이 하고 정보에도 밝은 백인 청년이라면 얘기가 훨씬 더 복잡해진다. 폴은 "영구혁명"이란 잭슨 폴록의 액션페인팅 같은 거라고 말했다. "자연 발생", 지속적 창조라고 말이다. 그렇다고 치자. 한데 무엇의 지속적 창조란 말인가? 뭔가 새로운 것을 창조하고 탈창조하기 위해 뭔가를 만들고 곧바로 다시 망가뜨리는 것, 그것이 사회의 미학적 비전이었다. 호찌민이 적었듯이 아나키와 예술이 어떤 절대적 일치를 향해 나아가고 있는지는 모르겠으나, 그것은 다른 무엇보다도 특히 죽음의 문제를 제기했다.

그들은 카페를 나섰고, 다소 피곤해 보이는 궁가 딘이 택시에 오르는 것을 도와주기까지 했다.

"좋은 사람 같아" 하고 제스가 말했다. "그의 나라에서 굶주려 죽어가는 어린아이들 사진을 〈타임스〉에서 본 적 있어."

"주의해, 제스. 특히 감상은 금물이야. 그냥 학생들의 장난일 뿐, 다른 그 무엇도 아냐. 사회적 목적 따윈 없어. 그냥 게임일 뿐이라고. 게임은 말이야, 모든 정신병원에서 누구도 반박 못할 치유 기능이 있다고 간주돼."

"프라하에서 사람들이 슬란스키를 교수형에 처해놓고 복권시키면서 뭐라고 했는지 알아?"

"바보들의 게임이라고 했지. 그 말은 곧 앞으로도 파시즘은 사라지지 않을 거란 얘기야. 앞으로 그들은 훨씬 더 더러운 뭔가를 찾아낼 거야. 파시스트적 낭만주의는 사회주의적 리얼리즘과 같아. 인류 역사상 가장 강력한 정신적 힘, 즉 '멍청함'의 단순한 현현일 뿐이라고."

그때 웨이터가 카페에서 뛰어나오더니, 마치 자신의 어머니가 암소임을 문득 깨닫고 공포에 질린 송아지 같은 표정으로 그들을 바라보며 외쳤다.

"미안합니다만…… 손님들이 뭘 잊고 간 것 같아요……."

그의 손에는 달러들과 백금 손목시계와 루비가 들려 있었다. 폴이 얼굴을 찡그리며 말했다.

"그래서 어쩌라고? 그딴 건 쓰레기통에나 던져버려요."

그 스위스인은 깜짝 놀랐다. 그의 얼굴 표정이 흥미롭게 변했는데, 마치 착륙 중인 비행접시의 수를 헤아리는 사람 같았다.

"왜 그…그리 놀…놀라시오?" 하고 장이 물었다. "다른 태양계에도 지성을 가진 피조물이 있다는 건 늘 하는 얘긴데. 그 쓰레기들은 쓰레기통에 버리세요."

"그렇게 해서는 안 됩니다" 하고 그 스위스 시민이 발도파12세기에 피에르 발도가 창시한 성서 중심의 엄격한 기독교 분파 악센트가 강한 어투로 말했다. "이 정도면 상당한 재물인데."

"그분 말씀이 옳아. 그건 신을 부인하는 짓이지" 하고 제스가 말했다.

"아가씨, 어쩌면 내가 아가씨의 아버지일 수도 있을 거예요" 하고 웨이터가 말했다.

"탐욕스러워요" 하고 제스가 말했다. "제가 경찰을 부르길 바라시나요?"

"스위스 땅에서 그런 짓을 해서는 안 됩니다."

"왜 안 되죠? 이런 게 '도덕적 재무장'이에요. 도덕적 재무장이라면 단연 스위스죠."

그들은 포르셰에 올라 호수 쪽으로 천천히 차를 몰았다.

"결국, 뭐…뭔가 거…건설적인 일을 했군" 하고 장이 말했다.

"됐어, 그만해" 하고 폴이 나지막이 말했다. "부잣집 도령들의 못된 장난질이지. 총살당할 짓이야. 그렇지만 불행하게도 난, 내게 선택권이 주어지면 과연 누구에게 총살당하고 싶은 건지 도통 모르겠단 말이야. 너희들은 내가 하는 이 모든 말 속에서 뭔가 토할 만큼 세련되고 기교 부린 특성이 있음을 알아챘을 거야. 그래도 마르크스주의가 한 가지에는 성공했어. 말하자면 우린 자위할 수밖에 없는 존재가 되었단 거지. 이게 바로 사람들이 '부조리'라고 부르는 거야."

부조리의 예언자 알베르 카뮈는 부조리한 교통사고로 목숨을 잃었다. 이는 그가 틀렸으며, 인생에는 어떤 논리가 있음을 말해 주는 것 같다. 결국 '어떤 절망'이 '돌들의 부드러움'보다 나은 제목 같았다. 뭔가에 대한 갈망의 노벨상 수상자 제스 도너휴. 요컨대 이 모든 것은 우리보다 훨씬 전부터 여기에 있었다. 이미 라스콜리니코프가 '세기병'을 앓았고, 그 후 그것은 **벨트슈메르츠**나 '니힐리즘'으로 불렸다. 그저 수 세기를 가로지르는 어휘의 여행일 뿐. 셰익스피어의 소네트에도 희망의 흔적은 없었다. 물론 그 시대에는 매독이 있기는 했다. 셰익스피어의 소네트와 그 시대 모든 서정시의 깊은 슬픔은 그 시대의 사랑이 늘 매독과 연관되어 있었다는 사실에 기인한다. 열에 일곱은 매독에 걸렸다. 연애시들이 그런 슬픈 어조를 지닌 건 그 때문이다. 매독은 미치게 하거나 맹인이 되게 했고 치료약이 없었다. 당시에는 사랑이 끔찍하도록 중요한 것, 말 그대로 생사의 문제였다. 요즘은 사랑이 문학의 지평에서 완전히 사라졌으며, 그 중요성과 비극적 특성을 잃어버렸다. 매독을 잃어버렸기 때문이다. 이것은 그녀가 문예란을 맡은 잡지 〈스위스 수의 리뷰〉에 게재하면 딱 좋을 소재였다. 사람들은 이 잡지에 기고한다는 이유로 그녀를 조롱했다. 남자는 지적인 여자를 싫어한다.

하지만 그녀는 그들보다 더 심하게 자신을 조롱할 줄 알았으며, 그것은 심리적 생존을 위한 필수 조건이었다. 프랑스인들은 유머를 이해하지 못했다. 언제나 그들은 그런 것을 반드골파의 공작으로 느꼈다.

"난 지금 너에게 드골이 반유대주의자라고 말하는 게 아냐. 그는 절대 그런 사람이 아니지. 그에게 사람은 누구나 다 똑같아. 그는 반유대주의자가 아냐. 하지만 그는 자신이 반유대주의자가 아니라는 사실에 대해 유대인들이 고마워하길 바라. 그것이 바로 반유대주의라고."

초기에 그녀는 하마터면 폴에게 넘어갈 뻔했다. 하지만 그들은 1962년 영국에서 열린 '원폭' 항의 '대행진'에 함께 참석했고, 둘 다 인종차별에 반대하는 '제네바 위원회'에 가입했으며, 베를린장벽에 반대하는 '여리고 작전' 때는 함께 칼 뵘 곁에서 몽둥이세례를 받았다. 이러한 모든 것이 둘의 관계에 물들어, 두 사람의 관계는 완전한 플라토닉러브가 되어버렸다. 그래서 지금은 느닷없이 홀랑 벗고 진짜 행동에 돌입할 수가 없었다. 게다가 남성 선전도 거기에 한몫했다. 말하자면 그들이 사랑과 '부르주아 감상주의'를 탈신비화하고자 노력한 것은 오로지 좀 더 쉽게 섹스하기 위함이었다. 소비사회를 비판해댄 것도 다 개수작이었다. 어떻게 해서든 성적 쾌락을 하나의 일상 소비재로 만들고자 하니 말이다. 요컨대 언제나 나는 그 생각을 한다는 것, 그런 얘기였다.

"……특히 더 역겨운 건, 물고기를 익사시키려는 그들의 방식이야" 하고 폴이 말했다. "암스테르담에서 **프로보스**반항 신세대에게 몽둥이질을 하는 건 그렇다고 쳐. 하지만 '젊은이들을 이해해야 해'라느니, '젊은이들을 믿어야 해'라고 떠들어대는 교활한 부성주의는 정말 웃기는 수작이라고. 지금 그들은 청춘이라는 새로운 계급을 만들어내고 있어. 무슨 목적으로? **진짜** 계급투쟁 속에 분열 요소를 끌어들이기 위해서지. 청춘이라는 계급을 만들어, 이를 통해 부르주아와 프롤레타리아 계급을 화해시키려는 거지. 무력화 작전이랄까."

그녀는 폴을 대학에서 알게 되었고, 장을 알게 된 곳은 사우디아라비아에서였다. 그녀의 아버지가 거기서 스위스 대리공사로 일했다. 사우디아라비아는 지금껏 그녀가 가본 외교 임지에서 가장 끔찍한 곳 중 하나였다. 파리 떼가 끓었고, 회교 사원에는 들여보내주지도 않았다. 대사관 테니스 코트에서 테니스를 치며 교수형이니 기근이니 하는 얘기를 마치 다른 행성의 일인 양 주고받았다. 역사는 테니스 코트 주변에서 잉잉거렸을 뿐, 코트 안으로 들어올 권리는 없었다. 그렇게 외계인 생활을 하다 보면, 결국에는 여러분 자신을 외계인처럼 느끼게 된다. 자신이 사는 나라의 고통을 내 것인 양하는 짓은 금물이다. 그것은 외교 관례에 어긋난다. 일종의 무중력상태에서 사는 것과 같다. 화를 내서도 견해를 표명해서도 안 된다. 권력을 탈취한 날건달들에게 예의를 차려야 하고, 국수주의를 "필수적인 단계"라며 찬동해야 하고, 알고 보면 부정선거에 의한 국민 처분권에 다름 아닌 "국민들의 신성한 자기 처분권"을 박수로 환영해야 한다. 과거 매카시는 "공산주의자들"과 국방성 "동성애자들"을 숙청했으나, 그런 그조차도 알코올중독자들만은 건드리지 못했다. 묘한 일이다. 약자는 면책특권을 누구보다도 견디기 힘들어한 자들이었다.

그들은 그녀를 '트리움프' 곁에 내려주었고, 그녀는 자동차에 올라 아버지를 데리러 병원으로 갔다.

5

그곳은 고요한 나무와 노란색 흰색 장미가 있는 아름다운 공원이었다. 베르길리우스의 초원이 전혀 부럽지 않은 풀밭에서 양떼가 어슬렁거리고 있었고, 정신분열증 환자가 지내기에는 이 세상 어디보다도 좋은 곳이었다. 분명 목적은 온갖 자잘한 술책을 동원하여 환자들의 관심을 현실 쪽으로 돌리는 데 있었다. 지난번 방문 때 그녀는 우울증 환자와 정신분열증 환자가 나누는 대화를 엿들은 적이 있었다. 그들은 도다리 파이와 다진 철갑상어 요리 각각의 장점에 대해 토론하고 있었다. 현실치고는 참 이상한 현실이었다. 샤넬표 정장 차림의 머리가 희끗희끗한 레즈비언 안내원이 책상 위에 계산서를 준비해 두었지만, 그곳은 짐을 손수 들고 입장하게 하는 그런 곳이 아니었다. 지불 능력이 없는 사람인 줄 빤히 안다고 할지라도 말이다. 너무나 세련된 곳. 어쨌든 그들은 외교관을 환영했다. 빈털터리일지라도, 이는 위신의 문제였다. 그녀는 아버지가 몹시 아끼던 순금 담배 케이스를 팔아버렸지만, 아직도 그들에게는 멋진 양탄자가 몇 장 남아 있었다. 게다가 국무성이 주거비 부담금을 인상해줄 거라는 얘기도 있었다. 어떻든 자신감과 당당한 자세가 필요했다. 외교단은 바로 우리야, 가자고.

"계산서는 영사관으로 보내주시겠어요? 아버지께서 수중에 수표 묶음을 지니고 계시진 않을 거예요. 아버진 좀 어떠세요?"

"아주 좋아지셨어요, 미스 도너휴. 사실 우린 이런 식의 긍정을 좋아하는 편이 아닙니다만, 우리 생각엔 완쾌되신 것 같아요."

"지난번에도 그렇게 말씀하셨어요. 저도 스물한 살이에요. 지금까지 진짜로 치유된 상습 알코올중독자는 한 번도 본 적이 없어요. 기껏 할 수 있는 거라곤 병과 더불어 사는 법을 가르쳐주는 것뿐이죠."

여자의 미소가 살짝 일그러졌다.

"물론 진단을 내리려면 좀 더 지켜봐야 해요."

정신병원에서 하는 가장 멍청한 상투어 중 하나는 알코올중독자들이 현실에 적응하지 못해 술을 마신다는 것이다. 하지만 현실에 적응할 줄 아는 인간이란 한낱 잡놈일 뿐이잖은가.

그녀의 아버지가 계단을 내려왔다. 젊은 걸음걸이에 생글거리는 눈빛, 여전히 멋지기만 한 신사. 누구든 그를 보면 즉각 그에게서 풍기는 조용한 힘과 자신감에 깊은 인상을 받는다. 어떤 내적인 권위와 완벽한 자기통제력을 마주한 듯한 느낌. 마치 그의 인격 전체가 이렇게 말하는 것 같다. 자, 내게 얘기해보시오. 내가 당신의 모든 문제를 해결해줄 수 있을 거요. 정말이지 그는 포부르그 생 오노레 가街 전시 예술 최고상을 받을 만했다. 다만 진열장에서 멋진 효과를 낼 상품이 하나도 없다는 게 유감이었다. 그

생글거리는 자신감, 바로 그것으로 그는 지금껏 자기를 망가뜨려 온 거였다. 어쩌면 거기에도 제스가 모르는 어떤 깊은 동기가 있을지 모르겠으나, 그녀는 정신분석학이 해명하고자 하는 비밀의 심연 따위는 믿지 않았다. 그 "깊이"라는 것이 무엇을 의미하는가? 동성애니 오이디푸스콤플렉스니 하는, 기가 찰 만큼 피상적인 통속성 아닌가? 그런 게 심연이란 말인가? 요즘 젊은이들이 프로이트 얘기만 나오면 킬킬대는 게 전혀 놀랍지 않았다. 어쩌면 아버지는 최고의 부자 아내를 맞이하고, 최고의 외교 임지에 발령받고, 최고의 미녀를 정부로 둘 수도 있었을 것이다. 하지만 다행히도 그는 약하고 쉬 상처 받는 사랑스런 사람이었으며, 그래서 그에겐 그녀뿐이었다. 그는 두 팔로 그녀를 얼싸안고 볼에 키스를 했다.

"제스, 얼른 나가자. 여기선 목이 말라 죽겠어."

그녀는 웃음을 터뜨렸다. 분명 호전되기는 했다. 이젠 손을 떨지 않았다. 그는 그녀를 감싸 안은 채로 자동차까지 갔다. 얼마나 빨리 갔던지, 그 나이 지긋한 레즈비언이 계산서 얘기를 입에 담을 겨를조차 없었다. 이곳이 허접한 병원이 아니라는 사실은 인정해야 했다. 우리는 다시 돌아올 것이다.

그는 그녀가 가방을 자동차 뒷좌석에 실을 때까지 기다렸다. 그녀를 돕지 않고 가만히 지켜보기만 하는 것을 보면, 온몸의 기운이 다 빠져버린 게 분명했다. 치료 때문이 아니라 알코올의 부재 때문이었다. 조만간 그녀는 이 문제에 대해서도 글을 쓰게 될 것 같았다.

그들은 꽃이 핀 마로니에 노목들 아래로 천천히 차를 몰았다.

"자, 제스, 얘기 좀 해봐. 지금 우리가 어느 정도 속도로 가라앉고 있는 거지?"

"아직은 전혀 심각하지 않아. 구매처에서 의전과에 고발하겠다고 협박 비슷하게 해대긴 하지만, 그들이야 늘 그렇지 뭐. 스위스 사람들은 외교특권을 싫어해. 그들이 우리 중 누구든 체포할 수 있게 된다면 그땐 끝장이겠지. 정말이지 어떨 땐 돈은 충분하다고…… 무슨 말인지 알지?"

그가 웃음을 터뜨렸다. 그녀는 그가 웃을 때 눈가에 지는 잔주름이 좋았다. 물론 사람들은 그녀가 아버지를 사랑한다고 말했다. 또 아버지는 딸을 사랑한다고도 했다. 그야 중간치 머저리만 돼도 누구나 알 수 있지만, 사실은 훨씬 더 심각했다. 그녀는 아버지를 마치 어린아이 사랑하듯 사랑했던 것이다.

"아빠, 사실 가끔은 아빠의 지금 모습이 유감이긴 해."

그가 깜짝 놀란 표정으로 외쳤다.

"제스!"

"그래, 아빠가 더러운 인간이 아닌 게 유감스럽다고. 그런 사람이었다면 아무 일 없이 잘살 수 있었을 텐데. 엄마도 떠나지 않았을 테고."

"어쩌면 나도 언젠간 그렇게 될 거야. 내게도 큰 꿈이 있어."

"몸은 좀 어때?"

"아주 좋아. 가끔 한밤중에 깨는데, 아무것도 느끼지 않아. 정말 아무것도. 진정한 승리라고나 할까. 일체의 경이로운 부재 같은 것. 요컨대 나 역시 행복을 맛본단 얘기야. 달 없는 깜깜한 밤에 호숫가에 앉아 아무것도 느끼지 않는 그런 꿈을 꾸기도 하지.

맞아, 난 분명 치유된 것 같아."

"체호프 얘기네" 하고 그녀가 말했다.

"아마 그럴걸. 무엇인가의 종말. 하지만 제비 한 마리가 봄을 만들지는 못해. 퇴폐파 한 명이 데카당스를 만들지는 못한다는 얘기야. 아직 한참 멀었어. 한데 넌 좀 어떠냐?"

"늘 똑같아. 친구들이 살짝 미쳐가고 있지. 끔찍한 건 스위스 사람들이야. 그들은 모든 것으로부터 보호받아. 하나의 거대한 외교단이 되어버린 거야. 면책특권을 갖고 완전히 종 속에 있어. 이 종은 어떤 시험에도 끄떡없을 만큼 튼튼하지만 내부에서 금이 가고 있지. 칼 룀이 베를린에서 와서 새로운 '행동위원회'를 위한 모금 운동을 하고 있어. 독일에서는 학생들이 모든 것을 날려버릴 준비가 되었다고 호언하더군. 폴 자메는 무정부주의에서 니힐리즘으로 넘어가는 중이고. 이따금 카스텔과 생 트로페로 돌아가 영양 보충을 하면서 말이야. 녀석은 세상을 바꾸려고 노력하는 한편 나와 자보려고도 애쓰는 중이야. 정말 대단한 실패 취미를 가진 셈이지."

"그쪽으로…… 뭐 새로운 소식은 없니?"

그녀는 망설였다. 머릿속에 그가 웃는 얼굴로 스키를 들고 서 있었다. 인간이 그렇게 멋질 수 있는 건 오직 미국인이 제대로 차려입을 때뿐이었다. 하지만 그녀는 아버지에게 존재하지 않는 뭔가에 대해 얘기할 생각은 없었다. 아마도 그는 지금쯤 그녀가 준 50프랑을 들고 눈밭을 향해 올라가고 있을 것이다.

"전혀 없어."

"그 밖에 다른 것은?"

"어느 신문이 우리 젊은이들에게 결여된 게 전쟁이라고 썼어. 청년들에 관해 아무것도 알려주는 게 없는, 오히려 노인들에 관해 많은 것을 알게 해주는 소리지. 아빠 딸은 지금 어마어마하게 세련돼가는 중이야. 세련된 갈망, 격조 높은 우수, 대단히 미묘하고 섬세한 **벨트슈메르츠** 등, 미슐랭 가이드북에서 내게 별 세 개는 매겨야 할걸. 그런 그렇고, 프랑스 사람들은 여전히 건재한 것 같아. 수 세기 전부터 데카당인데도 말이야. 그래서 나도 별로 걱정하지 않아…… 불면증은 좀 어때?"

"나도 갈수록 교활해져. 예전에는 그냥 잠들지 않고 죽 깨어 있었는데, 지금은 잠이 오면 그냥 잠에 빠져들어. 그랬다가 곧바로 정신을 차리고 깨어나지."

유머가 진실을 모두 가릴 수는 없었다. 하지만 설령 아버지가 스타브로프에게 "절대로 미국은 스탈린식 강권이 민주주의 제도에 종지부를 찍도록 좌시하지 않을 것"이라는 장담을 하지 않았더라도, 어쨌든 그는 교수형에 처해졌을 것이다. 불가리아의 코스토프나 헝가리의 라지크, 체코의 슬란스키처럼 말이다. 아마 그가 느끼는 양심의 가책은 훨씬 더 먼 곳에서 오는 것이리라. 인간다운 인간이라면 언제나 죄책감을 느끼게 마련이다. 인간이 정말 인간인 것은 그래서가 아닌가.

"이번에는 어땠지? 금주 후유증 말이야. 끔찍했어?"

"평소보다 덜해. 방식에 변화를 주더군. 간장양변성화된 알코올 주사를 맞았지…… 환각이 없었어."

그가 웃음을 터뜨렸다.

"신기해. 알코올을 끊는 즉시 나타나는 첫 번째 금단 현상이 바로 환각이라는 것…… 그것이 현실과의 첫 접촉이란 게 말이야. 이건 뭔가 많은 걸 말해주는 것 같아. 꼭 집어 말할 수는 없지만. 친구들도 몇 명 만났어. 특히 아르부아라고, 모스크바 주재 스위스 대사로 일했던 친구가 있어. 30년 경력의 외교관인데, 전화번호부를 뒤지며 시간을 보내더군. 현실과 실제 사람들을 접촉하려고 말이야. 모스크바는 물론 전 세계 각처의 전화번호부 컬렉션을 소장하고 있었어. 그것이야말로 진실 가득한 세상, 실제 존재하는 사람들로 가득한 세상에서 쓰인 가장 아름다운 책 가운데 하나라고 주장하더군. 뉴욕의 몇 쪽을 내게 큰 소리로 읽어주기까지 했어. 때로는 부에노스아이레스나 시카고로 전화 통화를 요구하기도 해. 책이 거짓말하는 게 아니라는 것, 그것이 신화가 아니라는 것, 그 모든 사람이 실제로 존재한다는 것을 확인하기 위해서 말이야. 외교관 생활을 30년이나 한 사람이야. 가끔은 한밤중에 자기한테도 전화를 건대. 자신이 실제로 존재하고, 스스로를 속이는 게 아님을 확인하기 위해서. 의심이 아주 많은 사람이지. 거울을 끔찍이도 경계하더군. 거울은 아무것도 입증하지 못한다는 거야. 시각적 환상일 뿐. 말하자면 이런 거지. 주변의 끔찍한 현실을 일체 그 영향을 받지 않고 너무 많이 보다 보면 결국 자신이 아직 실존하는지, 아직 이 세상에 있는지 확인하기 위해 한밤중에 자기 자신에게 전화를 걸게 된다는 얘기라고. 난 곧 사임할 생각이야. 잡지를 뒤적이다 보니 모델로도 먹고살 수 있을 것 같았어. '관자놀이가 희끗희끗한' 부류의 성숙하고 기품 있는 남자들을 구하는 것 같더라고. 슈웹스, 카멜, 버번, 뭐 그런 곳에서 말이야. 앨런 도너휴가 아직도 세상을 놀라게 할 수 있음을 입증할 기회 아니겠어? 어쩌면 네 녀석이 내가 너무 자신만만하다고 생각할지도 모르겠는걸…….."

"아빠, 아빤 대체 언제쯤 자기를 청산해버리려는 생각을 그만둘지 모르겠어…… 이 유머도 다른 모든 것과 마찬가지야. 요컨대 실패라는 거."

"그사이 한 가지 중대 결심을 했어. 내 직업과 관련해서 호기를 좀 부려보기로 말이야. 최근 들어 난 우리의 외교정책 목표들을 단호하게 수행하지 않았던 것 같아. 그래서 말인데, 그런 경우에 으레 하는 대형 칵테일파티를 개최해볼까 해. 내 기억이 정확하다면 우리의 마지막 칵테일파티는 아마 베를린장벽 때문이었을 거야. 그러니까 장벽 설치에 반대하기 위해서 말이야. 거창하게는 말고, 한 백 명쯤으로 해서 우리가 아직 존재함을 알려주자고. 러시아 황실에서 받은 순금 담배 케이스를 팔면 돼. 그 정도면 다시 순항할 수 있어."

하지만 순금 담배 케이스는 이미 사라지고 없다.

"미국 외교단이 그 끔찍한 베를린장벽을 끝장내기 위해 뭘 할 생각인지 정말 궁금하네."

"우리 칵테일파티에 러시아인들을 초대하지 않는 거지. 바로 그걸 하겠다는 거라고."

"학생들 서클에는 그들이 지뢰밭에서 죽게 한 그 아이 사진이 가득해."

"아이들은 언제까지고 아이들일 뿐이라는 게 러시아 녀석들 생각인 것 같아."

"그런 일이 있는데도 말라르메를 공부하러 문학 수업에 가야 하는 거야?"

"그럼, 의연할 줄 알아야지."

"정말 미국은 아무것도 할 수 있는 게 없어?"

"더는 알코올을 입에 대지 않겠다고 의사들에게 약속했어. 이것이 지금 내가 할 수 있는 유일한 선언이야."

그가 자동차의 글러브박스에서 팸플릿을 하나 꺼내 만지작거리다가 말했다.

"삼손과 델릴라와 그의 푸시캣츠라…… 이건 또 뭐지? 제스, 왜 우는 거냐? 베를린장벽 때문이라면 정말……."

"일주일 전에 아빠의 담배 케이스를 팔아버렸어. 채소 가게 주인이 의전과에 고소하겠다고 얼마나 협박을 하던지……. 하지만 아직 페르시아 양탄자가 있어…… 아, 그건 새로 결성된 록그룹이야. '검은 양말들'이나 '크래프티 데드' 같은……. 정말 엉망이야, 엉망진창…… 더는 못 견디겠어. 이제 살았다 싶으면 또다시 살길을 찾아야 하니, 이건 살아도 사는 게 아냐."

"삼손과 델릴라와 검은 양말들, 아니 그의 푸시캣츠라…… 그래! 누가 알겠느냐만 어쩌면 그들이 옳을지도 몰라. 어쨌든 그들은 젊은이들에게 던져진 도전장에 범세계적인 미치광이 짓으로 용감하게 맞서고 있잖니…… 그 푸시캣츠들의 음악을 들으러 가봐야 할 것 같은데. 그들은 정말 뭔가 할 말이 있는 것 같군."

"전혀 대단하지 않은 그룹이야. 다음 주에 레이 찰스가 오는데 폴이 표를 구해주기로 했어. 경쟁에 밀리지 않고 여전히 잘 버티는 건 흑인들뿐인 것 같아."

"녀석, 그들의 미소가 유독 커 보이는 건 오로지 입술 위에 더 이상의 자리가 없어서일 뿐이라고. 흑인종에 대한 나의 남부 연합파적 환상도 이젠 가시고 있는 중이야. 그들은 정말 다르길 바란다만, 나도 이제 더는 모르겠어."

"아빤 내 말을 절대 진지하게 듣지 않아, 그렇지? 날 쳐다볼 때마다 두 눈에 놀리려는 기색이 가득해. 나라는 존재가 하나의 농담 같은 실수라는 건 아는데, 어쨌든 그게 '아빠'의 실수잖아. 그런 실수를 한 게 바로 아빠라고. 자기 실수를 희롱해서는 안 되는 거야. 그렇게 하면 프랑스 말로 **쥐트**이런 제길라고 해."

"제스, 한 가지 이해되지 않는 게 있어. 우린 국경 너머 프랑스에서 살아. 자동차로 이십 분이면 제네바에 도착해. 외교관들은 대개 한 나라만 이용하지만 우린 두 나라를 이용해 빚을 쌓는 셈이지. 그러니 아주 이상적인 상황이라고 할 수 있어. 그런데 어째서 여기서도 그토록 빨리 바닥을 건드리게 된 거지?"

"스위스와 프랑스 조합보다 더 나쁜 건 없어. 그들은 전부 다 보았지. 아무리 발렌시아가가 차려주는 옷을 입고 산책해봤자, 그들은 우리가 빈털터리라는 것을 알아. 돈에 관한 한, 이 두 나라 국민이야말로 세상에서 가장 예민하고 통찰력 있는 사람들이거든. 아주 오랜 문화를 가진 국민들이잖아."

"오, 그렇다면 그들 모두에게 이렇게 말해주지. '삼손과 델릴라와 그의 푸시캣츠'라고. 넌 알아서 잘 해결해나갈 거야, 제스. 난 널 믿어. 어쨌든 그 페르시아 양탄자는 하도 많이 봐서 이젠 신물이 나. 우리를 구하도록 날려버리자고."

제네바에서 국경으로 가는 길을 따라 줄지어 서 있는 체리 나무와 사과나무에는 꽃이 활짝 피어 있었다. 지금은 흰색 황갈색 나비들의 계절이기도 했다. 수천수만의 나비들이 추는 '구애의 무도', 그녀는 나비들이 자동차 앞 유리창에 부딪혀 몸이 산산조각 나거나 유리창에 들러붙는 모습을 보기가 참으로 끔찍했지만, 나비들까지 걱정하고 싶은 마음은 없었다. 걱정에도 한계를 두어야 했다. 무정해졌다고나 할까. 세기말의 마리아 바슈키르체바1858~1884. 우크라이나 태생의 화가이자 조각가. 『나의 일기』의 저자로 유명하다 같은 사람이나, "부채에 맞은 이 마편초가 시들고 있는 항아리에 금이 갔다"고 노래한 쉴리 프뤼돔1839~1907. 프랑스 시인. 사랑의 슬픔에 부서진 마음을 은유하는 『깨진 항아리』가 대표작이다. 1901년 노벨문학상을 수상했다 같은 사람이 되어서는 안 되었다. 시드는 섬세한 감수성 따윈 모두 꺼져버리고, 우리에겐 '크래프티 데드', '검은 양말들'이나 보내줘. 두 부녀는 "안녕하세요, 미스 도너휴, 안녕하세요, 영사님" 하고 말하는 세관원들의 의례적인 인사를 받았고, 그들 자신과 마찬가지로 외교특권이 지난 시대에나 속하는 것으로 간주하는 스위스 운전자들의 증오 어린 시선을 받으며 우선적으로 국경을 넘었다.

저택은 도로에서 100여 미터 떨어진 정원 안쪽에 있었다. 제스는 백합과 장미 향기를 맡으며 부엌으로 가 음식 바구니와 제네바 최고의 배달 요리 전문 '모니에'네 요리점에서 구입한 곤들매기 요리를 내려놓았다. 어떻게든 만사 잘 해결되겠지, 그런 생각을 하며 거실로 들어서던 그녀는 아버지의 구부러진 등을 본 순간—그는 등을 돌린 채 커튼의 누런 미광을 받으며 우편물을 읽고 있었다— 심장이 텅 비는 것 같았다. 화가 치민 그녀는 날카로운, 거의 음색이 묻어나는 목소리로 외쳤다. 그것은 겁에 질렸을 때 그녀의 목소리에서 들을 수 있는 음색이었다.

"맙소사, 또 뭐지? 무슨 일이야?"

그가 천천히 돌아섰다. 하지만 얼굴에서는 아무것도 읽을 수가 없었다. 그의 얼굴은 그가 이 세상에서 통제할 수 있는 단 한 가지였다. 그것은 아이러니가 모든 걸 감춘 얼굴, 끝까지 환상을 품게 할 줄 아는, 어떤 시련도 이겨내는 선 굵은 전형적인 미국인 얼굴이었다. 어쩌면 엄마의 사망 소식을 전하는 편지일지도 모르겠어. 아니었다. 공식 서한에 이용하는 노란색 종이봉투 편지였다. 그렇다면 콩고 같은 나라로 보낸다는 통보일 거야. 그럼 어때, 아프리카 마스크나 수집하지 뭐. 그녀는 안간힘을 다해 운명과 거래를 타결하고자 했다.

"이번에는 또 무슨 재앙이지?"

"미안해, 제스. 해임 통보야. 정확히 말하면 조기 퇴직이지. 예의 바른 사람들이군."

그녀는 맥없이 소파에 주저앉았다.

"맙소사, 정말 온갖 더러운 농간을 다 부리는군…… 바로 그저께 호바르랑 저녁 식사를 했는데, 일언반구도 없었어."

"요령 있는 사람이야."

"나도 알아. 그 나쁜 자식들이 모두 요령꾼이란 거."

"공정하게 생각해야지. 내가 정말 쓸모 있는 외교관인지가 불확실하잖니."

"아직도 국무성을 옹호할 참이야? 그건 정말 피학 취미야."

"미국 납세자가 만성 알코올중독자를 위해 세금을 내야 할 이유가 뭐지?"

"미국 납세자니까. 이미 온갖 짓거리를 위해 세금을 내지 않았어?"

다행히도 그가 웃음을 터뜨렸다. 유머는 그에게 남은 유일한 힘의 원천이었다. 그녀는 소파에 맥없이 앉아 다음 농담은 또 어느 쪽에서 날아올지를 생각했다. 그것이 아무리 견딜 수 없을 만큼 재미있는 농담이라 할지라도 눈물은 흘리지 않을 생각이었다. 이제 그들은 서로 완전히 납득할 수 있는 미소를 주고받았다.

"제스, 이제 우린 더 이상 미국 대외 정책의 책임자가 아냐. 세상이 먼지가 되어 날아가버린다고 해도 이제 우리랑 상관없어."

"마침내 자유로군. 한잔해야지."

그녀는 사과주를 한 병 꺼내려고 부엌으로 갔다가 식탁 위에 눈에 잘 띄게 놓인 하녀의 쪽지를 발견했다. "마드무아젤, 급여를 받고 싶어요. 아니면 다른 데로 가버리겠어요." 철자가 두 군데나 틀렸다는 것 외에, 달리 더 할 말은 없었다. 그녀는 쟁반을 들고 거실로 돌아왔다.

"나폴레옹이 병사가 1천 명이나 죽은 대재앙 같았던 러시아원정에서 돌아와 아내가 웬 녀석과 함께 침대에 있는 걸 보고 뭐랬는지 알아?"

"아니."

"이렇게 말했대. '얼씨구, 마침내 사적인 문제가 하나 생겼군!' 탈러의 책에 나오는 얘기야. 나폴레옹의 일생만 연구해보면 똑같은 실수를 범하지 않을 수 있어. 기운 내!"

재수 없게도 힘세고 무정한 인간들은 세상 곳곳에 널려 있다. 하지만 명예를 아는 이들은 아빠 같은 사람들, 착하고, 너그럽고, 비능률적이고, 나쁜 짓을 할 수 없는 사람들, 한마디로 약자다. 그들은 깨진 항아리 같은 위인들이다. 그들은 그 대가를 치른다.

그녀는 잔을 집어 쟁반에 올려 놓았다.

"난 제네바로 돌아가. 폰 알덴베르크 백작이라고 알아? 리히텐슈타인 성에 사는 외눈박이 말이야. 내게 일자리를 제안했어. 일단 사양했지만, 플레이보이는 전혀 아니고 대규모 사업가인 듯해. 그러니 아마 진지한 제안일 거야. 홀바르를 만나러 가야겠어. 그에게 한두 마디는 해줘야지."

"그와는 정말 무관한 일이야."

"알아. 하지만 나도 속은 풀어야 하잖아. 이건 아주 단순하고 순수한 공격성이라고."

"내 딸은 천성이 그렇지."

그렇다. 하지만 아마도 사람들은 얼마든지 자기 자신을 무시하고서 초연함을 실천할 수도 있을 것이다. 물론 매일 두 병의 위스키가 필요하겠지만 말이다. 자동차 안에서 한바탕 울음을 터뜨린 뒤 그녀는 총영사에게 퍼부어줄 말을 정리해보기까지 했으나, 막상 대사관 사무국 앞에 자동차를 세우고 나서는 운전석에 그대로 머물렀다. 그래봤자 그는 결국 메노티의 작품 속 '영사' 노릇을 하려 들 게 뻔했다. 정말 유감이지만, 워싱턴에서 내린 결정이오. 나에겐 자문조차 구하지 않았소…….

하지만 30년 동안 임지를 열일곱 군데나 돌아다니며 봉직한 사람을 해고할 순 없어요.

앨런은 해고당한 게 아니오. 퇴직한 거지. 그건 우리 모두의 운명이오.

하지만 아직 8년이나 남았잖아요.

제스, 이유야 당신도 나만큼이나 잘 알잖소.

그래요, 술을 마시죠. 그럼 다른 사람들은 안 그래요?

최근 몇 년간 앨런은 여러 병원에서 6개월을 보내야 했소. 그런 일은 알려지게 마련이오. 어쩔 수 없이 국무성은 임지를 부단히 바꾸어주어야 했지…….

'트리움프'의 운전석에 앉은 채 그녀는 홀바르에게, 국무성에, 외교부 인사과에 화풀이를 하고 있었다. 짐, 그럼 '음주 문제'가 없는 미국 대사 이름 하나만이라도 대봐요. 모두 다 마시죠. 술 없이는 견딜 수 없는 직업이잖아요. 제가 이름을 몇 개 대볼까요?

제스, 제발 그만해요. 그야 마실 일이 연거푸 생기니까…….

짐, 당신도 몇 번이나 심근경색이 왔죠? 제가 알기론 두 번이에요. 어째서 부인께서는 당신의 임지를 일절 따라다니지 않으시죠? 파키스탄의 카라치에도 말이에요? 또 그 도쿄 주재 미국 대사, 아주 뛰어난 사람이었는데, 이름이 뭐더라, 하여간 그 유명 인사는 어째서 간간이 자살 시도를 한 거죠? 면책특권이란 게 어떤 것인지 당신도 잘 알잖아요. 유리 종 속에 앉아 사방에서 피의 수위가 상승하는 걸 지켜보는 것과 같죠. 가끔씩은 캐딜락을 몰고 그 피바다를 가로질러 영사단 수석에게 의전 방문을 하거나, 아니면 살인자들에게 "미국 정부는 명예롭게도 귀 이라크 정부에 …을 알려드리는 바입니다"라는 "구두 통첩"을 전달하죠. 그러고는 늦지 않게 돌아와 학살자들과 함께 비즈니스차 방문한 무역 대표단을 환영하는 리셉션을 베풀죠…….

그래요, 제스, 나도 알아요. 우린 그저 관찰자일 뿐이잖소…….

관찰자가 아니라 엿보는 자들이겠죠…….

좋을 대로 해석하시오.

잘 있어요, 짐.

잘 가요, 제스. 다음 주에 저녁 식사하러 와주길 바라요.

고맙군요.

내가 해줄 수 있는 일이 있으면 뭐든 얘기해주시오.

그래도 역시 나쁜 놈이다. 사실 그에게 얘기하러 갈 필요조차 없는 일이었다. 그녀는 시동을 걸고서 무작정 호숫가를 따라 차를 몰았다. 그녀가 할 수 있는 일이라곤 새들에게 모이를 주는 것뿐이었다. 자동차를 세우고 차에서 내렸다. 즉시 바이런 경이 그녀 쪽으로 왔다. 그저 파블로프 반사일 뿐, 결코 다른 게 아니었다. 그녀는 녀석을 품에 안고 빵 조각을 하나씩 부리에 넣어주었다. 딸아, 조만간 너도 인정할 건 분명히 인정해야 해. 빅토르 위고처럼 말하자면, "미소가 너무도 따뜻한 이 위인, 나의 아버지"가 이제 보니 그저 하나의 미소일 뿐이었다. 뒤에 사람이 없었다.

"어떻게 스위스에 갈매기가 있을 수 있죠?"

사실 그녀는 그를 여기에서 다시 보게 되리라고 기대하지 않았다. 그저 막연한 희망, 아니 그냥 궁금한 정도였다. 올까? 오지 않을까? 그가 그녀 곁으로 와서 쪼그리고 앉았다. 금발 타래 하나가 그의 눈동자 위로 흘러내렸다.

"바다에서 아주 멀리 떨어진 곳인데? 산은 또 어떻게 넘고? 그렇게 높이 날 수가 없어요. 어쨌든 갈매기들은 말입니다."

"온갖 이상한 새들이 다 스위스로 와요."

"고맙군요. 난 레니라고 합니다. 그리 이상한 새는 아녜요. 바다 갈매기도 보이던데, 바다 갈매기에게 스위스는 정말 먼 곳이죠."

감히 내게 말조차 할 수 없는 건가. 목이 잠겼나. 제발 뭐든 말을 해주면 좋겠는데. 이젠 그녀 차례야. 난 다 주었고.

"갈매기들은 물 위에서 잠을 자나 봅니다. 그게 진짜 삶이죠. 물결에 실려 떠다니며, 절대 뭍을 밟지 않는 것……."

그래, 오리 한 마리조차 당해내지 못하면서 계속 고집부릴 필요는 없지. 어쩌면 말을 일체 하지 않았어야 했는지도 몰라. 함께 입을 다물고, 둘만의 침묵을 갖는 것. 그건 곧바로 둘 사이를 가깝게 해준단 말이야. 그 모든 걸 떠나서, 정말이지 그는 그녀와 함께 침묵을 지키고 싶었다. 그냥 여기, 이렇게 가만히 있으면서 그녀를 바라보기만 하는 것이 좋았다. 예쁜 여자였다. 상대가 나라는 게 유감일 뿐. 그녀는 나보다 나은 녀석을 만날 자격이 있었다. 불운하달까. 어쩌면 언젠가 그녀를 데리고 스키를 타러 갈지도 모르겠다. 그녀에게도 그저 무의미한 시간 낭비만은 아닐 것이다. 정말 그대로 죽어버리고 싶은 순간들도 있으니까.

"무슨 일이 있어도 스키는 떼어놓지 않는가 보죠?"

"절대로. 아주 돈독하죠."

그녀가 웃음을 터뜨렸다.

"당신 나이에 그런다는 게 좀 이상하긴 하군요."

"무슨 뜻인지 설명 좀 해주쇼."

"당신 나이에 가는 곳마다 누누르스곰 인형를 데리고 다니는 게 좀 이상하단 거예요."

"누누르스? 모르겠는걸. 그게 어떤 녀석이죠? 하지만 스키 얘기라면 할 말이 많죠. 이 스키와 함께 있으면 말이요, 경찰이 건드리질 않아요. 벤치에서 자건 다리 밑에서 자건. 경찰들은 이 스키를 보고 내가 죄 없는 사람이란 걸 알아요. 왜 그러는지는 모르겠지만, 하여간 그래요. 스키가 보호해주는 거죠."

"일거리를 찾고 있나요?"

"아뇨. 난 그리 쉽게 포기하는 사람이 아니오."

"역시 좀 이상하게 사는군요."

"아침에 사무실에 들렀다가 저녁에 돌아오는 녀석을 보고 내가 하는 말이 바로 그거요. 노는 방식이야 제각각 아니겠소."

"집에 돌아가고 싶지 않나요?"

"집? 거기가 어디요?"

"집 말이에요. 저야 모르죠. 미국에 누군가가 있을 텐데요."

"당신은 신문도 읽지 않아요? 미국에 2억 명이 있어요. 그런 데가 우리 집이요. 죽을 맛이죠. 여기, 유럽에는 문제가 없는데 말이요."

"문제가 없다고요?"

"여긴 베트남도 아니고, 흑인도 없잖아요."

"그들에게도 여러 가지 문제가 있다는 걸 알잖아요."

"물론 그렇지만, 그들이 영어만 하지 않으면 그들 문제야 상관없죠. 나도 프랑스어를 몇 마디 할 줄 아는데, 말만 하면 늘 달려들려고 합디다."

그녀가 웃음을 터뜨렸다. 그는 숨이 멎는 듯했다. 그녀가 웃음을 터뜨리면 돌연 저 위로, 똥발 2천 미터 고지로 단숨에 올라가는 것 같았다.

"늘 이렇게 완전무장을 해두나요?"

"겨울에는 그래요. 하지만 여름이 되면 흐트러지죠."

"그럼, 아래로 내려오나요?"

"밥은 먹어야 하니까. 늘 밥줄에 뒷덜미가 잡히죠. 공산주의 나라들에는 곳곳에 이런 플래카드가 붙어 있는 것 같아요. '일하지 않는 자는 먹지도 말라.' 미국 영향을 받은 게 분명해요."

"그래도 일거리는 구하고 있는 거죠?"

"목구멍에 칼이 놓였으니 한 며칠은 해야겠죠. 하지만 사람을 그렇게 하도록 몰아세우는 건 정말 밥맛입니다."

그는 앙주를 생각했다. 녀석은 지금 이 순간 저 위에 숨어, 손톱을 물어뜯으면서 그들을 지켜보고 있을 것이다. 정말이지 레니는 그자가 끔찍이도 싫었다. 놈은 마치 자신이 방금 죽인 제 어머니 장례식이라도 치르는 듯 언제나 검은색 옷차림이었다.

"웃기는 얘긴지도 모르지만, 세상에 먹는 문제로 일을 강요당하는 것보다 천박한 것도 없어요. 정말 더러운 경우죠. 바로 그런 식으로 이 세상을 건설한 것 아니오, 그 나쁜 자식들이."

그녀는 놀란 표정으로 그를 바라보았다. 우스갯소리로 하는 말이 전혀 아니었다. 목소리까지 약간 떨리고 있었다.

"주위를 한번 둘러봐요. 난 이미 둘러보았소. 바로 그런 노동이 세상을 이렇게 만든 거요. 그러니까 내 말은, 사람들은 먹기 위해 일하지 그 밖의 일은 나 몰라라 한다는 거요. 먹기만 하면 만족이오. 먹을 수만 있다면 못하는 짓이 없죠. 그 결과가 바로 당신이 보는 이 세상이오. 이게 바로 그 결과란 말이오."

"이런 이런, 속이 부글부글 끓고 있군요."

"전혀 그렇지 않소. 정말이지 난 이 세상을 바꾸고 싶은 마음이 없어요. 이 세상으로 다른 세상을 만들 수는 없죠. 내 거시기를 당신 말대로 완전무장한 것도 그래서요."

"스키 말인가요? 하지만······."

"소외라는 것. 그들이 만든 것 중에 아직 유효한 건 그뿐이오. 소외는 '독립선언문'에도 기록되어 있는 것 같은데, 지금까지 그 덕을 보는 이는 흑인들뿐인 것 같소. 난 그런 게 있는 줄도 몰랐소. 그러니까 그런 단어가 말이오. 한데 이 어휘라는 것······ 공공의 적 제1호가 바로 어휘요. 체스처럼, 가능한 조합이 너무 많으니까. 그들은 그런 조합을 이데올로기라고 부르죠."

"이데올로기."

"그렇소. 저 위에서 사는 버그 모렌이란 친구가 그렇게 설명했죠. 내가 하고 있는 게 바로 소외라고. 버그 말에 따르면, 소외 부문 동계올림픽 금메달 수상자가 이 레니라는 거요. 아마 언젠가 버그를 만나게 될 겁니다. 요강 같은 동성애자지만, 그것 빼고는 어느 모로 보나 썩 괜찮은 친구요. 대단히 꾀가 많고, 특히 이데올로기 문제에 아주 강하죠. 정말이지 그는 그런 걸 잘 이해해요. 그 속에는, 그 무슨 책이더라, 하여간 그 책에 나오는 것보다 더 많은 자세_{입장}가 있다고 했죠. 왜 그, 성경 말고 다른 책."

"**카마수트라** 말이군요."

"하여간 뭐 그런 책."

그들은 둘 다 유심히 '바이런 경'을 바라보았지만, 이 오리가 지금처럼 관심을 받지 못한 적은 없었다.

"영사관에 가보셨나요?"

"아뇨. 겁이 나서."

"왜죠? 어려움에 처한 미국 시민을 보살펴주는 게 그들 일이잖아요."

"난 내가 시민이라고 생각하지 않아요. 나에겐 아직 자기애가 있어요. 당신에게 이미 얘기했잖소, 케네디가 도처에 내건 그 게시물 '조국이 여러분을 위해 무엇을 해줄 수 있는지 묻지 말고 이렇게 물어보시오. 조국을 위해 나는 무엇을 할 수 있는가?', 난 그걸 절대 잊지 않을 거요. 그래서 아직 도망 중이오."

"그들이 당신을 잡아먹진 않아요."

"천만에. 영사관에는 나를 옭아맬 거시기들이 있소."

"어떤 거시기들?"

"서류들. 군 복무 말이오. 그들은 내 여권을 취소하고 싶어 하죠. 언제나 그들은 당신에게서 뭔가를 가져가려고 하고 회수하려고 들죠. 언젠가, 스키를 타고 기분 좋게 키르헨 활강 코스를 내려오는데, 손에 속도계를 든 자가 나를 세우더군요. 제가 아는 분인가요? 맹세코 아닌 것 같다고 하니, 그렇다면 자기가 날 알아야겠다고 하더군요. 당신은 이 코스를 키드보다도 빨리 내려왔소. 고의로 그런 건 아닙니다. 정말입니다. 키드에게 미안하다고 전해주세요. 사실 난 그자가 날 쳐다보는 그 방식이 마음에 들지 않았소. 꿈을 꾸듯 몽롱한 그 시선. 무슨 말인지 알죠? 미국 사람인가요? 조금은, 그렇습니다. 그렇다면 날 보러 오시오. 우리 올림픽 팀에 당신 자리를 비워두겠소. 여기 내 명함. 그는 마이크 존스라는 트레이너였어요. 그에게 말했죠. 이봐요, 전 팀에 반대하는 사람입니다. 그런 데는 들어가지 않아요. 팀 따위엔 전혀 관심 없습니다. 그런 건 생각만 해도 병이 나죠. 좀 전에 말했듯이, 언제나 그들은 당신을 복귀시키려 듭니다. 스위스의 중립성도 존중하지 않고 당신을 징용하려 하죠. 외몽골이라는 나라가 있어요. **외까**라는 것, 내 마음에 드는 게 바로 그거예요. 뭔가 흥미로운 거시기 같잖아요."

그는 그녀의 웃는 모습을 보는 것이 정말 좋았다.

"그럼 이제 어떻게 할 건가요?"

"어쩌면 날 체포하라고 할지도 모르겠어요. 1년 전, 크슈타트에서 경찰에게 체포당한 적이 있는데, 그 경찰 가족이 날 보름 동안이나 자기들 집에 붙들어두고 먹여주고 재워주더군요. 유럽 사람들은 미국인을 먹여줄 기회가 별로 없었던 것 같아요. 그게 기분 좋은가 봐요. 게다가 내가 또 몰골이 그럴싸하니. 빈털터리 카우보이 같잖아요. 당신이 안 믿을지도 모르지만, 또 한번은 도르프에서 꼬마들이 나에게 자필 사인을 요구한 적이 있어요. 녀석들에게 내가 누군지 아느냐고 물어보았죠. 모르지만, 영화에서 날 보았다고 하더군요. 유럽 사람들은 미국인을 무척 좋아하는 것 같아요. 그런데 당신은? 당신은 제네바에서 뭘 하죠?"

"공부요."

"무슨 공부?"

"공부."

그녀는 그를 질리게 하고 싶지 않았다. 게다가 그만 사라져주었으면 싶기도 했다. 어쨌든 나도 이 저주받은 오리를 붙들고 온종일 여기 머무르진 않을 것이다.

"문학 학사 과정에 있어요. 사회학 공부도 좀 하고."

"엥, 사회학?"

"안심하세요. 케네디를 위해 그 게시문을 쓴 사람이 나는 아니니까요."

옳거니. 이제야 그가 그녀를 경계하는 눈으로 바라보는 것 같다.

"그렇다면 심리학도 좀 하시겠군요?"

"아뇨."

그가 안도의 한숨을 내쉬었다.

"휴, 잠시 겁을 먹었습니다."

"그렇게 심리학을 반대하는 이유가 있나요?"

"전혀. 난 지금까지 한 번도 누구를 폭로한 적이 없어요. 그런 건 내 취향이 아니죠. 심리학이 내 쪽으로 오면 지나쳐버립니다. 그게 다요."

그녀는 오리를 물에 다시 놓아주었다.

"이만 가봐야 해요. 행운을 빌어요."

희망이 없었다. 커피나 한잔하며 샌드위치를 먹지 않겠느냐고 그를 초대한다? 오 제기랄, 그럼 그 후에는? 그는 주거지가 없는 사람이다. 그의 편에서 어떤 노력, 어떤 제스처, 하여간 뭔가를 해보려고 할 수도 있지 않았을까…….

"우리 집으로 가시는 건 어때요? 자리 잡을 때까지 한 며칠 머물러도 돼요. 아버지도 좋아하실 거예요."

그는 망설였다. 앙주라는 쓰레기가 애원하는 표정으로 두 손을 모으는 모습이 눈에 선했다. 털썩 무릎 꿇고, 제발 그가 예스라는 대답을 하게 해달라고 알라신에게 빌 태세로 말이다.

"아버지가 어떤 분이죠? 아버지들은 신경에 거슬려서."

"그런 부류는 아니에요."

그는 어째서 자신이 이토록 신경이 예민해져 있는지 잘 이해가 가지 않았다. 그녀와 꼭 자야 하는 것도 아니었다. 그런 것 없이도 아주 잘 해결할 수 있는 일이었다. 어떻든 그 후에는 그녀도 금방 제자리로 돌아갈 것이다. 이틀만 지나면 그녀는 그것에 대해 더는 생각도 하지 않을 것이다. 요즘에는 인도니, 아프리카니 사흘 만에 세계 일주를 하지 않는가…….

"좋아요. 하지만 걱정은 마쇼. 난 들러붙는 부류가 아니니까. 난 어디에도 머무르지 않아요. 어디든 하루만 초과 체류해도 그게 덮쳐든단 말이오."

"뭐가요? 뭐가 덮친다는 거죠?"

"나도 모르죠. 하여간 꼼짝 못하게 됩니다. 취리히에서 연필을 사러 어느 문구점에 들렀던 녀석을 한 명 알아요. 지금은 꼼짝 못하는 신세가 됐죠. 가장이니까. 2주 전에 만났는데 눈물을 흘리더군요. 그런 가정 비극과 마주치면 가슴이 찢어집니다. 왜 웃죠?"

"그런 위험은 전혀 없으니 안심하세요. 어쩌면 바로 우리가 이번 주에 문밖으로 쫓겨날지도 몰라요. 수요일까지 집세를 마련해야 하는데, 지금 우린 완전히 빈털터리거든요."

"진담인가요? 어떻게 그런 일이? 당신은 꽤나 넉넉할 줄 알았는데."

"언젠가 설명을 해드리죠."

'언젠가'라는 건 무슨 뜻으로 한 말일까? 그녀는 미래에 대한 계획이라도 있다는 걸까?

"가실까요?"

그러자면 가방을 찾으러 가야 했다.

"십 분만 기다려주겠어요? 항구의 어느 카페에 가방을 두고 왔거든요……. 돌아왔을 때 당신이 여기 없대도 괜찮습니다. 이해 못할 일이 아니니까."

"트리움프 안에서 기다리겠어요."

이제껏 그녀는 이토록 자부심 강한 사람은 본 적이 없었다. 그는 자동차에 스키를 내려놓지도 않았던 것이다. 아니, 어쩌면 돌아올 생각이 없는 건지도 몰랐다. 그녀가 두려워진 건지도 몰랐다. 그녀가 완전히 대책 없는 상태라는 것, 지금 막 익사 중이라는 걸 느끼고서 스키를 들고 걸음아 날 살려라 내빼는 건지도 모를 일이었다. 그녀는 한 십오 분이나 이십 분만 기다릴 생각이었다. 그가 되돌아오거나 말거나, 그녀에겐 정말 매한가지였다. 그녀는 그에게 딱 삼십 분만 주었다.

정말 멋진 요트였다. 온통 검은색에 큼지막해서, 대체 저것이 호수에서 뭘 하고 있을까 하는 의문이 절로 들었다. 억류 상태인 것 같았다. 저런 요트를 타고 대양 한가운데에 있다면 몹시 멋질 것 같았다. 희망 사항이라면 타고 있는 사람도, 모터도, 돛도 없고, 배조차 거의 없었으면 하는 것이었다. 그렇다면 정말 내 집처럼 편안한 느낌이 들 거다.

그는 갑판을 가로질러 선실로 내려갔다. 문이 열려 있었다. 앙주는 옷을 전부 입고 모자를 쓴 채로, 작은 침대에 누워 있었다. 흑인 아가씨 한 명이 그의 두 발 쪽에 앉아 있었다. 아랍인, 흑인 여자, 아메리칸. 제네바는 그런 곳이었다. 아가씨는 죽은 갈매기 한 마리를 두 무릎 위에 올려놓았다.

"갑판에 부딪혀 죽었어요" 하고 그녀가 말했다.

"다음번엔 말이야, 노크를 해" 하고 앙주가 말했다.

"잘됐어" 하고 레니가 말했다. "그들 집에서 잘 거야. 네 주인 나리께 말씀드리라고. 한데, 그는 누구지?"

"누가 내 주인 나리라는 거야, 레니? 이상한 질문을 하는군. 너와 나, 둘뿐이야."

"얘가 제 발에 밟혀 죽었어요, 이렇게" 하고 아가씨가 말했다.

"네가 죽이지 않았단 걸 알아" 하고 레니가 말했다. "걱정하지 마."

"다음번엔 말이야, 노크를 해" 하고 앙주가 말했다. "내가 여길 섹스만 하러 오는 게 아니라고. 아주 심각한 일이 될 수도 있어."

흑인 아가씨가 울음을 터뜨렸다.

"오, 괜찮아, 갈매기일 뿐이잖아" 하고 레니가 말했다.

"그것 때문만은 아니에요" 하고 아가씨가 말했다. "모든 게 문제예요. 모든 게."

"그렇다면 더욱더 쉽지" 하고 레니가 말했다. "모든 게 문제면, 정말 넌 아무 상관없는 거야. 신경 꺼버리면 돼."

"제가 왜 유럽에 왔는지도 모르겠어요" 하고 아가씨가 말했다. "참 이상해요. 저기, 시카고에 있을 때는 단지 제가 흑인이어서 그런 줄 알았죠. 그런데 지금은 왜 이 모양인지 알 수가 없어요. 미국에 있을 때보다 좀 더 나은 느낌을 갖고 싶은데 말이에요. 적어도 미국에서는 제 피부색이라는 이유라도 있었죠. 문제가 있고, 이유를 아는 거죠. 그런데 여기서는 더 고약해요. '그건 내가 흑인이기 때문이야'라는 생각조차 할 수 없단 말예요. 여기서는 그게 문제가 아니죠. 그것보다 더 심각한 건데…… 전 모르겠어요, 훨씬 더 보편적인 문제 같은데 말이에요. 이건 피부색과 전혀 상

게리 쿠퍼여 안녕

관없는 문제예요. 그러니 뭐가 뭔지 통 이해가 안 돼요. 이젠 이유가 전혀 없으니, 왜 그런지 더는 알 수 없게 되어버린 거죠. 꼭 환상들을 걷어내버린 듯한 느낌이에요.”

“앞으로는 그걸 할 때 옷을 벗는 게 좋을 거야” 하고 레니가 말했다. “그러면 역겨운 느낌이 좀 덜할걸. 좀 더 중요한 것 같은 느낌이 들 거라고. 앙지, 다음번에 콜걸을 부를 때는 말이야, 최소한 옷은 벗게 해줘. 그러는 게 그들의 사기에도 좋아.”

“신경 꺼.”

아가씨가 울면서 무릎 위의 죽은 갈매기를 흔들어댔다.

“비명을 지르고 날개를 파닥거리더니, 결국 죽어버렸어요.”

“게다가 또 뭣이냐, 의회에서 새로운 법안이 통과된 모양이야” 하고 레니가 말했다. “우리 나라에서 이제 흑인도 백인과 똑같은 권리를 갖게 돼. 이곳에서도 그렇고. 전 세계에서도 말이야.”

“전 시카고로 돌아가는 게 나을 것 같아요” 하고 아가씨가 말했다. “거기에선 적어도 뭐가 문제인지 아니까요. 제 검은 피부 때문이란 걸, 저도 알죠.”

“가방은 침대 밑에 있어” 하고 앙주가 말했다.

레니가 가방을 집었다.

“여기서는 당신 피부색이 아무 상관없어요. 그러니 이해가 안 되죠. 더는 알 수도 없죠. 제 말이 무슨 얘긴지 아시겠죠?”

그녀가 웃음을 터뜨렸다. 두 눈을 고정시킨 채, 날카롭게 깔깔거렸다.

헤로인을 먹었군, 하고 레니는 생각했다.

“아까 그 갈매기 말인데” 하고 아가씨가 말했다. “내 발에 밟혀 죽었죠. 이렇게, 팡! 팡! 팡!"

"자, 잘 있어" 하고 레니가 말했다.

"내일 보자고" 하고 앙주가 말했다. "바보 같은 짓은 하지 마. 그랬다간 거길 가게 될 거야."

"거기라니, 어디 말이야?"

"마다가스카르."

"이렇게, 팡" 하고 아가씨가 눈물을 흘리면서 말했다. "팡!"

"자 그럼, 파바방!" 하고 레니가 말했다.

그는 갑판 위로 올라와 두 눈을 감고 잠시 심호흡을 했다. 바보 같으니라고. 그런 식으로 자신을 죽여선 안 되는데 말이야. 하지만 그녀 말에도 일리는 있어. 피부색은 이제 아무 상관없어. 이건 다른 거야. 그래, 그런데 그게 뭐지? 어쩌면 그냥 피부 문제인지도 몰라. 피부 자체가 이제 제집처럼 편치 않은 거지.

6

그녀는 그와 함께 차에 오르자마자 라디오를 켰다. 어쨌든 둘은 서로 아무 할 말이 없었다. 그는 따분하고 지겨워하는 표정이었다. 올가미에 걸린 카우보이 같았다. 절대 그를 초대하지 말았어야 했다. 끔찍하도록 모욕적이었다. 그는 입도 벙긋 않고 앞만 똑바로 쳐다보았다. 그에게 이렇게 말해주고 싶었다. 이봐요, 제임스 딘 같은 양반, 그런 건 한물갔으니, 다른 걸 좀 보여주시지. 백미러를 통해 그를 보다가 한두 번 눈이 마주치긴 했으나, 그는 마지못한 듯 미소를 지어주고는 곧바로 다시 더욱더 굳게 입을 다물어버렸다. 그의 두 눈동자는 완전 초록색이었다. 아마도 어머니 눈을 물려받은 듯하나, 어머니와 아주 친한 사이였던 것 같지는 않았다. 어머니들의 존재가 희미해지는 것은 참 이상한 일이었다. 그녀들은 먼 과거 속으로 사라지기 직전이었다. 그의 잘생긴 머리 속에 뭔가 대단한 게 있는 것 같지는 않았다. 스위스 쪽에서든 프랑스 쪽에서든 경찰이 그들에게 신분증조차 요구하지 않고 통과하라는 손짓을 했을 때, 그는 꽤나 놀라는 눈치였다.

"늘 이런 식으로 통과시켜주는 거요?"

"국제법이 그래요. 면책특권."

"트렁크도 열어보지 않고?"

"그럴 권리가 없죠."

"거참!"

그는 이 감탄사를 다시 한 번 되풀이했다.

"거참!"

그녀는 길을 우회하여 들판을 가로질렀다. 딱히 그래야 할 이유가 있었던 건 아니었다. 날씨가 좋았다. 이제는 혹시 그가 동성애자가 아닌지 궁금해해야 할 판이었다. 요즘은 그런 사람들 수가 마구 불어나고 있다지 않은가. 천만에, 그것은 다만 남성다움일 뿐이었다. 남성다운 수줍음이랄까. 이제 그들은 무릎을 붙이고 앉아 아가씨가 먼저 첫걸음을 내딛길 기다리는 지점에 도달해 있었다. 아마도 그는 모권제 얘기를 들은 게 분명했다. 맙소사, 대체 뭘 기다리는 거지? 내가 손을 바구니까지 이끌어주길 기대하는 거야?

"재즈 좋아하세요?"

"이봐요, 그렇게 애써 대화를 나누려 하지 않아도 돼요. 난 괜찮아요. 해봤자 빤하다는 걸 나도 알아요."

"그게 무슨 말씀이죠?"

"난 열세 살 때 학교를 때려치웠어요. 그런데 무슨 얘기를 나누고 싶은 거죠? 나눌 얘기가 전혀 없어요. 그냥 이대로 아주 좋아요. 난 편안한 게 좋아요."

"어떻게 해서든 우둔한 인간으로 보이고 싶은가 보죠?"

"그냥 지나치려고 할 뿐이오. 바보일수록 지나쳐버릴 기회가 많죠. 내가 아주 바보라는 얘기는 아녜요. 내게도 여러 가지 조처가 있죠. 그뿐이오. 나름 방어를 합니다. 하지만 당신 같은 여자에게는, 내 수단이 쓸모없어지는 것 같아요."

"제가 보기엔 아주 똑똑한 분 같은데."

잘생긴 사람들일수록, 그들에게 똑똑하다는 얘기를 해주어야 한다. 두세 번만 그렇게 하면, 곧바로 그들은 당신의 품속에 떨어지고 만다. 그녀가 웃음을 터뜨렸다.

"뭐가 그리 재미있소?"

"돈 후안 같다는 얘기 진짜 많이 들었죠?"

질리도록 들은 소리다. 이 가난뱅이 아가씨는 보통내기가 아니어서, 지금 같은 길을 벌써 세 번째 지나가고 있다. 그는 저기 있는 창고를 알아보았다. 따먹힐 준비가 된 확실한 배. 하지만 다른 무엇보다도 그는 그녀를 보호해주고 싶은 마음이 들었다. 누군가 보호해주어야 할 사람, 그에게 없는 유일한 것이 바로 그거였다. 모두 때려치우고, 그 빌어먹을 가방은 앙지에게 돌려주고, 생활고는 다른 식으로 풀어나가고 싶었다. 그는 자신이 잘 아는 위험 신호, 온 손가락이 끈적거리는 것 같은 느낌이 들기 시작했다.

"날 내려주시오."

"왜요? 제가 뭘 어쨌게요?"

"난 심리학이 싫어요. 그래서 그럽니다."

그러나 그녀는 멈추지 않고 계속 운전을 했다. 그는 고집부리지 않았다. 그로서도 더는 어쩔 수가 없었다. 그것은 그리스 사람들이 말하는 거시기, 즉 운명 같았다. 그들은 그 길에서 빠져나와 사과나무와 체리 나무 가로수들 속으로 차를 몰았다. 분홍색과 흰색 꽃이 피어 있었다. 향기도 좋았다. 고택처럼 보이는 그녀의 집도 나쁘지 않았다.

식탁 위에는 아버지가 남긴 쪽지가 하나 있었다. 저녁 식사하러 귀가하지 않을 모양이었다. 곤들매기 요리가 부엌에 그대로 있었기에, 그녀는 그것을 데우기 시작했다. 그러고는 욕실로 가 얼른 화장을 다시 하고는 거실로 돌아왔다.

"이분은 누구시죠?"

그는 벽에 걸린 초상화를 바라보고 있었다.

"니콜라스 스타브로프라고 해요. 불가리아 사람인데, 교수형 당했어요. 아빠 친구분이에요."

"어째서 그를 교수대에 매단 거죠?"

"진보를 위해서."

"웃기는 세상. 거기 동참하지 않아 참 다행이오."

"당신에겐 가족이 없나요?"

"나도 몰라요. 둘러보질 않아서. 그 친구분이 왜 교수형을 당했다고 했죠? 잘 이해가 안 돼요."

"그는 민주주의자였어요."

"그럼 그를 매단 게 공화주의자들이었나요?"

그녀가 웃음을 터뜨렸다. 스타브로프의 죽음 얘기를 하면서 웃는 날이 오리라고는 정말 꿈에도 생각지 못했다.

"천만에요. 공산주의자들이었죠."

"아하. 어쨌든, 결국 또 정치 얘기네. 이거 아시오?"

"뭘 말인가요, 레니?"

"언젠간 나도 정치를 할 생각입니다. 몇몇 친구들과 함께 말이오. 베트남이니 한국이니 하는 것 말고. 그런 건 너무 거창하니까. 우선 은행을 하나 터는 걸로 시작할 거요."

그녀는 당혹감을 느꼈다. 그의 목소리는 화내는 기색 없이 차분했다. 초록색 두 눈동자에도 분노의 흔적은 전혀 찾아볼 수 없었다. 뭔가를 응시하는 시선, 그게 다였다. 하지만 무감각해 보이는 이 잘생긴 얼굴 뒤에, 거칠고 단단한 적대 의식 같은 뭔가가 있음을 느끼지 않기란 어려웠다. 어떤 진정한 존재 이유, 일종의 성화聖火 같은 것이 되어버린 복종에 대한 절대적 거부. 그녀는 그를 유심히 살펴보았다. 갑자기 그가 차원을 바꾸어, 진짜로 어떤 **다른 곳**에 속하는 사람처럼 보였다. 타락 천사의 금빛 광채, 그 빛마저 타락하여 날개 없이, 결국 한 벌의 스키가 되어버린 것 같았다. 이는 어떤 고품격의 거부, 어쩌면 스스로도 의식하지 못하는 순전히 본능적이고 맹목적인 거부의 위엄 같은 것, 쓰레기 속에 처박힌 명예를 지키려는 보존 본능 같은 것이었다. 말도 안 돼. 그녀는 다른 사람을 꿈꾸는 중이었다. 그럴 리가 없었다. 그는 그저 잘생겼을 뿐이었다. 이 씩씩한 젊은 얼굴 뒤에 온갖 아름다움이 있으리라고 상상하기가 너무 쉬울 뿐이었다. 남자들은 내면이 얼굴을 닮는 경우가 드물다. 그녀의 아버지만 봐도 알 수 있다. 아니, 이딴 생각은 하지 않는 편이 나았다. 지금은 그럴 때가 아니었다. 그녀는 빵 조각을 신경질적으로 만지작거리다가 불쑥 고개를 쳐들었다.

"커피 끓여 드릴까요?"

"아뇨, 괜찮습니다. 제가 마음 상하게 했나요?"

"네? 왜요?"

"저야 모르죠. 갑자기 저를 보는 눈빛이 달라져서. 그러니까 벽에 걸린 저분, 당신 친구군요. 교수형을 당한 걸 보면 틀림없이 아주 좋은 사람이었을 겁니다. 당신 마음을 상하게 할 뜻은 없었어요."

그녀는 따뜻한 애정의 물결이 가슴까지 차오르는 것을 느끼고서, 혹 들킬세라 고개를 돌려버렸다.

"마음 상한 게 아녜요, 레니. 커피 드릴까요?"

"아뇨, 괜찮습니다. 솔직히 말씀드리면, 지금 이 순간 제가 바라는 건 딱 한 가진데……"

그녀는 하마터면 잔을 깨뜨릴 뻔했다.

"말씀하세요."

"진짜 온욕이 하고 싶어요. 미치도록 뜨거운 물에 말입니다. 사람을 잡을 것 같은 그런."

"이리 오세요. 당신이 묵을 방을 보여드리죠."

그녀는 그의 가방을 집어 들었다. 비었군. 달랑 셔츠 한 장뿐인가 봐. 침대를 정돈해줘야겠어. 오, 감히 그러진 못할 거야. 웬 괜한 걱정. 내 복에 그럴 리가 있나. 남자 앞에서 계단을 올라가는 건 정말 싫은데. 3킬로그램은 빼야 해. 반—드—시. 자꾸만 엉덩이에 살이 달라붙는단 말이야. 이러다간 그에게 심장 소릴 들키겠는걸. 진짜 북 치는 것 같아. 심장은 정말 통제가 안 돼. 폭발 직전의 짐승 같아. 온갖 걸 다 상상하지. 겁쟁이기도 하고. 찬바람을 쐬고 긴장을 풀면 괜찮아질 거야. 그도 자신의 행동이 실수임을 이해하겠지. 그에게 상처 주지 않도록, 친절하지만 단호하게 안 된다고 할 거야. 난 성 본능이란 놈이 정말 싫어. 머릿속에 오직 한 가지 생각뿐이거든. 게다가 난 그를 얼어붙게 하잖아. 지적인 여자니까. 그는 그런 여잘 무척 싫어할 거야. 내가 침대에서도 문학 얘길 할 거라고 상상하겠지. 그건 정말 오산인데. 맙소사, 누가 그건 틀린 생각이라고 그에게 얘기 좀 해주었으면. 침대에서는 삶을 누리고 또 누리게 해줘야 하는 거지. 아무래도 내가 성 강박관념에 사로잡혀 있나 봐. 남자애를 도와주려다가 색광이 되었네. 그는 그런 생각조차 하지 않는데. 겸손이 지나쳐. 그는 내가 자기를 내쫓을 거라고 상상한다고. 맙소사, 정말 어떻게 해야 할지 모르겠어.

그녀는 문을 열었다.

"욕실은 안쪽에 있어요. 아침 식사 시간은 6시."

그녀는 계단을 향해 달렸다.

"잠깐만……."

그녀가 멈춰 섰다. 죽은 듯이. 손으로 계단 난간을 잡고, 두 눈을 감았다. 제발 아빠가 지금 귀가하는 일은 없어야 할 텐데. 지금 아니면 앞으로 영영 불가능할 거야. 평생 불감증에 시달리게 될걸.

"화난 거 아니죠?"

"잘 자요."

하지만 그러고도 그녀는 여전히 움직이지 않았다. 난 완전 순대야, 진짜 바보, 겁쟁이. 이 지랄 같은 엄격 청교도주의…… 아닌데, 이제 보니 우리 집안은 전부 가톨릭이잖아. 뭐가 뭔지 더는 모르겠어.

그는 열린 문의 빈 공간 속에 서서 셔츠를 벗고 있었다.

등만 봐도 처녀임을 알겠어. 그래도 난 괜찮아. 네가 결심만 한다면 말이야. 하지만 지금으로선 네가 아직 상태가 아닌 것 같아. 싸늘해져 있잖아. 그냥 네가 아플 것 같아서 그래. 저것 봐. 얼어붙었군. 지금 그러는 건 음탕한 짓거리가 될걸. 가서 자도록 해. 착한 어린 소녀처럼 말이야. 살짝 울고 나면 기분이 풀릴 거야. 그럼 무사히, 명예롭게 지내게 되는 거지. 파국 없이. 저런, 벌써 울고 있잖아. 이제 내가 어떻게 해야 하지? 해야 하나, 말아야 하나? 잠깐만, 이거 어떻게 될지 모르겠는걸. 시도해봐야겠어. 진짜 상놈처럼, 어설프고 서투르게 시도해보지 뭐. 그럼 넌 날 내쫓을 테고, 그러고 나면 기분이 나아질 거야. 날 내쫓도록 도와주지. 해보자. 팔로 두 가슴을 두르고, 손은 아래에. 바보처럼 말이지. 바로 이 몸짓이 중요해. 그래, 내 팔을 밀쳐내. 이젠 기분이 좀 나을걸. 마음이 좀 편할 거야.

그녀가 그를 밀쳐냈다.

"안 돼요, 레니. 이러지 마세요."

"왜 안 되죠?"

그녀는 그를 쳐다보았다. 그가 자신 있게 미소 짓고 있었다. 그렇겠지, 모든 그녀들이 예스라고 했을 거야.

"왜 안 되죠, 제스? 집에 우리 둘뿐이잖아요."

"그건 이유가 될 수 없어요."

"그러지 말고, 좀 친절하게 대해줘요……."

"친절하면 그래야 하는 건가요, 레니?"

"왜 안 되나요?"

"그럼 그다음엔 어쩌고요?"

"네? 그다음? 그다음이라는 건 없어요. 그다음에, 난 떠나는 거죠. 예의 바르게. 상냥하게 작별 인사를 주고받고. 누구도 후회 없이 말이에요. 오래 지속되지 않으니, 누구도 짜증 낼 이유가 없죠."

"미안하지만, 다른 사람을 찾아보세요, 레니. 난 그런 사람 아니에요."

"맙소사! 왜 우는 거죠?"

"왜냐고요? 왜 이러느냐고요? 저도 모르겠어요. 이제 그만 가보세요."

"알았어요, 그럼 가방을 챙기죠."

"아뇨, 그냥 계세요. 제 말은, 문을 닫고 그만 주무시라는 뜻이에요."

"오케이. 지금 당장 당신과 결혼해버릴 수도 있지만, 당신에게 그런 짓을 하지는 않겠어요."

그제야 그녀가 미소를 지었다. 호흡도 정상이 되었다. 긴장도 풀렸다. 지금, 그녀는 완전히 익은 상태였다. 완전히 긴장이 풀린, 준비 완료 상태. 바로 그것이 비결이었다. 긴장을 푸는 것. 스키를 타는 사람이라면 누구라도 그렇다고 말할 것이다.

"잘 자요, 제스."

"잘 자요, 레니."

"잘 자요."

"그래요, 잘 자요, 레니. 내일 봐요."

"내일 봅시다, 제스. 잘 주무세요."

"당신도 잘 주무세요, 레니. 혹시 얼음물 드시겠어요?"

이런 젠장, 뭐지? 시동을 걸겠다는 건가? 그는 이제 미소 짓는 일도 지겨웠다.

"괜찮아요. 얼음물은 필요 없어요. 자, 이만 자도록 합시다."

"그래요, 레니. 혹 뭐든 필요하시면……."

"고마워요, 정말 고마워요. 그럼 잘 자요."

그녀는 물러가지 않았다. 그렇다면 다시 한 번 그녀를 도와주어야 한다. 그가 웃음을 터뜨렸다. 즉시 그녀의 얼굴이 굳었다.

"뭐가 그리 재밌죠? 제가 우습나요?"

"천만에요. 당신 생각을 한 게 전혀 아녜요."

"고맙군요."

"난 절대로 아무것도 배우지 못할 거란 생각을 했어요. 배움에는 영 젬병이라. 아무것도 못 배우니, 수업을 들어봤자 소용없죠."

"그게 무슨 뜻이죠, 레니?"

"젠틀맨이 뭔지 아세요?"

"물론."

"버그 모렌이라는 친구가 있는데—아마 언젠가 당신도 그를 만나게 될 거예요—, 그가 이런 말을 했죠. 젠틀맨이란 모르는 사람 등에 칼을 꽂으려고 자기 길에서 벗어나는 짓을 하지 않는 사람이라고. 물론 버그는 젠틀맨의 그런 행동은 잘못된 거라더군요. 젠틀맨은 언제나 다른 사람들을 위해 자신이 자리를 떠야 한다는 거죠. 자, 그럼 잘 자요."

그는 방으로 들어가 문을 닫았다. 그러고는 창문가로 가서 하늘을 바라보며 옷을 벗었다. 하늘은 텅 비어 있었다. 희뿌연 공허. 저 위는 무인無人으로 가득했다. 부르르. 그것은 겁나는 광경이었다. 불쌍한 레니, 그들은 너 따윈 아랑곳하지 않아. 저 위엔 모두가 젠틀맨이야. 그들은 그대들에게 신경 쓰지 않는다고. 정말이지 지금은 눈 속에 있고 싶어. 샤이데크의 눈 위에 말이야. 무에 좀 더 가까이 있고 싶어. 잘해서 좀 더 가까이 다가가려면, 아무래도 죽어야겠지. 쿠키 윌러스처럼 얼어 죽어버리면 될 거야. 하지만 쿠키는 정말 스키를 좋아하지 않았어. 덕택에 그 불쌍한 녀석은 삶에서 뭘 누려야 하는지 전혀 몰랐지.

그녀가 가방을 건드리도록 내버려두는 게 아니었다. 틀림없이 빈 가방임을 알아챘을 것이다. 그럼 앞으로 어쩐다지?

그의 침상 위에 뻐꾸기시계가 하나 있었다. 그는 신발을 신고 기다렸다. 뻐꾸기시계라면 정말 지긋지긋했다. 지금껏 그는 한 마리도 놓치지 않았다. 하지만 아직 이십 분은 더 기다려야 했다. 그래서 야생동물 사냥은 내일로 미루고, 이불 속으로 파고들었다. 그리고 기분 좋게 기지개를 폈다. **홈, 스위트 홈.** 그러고는 불을 껐다.

7

 비가 내리고 있었다. 지붕 위의 멜로디. 한밤중에 둘이서 함께 들을 때, 그의 품에 안겨 안전하게 보호받는다고 느낄 때, 그것은 세상에서 가장 아름다운 멜로디일 것이다. 바람이 거세고 바깥에서 비가 휘몰아칠수록 당신을 감싼 그의 두 팔은 더욱 든든하고 강력하게 느껴진다. 적어도 내가 상상하는 바로는 그렇다. 지금까지 나는 지붕 위에 떨어지는 빗소리를 늘 혼자 들었다. 비가 그걸 좋아하지 않으며 몹시도 불만족해하리라는 것을 나는 안다. 아마 그는 지금쯤 스키를 꼭 껴안은 채 코를 골고 있을 것이다. 분명 그는 내가 불감증이라고 상상할 것이다. 볼프는 75퍼센트의 여성이 부분적으로는 불감증이라고 썼는데, 이 부분적으로라는 말이 무슨 뜻인지 모르겠다. 페서리 이야기도 나의 이해 범위를 넘어선다. 3년 전부터 나도 하나 갖고 있지만, 그저 들여다보기만 할 뿐이다. 당신이, 뭐랄까, 망가지지 않은 몸이라면 어떻게 그것을 넣는단 말인가? 이 '망가지지 않은'이란 단어는 정말 싫다. 스페인 중세 냄새가 풍긴다. 내가 바라는 건 다만 어둠 속에서 빗소리를 들으며 그의 품 안에서 자는 것뿐이다. 지금 우리는 둘 다 이 멋진 비를 낭비하는 중이다.

그녀는 트랜지스터 단추를 돌렸다. 베트남에서 마을 하나가 또 박살이 났고, 유타 주와 네바다 주에서는 방사능 수치가 또다시 배가되었고, 콩고는 정말 몸서리가 났다. 하지만 그런 소식도 그녀를 도와주지는 못했다. 이 세상의 공포들, 진짜 공포, 타인들의 공포가 그녀에게 아무런 영향력도 발휘하지 못한 것은 이번이 처음이었다. 온몸이 하나의 하복부로 탈바꿈해버린 느낌이 든다는 건 정말 끔찍한 일이었다. 벌어진 두 허벅지를 오므릴 엄두도 못 낼 만큼 예민해져서 말이다. 이 극도의 예민함. 뜨거운 양철 지붕 위의 고양이. 스물한 살의 제스 도너휴, 바로 이것이 너의 현주소야. 잠시 침묵이 흐르기에, 손을 내밀어 라디오를 끄려는데 스피커에서 웬 목소리가 교황 요한 23세의 죽음을 알렸다.

너무나 갑작스런 소식이었기에, 잠시 그녀는 이해하지 못한 채 아무런 반응 없이 가만히 있었다. 극도의 충격이 그녀의 감수성을 말살해버린 것 같았다. 그녀는 곧 다시 살아났고, 모든 사람들이 개인적 상실로 느낄 이 엄청난 상실이 그녀의 모든 내적 고민들, 가엾은 그녀의 '자아'의 모든 부조리를 일소해버렸다. 그녀는 침대에서 뛰어내렸다. 그에게 말해주어야 했다. 그도 알아야 했다. 이 세상이 지금 막 유일한 빛을 상실했음을. 그녀는 계단을 뛰어올라가 노크도 없이 문을 열고 그의 방으로 들어갔다. 그러고는 불을 밝힌 뒤 눈물이 줄줄 흐르는 얼굴, 애원하는 시선으로 그 자리에 못 박힌 듯 서 있었다.

그는 화들짝 깨어나 두 눈을 비비고는 침대에서 알몸의 상반신을 일으켰다. 그러고는 멍하니 입을 벌린 채, 놀란 표정으로 그녀를 바라보았다.

"레니…… 교황……."

교황이라고, 하고 그가 침착하게 생각을 굴렸다. 그래. 내가 미쳐버렸나 보지.

"교황 요한 23세가……."

그녀가 울음을 터뜨렸다.

그가 두려워하는 게 하나 있다면, 그것은 바로 광인이었다. 광인들은 온통 심리로 가득한 사람들이었다. 그들에게는 그런 것만 있었다. 그는 즉시 정신을 다잡고자 했다. 그래, 손님이 오시나 보군. 교황님이 말이지. 그는 바지를 입을 생각이었다.

"요한 교황님이 돌아가셨어."

실로 대단히 힘든 일이었지만, 그럼에도 불구하고 그는 자신의 그 빌어먹을 미소를 입가에 떠올리지 않을 수 있었다. 뭐? 교황이 죽었다고? 거참, 구실치곤 정말 최고의 구실이로군그래! 나의 이 거지 같은 한평생 내내 절대로, 두 번 다시 이런 변명은 들어보지 못할 테니 이 순간이 자못 엄숙하기까지 한걸. 정말 끝내줘. 버그에게 얘길 해주면 아마 그도 내 말을 믿지 않을 거야.

그녀는 침대에 앉아 너무도 애원하는 눈길로 그를 바라보았다. 그녀는 어쩔 줄 몰라 했고, 격한 오열에 두 어깨가 흔들렸으며, 그가 잡아준 손 역시 얼음처럼 차가워 그로서도 더는 웃을 엄두를 내지 못했다. 오히려 정반대였다. 그 반대라는 곳, 그 반대편 끝에 정확히 무엇이 있는지는 그도 뭐라 말할 수 없지만 말이다. 상대가 나인 게 참 유감이야, 하고 그는 생각했다. 정말, 불운한 일이었다.

그도 사실은 교황 요한을 좋아했다. 그가 좋아한 이들 중에는 한 번도 만나본 적 없는 사람이 적지 않았다. 그들은 최고의 사람들이었다.

"그분은 정말 너무도 다른, 너무도 좋은 분이셨어요……."

그는 그녀를 품에 안고 뺨을 어루만져주었다…… 그녀는 가만히 있었다. 그는 그녀의 엉덩이를 부드럽게 어루만져주었다. 그녀는 그것을 인식하지 못하는 것 같았다.

"저는 그분이야말로 현대의 가장 위대한 교황님이라고 생각해요."

"그래요, 그건 분명해요."

"진짜 성인이라고 얘기할 수 있는 유일한 분이세요……."

이제 그만 디스크를 좀 바꾸는 게 좋지 않을까? 하고 그는 생각했다. 이도 결국에는 불편해질 것이다. 모든 것엔 때가 있는 법.

"혹시 가톨릭 신자세요, 레니?"

이런, 그가 손을 빼내며 생각을 굴렸다. 우선 내 신분증부터 요구할 생각인가 보군. 내가 가톨릭 신자던가? 분명 나도 그런 무엇이긴 할 거야. 하지만 겨우 한 달 난 아기일 때 사람들이 내게 한 짓에 대해 내가 뭘 알 수 있지? 내가 누구인지 나는 몰라. 그냥 여기 있을 뿐, 그것만 해도 이미 꽤나 복잡해. 나는 있어. 일종의 **해프닝**이라고. 한데 늘 그걸 아주 더럽게 생각해온 걸 보면, 내가 진짜 가톨릭 신자인지도 모르지. 하지만 진짜 덫은 바로 '나는 있다'는 거야. 빌어먹을 **해프닝**. 길 잃은 페서리들이 있어.

"안 돼요, 레니, 안 돼요…… 그러지 마세요……."

"그러지 않을게요, 맹세해요, 제스……."

이런 경우에 으레 오가는 말들이다. 관용어법.

"제발요, 레니……."

알았어요, 알았어요…….

"안 돼!"

물론 안 되지. 한데, 거시기는 대체 어디에 있는 거지? 아, 여기 있군.

"오!……"

드디어 골인.

그 후, 그는 등을 깔고 길게 뻗었고, 그녀는 그에게 뺨을 기댔다. 그는 그저 평온했다. 천만에, 행복하다고 할 수는 없었다. 그렇게 생각해서는 안 되었다. 그저 평온할 뿐. 그는 접촉을 유지하기 위해 그녀의 머리카락을 쓰다듬었다. 지금껏 이렇게까지 누군가를 사랑해본 적은 없어. 어쩌면 일주일 정도 지속될 수도 있겠는걸. 우리 사이에 저 가방이 있다는 게 유감이야. 그 노인이 죽은 것도 유감이고. 교황 말이야. 사실 교황들이야 내 알 바 아니지만, 그래도 그 노인네는 소위 인구라는 것 가운데서 나은 축에 속하지. 전혀 아는 바는 없지만, 어쩌면 나도 가톨릭 신자일지도 몰라. 조사해봐야겠어.

그녀는 이제 꼼짝도 하지 않았고, 그녀의 두 눈은 더는 이곳에 있지 않은 듯한, 잠에 취한 듯한 시선을 하고 있었다. 자연현상이지만 찬반양론이 있다. 그녀의 두 눈동자는 완전히 사라지고 없었다. 처음에는, 일이 제대로 될 경우 눈이 그렇게 완전히 비게 된다. 그런 현상이 일어나기까지 수 주일이 걸리는 여자도 있고, 영원히 이르지 못해 색광이 되는 여자도 있다. 레니는 지금껏 색광인 여자를 만나본 적이 없지만, 그런 사람이 있기는 한 모양이었다. 아마도 그건 멋진 죽음일 것이다. 그가 다보스에서 알게 된 어떤 녀석은 3층에서 창문으로 뛰어내려 다리 하나만 부러뜨린 채 빠져나온 걸 큰 다행으로 여겼다.

그는 한밤중에 식은땀을 흘리며 잠에서 깨어났다. 누군가가 목에 동아줄을 감는 꿈을 꾸었는데, 알고 보니 그녀의 팔이었다.

"레니."

"왜?"

"얼마 동안 머물 거지?"

"신경 쓰지 마. 난 절대 머무르지 않으니까. 걱정하지 않아도 돼. 편안히 잠이나 자."

"아니, 네가 떠나는 걸 바라지 않아."

"고마워. 하지만 난 돌아다니는 게 좋아."

그녀가 그의 손을 잡았다. 그는 잠을 이룰 수가 없었다. 뭔가가 신경에 거슬렸는데, 정확히 무엇 때문인지 알 수 없었다. 그러다 그는 그것이 자신이 잡고 있는 손 때문임을 깨달았다. 그 손을 너무 세게 쥐고 있었다. 외몽골로 가야 해, 하고 그는 생각했다. 하지만 그는 그녀의 손을 더욱더 힘차게 움켜쥐고서 지붕의 빗소리를 들었다. 끝도 시작도 없는 빗소리, 모든 것이 너무도 평온했다. 다른 곳, 거기가 어딘지는 모르겠지만 그 다른 데라는 곳, 그 답이 어쩌면 바로 여기 있는 게 아닐까 하는 생각이 문득 들었다. 대단히 복잡한 뭔가에 대한 대단히 간단한 답 말이다.

잠에서 깨어난 그녀는 그의 손을 찾아보았지만 찾을 수가 없었다. 그는 떠났다. 자명종이 끝없이 길게 울리며 금속성의 차가운 목소리로 현실의 가차 없는 결산표를 알려주었다. 그녀는 욕실에도 달려가 보고 거실도 살펴보았지만 텅 비어 있었다. 이 집이 이렇게 휑한 줄 예전에는 미처 몰랐다. 그녀는 자신의 방으로 돌아와 급히 침상 정리를 했다. 구겨지고 벌어진 베개와 시트들의 냉소를 견딜 수가 없었다. 말도 안 돼, 이 녀석들은 거짓말을 하고 있어, 이건 아무런 증거도 되지 못하는 그저 초라하고 천박한 외양일 뿐이야. 눈眼이란 것들은 가만 내버려두면 이처럼 모든 것을 더러운 세탁물로 바꿔버린단 말이야.

그녀는 눈물을 찔끔 흘렸으나, 그건 단지 시트 때문이었다. 동틀 무렵에는 너무나 보기 흉했다. 커피 테이블 위에 아버지가 남긴 쪽지가 하나 있었다. "얘야, 난 잘 잤다, 내일 **빨간 모자**에서 같이 점심 먹자. 할 얘기가 있어. 우리 생활에 변화를 줄 좋은 소식이야…… 그런데 현관에 있는 이 스키 한 쌍은 뭐냐?" 그녀는 그 종이쪽지를 가방에 쑤셔 넣고는 '트리움프'에 뛰어올랐다. 처녀의 무구함이 깃든 정원이 그녀에게 가벼운 조소를 보내는 것 같았다. 하―하―하. 만화책에서라면 꽃이 활짝 핀 나무들이 부끄러워 고개를 숙이고 꽃잎을 눈물처럼 뿌릴 것이다. 도로로 나서서 100미터쯤 가자, 한 교차로에서 어깨 위에 스키를 걸치고 가방 위에 앉아 있는 그의 모습이 보였다. 그녀는 차를 세우지 않기로 마음먹었다. 고개를 꼿꼿이 세운 채, 그를 쳐다보지도 않고 곧장 달려 가버린다면 아마 그도 깨닫는 바가 있을 것이다. 하지만 막상 그가 있는 곳에 이르자 그녀는 브레이크를 밟고 차를 세웠다.

그는 움직이지 않았다. 어미와 동침하고 결국에는 눈알이 빠져 모두가 죽는다는 거시기를 뭐라고 하더라? 그리스에는 그게 쌔고 쌨다던데. 운명, 그래 바로 그거야. 그는 이른 새벽에 몰래 빠져나왔다. 젠틀맨처럼. 그 일이 있고 나자 그녀를 이용하고 싶은 마음이 사라져버린 것이다. 하지만 무엇보다 앙주가 가만있지 않았고, 이젠 그녀마저 CC차를 몰고 와서는 면책특권과 더불어 여기 이렇게 있다. 유감이다. 행복이란 즉석에서 먹어치워야 하는 거지 어디로 가져가는 것이 아니다. 행복이란 보존하려 들면 똥 덩어리로 변해버린다. 아메리카만 봐도 그렇다. 그곳엔 행복이 가득하다. 터지도록 가득하다. 그래서 터져버리는 것이다.

"왜 떠난 거지?"

"다 그런 거야."

"다 그런 거라니, 그게 무슨 뜻이지?"

벌써부터 설명을 요구해대는군.

"고집부려선 안 돼, 제스. 그건 교양 없는 짓이야."

"작별 인사도, 고맙다는 말 한마디도 없이 이렇게 떠나버리는 건 처세법에 맞는 거라고 생각해?"

"제스, 내게 처세법이란 게 있었다면 오래전에 베트남으로 갔거나, 아니면 지금쯤 자동차를 팔고 있을 거야. 사는 법을 아는 사람들은 사는 법을 배운 사람들이야. 소련 사람들도 사는 법을 알고, 미국 사람들도 그래. 중국도 그렇고. 요즘은 세계 곳곳에서 사람들이 우리에게 사는 법을 가르치지. 고맙지만 난 아냐, 제스. 너에게 분명히 말해두지. 레니라는 인간에겐 어느 누구도 사는 법을 가르치지 못해. 죽는 법이라면 몰라도."

그는 성난 표정으로 입을 다물어버렸다. 만난 지 이제 겨우 스물네 시간 지났는데 벌써부터 심리 분석이라니. 스트립쇼 같은 걸 말이야. 스트립쇼를 하고 싶은 마음이 있다면 **바타클랑**으로 가겠어.

"넌 갈 곳도 없잖아."

"틀렸어. 갈 곳은 있어. 머물 곳이 없을 뿐. 이 둘은 같은 게 아냐, 제스. 전혀 다르다고."

"그럼 지금 어디로 갈 거지?"

"제네바."

"타."

그는 도로변에 주차된 올리브색 뷰익을 흘끔 바라보았다. 앙주가 모는 승용차였다. 믿겠다는 거지. 자, 그럼 가보자고. 먼저, 스키. 다음은 가방…….

그녀는 그를 바라보고 있었다.

그는 가방을 들어 올릴 수가 없었다. 어쩔 수 없이 가방을 트렁크까지 끌어야 했다.

"제가 도와드릴까요?"

그는 아무 말도 하지 않았다. 어제 절대로 그녀가 가방을 들게 해서는 안 되는 거였다. 이제 그녀는 알게 되었다. 모든 것을. 좋아, 그럼 앞으로는? 어쨌거나 모든 것은 아주 분명해진 거야.

결국 그는 가방을 트렁크에 던져 넣는 데 성공했다.

그녀는 시선을 돌려 앞만 똑바로 주시했다. 낯빛이 완전히 창백했다. 조각 같았다.

그는 그녀 옆에 올라탔다. 그녀가 국경 검문소에서, 경찰에게 모두 고해바치리라고 확신했다. 차라리 잘된 일이었다. 그럼 깨끗이 청산되는 거니까.

"그래서 그런 거야, 레니?"

"뭐가?"

"그 가방? 안에 뭐가 있지? 헤로인? 무기? 금? 그래, 금이야. 금이 아주 무겁지."

"그래서? 그래서 어쩌라고? 여름철 스키어가 어떤 신세인지 알아? 한번 시도해봐. 그러고 나서 얘기하라고. 여름엔 말이야, 난 순응주의자가 돼."

"그냥 내게 부탁만 했으면 되잖아. 그럼 도와주었을 텐데. 단지 그 때문에 나랑 잘 필요는 없었단 말이야."

"그거하곤 아무 상관없어, 제스. 솔직히 말해서 전혀 무관해."

"솔직이라, 좋은 말이지."

그녀는 속도를 늦추었다. 국경 검문소에 도착했다. 프랑스 측 검문소였다. 외국환 관리, 그들은 그것을 그렇게 부른다. 그녀로서는 그들에게 얘기만 하면 되는 일이었다.

그는 팔짱을 낀 채 미소를 지었다. 마음이 편했다. 그녀가 고발하기만 하면 된다. 그럼 서로 깨끗하게 청산된다. 더구나 그것은 그의 원칙들을 위해서도 좋은 일 아닌가. 그의 사기를 위해서도 말이다. 그가 자기도 모르는 사이 나약해지는 때가 있었다. 의혹에 사로잡힐 때, 더럽게 어려운 상황에서 자신감을 잃기 시작할 때 말이다. 1년 간 감방 신세를 지는 것은 그의 소신을 위한 대가로 그리 비싸다고 할 수 없었다. 소신을 위해, 확신을 위해 목숨을 대가로 치르는 녀석들도 있으니까. 그래, 제스, 그들에게 얘길 해. 그건 나의 소외를 위해서도 좋은 일이야. 소외라는 건 유지가 돼야 해. 자기 자신에 의해서도 그렇고, 다른 사람들에 의해서도 그렇다고. 어서 얘길 해.

하지만 그녀는 그를 도우려 하지 않았다. 고발하지 않았다. 착한 계집애였다. 그로서는 정말 재수 더럽게 걸린 셈이었다. 그러니 외몽골에는 대체 어떻게 가야 할지 알 수 없었다.

그들은 경찰들의 친근한 미소를 받으며 프랑스와 스위스 양측 국경을 꽃들 마냥 통과했다. 참으로 역겨운 노릇이었다. 그의 눈에 눈물까지 그렁거렸다. 그 무엇도 어느 누구도 더는 믿을 수가 없었다.

그녀는 악문 이를 풀지 않았다. 뷰익은 여전히 그들을 뒤따랐다. 앙주 녀석, 무슨 상상을 하는 거지? 금 60킬로그램과 함께 어디론가 증발해버리는 것? 쓰레기 같은 자식, 뒤꽁무니에서 잠시도 떨어지지 않는군.

"저 녀석을 위해 일하는 거예요?"

"누구?"

"저 뒤의 포드 승용차."

"제스……."

"아직도 내게 할 말이 있단 거예요?"

"제스, 당신이 걸려들 줄은 몰랐소. 이 일을 수락했을 때 말이요. 나로서는 알 수 없었소. 당신을 몰랐으니까."

"그래요, 하지만 이제 날 알아요. 성경에도 그런 얘기가 나오죠. 어디에 내려드리길 바라세요?"

"내가 한밤중에 빠져나온 건 그래서요. 이 일을 더 이상 하고 싶지 않아진 거요. 내 말을 믿지 않소?"

게리 쿠퍼여 안녕

"이제 그런 건 전혀 중요하지 않아요."

"부두에 내려주시오. **사이프러스**라는 검은색 요트가 있어요. 가장 큰 배라 놓칠 리 없을 거요. 거기 한 며칠 머물 예정인데, 오고 싶으면 오시오."

"물론 갈 거예요, 레니. CC번호판과 함께 말이죠. 앞으로도 당신에게 유용할 테니."

"너무 그러지 말아요, 제스. 피곤하게 하지 맙시다."

그는 진실을 말했으나 그녀는 믿어주지 않았다. 차라리 다행이었다. 그러면 체면은 서는 거니까. 하지만 그는 본의 아니게 자꾸 변명을 하려 들었다.

"그들은 물건과 함께 길에서 날 기다리고 있었소. 그들에게 더 이상 거래를 하고 싶지 않다고 말했죠. 그러자 거래를 계속하든가, 아니면 시멘트 자루에 넣어 호수에 빠뜨리겠다고 하더군. 선택의 여지가 없었소."

"무척 살고 싶은가 보죠, 레니?"

"천만에, 전혀 그렇지 않소. 하지만 가더라도 어디로 가는지는 알고 싶소. 죽음은 아직 잘 모르겠소. 암에 대해서 그렇듯이. 아직은 요령부득이오. 그래서 좀 더 기다려보고 싶소."

그녀는 애써 웃음을 참았다.

"브롱크스 출신의 쥐스라는 중국 시인을 한 명 아는데, 녀석은 중국 식당에서 쌀 과자 속에 넣는 시를 쓰죠. 그 왜, 중국에서 '포춘쿠키'라고 부르는 과자 말이오. 쥐스가 죽음에 대해 기막힌 시를 하나 지은 게 있어요. 난 그 시를 늘 몸에 지니고 다니죠. 죽고 싶은 마음이 들 때마다 주머니에서 꺼내 읽어요."

그는 주머니에서 볼품없는 지갑을 꺼내더니 신분증 아래를 뒤져 작은 종이쪽지를 끄집어냈다.

"자 읽어보시오. 내겐 성경 같은 거요. 죽음에 대해 어느 누구도 이보다 더 잘 말하지는 못했소."

그녀는 그 깨알 같은 글자를 읽으려고 안경을 써야 했다.

칼 하이데거는 우리에게 이렇게 말했지,
사실 죽음에는 뭔가 바보 같은 구석이 있다고.
그래서 나의 요지는 이렇다네―
죽더라도, 아주, 아주 신중하게 죽으시라.

그녀는 웃음을 터뜨리며 종이쪽지를 그에게 돌려주었다.

"기막히지 않소? 모든 것을 말해주고 있잖소. 언젠가 이 쥐스라는 녀석도 한번 만나보시오. 정말 대단한 친구요. 모든 중국 식당이 그의 꽁무니를 쫓아다니죠."

"당신은 미국으로 돌아가야 할 것 같아요, 레니. 그곳 민속을 저버리고 있죠."

"언젠가는 돌아갈 거요, 제스. 그놈의 게시문들을 걷어내는 날 말이요…… 그래요."

요트는 그의 말대로 크고 온통 검은색이었다. 그녀는 차를 세웠다.

"안녕, 레니."

"안녕, 제스."

"특히 그 종이쪽지 잃어버리지 마세요. 시멘트 자루가 언제 덮

칠지 모르니까. 그건 유감스런 일이죠…….”
"고맙소, 제스."
"……외몽골을 생각해서도 유감스런 일이고요. 안녕."
 그녀는 시동을 걸었다. 그는 스키와 가방과 함께 잠시 그 자리에 서서 멀어져가는 붉은색 소형 '트리움프'를 눈으로 좇았다. 그의 얼굴에 미소가 떠올랐다. 어쨌거나 별 탈 없이 잘 해결된 셈이었다. 끝. 그가 집착하는 단 한 가지가 있다면, 그것은 무였다.

8

아직 아침 7시밖에 되지 않았기에 그녀는 정처 없이 제네바 시내로 차를 몰았다. '동물보호협회'는 밤낮으로 열려 있었지만, 거기서 그녀가 도움 받을 건 아무것도 없었다. '트리움프'는 그저 자동차일 뿐이었다. 교황 요한 23세는 돌아가셨다. 아빠는 물론 이해하겠지만, 사실 그는 이해심이 너무 많은 게 탈이다. 더욱이 아직 그에게는 원칙을 잘 고수하는 딸, 두 어깨 위에 머리를 꼿꼿이 세우고 있는 딸이 필요했다. 괜히 그의 환상을 깨뜨릴 필요는 없었다. 구석구석에 교회가 있었지만, 마음을 가라앉힐 겸 크림 커피를 한잔하러 가는 편이 나을 것 같았다. 대학에 시 수업이 하나 있으나, 왠지 시가 그녀를 싫어할 것 같은 느낌이 들었다. 이제 보니 그새 목욕할 짬조차 내지 못했다. 그녀의 마음엔 아직도 시가 가득했다. 그녀는 항구 근처에 차를 세우고는 내렸다. 아침 햇살은 부드럽고 투명했으며, 호수 물은 잔잔했다. 백조들은 날개 아래 머리를 처박은 채 아직 자고 있었고, 갈매기들은 이제 막 깨어났으나 그들의 울음소리에는 여명의 플루트가 내는 가냘

프고도 주저하는 듯한 억양이 배어 있었다. 부서진 마음, 호수, 갈매기. 저질 문학을 이보다 더 잘할 수도 없을 것이다. 더욱이 체호프 이후 갈매기들은 너무도 케케묵은 상투화가 되어버려서 아직도 날 수 있다는 게 놀라울 정도였다. 바이런 경이 주둥이를 크게 벌리고 그녀 쪽으로 헤엄쳐 왔다가, 아무것도 줄 게 없는 걸 알고는 보기 드물게 천한 행동거지를 보이며 곧바로 멀어져갔다. 난 메릴린이 정말로 자살한 거라고 생각하지 않아. 그녀는 수면제를 스무 알이나 먹어야 잠들 수 있었어. 그런데 전화벨이 울려 깼다가 잠이 오지 않자 멋모르고 또다시 스무 알을 삼킨 거야. 그러니까 내 말은, 이 호숫가에서 갈매기를 바라보며 자살을 생각한다는 것은 정말 말도 안 된다는 거지!

"안녕, 제스. 널 찾으러 사…사방을 뒤지고 다녔어."

장이 다리 위에서 그녀를 내려다보고 있었다. 그의 손에는 붉은색 노란색 보라색의 커다란 깃발이 들려 있었다. 한가운데에는 피가 흐르는 칼이 그려져 있었다.

"그 깃발은 뭐야?"

"나도 몰라. 또 독립국이 된 어느 나라 깃발이겠지. 베…베르그 호텔 공중변소에서 훔쳤어."

"이젠 공중변소에다 깃발을 거나 보지?"

"제…제스, 요즘 스위스 호텔 업계는 정신이 없나 봐. 이리 와 봐. 어…엄청 큰 사냥을 한 건 했어. 이…이리 와서 그 전리품 좀 보라고."

그것은 회색 롤스로이스였다. 운전석에는 입이 아주 무거울 것 같은, 머리가 희끗희끗한 회색 제복의 운전수가 앉아 있었다. 운전수는 몹시 난처해하는 표정이었다. 뒷좌석에는 폴이 천연덕스럽게 한껏 주인 나리 행세를 하며 회색 가죽 쿠션에 등을 기대고 앉아 있었다. 그의 넥타이는 구겨졌고, 얼굴은 더욱더 그랬다. 스위스에서 체 게바라가 된다는 것은 물론 쉬운 일이 아니었지만, 아무리 그렇더라도 초현실주의니 다다, **해프닝**, 사이코드라마, "탈성화", "탈신화화", "탈신비화"니 하는 것들이 그의 나라에서는 모두 순전히 기교적인 하나의 표현 양식, 이를 테면 잭슨 폴록식—재능은 빠진—의 한낱 제스처 같은 게 되고 말았다. 부르주아 계급에 대한 부르주아 청년들의 반항은 어쩔 수 없이 하나의 장난 같은 것 아니면 파시즘이 될 수밖에 없었다. 둘의 유일한 차이는 수백만 명의 죽음이 있고 없고였다. 진짜 수컷 앞에서 발정 난 암컷이 그러듯, 파업하는 노동자들을 향해 두 팔을 벌리고 달려가는 학생들 행렬에는 보는 이에게 심한 역겨움을 느끼게 하는 뭔가가 있었다. 미국에 흑인이 2,200만 명이나 있지만 벽에 그라피티의 흔적은 없다. 그래서 1억 8천만 미국 백인이 두려움에 떨나, 유럽에서는 벽에 그려진 그라피티들이 결국에는 호화 앨범 속으로 들어가 살롱을 전전한다.

롤스로이스에는 또 한 명의 사내가 있었다. 그는 소리 없이 그저 감탄밖에 할 수 없을 정도로 알코올에 완전히 절어 있었는데, 그의 그런 상태는 참으로 대단한 예술적 경지라 할 만했다. 그는 모직 양복 차림에 나비넥타이를 맸고, 카나리아 색 가죽조끼에 경마장풍의 회색 수박 모자를 썼다. 게다가 목에는 큼지막한 쌍안경까지 걸려 있어서, 누가 보면 어느 암말에 걸었다가 전 재산을 날리고 경마장에서 막 빠져나온 사람인 줄 알 것이다. 오직 대단히 위대한 사랑만이 사람을 그런 상태에 빠뜨릴 수 있을 거라고 말이다. 청자 같은 두 눈은 알코올의 수위가 내면에서 밀어낸 듯 앞으로 약간 튀어나왔다. 그는 장갑 낀 두 손을 지팡이 두구頭球 위에 교차시킨 채 경직된 듯 대단히 꼿꼿한 자세로 앉아 있었다.

"이건 또 뭐지?"

"아, 이분은 남작님이셔. 어느 바 앞에서 문이 열리길 기다리며 휴지통에 앉아 있더군. 술이 막 깨려는 참이었는데, 그걸 보니 가슴이 미어지는 것 같았어. 마침 이 롤스 안에 바가 있어서 천만다행이었지. 그의 목숨을 구한 셈이야. 도로 안전 홍보 글에도 이런 말이 있잖아. **생명을 구하는 행동을 배워라.** 술이 깨 스위스로 돌아가는 꼬락서니를 가만히 두고 볼 수야 없지. 잘 봐, 그가 이 꼴이 된 게 정말 술 때문인지도 확실치 않아. 스위스의 중립성 때문인지도 모른다고. 아니면 외교특권 때문이거나. 아빠는 잘 지내셔?"

"롤스는 어디서 난 거야?"

"노획물이야. 스물네 시간 동안 롤스와 운전수를 우리가 쓰기로 했어. 국제 신용 은행을 나서는 우아하고 상냥한 튀니지인을 한 명 잡았지. 나의 이 연발 폴라로이드로 말이야. 대단히 고분고분한 양반이었어. 이해심도 대단하고. 롤스와 운전수를 스물네 시간만 쓰고 필름과 함께 모든 걸 돌려주기로 했지."

"너희들 너무 멀리 가는 것 아냐? 뭐라더라, 이럴 때 쓰는 고약한 말이 있는데. 그래, 강탈이라든가."

"그냥 학생들 장난일 뿐이야, 제스. 어떤 악의도 없어. 세상을 바꾸려는 게 아니라, 그저 좀 망가뜨리겠다는 거지. 나머지는 프롤레타리아들이 알아서 하는 거고. 자신을 존중할 줄 아는 부잣집 도련님이 정말 갈망하는 게 뭔지 아니?"

"제거되는 것" 하고 제스가 말했다. "나도 안다고."

"맞았어. 부잣집 도련님들이 있어야 할 곳은 남아메리카 관목 숲이 아니야. 그들이 있어야 할 곳은 여기야, 모든 가정 말이야……."

장이 슬픈 망아지 같은 얼굴을 하고서 그들 쪽으로 몸을 기울였다.

"기…기분 나쁘게 할 생각은 없지만, 그래도 부르주아 신경증이란 게 있잖아. 난 아무리 봐도 스…스콧 피츠제럴드가 혀…혁명 선구자 같진 않아."

"그래서 내가 그랬잖아. 단순한 학생들 장난이라고. 됐어?"

"말할 것도 없지만 **벨트슈메르츠**니, **젠주흐트**니, 세기병이니 하는 것이 여기서는 약간 문화 혁명처럼 제기되는 것 같아. 어쩌면 내가 아직 너무 미국적인지도 모르겠어. 하지만 지금 러시안룰렛 게임을 하는 건 유복한 청년층뿐이야. 미국에서는 흑인들 모두가 살아야 할 이유를 갖고 있는데 말이야."

남작이 딸꾹질을 했다.

"아, 아직 살아 있네" 하고 제스가 말했다.

"운전수 양반, 갑시다" 하고 폴이 말했다.

"어디로 모실까요, 도련님?"

"바보 같은 질문 마세요. 그냥 몰아요. 우린 아주 젊잖아요. 아직 우리에겐 어딘가에 도달할 기회가 있단 말이에요."

"알겠습니다, 도련님."

바깥에서는 이 세상에서 가장 수준 높은 생활이 질서 정연하게 펼쳐지고 있었다.

"이렇게 이른 아침부터 롤스를 타니 맘이 편치가 않아" 하고 제스가 말했다. "지나친 호사야. 9시에는 러시아 시 수업 들으러 학교에 가야 해."

"러시아인들은 우리에게 시를 떠…떠벌리기 전에 좀 기다려야 할걸" 하고 장이 말했다. "베를린자…장벽에서 또 한 녀…녀석이 쓰러졌어. 예…에프투센코가 우리에게 그것에 대한 시 하…한 편을 들려줄 거야."

"오줌 마려워" 하고 남작이 말했다.

"맛이 갔군" 하고 폴이 말했다. "운전수!"

"예, 도련님."

"차를 세우고, 이분 오줌 좀 뉘세요."

그들은 기다렸다. 그들의 대화에서는 불면과 담배꽁초와 쓰러진 빈 잔들의 울림이 묻어났다. **카츤자머**비애. 스물다섯 시간 동안 지속된 축제 뒤끝의 거대한 숙취였다. 아마 내일 신문에 다음과 같은 제목의 기사들이 실릴 것이다. **포만의 비극. 스위스 자폭하다.** 네덜란드에 **프로보스**가 2천 명이며, 그것으론 부족하지만, 프랑스와 독일에도 서구 사회를 진정한 선동 사회로 탈바꿈시키는 전시광들이 거기 못잖게 번성하고 있다.

"얘들아, 대체 무엇이 우릴 갉아먹는 거지?"

"아무것도" 하고 폴이 말했다. "돌이킬 수 없지."

남작이 운전수의 부축을 받으며 돌아왔다. 운전수의 안색이 더 한층 잿빛이 된 듯했다.

"좋아요" 하고 폴이 말했다. "계속 갑시다. 정말 아주 멋진 롤스로군. 이걸 저 호수에 처박아버리면 어떨까?"

"도련님!"

"운전수 양반, 호수로 곧장 돌진하시오."

"아니, 도련님……."

"당신은 그 전에 내려드릴 거요. 자, 롤스여, 호수 속으로."

광고가 말하듯이
롤스에는 모든 것이 미요,
화려함과 고요와 관능뿐.
그래서 우리 모두는 롤스를
호수에 처박기로 했다네.
그것이 바로 번영이라네.

"멋져" 하고 제스가 말했다. "이런 게 바로 그라피티야. 한데 이쯤 해두는 게 어때?"

"똥 마려워" 하고 남작이 말했다.

"운전수, 들었소? 이 양반 똥 좀 뉘고 오시오."

"도련님" 하고 운전수가 말했다. "운전수 노릇 35년째지만 아직 한 번도……."

"그렇다면 이번이 좋은 기회죠. 이분 똥을 뉘고 오시오."

"폴, 그만해" 하고 제스가 말했다.

"감사합니다, 아가씨" 하고 운전수가 말했다. "진심으로 감사드립니다."

게리 쿠퍼여 안녕 169

"똥 마려워" 하고 남작이 말했다.

"그럼 여기다 싸, 이 양반아. 싸라고. 롤스의 권위에 똥칠을 해 버려."

"이 **해프닝**, 곧 끝나겠지?" 하고 제스가 물었다.

"어느 나이트클럽, 후줄근해진 손님들, 더는 아무것도 말하는 게 없는 관념적인 재즈, 아직도 자신의 기타에 매달리는 밥 딜런, 그리고……."

어느 거리 모퉁이에서 한 사업가가
말했지. 그들에게 부족한 건 전쟁이라고.
테라스에선 오케스트라가
약간의 계급투쟁을 연주하네.
그리고 중국이
가진 것은
핵.

"너 지금 **크레이지 호스 살롱**에서 하는 걸 한번 해본 거야?" 하고 제스가 물었다. "그런 건 거기에서 하는 게 더 나아. 너의 레퍼토리는 이제 바닥난 것 같아. 폴, 너의 데카당스는 싸구려 데카당스야. 과일은 익었는지 몰라도 시여기서 'ver'는 '벌레'를 뜻하기도 한다는 그렇지 않은 것 같군."

"그래, 난 실패자지."

그는 마호가니 바에서 위스키 병을 꺼내, 운전수의 부축을 받으며 되돌아온 남작에게 내밀었다. 운전수의 표정은 꼭 지뢰밭을 통과하는 사람 같았다.

"나에겐 좀 더 간단해, 포…포…폴."

"날 포폴이라고 부르지 마. 이미 백 번도 더 말했잖아."

"널 포…폴이라고 부르는 게 아냐. 말을 더…더듬는 거지. 나도 논리적인 것을 받아들일 수 있지만 나를 배제하는 논리는 받아들일 수 없어."

"그렇다면 파시즘이지."

미국에 있을 때 제스는 일상생활에서는 미친 듯이 말을 더듬다가도, 통역사 직무를 수행할 때는 흠잡을 데 없이 말을 잘하던 사람을 한 명 알았다. 그는 자신의 이름으로 말할 때만 의사 표현에 심적 곤란을 겪었다. 다른 사람의 생각을 반영하기만 하면 곧바로 스스로에 대한 신뢰와 자신감을 완전히 되찾았다. 그는 사유당하길 좋아했던 것이다.

"무슨 일 있어, 제스?"

"전혀. 간밤에 사고를 치긴 했지."

"뭐라고? 무슨 일이 있었던 거야?"

"웬 녀석과 잤어."

롤스 제작사 사람들이 조용한 자동차를 만들 줄 안다는 건 인정해야 했다. 폴은 낯빛이 하얗게 되었다. 그가 얼마나 모욕당한 표정이었던지, 그녀는 인간으로서 해서는 안 될 짓을 한 것 같은 느낌마저 들었다. 장은 아예 등을 돌려버렸다.

"왜 그래, 이게 뭐야, 편견?"

"맙소사" 하고 장이 말했다. "웬 녀석인지 모르겠지만, 정말이지 넌 다른 사람을 택할 수도 있었어."

그는 더는 말도 더듬지 않았다. 치유된 것이다. 트라우마 쇼크랄까.

"내가 2년 전부터 요구한 거잖아" 하고 폴이 말했다.

"그런 표정 하지 마. 꼭 네 아빠가 경찰서로 너를 찾으러 와서 짓는 표정 같아."

"언제부터 알던 녀석이지?"

"어제부터."

"운전수!"

"예, 도련님?"

"시속 160으로! 그래서 어느 나무에 처박아버리시오. 이건 명령이오. 처박기 전에 뛰어내릴 권리는 드리겠소."

"알겠습니다, 도련님. 하지만 뛰어내리지는 않겠어요."

그들은 놀란 표정으로 그를 바라보았다.

"그건 또 왜죠?"

"저도 이제 더는 못하겠어요."

"우릴 제네바로 데려다주세요" 하고 제스가 말했다.

"감사합니다, 마드무아젤."

남작은 자동차 뒤창 아래에서, 마치 운전자의 마스코트처럼 흔들거리고 있었다.

"정말 지겨워" 하고 제스가 말했다. "이런 건 이미 1930년에 했던 거야. 다다와 아다다. 먼 옛날 말이야. 너희는 결국 다국적 자원병1936년 스페인 내전 때 공화파 편에서 싸운 자원병을 말한다으로 참전하게 될 거야. 세월이 얼마나 빠른지, 지금은 벌써 1936년이 된 것 같아. 안녕. 난 내려."

그녀는 요트로 다가갔다. 정말 이건 말도 안 되는 짓이었다. 그와의 일을 더는 생각하지 말았어야 했다. 잿빛 물결 위의 햇살은 호수 저편의 안개 속에서 끝났다. 건너편에선 기선 한 척이 보랏빛 연기의 항적을 그렸고, 태양은 눈에 보이지 않는 갈매기들이 짜증스런 멍청한 울음을 토해내는 젖은 하늘 어디쯤에서 노랗게 물들어 있었다.

그녀는 아래로 내려갔다.

정말이지 그는 놀라울 만큼 미국적인 분위기를 풍겼다. 절대 유럽에 발을 들이지 말았어야 할 사람이었다. 그녀가 선실로 들어섰으나, 그는 고개조차 들지 않았다. 그는 간이침대에 앉아 스키에 광을 내고 있었다. 문득 그녀의 뇌리에 **로즈버드**가 떠올랐다. **로즈버드**는 시민 케인이 어렸을 때 너무나 좋아했던 썰매 이름이다. 그것을 누군가에게 느닷없이 빼앗긴 후, 케인은 한평생 썰매를 찾으러 돌아다녔다. 그와 그의 스키가 내게 상기시키는 게 바로 그거야. 그녀는 책 읽을 때나 쓰곤 하는 안경을 깜박 잊고 계속 쓰고 있음을 깨닫고는 깜짝 놀랐다.

항구에 정박한 배들과는 이런 문제가 생긴단 말이야, 하고 그녀는 생각했다.

그녀는 기다렸다. 손님이 왔는데, 뭔가 말을 해야 하는 것 아닌가.

"아, 제스, 잘 지내?"

"그래, 레니. 지나가는 길에……."

아무렴. 아마 그녀는 족히 20킬로미터는 두 발로 뛰었을 것이다. 하여간 망아지 암컷들은 한번 시작을 해놓으면 더는 중단시킬 방도가 없었다. 그녀는 다른 간이침대에 앉았다. 왠지 조짐이 좋았다. 그로서는 정말 뜻밖의 방문이었다. 그녀는 아무 말도 하지 않았다. 특히 심리학은 입도 벙긋하지 않았다. 잠시 시간이 흐른 뒤, 그가 그녀를 보려고 고개를 들었다. 그녀는 그에게 미소를 지었고 그도 그녀에게 미소를 지었다. 그가 모든 면에서 잘 통하는 여자를 만난 건 이번이 처음이었다. 그녀는 부엌으로 가 베이컨 달걀 프라이와 커피를 준비해 왔고, 그 후 그녀가 그에게 몸을 맡긴 뒤 떠나고 나자, 그는 혼자 중얼거렸다. 1만2천 달러를 그녀 6천, 그 6천으로 반분한다면, 누구도 그가 그녀를 홀대했다거나 착취했다는 말은 하지 못할 거라고. 세상사를 그토록 잘 이해하는 데다 특히나 면책특권까지 있는 여자를 만난 건 정말 놀라운 행운이었다. 그것은 곧 그의 소외가 위험에 처했다는 얘기였다. 그는 모든 것을 내팽개치고 두 시간 사십 분 거리의 베른으로 가, 거기서 벨렌으로 가는 기차를 탈 작정이었다. 산장에 아무도 없어 굶어 죽는 한이 있더라도 말이다. 아무튼 이 계집에게 그런 짓을 할 수는 없었다. 사태는 생각보다 더 심각했고, 그는 두 번 다시 그녀를 보려 하지 않았다. 그의 소외에 끔찍하도록 해가 되는 존재였다. 자신이 최고로 여기는 것을 함부로 빼앗겨서는 안 되었다. 돈 역시 그를 두렵게 했다. 돈은 함정과도 같았다. 돈을 갖기 시작하면 돈에게 소유당하기 마련이었다. 그가 옷을 다 입고 위로 막 올라가려 할 때 갑판에서 발소리가 들렸다. 그는 스키를 내려놓고 기다렸다. 앙주 녀석이 소식을 들은 모양이었다. 혼자가 아니었다. 웬 스포츠형 금발 녀석과 함께였는데, 어느 때 어느 곳에서건 절대로 보고 싶지 않은 그런 몰골의 사내였다. 어떻게 저렇게 생겨먹은 녀석을 나돌아 다니게 내버려두는지 믿기지가 않았다. 어디 한 군데 찌그러지지 않은 곳이 없었고, 완전히 찌그러지지 않은 것은 그 무엇도 제자리에 없었다. 살면서 이런 걸 봐야 한다는 건 소름끼치는 일이었다.

"앙주, 저렇게 생겨먹은 녀석을 여기 데려온 걸 보면 너도 완전히 돌아버린 것 같아. 경찰을 부르기라도 한 것 같단 말이야."

"그녀가 또 하겠다고 하던?"

"물론. 방금 전에도 또 했지."

"레니, 전에도 이미 말했을 텐데, 그저 우스갯소리나 하려고 스위스에 있는 게 아니라고 말이야. 그녀가 동의한 거야?"

그로서는 그저 '아니, 동의하지 않았어'라고 하면 그뿐이었다. 사실 그는 거의 그렇게 말할 뻔했다. 그녀는 다시 하지 않겠다고 했어, 자, 그러니 첫 번째 여행의 대가만 주라고, 그럼 난 갈 테니까. 그런데 그의 내면에서 무슨 일인가가 일어났다. 갑자기 뭔가가 삐거덕거렸다. 고도, 아마 고도 결핍 때문일 것이다. 어쩌다 그런 생각을 하게 됐는지, 어디서 그런 바보짓이 잉태된 것인지는 그도 몰랐다. 어쩌면 "개척자 선조들"에게서, 어린 시절 아버지가 귀에 못이 박히도록 들려주던 그 선조들에게서 온 것인지도 모른다. 개척자 선조들, 제기랄, 사실 그들에게 뭐 그리 자랑스러울 게 있는가. 그 비열한 인간들은 인디언의 씨를 말렸고, 그것도 모자라 아메리카를 건설하기까지 했잖은가. 그것도 아니라면, 아마 심리적인 거시기 때문일 것이다. 그가 갑자기 어린 시절로 돌아간 탓일 거다. 카우보이가 되고 싶다는 말을 하려고 게리 쿠퍼에게 편지를 쓰던 시절로 말이다. 버그가 그런 경우를 가리키기 위해 한 말이 있다. 어떤 영웅적인 행위로 백악관에서 훈장을 수여받은 웬 녀석을 두고 한 말이다. "미성숙"이라든가 뭐 그런 것. 어쨌거나 그도 훈장을 받고 싶은 사람처럼 그만 그런 바보짓을 하고 말았다.

"그 계집애는 하겠다고 했어. 뭐, 그렇게 말한 거나 마찬가지지. 하지 않겠다는 사람은 나야."

곧바로 그는 그것이 바보짓임을 깨달았다. 그 쓰레기가 놀란 표정을 지었기 때문이다. 앙주 같은 녀석들은 절대 놀라게 해서는 안 된다. 그들을 놀라게 하면, 그것은 곧 네가 그들에게 뜻밖의 놀라운 일을 저지를 수 있는 사람이란 뜻이 된다. 그들은 그런 것을 좋아하지 않는다.

"그럼 괜찮은 거군."

레니는 스키를 잡았다.

"그럼, 잘들 있어, 또 보자고."

"내가 괜찮다고 한 건 말이지, 하지 않겠다는 사람이 너라는 사실은 중요하지 않아서야. 이제 곧 하겠다고 말할 테니까. 그가 즉시 그렇게 고쳐 말하지 않을까요, 존스 씨?"

레니는 정신이 번쩍 들었다. 그렇다, 정신이 번쩍 들었다는 것 외에 달리 표현할 말은 없었다. 그는 잠시 꿈을 꾼 거였다. 어떤 다른 존재가 된 꿈. 뭔가를 위해서나, 뭔가에 맞서기 위해 죽음도 불사하는 그런 사람. 끝에 가서는 언제나 승리하는 사나이. 어떤 영웅이 된 꿈을 말이다. 주머니에 사진을 넣고 다니다 보면 결국에는 영화를 찍게 되는 모양이었다. 쿠퍼의 사진, 그는 그 사진을 휴지통에 던져버릴 작정이었다. 그 여자 역시, 다른 모든 것과 함께 내팽개칠 작정이었다. 어쨌거나 한 여자 때문에 자신의 원칙들을 희생할 수는 없는 노릇이었다. 그녀는 은근히 위험한 존재였다. 그의 금욕주의를 허공에 날려버릴 수 있는 존재였다. 그런 다음에는 결국 "조국이 여러분을 위해 무엇을 해줄 수 있는지 묻지 말고, 여러분이 조국을 위해 무엇을 할 수 있는지 물어라"가 되고 말 것이다. 하마터면 걸려들 뻔했다. 그가 웃음을 터뜨리며 말했다.

"'아메리칸 드림' 얘기 들어봤겠지, 앙지? 정직하라, 선인은 언제나 결국 승리한다, 너의 이웃을 사랑하라 등등. 이런 것들…… 거 뭐라더라? 반순응주의적인 거시기들 말이야. 분명히 너도 알 거야, 앙지. 영화에서 봤을 테니까, 컬러 영화로 말이야."

"그래서 하겠다는 거야 말겠다는 거야, 레니? 강요하진 않겠어. 죽고 싶다면 그건 너의 자유니까."

"그냥 너에게 설명을 해주는 것뿐이야. 두 사람이 도착했을 때 내가 잠시 꿈을 꿨나 봐. 딴 세상에 있었던 거지."

"좀 낫군. 이제 꿈에서 깬 거야?"

"깼어, 앙지. 그래도 참 웃기긴 웃겨. 당신들이 어렸을 때 영화에서 본 거시기들, 그걸 완전히 떨쳐버리기가 쉽지 않단 말이야."

9

빨간 모자는 이 도시 최고의 레스토랑이었다. 1928년의 단골 모두가 아직도 거기에 있었다. 안으로 들어서기만 하면 "사총사들"이 데이비스컵을 프랑스로 따온 일이며, 벽에 걸린 판 동언의 그림들이 호시절, 그러니까 인플레이션도 평가절하도 전쟁도 그 무엇도 두려워하지 않던 시대의 것임을 곧바로 느낄 수 있었다. 놀랍도록 안도감을 주는 분위기가 지배하는 곳이었다. 그저 독일이나 발칸반도의 신경과민 상태만이 아직 살아 있음을 상기하기에 딱 좋을 정도로만 양념처럼 곁들여져 있었다. 태양은 대영제국 위에서 영원히 지지 않았고, 가장 많이 읽힌 저자는 피티그릴리였다. 그는 『코카인』이라는 작품에서, 책상 위에다 죽은 애인의 재가 든 유골 단지를 두고는 새 애인에게 보내는 편지의 잉크를 첫 애인의 재로 말린, 위로할 길 없는 어느 정신 산만한 미망인 이야기를 했지만, 오늘날 사람들은 그 이야기를 다르게 전했다. 즉, 그 여자가 재를 집으로 가져와 모래시계 속에 넣고는 "자, 이제 일을 해, 이 자식아"라고 했다는 것이다. 이야기가 소부르주아화한 것이다. 슈니츨러의 『엘제 양』은 아버지를 파산 위기에서 구하기 위해 은행가들 앞에서 알몸을 보이고 자살했다. 오늘날이라면 옷을 벗지 않고 그냥 그들과 자버렸을 것이다. 결혼은 아직 영양실조가 아니라 영혼의 우울증이었다. 그때도 이미 매독을 보살피기는 했지만 아직 고치지는 못했다. 오늘날에는 매독을 고치기는 하지만 아무도 보살피지 않아 그 통계가 실로 무시무시하다. 인구통계라는 것은 아직 존재하지 않았고, 미국 흑인들은 다만 뛰어난 재즈 연주자일 뿐이었다. 그들은 유쾌하고 행복하고 근심 걱정 없이 살면서, 만나는 사람마다 "야아, 보스Yeah, Boss"라고 말했다. 베를린은 몹시 퇴폐적인 도시여서, 남자와 여자는 자신이 남자랑 하는지 여자랑 하는지 모르는 채 섹스를 할 수 있었다. 사람들은 〈닥터 칼리가리의 밀실〉1920과 〈마부제 박사의 유언〉1933 사이 어디쯤에 있었으나 그냥 영화 속에 있는 줄로 알았다. 사람들은 아우슈비츠에서나 브리스톨에서 기막힌 **자쿠스키** 전채, 오르되브르를 먹었다. 그때만 해도 사람들은 아이들에게 수음을 하면 미치거나 죽는다고 말했다. 그래도 아이들은 수음을 계속했지만 쾌감을 망쳐버렸다. 드골은 모라스를 읽었고 독일 장성들의 대對프랑스 **블리츠크리히**'전격전'을 의미하는데 지상과 공중의 군사력을 총동원하여 일정 기간 특정 지역에 집중 공격해 적의 군사·경제·정치적 능력에 심각한 타격을 가하여 결정적 승리를 얻고자 하는 공격 전략을 뜻한다를 준비했다. 조지아 공화국의 므디바니 왕족은 미국 최고 부호들과 결혼했다. 피카소는 아직 혐오 대상이었다. 미슐랭 가이드북은 오라두르의 교회 옆에 있는 별 두 개짜리 멋진 작은 카페를 추천했다. 스페인 내전은 아직 그 경이로운 풍경과 비극적 파티 분위기로 사람들의 상상력에 불을 지피지 않았다. 가르시아 로르카는 아직 살아 있었고, 세상에는 총살당한 시인이 없었다. 사람들은 장차 영국 전쟁에 참전할 유복한 영국 청년 세대를 완전히 썩었다고 말했다. 국민은 아직 부르주아 인텔리겐치아에게 이용당할 준비가 된 그 무엇이 아니었다. 모리스 데코브라가 『침대차의 마돈나』로 선두를 달렸고, 그 뒤를 피에르 프롱데가 『히스파노 사나이』로 맹추격하고 있었다. **빨간 모자**에는 이 모든 것이 엄존했기에, 전전戰前에 관한 박사 논문을 준비 중이던 제스는 이곳을 방문할 때마다 마치 유령들을 만나러 온 느낌이 들었다. 현실에 한 걸음도 내어주지 않는, 그저 양복점만 바꾸며 계속 버티는 유령들. 헬레나 루빈슈타인과 엘리자베스 아덴의 다채로운 화장품으로 짙은 화장을 한 주름 없는 얼굴의 밍크코트 차림 여자들은 자궁 절제술과 칼로리에 대해 떠들어댔다. 공동시장에서 일하는 사람, 스위스 은행가, 미국 외교관 들이 있었고, 제네바와 밀라노 최고의 콜걸도 여럿 있었다. 메뉴판은 높이 1미터에 넓이가 60센티미터나 되어, 부인들이 안경을 써서 나이를 고백하게 되는 일이 없게 했다. 음식 가격은 터무니없이 비쌌지만 메뉴판에 적혀 있지 않았고, '오늘의 요리'는 유럽 최고의 달필가로 유명한 앙텔므의 자필로 적혀 있었다. 인민 민주주의 국가의 외교관들은 한 번도 이곳에 온 적이 없었다. 그들이 이곳을 방문하여, 앞으로도 자신이 얼마나 많은 일을 수행해야 하는지를 깨닫게 된다면 완전히 질려버릴 게 분명했다. 제스는 어디에서나 마주치게 되는 외면할 수 없는 몇몇 아는 얼굴에게 인사하고는, 손가방을 손목에 우아하게 두르고서, 자신의 재단사 샤넬을 두 살배기 아기처럼 느껴지게 하는 주변에 화를 내며, 의례적인 수다를 피하려고 총총걸음으로 이탈리아인 지배인의 뒤를 따랐다. 사람들은 그가 무솔리니 가의 지배인이었다느니 혹은 무솔리니가 그의 집 지배인이었다느니 하고 떠들어댔으나, 이제 그것은 전적으로 역사적인 관심거리일 뿐이었다.

"안녕하세요, 도너휴 양? 요즘엔 자주 들르시지 않는군요."

"요즘 우린 완전히 빈털터리예요, 알베르토. 당신도 짐작하시겠지만요."

이런 곳에서 그런 말을 한다는 건 아주 근사했다. 그렇게 할 수 있어야 했다. 진정한 수준이란 그런 것이었다. 지배인은 공손하게 미소를 지었다. 이제는 그가 대답을 해야 했다. 그렇지 않으면 그녀의 말을 참말로 믿는 격이 된다. 더욱이 그는 그것이 참말임을 알고 있었다. 그런데 이번에는 알베르토가 그녀를 놀라게 했다. 그는 중력 법칙이 역력한 무거운 시선으로 좌중을 둘러보며 말했다.

"도너휴 양, 여기 있는 사람들 모두가 말 그대로 빚에 찌그러진 사람들이에요…… 당신의 빚보다 셀 수 없이 더 많은 빚을 지고 있죠. 그런데 말예요, 도너휴 양……."

그가 그녀에게 미소를 지으며 말을 이었다.

"사실 전 그들이 빚을 갚게 될까 봐 걱정이랍니다. 도너휴 양, 당신도 어린 타푸스 칸을 기억하시죠? 천일야화의 궁전들, 억만금의 재물…… 한데 그 불쌍한 자는 모조리 갚아버렸죠. 사람들은 그의 육신조차 확인할 수 없었답니다. 이쪽입니다, 도너휴 양."

아버지는 그녀를 맞이하기 위해 몸을 일으켰다. 멀리서 봐도 이곳에서 가장 멋진 남자였다. 그는 어딜 가나 항상 그랬다.

"그러잖아도 네가 내 메시지를 보았는지 궁금하던 참이었다."
"뭐 새로운 소식이라도 있어?"
그는 〈제네바 저널〉을 정성스럽게 접고 안경을 벗으며 말했다.
"녀석, 다 좋은 소식뿐이야. 쉬잔 랑글랑은 윔블던 경승에서 이겼고 브리앙은 국제연맹에서 아주 멋진 연설을 했어."
"무솔리니에 대해 아무리 이러쿵저러쿵 떠들어대면 뭐해. 국민들이 그를 좋아하는데. 중요한 건 그저 국민들뿐이란 말이야. 어쨌든, 독일 군국주의는 두 번 다시 재기하지 못할 거야."
"에두아르 에리오의 말이 옳아. 평화를 진짜로 위태롭게 하는 건 미국의 고립주의야. 지금 이 세계에서 벌어지는 일에 끼어들길 단호히 거부하는 미국의 태도는 그저 철저한 이기주의일 뿐이지. 그래서 온 세계가 미국에 반감을 품는 거야."
"트로츠키는 지금 모스크바의 절대적 지배자야. 모든 대사관이 이 점에 동의해. 스탈린에겐 어떤 기회도 없어. 유감이야. 트로츠키는 위험한 지식인이고, 스탈린은 교활하지만 신중한 조지아 농부지. 그와 함께라면 적어도 상식은 유지될 텐데…… 한데, 그런 것 말고 다른 소식은 없어?"
"누가 내게 일자리를 제안했어."
너무나 터무니없는 얘기여서 두 사람은 함께 웃음을 터뜨렸다. 이웃 테이블에서는 전브라질 대사 게툴리오 바르가스가 제네바의 그 영원한 루마니아인과 얘기를 나누고 있었다. 그는 한 번도 똑같았던 적이 없으나, 사람들은 어디에서나 알아보았다.
"천만에, 당신이 아무리 그래봤자 절대 난 견해를 바꾸지 않을 거요. 독일은 1938년에는 준비가 미비했어요. 난 이에 관한 일급

정보를 입수하여 우리 정부에 전달한 바 있소."

지글지글하는 소리와 함께 설탕 음료 증기가 훅 하고 피어올랐다. 알베르토가 자신이 자랑하는 쉬제트 크레이프를 굽고 있었다.

"어떤 일자리 말인데?"

"……그들의 제안을 받아들였어."

"좀…… 경솔한 것 아냐? 이제 막 퇴임한 참인데 말이야. 어떤 일이지?"

"물론 수출입이지. 늘 그런 일이잖아. 일은 내가 주도하고, 비용을 전부 대주는 조건이야."

"정확히 뭘 파는 거지?"

"냉동 채소."

그녀는 믿을 수 없다는 표정으로 그를 바라보았다.

"채소라니……."

"냉동…… 꽃상추가 대부분이야. 물론 콩도 있고. 당근도 있지 아마…… 아, 그래, 선모 뿌리도 있어."

"선모 뿌리?"

그는 상의에 꽂힌 포켓치프로 이마를 훔쳤다.

"솔직히 말해 약간 주눅 든 건 사실이야. 냉동 채소 관련 일은 한 번도 해본 적이 없어서. 물론 꽃상추 샐러드는 할 줄 알지. 아주 훌륭한 조리법도 알고 있고. 신경 쓰이는 건 해동이야. 네 생각엔 내가 어떻게 할 것 같으냐? 통에서 꺼내 가마에 넣을까?"

그녀는 웃고 싶은 마음이 없었다.

"당연히 거절해야지."

그의 침울한 두 눈이 유머의 빛을 잃었다.

"안 돼, 제스. 현실과 맞대면할 생각이야. 비록 그게 냉동 채소 형태를 하고 있을지라도 말이야. 그럼 너도 여기서 공부를 마칠 수 있을 거야."

"거절해."

그가 곤혹스런 표정을 지었다. 어쩌면 그녀가 너무 딱딱하게 말한 건지도 모른다. 목소리가 그녀의 어머니 같았다.

"미안해."

"제시, 속물이 되어버린 거냐 뭐냐? 나도 훌륭한 채소 장수로 일할 수 있어. 그래, 어쨌든 해동만 된다면 말이다."

"스위스 회사야?"

"그래, '카스퍼 앤드 벤느'라는 회사야."

그녀의 표정이 굳었다.

"네이팜 만드는 회사인데."

그가 정말 놀란 표정으로 반문했다.

"무슨 소릴 하는 거냐?"

"'카스퍼 앤드 벤느'는 네이팜을 제조해. 스위스 특허야. 그걸 베트남에 사용한다고. 그 냉동 채소는 네이팜탄들이야."

"제스, 우리가 베트남에서 사용하는 네이팜탄은 전적으로 미국산임을 장담하지. 백 프로 미국산이라고. 안심해도 돼."

나중에, 훨씬 뒤에 가서야 그녀는 왜 그가 '카스퍼 앤드 벤느'라는 이름을 꺼냈는지 생각해보았다. 질문에 갑작스럽게 대답하느라 아무거나 둘러대야 했던 것이다. 그는 거짓말을 그럴싸하게 할 수가 없는 위인이었다.

"앨런……."

그녀는 그를 언제나 '앨런'으로 불렀다. '아빠'로 부르는 경우는 드물었다.

"……앨런, 이게 대체 어떻게 된 이야기야?"

"내가 회사 이름을 잘못 알았는지도 모르지. 제안을 하도 많이 받다보니…… 잠깐……."

그가 주머니를 뒤졌다.

"그들이 명함을 주었는데. 여기 있군."

칼 블루쉬라는 이름과 전화번호가 하나 적혀 있었다.

"그 회사 사장이야."

"무기 밀매를 하는 거야?"

"절대 그렇지 않아. 냉동 채소야. 완전히 냉동된 채소들 말이야. 폭발할 수가 없어."

"어쨌든 거절해야 해. 아빠가 할 일이 아냐. 그래, 알아, 속물주의…… 하지만 아빠가 여생을 콩에 파묻혀 보내길 바라지 않아. 아직 시간이 있으니 다른 걸 찾아봐…… 나도 일거리를 구했어."

그가 눈썹을 치켜 올렸다.

"이젠 내 차례로군. 어떤 일이지?"

프랑스에서 스위스로 금과 외국환을 밀수하는 일이야. 프랑스 사람들이 외국환 관리니, 자본 유출이니 하고 떠들어대는 게 있어. 자본은 대단히 데카르트적이야. 나는 생각한다, 고로 달아난다.

그녀가 어깨를 으쓱하고는 시치미를 뚝 떼고 말했다.

"물론 수출입이지. 베켄도르프가 날 추천했어. 대우가 아주 괜찮아. 일은 시간제로 하고. 그런데 우리 CC번호판은 의전과에 즉시 반납해야 하는 거야?"

"아니, 공식 통보가 오기 전까진 괜찮아. 몇 주는 걸릴 테지!"

다섯 번, 아니 열 번이라도 하겠어, 하고 그녀는 생각했다. 그들이 돈을 지불하는 한 몇 번이라도 말이야. 삐걱거리기만 하는 경건한 반항은 이제 지겨워. 순응주의도 약간은 필요해. 그래, 그들의 게임에 참여해서 그들의 방식으로 놀아보는 거야. 우리에겐 며칠 내로 갚아야 할 빚이 있고 내겐 세상을 바꿀 시간이 없어. 게다가 내가 세상에 대해 분노하는 것도 다만 그 분노가 나로 하여금 타협한다는 느낌 없이 세상에 참여하게 해주기 때문이잖아. 이 사회가 당신이 필요로 하는 것들, 오직 이 사회만이 충족시킬 수 있는 그 모든 것을 만들어 이 사회 아닌 다른 어떤 사회에서는 절대 살 수가 없다고 느낄 때는 무엇보다 자기 자신을 포기해야 하지만, 난 그런 경우가 아냐. 〈엑스프레스〉와 〈엘〉 〈르 누벨 옵세르바퇴르〉, 소비사회와 실내장식, 세계 최고의 생활수준과 물질적 안락, 이제 곧 사람들은 아바나로 자신을 세탁하러 갈 거야. 항의마저 예술 작품으로 간주되고, 관념들이 관념들에서 만들어지고 있어. 문제를 정면으로 바라보자. 난 모권제 성향이 강한 소부르주아 미국 소녀일 뿐이야. 얼마 전의 두 미국 학생처럼, 공공장소에서 몸에 기름을 끼얹고 불 지르는 일은 절대 못하지. 분신자살 때 입을 드레스 생각부터 할걸. 이제 스무 살이니 어쩌면 아주 심각한 건 아닐지도 모르지만, 최소한 문제를 명확히 보고 거짓 꾸밈을 그만두려고 노력해야 하지 않을까. 내가 그 녀석을 정말로 사랑하는지도 확실치 않아. 어쩌면 그냥 그와 잤을 뿐, 나의 미국식 청교도주의가 변명거릴 찾는 건지도 모른다고. 더 나쁜 경우일 수도 있어. 파산 지경의 커플, 앨런과 제스 도너휴 부녀를 구제하기 위해 그 불쌍한 녀석을 이용하려는 건지도 모른다고. 정말 매력적인 녀석이긴 해. 어쨌든 눈물을 보이진 말자, 제기랄! 이 자리에서는 말이야. 그건 꼴사나운 짓이지. **빨간 모자**에서 이렇게 자아비판을 해대는 것, 이런 게 바로 나야. 나라는 것이 이젠 정말 지겨워. 너무 많다고.

그가 그녀의 손을 잡았다.

"오, 앨런, 앨런, 모든 **진짜** 문제가 다른 사람들의 문제일 때는 어떻게 해야 하는 거지?"

"녀석, 내 대답은 너무나 잘 알잖니. 난 지금 중독 치료를 받고 나온 참이야."

"무의미의 비극이란 게 실제로 존재할까?"

"언젠가 네가 말했지. 체호프……."

"……완전히 덫에 걸린 것 같아. 시스템에 갇혀서, 우리를 분노케 하는 것 바깥에서는 절대 살 수 없게 되어버렸어. 설마 내게 사회적 '운명'이란 게 있단 말을 하진 않겠지? 그게 뭐지? 정보 남용? 정보처리 기술의 비극? 하여간 이 세상 전체를 내밀한 슬픔으로 간직하다 보면, 결국엔 상상임신 같은 것이 되어버려…… 베트남, 흑인들의 상황, 원폭을 비롯한 온갖 끔찍한 일, 정말 당신은 그것들을 당신의 관념을 바꿀 정도로 진지하게 생각하는가 하는 의심을 갖게 되는 것보다 더 치욕스런 일이 또 있을까? '미스 블랜디시Miss Blandish아양 떠는 여자와 그녀의 난초들'이랄까제임스 헤들리 체이스의 소설 『미스 블랜디시를 위한 난초는 없다』(1939)에 대한 암시. 앨런, 길 잃은 하라키리들이 있어."

그녀는 손을 뺐다. 사람들이 그들을 쳐다보고 있었다. 지금이

1927~1928년이며, 오이디푸스콤플렉스가 아직은 확실한 안정 주식이 아님을 잊어서는 안 되었다. 칵테일파티 때 사람들은 그녀에게 늘 이렇게 말하곤 했다. "제스, 당신은 아버지를 사랑하고 있어요. 딱 보면 알아요." 사람들은 아주 가벼운 어조로 그렇게 말했다. 지난날 노엘 코워드가 유행시킨 그런 어조의 목적은 적敵인 현실을 무의미한 것으로 돌리는 데 있었다. 미국인과 영국인의 큰 차이점은 미국인들에게는 개인적인 무의미의 감정이 고뇌의 원천인 반면, 영국인들에게는 그것이 지적 안락함의 원천이라는 데 있다. 하지만 그런 것도 아무런 소용이 없었다. 그녀를 바라보는 희끗희끗한 머리에 생글거리는 검은 눈동자의 멋진 신사는 지금 그녀가 아무 말도 하지 않으려고 자기 자신에게 말하는 중임을 잘 느끼고 있었다.

"무슨 일이냐, 제스? **정말** 무슨 일이지?"

"아무 일 없어. 그냥 무의미한 짓뿐. 웬 녀석과 잤어."

그가 나이프와 포크를 내려놓았다. 세상이 뒤집어진 것이다.

"어떤 녀석이지?"

"여름철 스키어야. **스키 건달**."

"아, 그런 녀석들 중 하나란 말이지."

"응, 그런 녀석. 미국인이고. 정말 멋지게 생겼어. 떠돌이야. 어쩔 수 없었어. 어쩌다 그렇게 되어버린 거야."

"물론, 선택하는 게 아니지."

"맞아. 선택하는 게 아냐."

"그런데 녀석을 언제부터…… 알았지?"

"스물네 시간 전에. 그런 표정 짓지 마. 어쨌든 스물네 시간 만에 그렇게 될 가능성은 언제나 있는 거니까."

"가족은?"

"나도 몰라. 전혀."

"그래도 이름 정도는 물어보았어야 하는 것 아니냐."

"아이, 참…… 레니라고 해."

"레니. 레니 뭐?"

그녀는 고개를 가로저었다.

"그렇다면, 심각한 것 같군."

"그만해."

"농담 아니다, 제스. 이름을 물어볼 생각조차 하지 않았다면, 그건 정말 대단히 충격적인 무엇일 수밖에 없는 거야."

울어야 할 이유가 전혀 없었다. 정말 전혀 없었다. 진짜 이유는 모두 다른 사람들에게나 있는 거니까. 그건 라디오만 들어보면 알 일이다. 그녀는 그에게 미소를 보이려고 애쓰면서 코를 손수건에 박은 채 말했다.

"우리 사이가 끝장나지 않았길 바라."

"천만에. 내가 유감스러운 건 딱 한 가지뿐이야, 제시……."

그가 고개를 숙이고서 그녀의 손에 키스했다.

"그게 뭐지?"

"그보다 먼저 너를 만나지 못한 게 유감이야. 그뿐이야."

그녀는 사랑과 애정의 감정이 울컥하고 북받쳐, 문득 레니를 방해꾼이라도 되는 양 원망하는 마음으로 생각했다.

"그래도 녀석을 소개해주긴 하겠지, 제스."

"그럼 외몽골행이야."

"뭐라고?"

"아빠에게 인사시키겠다고 하면 그는 외몽골로 가버릴 거야. 그는 그런 곳이 실제로 있다고 믿어."

"외몽골? 우리가 거기에 있잖니. 여기가 바로 거기야."

오케스트라가 〈부인, 당신의 손에 키스를 보내오〉를 연주했다. 누군가가 유럽연맹 입구에서 찍은 조그 알바니아 왕의 사진 아래서, 카롤 왕과 루페스쿠 부인 얘기를 하고 있었다. 그 영원한 루마니아인은 파리 최고의 레스토랑이 이제 더는 존재하지 않는다고 말했고, 쉬제트 크레이프의 지글거리는 소리에는 사람을 안심시키는 영원한 뭔가가 있었다.

"앨런, 사람들이 요즘 많이 떠들어대는 독일 꼬마 건달은 뭐지?"

"아돌프 히틀러 말이군. 최고의 어릿광대. 독일 기업가들이 공산주의 선동가들을 겁주려고 꺼낸 서랍 속의 케케묵은 폐물일 뿐이야. 6개월만 지나면 더는 그 얘기를 하지 않을 거야. 이에 관해서는 모든 대사관이 동의했어."

"어쨌든 아리스티드 브리앙이 옳았어. 현대식 파괴 무기가 전쟁을 불가능한 일로 만들어버렸어."

"게다가 국민들도 말을 듣지 않을 거야."

"작가들이 중요한 역할을 한 것도 인정해야 해. 『포화』 『서부 전선 이상 없다』 『제4보병대』 등이 전쟁 신화를 완전히 발가벗겨버렸지. 그런 점에서 문학은 엄청난 역사적 과업을 수행한 거야."

심술궂은 노파 스완지 후작 부인은 **빨간 모자**의 방명록에 이렇게 적었다. "우리는 종종 다시 들를 거예요. 이 세상에 전쟁과 굶주림만 있는 게 아님을 확인할 수 있다는 건 정말 멋진 일이죠."

10

요트의 현창으로, 일어날까 말까 망설이는 아침의 뿌연 잿빛 속에서 분주히 날아다니는 갈매기들이 보였다. 언제나 사람들은 갈매기의 그 바보 같은 날카로운 울음소리를 듣고는 그들이 몹시 슬퍼하는 거라고 생각하지만, 허나 전혀 그런 것을 의미하지 않는다. 당신에게 그런 효과를 내는 건 당신의 심리일 뿐이다. 도처에서 사람들은 실제로 존재하지 않는 것을 보지만, 그런 일이 일어나는 것은 바로 여러분 내면에서다. 여러분이 사물들, 말하자면 갈매기, 바람, 하늘 등 그 모든 것을 말하게 하는 일종의 복화술사가 되는 것이다. 여러분은 당나귀가 크게 울부짖는 소리를 듣는다. 그것은 대단히 행복한 당나귀로서, 오직 당나귀만이 그렇게 행복해할 수 있는데도 여러분은 이렇게 중얼거린다. 맙소사, 당나귀 울음소리가 너무나 슬퍼 가슴이 찢어지는 것 같아. 하지만 단지 그것은 바로 여러분이 진짜 당나귀이기 때문이다. 지금은 여러분 자신을 갈매기들 속에 집어넣고 있는 것이다. 그들의 애절한 울음소리, 그것이 의미하는 바는 다만 어딘가에 하수구가 있으며 이 희소식을 서로에게 전달하는 것뿐인데 말이다. 그 모든 것은 시각적 환상이다. 아니, 시각적이라는 말은 물론 어폐가 있다. 내 말이 무슨 뜻인지 여러분은 알 것이다. 여러분은 한밤중에 샤이데크 꼭대기에 올라 별들을 바라보며, 어떤 것 혹은 어떤 존재의 지척에서 기분 좋은 느낌을 갖지만 그 별들은 거기에 존재하지도 않는다, 그저 출처 모를 곳에서 당신에게 날아드는 우편엽서들뿐, 수백만 년 전에 빛이 그것들을 도금했다, 과학의 진보 덕택에 말이다. 당신은 두 지팡이에 의지한 채 스키 위에 서서 경탄에 사로잡히지만, 사실 저 위에는 아무것도 없다. 그 역시 당신 내면에서 일어나는 일일 뿐이다. 과학이란 괴상한 권총과 같다. 모든 것을 장전한다. 빵, 빵! 그러고 나면 아무것도 남지 않는다. 그럴 때 여러분은 복화술사가 된다. 침묵, 하늘, 갈매기, 여러분은 모든 것을 말하게 한다.

그는 두 팔을 목덜미 뒤로 두른 채 간이침대에 누워 있었다. 간이침대는 너무 비좁아 두 사람을 위한 자리가 없었으며, 그래서 정말 좋았다. 계집애는 온몸을 그에게 맞대고 있었다. 아주 튼튼한 간이침대였다. 계집애는 완전히 알몸이었고, 완전히 그곳에, 어디에도 없는 곳, 기분 좋은 그곳에 가 있었다. 진짜 섹스를 했을 때 마침내 도달하는 그곳에 말이다. 두 사람은 몹시 밀착해 있어 누가 누군지조차 알 수 없었다. 그들은 둘이었다. 말하자면 각자가 둘이었다는 얘기다. 말인즉, 그녀의 두 가슴이 당신이었고, 당신의 배가 그녀였다. 각자가 상대의 자리에 있었다. 이미 한참 전부터 그녀는 아무 말도 하지 않았다. 그녀는 당신에게 말을 할 줄 아는 계집애였다. 서로 아무 말도 하지 않고 오랫동안 함께 있기란 대단히 어려우며, 정말이지 얘기를 나누는 뭔가가 있어야 한다. 그럴 때 사물은 자기들끼리 얘기를 한다. 그것들은 당신을 필요로 하지 않는다. 말들을 서로의 얼굴에 날려 보낼 때, 그건 마치 갈매기에게 하는 식이 된다. 그것이 의미하는 바는 어딘가에 하수구가 있고, 그런 정보를 주어 고맙다는 뜻이다. 어떤 계집애가 그에게 아무 말 하지 않고도 이렇게 말을 잘 한 것은 이번이 처음이었다. 그는 모든 것을 이해했다. 자신이 알아들었고 이해했음을 그녀가 느낄 수 있도록 머리카락을 부드럽게 어루만졌다. 마침내 그녀의 머리카락은, 참으로 믿을 수 없게도, 인간의 머리 위가 아니라 자연 속에 있는 뭔가가 되었다.

그녀는 자신을 그에게 더욱더 밀착하고서, 뺨을 그의 어깨에 붙였다. 이는 모든 것, 그러니까 나머지 모든 것을 들러붙게 해버리고 싶은 욕구를 일으키는 몸짓이었다. 이보다 더 좋을 수는 없었다. 기억할 거야, 제스. 겨울철에도, 도처에 널린 눈과 더불어 기억할 거야. 너와 내가 다른 곳에서 만나지 못한 게 정말 유감이야. 전혀 다른 곳에서 말이야. 무슨 뜻인지 알지? 거기에서라면 일이 달라질 수 있을 텐데. 이곳에서와는 달리 말이야.

"애절해, 저 갈매기들 소리" 하고 그녀가 말했다.

"내가 어렸을 때, 저렇게 우는 당나귀가 한 마리 있었어. 그러니까 슬프게 우는 당나귀 말이야. 하지만 결국 슬프게 우는 건 녀석이 아니라 바로 나라는 사실을 깨달았지."

"동물 좋아해?"

"좋아한다는 말은 좀 과하군. 동물들은 그런 시늉을 곧잘 하지."

"뭐라고? 그런 시늉이라니?"

게리 쿠퍼여 안녕

"사람처럼 군단 거야. 다른 무엇이 아니라…… 특히 개들이 그래. 마치 영원히 변치 않을 것 같은 믿음을 갖게 하지. 하지만 고양이들은 그렇지 않아. 수고양이를 한 마리 기른 적이 있는데, 성질이 아주 더러운 놈이었어. 쓰다듬으려고만 하면 발톱으로 공격했지. 녀석은 사람들이 너무 가까이 오는 걸 싫어했어."

"그 고양이 이름 레니 아냐?"

"녀석의 이름이 뭐였는지는 도무지 알 길이 없었어. 제대로 서지도 못할 때부터 기른 녀석인데도 말이야. 찰리, 피터, 버드 등 여러 이름을 시도했지만 녀석은 동의한 적이 없어. 털을 곤두세우고, 꼬리를 빳빳이 한 채 달아나버렸지. 고양이들의 진짜 이름은 절대 알 수 없어. 철저하게 자신을 지키는 놈들이야."

"레니?"

"응?"

"누가 네게 그런 짓을 한 거지?"

"뭘? 무슨 소리지? 무슨 얘길 하는지 모르겠어."

"너의 한 부분이 완전히 살해당한 것 같아서."

이런 제기. 둘이서 함께 아주 좋았는데 말이지.

"누구도 내게 아무 짓도 하지 않았어, 제스. 그런 짓을 할 수 있을 만큼 가까이 오게 놔두지 않는다고. 게다가 난 같은 장소에 오래 머무르지도 않아. 아무도 없는 경우라면 몰라도."

"알겠어."

"체르마트에 아는 녀석이 하나 있는데, 그가 이런 말을 했지. '모든 게 엉망이야. 세상을 바꿔야 해. 모두가 일치단결하여 세상을 바꿔야 한다고.' 하지만 모두가 일치단결할 수 있다면 더는 세상을 바꿀 필요가 없지. 이미 완전히 달라질 테니까. 너 혼자서만 뭔가를 할 수 있어. 자신의 세계를 바꿀 수 있지. 하지만 다른 사람들의 세상을 바꿀 수는 없어."

이 모든 일의 배후에 실종된 경계가 있었다. 불을 피우고, 자신의 말에 안장을 얹고, 사냥감을 쓰러뜨리고, 자신의 집을 짓는 것. 이제는 그런 결정을 내릴 일이 아무것도 없었다. 모든 결정이 이미 내려져 있었다. 우리는 언제나 다른 사람들의 집에 있었다. 자리를 잡는다는 건 순환 속으로 들어가는 것이었다. 이제 당신의 삶은 하나의 토큰일 뿐이요, 당신 자신이 자판기에 주입되는 하나의 토큰이었다. 토큰을 넣으시오. **인서트 원**Insert one.

그런데 그는 너무도 아름다웠다. 섬세한 이목구비, 빛나는 머리카락, 단단한 턱에다 두 눈을 어떤 비밀 연못처럼 보이게 만드는 긴 눈썹 아래의 진한 초록빛 눈동자. 게다가 그가 미소를 지을 때는 마치 그의 성질 더러운 고양이가 문득 다가와 자신의 진짜 이름을 말해주는 것 같았다.

"좀 더 멀리 있는 뭔가가 필요해. 산속 같은 곳 말이야. 저 너머를 바라보면 다른 것이 보여. 여기서는 말이지, 저 너머를 바라보아도 아무것도 없어. 언제나 똑같은 세상이야. 자신은 다르다고 말하는 세상이라도 사실은 똑같아."

"다른 곳은 없어."

"그래, 다른 곳은 없어……."

그는 말을 망설였다.

"아냐, 그래도 성공한 친구가 있긴 해. 찰리 파커. 어느 날 그는 자신에게 이렇게 말했지. 나는 다른 세계를 건설할 거야. 그리고는 트럼펫을 집어 들고 불기 시작했지."

그녀는 자제를 하고서 그의 머리카락을 그만 어루만지고자 했다. 어머니 같은 몸짓이었다. 자신에게 모권제 성향이 있다는 걸 그녀도 잘 알고 있었다.

"레니, 가족도 있어?"

"고맙게도 없어."

"아무도, 아무도?"

"그렇다고 할 수는 없어. 사립 탐정을 고용해 뒤져보면 어딘가에서 어머니를 찾아낼지도 모르지. 아버지는 존재하지도 않는 어느 나라에서 사망했고. 사람이 죽어야만 존재하기 시작하는 나라 말이야. 지리. 나의 아버지는 지리를 위해 죽은 셈이야."

그가 웃음을 터뜨렸다.

"베트남 같은 곳이 그래. 전에는 그런 나라가 있는지도 몰랐지. 지금은 미국에 베트남이 가득해. 한국은 또 어떻고? 어느 날 우리는 쪽지 한 장을 받아. 당신 아버지 혹은 아들이 한국에서 사망했습니다. 그럼 우린 지도를 살펴보지. 미국에서는 사람들이 그런 식으로 지리를 알게 되었어. 전에는 그런 걸 알아야 할 필요가 없었는데 말이야. 텔레비전에서 사람들이 어떤 나라의 어떤 상표에 대해 자꾸 나발을 불어대는 건 말이지, 절대 그것을 구입해서는 안 되고 이제는 거기서 달아나야 할 때가 되었다는 뜻으로 이해해야 돼. 하지만 아버지는 군에 있었어. 제 발로 찾아갔나 봐."

"베트남에서 당하신 거야?"

"아니. 베트남조차 아냐. 전에는 존재하지도 않던 곳이었어. 카오스. 타오스. 하여간 뭐 그런 곳이야."

"라오스 말이야?"

"그래, 맞아. 아는 곳이야?"

"아니."

"나도 모르던 곳이었어. 이제 알겠군. 라오스, 맞아. 예전에 한 번 기억하려니까, 생각이 나지 않더라고. 너에게도 아버지가 있는 것 같던데."

"응."

"관계는…… 괜찮고?"

"괜찮아."

그는 말을 멈추고 천장을 뚫어지게 응시했다.

"그는 지뢰를 밟았어. 그런 나라들은 모두 지뢰투성이야."

그녀가 그를 두 팔로 꼭 껴안자 그의 몸이 뻣뻣해졌다.

"반반으로 하지. 너 6천, 나 6천. 그다음 각자 제 갈 길로 가는 거야. 불안해하지 않아도 돼. 난 매달리는 족속이 아냐. 더는 날 볼 일이 없을 거야."

"난 아직 완전히 준비되지 않았어, 레니."

"일할 준비 말이야?"

"아니. 널 다시 보지 않을 준비."

그가 소리 없이 웃음을 터뜨렸다.

"어째서 웃는 거지?"

"난 할 수 없어."

"뭘?"

"이렇게 말해주고 싶을 때가 있어. '제스, 널 사랑해, 하지만 난 할 수 없어'라고. 그럼 아마 그들 모두가 여기서 거짓말을 하고 있다는 느낌이 들 거야. 유권자들에게 공약을 해대듯이 말이야."

"'널 사랑해'라는 말은 절대 하지 마, 레니."

"위험할 건 없어. 어휘라는 건 참 괴상한 함정 같아. 말을 하는 사람이 나인데도 늘 다른 사람이 말을 하는 거니까 말이야."

"그래서 우리가 스스로 사유한다는 말을 할 수 없다고 주장하는 이론도 있어. 우리는 사유**당하는** 것 같아."

그가 "쯧쯧" 하고 혀를 찼다.

"그뿐이 아니지. 언제나 그들은 우리를 소집하려 들어. 나도 사유당했을까? 다행히도 난 아직 나를 잘 지키고 있어. 사유를 아예 하지 않는 데 성공했단 말이야. 난 걸려들지 않을 거야."

"그건 니힐리즘이야, 레니."

"그건 또 뭐지? 아냐, 말하지 마, 알고 싶지 않아. 난 말야……아까 뭐랬더라? 그래, **사유당하고** 싶은 맘이 전혀 없으니까."

그는 머리를 뒤로 젖히고 두 눈을 커다랗게 뜬 채 꼼짝도 하지 않았다.

"잃어버린 아메리카의 꿈, 양호한 상태, 신, 가정, 자유, 개인주의. 보상 대신 반환할 것, 되도록 서부 처녀지와 함께. 혁명가들 가만히 있을 것."

"지금 무슨 얘길 하는 거야?"

"아무것도 아냐. 〈헤럴드 트리뷴〉에 실을 3단 광고문을 작성하고 있어. 사랑해, 레니."

"나도 널 사랑해, 제스. 지금껏 널 사랑하듯 여자를 사랑해본 적은 없어, 제스."

"그들이 여기 있어? '널 사랑해'라고 말하면 그들 모두가 여기서 거짓말을 하는 것 같다고 했잖아…… 그들이 여기 있어?"

"그들은 여기 없어. 오직 너와 나뿐이야. 사랑해."

"하지만 날 떠날 거잖아."

"그럼 어쩌란 말이야, 제스. 이제 스무 살인데? 남길 바라? 그런 경우를 본 적 있어? 영화에서도 감히 그렇게는 못해."

"시도해볼 수는 있지. 언제나 처음이란 건 있잖아."

그녀는 눈물을 흘렸다. 많이는 아니었지만, 갈매기들의 소리를 완전히 절망적인, 견딜 수 없는 소리로 만들 정도는 되었다. 맙소사, 날더러 더 이상 뭘 어쩌란 거야? 그만하면 공손하지 않았는가? 거짓말하고, 또 거짓말하고 그러라고? 천만에, 그건 끝도 없어. 대체 여자들은 하나같이 왜 이런다지? 이건 비인간적인 짓이야. 계속 거짓말을 하도록 강요할 권리는 없는 거라고. 세계 신기록 따위가 뭔 상관이야. 난 명예를 좇는 사람이 아냐. 거듭 사랑해 사랑해라고 했으면 됐지, 내가 천장에 목매달고 머리를 아래로 떨구기라도 해야 한다는 거야? 혹시 그녀는 내가 사랑을 모른다고, 진정한 사랑이란 게 뭔지 모른다고 상상한 걸까? 진정한 사랑, 그건 말이지, 그 나머지 모든 것이야, 그게 진정한 사랑이라고. 절대 안 될 일이야. 이미 위대하신 쥐스께서도 자신의 그 유명한 '사무라이'인지 '가미가제'에서, 이런 진주 같은 동양 헛소리를 지껄이지 않았어? "절대 한 여자를 미치도록 사랑해서는 안 된다. 하지만 당신에게 이미 여자와 자녀들이 있는 경우라면 그래도 무방하다. 오히려 권장하는 바다. 당신의 여자와 자녀들을 좀 더 쉽게 차버리는 데 도움이 되니까." 허나 이번만큼은 위대하신 쥐스의 이 진주 같은 말도 그에게 아무런 도움이 되지 못했다. 그

게리 쿠퍼여 안녕   199

는 온 힘을 다해 그녀를 껴안고는, 양주 개자식이 자신을 엿 먹인 거라고 중얼거리기 시작했다. 6천 달러는 충분한 보상이 아니었다. 자신에게 닥친 일을 생각한다면 그건 아무것도 아니었다. 그가 정말로 이 계집애를 사랑하게 된 거라면, 100만 달러도 충분한 보상이 아니었다. 그 때문에 생길 온갖 골칫거리를 생각해보면 그랬다. 지금 그는 그녀에게 거짓말조차 제대로 하지 못하고 있었다. 그녀에게 사랑해 제스 평생토록 사랑할 거야 너 없이는 살 수가 없어라고 말했지만, 그 말이 전혀 거짓말처럼 나오지 않았다. 오히려 참말처럼, 완전히 참말처럼 나왔다. 그는 그녀에게, 검증까지 된, 그의 인생에서 가장 확실한 몇 가지 거짓말까지 했다. 이를테면 "제스, 사람이 이토록 행복해질 수 있으리라곤 정말 꿈에도 생각하지 못했어"라는 말이 그랬다. 이야말로 절대적으로 틀림없는 거짓말이었지만 웬걸, 이마저 실패였다. 그 자신이 그 말을 믿어, 참말처럼, 완전히 참말처럼 나왔던 것이다. 그로서는 더 방법이 없었다. 갈매기들의 울음소리까지도 진짜처럼 들리기 시작했다. 애절하게. 절망적으로. 더는 그 갈매기들이 울고 있다는 느낌도 들지 않았다. 갈매기들을 통해 그가 울고 있는 것 같았다. 심리. 그거야말로 진짜 마다가스카르였다.

11

빨간 단추는 제네바의 '열핵 무기 반대 투쟁' 사령부임과 동시에 이 지역 최고의 에스프레소 스낵바였다. 또한 디스코텍이자 베트남전쟁과 미국의 인종차별 관련 코너가 따로 있는 서점이기도 했다. 최근에는 보의 〈르뷔 폴리티크〉가 선정한 최고의 칵테일파티상을 수상하기도 했다. 건물 면적이 50제곱미터나 되어 진짜 스크럼을 짤 수도 있었다. 한쪽 구석, 주크박스 옆에 텔렉스가 하나 있어, 전 세계의 소식이 시시각각 도착하여 필요한 결정을 내리고 행동을 취할 수 있었다. '동물애호협회'처럼 밤낮으로 열려 있어서 어떤 시간에든 안으로 들어가 최근 선언에 서명하고 잠을 자러 갈 수 있었다. 약간은 '익명의 알코올중독자들 모임'처럼 조직된 측면도 있어서, 확실히 이곳에서는 심적으로 도움을 받는다거나 사소한 개인적 문제들을 잊을 수 있었다. 개인적 골칫거리가 뒤로 밀려날 수밖에 없을 만큼 큰 세계적 규모, 심지어 우주적 규모라고도 할 수 있을 대재앙의 분위기에 젖어서 말이다. 최근 소식—살육과 온갖 가공할 일들—을 들으면, 당신 자신을 덜 생각하게 되고, 그래서 기분이 나아진다. **빨간 단추**에는 무장투쟁이나 브라질 대홍수 같은 대재앙의 분위기가 지배하고 있어, 곧바로 당신은 개인적 근심을 떨쳐버리게 된다. 기분이 한결 나아져서 나가게 되는 것이다.

이곳 주인인 푸치니 로시는 다국적 자원병 출신이었다. 실패의 후광을 두른 대단히 슬퍼 보이는 그의 얼굴은 이곳 분위기에 꼭 필요한 색조를 덧붙였다. 그 얼굴은 아빠 세대의 오류며 취약함, 욕망과 변절 등을 상기시켰다. 언젠가, 어쩌면 예상보다 더 빠른 어느 날, 아빠 세대가 주변에서 보는 이 모든 젊은 주먹들이 주먹의 무기력함을 외치길 그만두는 날이 올 것이다. 때는 바야흐로 변화의 시기였다. 브뤼스나 모르 살의 블랙 유머는 지반을 다져 미래의 계단을 만들기 위해 땅을 거칠게 밟아댔고, 그 이죽거림은 이상론과 행동 사이의 다리를 만들고 있었다. 바에서는 "게시문 수정자"임을 자처하는 알랭 로세가 최근 작품을 선보였다. 인구에 회자되길 청하는 안전 게시문 "생명을 구하는 몸짓을 배우세요"를 "생명을 죽이는 몸짓을 배우세요"로 대체했다. 청년들을 두고 사람들은 "그들은 제스처뿐"이라고 했지만, 제스처도 근육을 만드는 하나의 방법이 될 수 있다. 그녀의 사회학 수업 클래스메이트인 보스턴 출신 겐나로 쌍둥이 형제는 칼 뵘의 얘기에 귀를 기울이고 있었다. 칼 뵘은 서베를린의 S. P. 학생들과 연계되어 있었는데, 그의 야생 금빛 수염 위에 얹힌 장밋빛 순한 얼굴은 마치 엉뚱한 틀에 끼워진 것 같았다.

"너희가 '어떤 공산주의?'라고 말하는 순간부터 공작에 걸려드는 거야. 여러 형태의 마르크스주의 사회가 있다고 말한다는 건 곧 마르크스가 무엇 때문에 공부했는지 몰랐다는 말이 돼. 마르크스주의가 엄밀한 학문이 아니라고 말하는 것과 같다고. 난 그런 공작에 반대하기 때문에 수정주의에는 반대야."

"······프레파시스트" 하고, 텔렉스를 살펴보는 학생들 무리 너머의 한 테이블에서 누군가가 말했다. 주크박스에서는 데이브 브루벡의 연주곡이 흘러나왔다. 정말 색소폰의 비중이 커, 하고 제스는 생각했다. 폴 데스먼드를 없앤다는 건 데이브 브루벡을 없애는 것과 같았다. 건물의 한 벽면에는 아름다운 원폭 버섯구름 사진 한 장이 전체를 뒤덮고 있었다.

"······프랑스 학생들은 중풍에 걸린 게 분명해. 뱃속이 텅텅 비었어. 그들은 믿어봤자 소용없어. 만약 너희가 프랑스 대학들에서 어떤 움직임이 있을 것으로 생각한다면······ 그건 완전한 착각이야. 거긴 전혀 기대할 게 없어."

"······프롤레타리아를 탈신성화해야 해. 지금 그들은 그걸 신비단체 같은 것으로 만들고 있다고. 향 냄새가 나. 이 계급에게 그 아름다운 두 뺨과 **진짜** 이빨들을 되돌려주어야 하는 것 아냐? 파종이나 발데크 로셰가 인민 얘기를 하면 땀 냄새가 아니라 유월절 양고기 냄새가 난다고. 역겨워. 우리의 사랑하는 고인들 얘기를 하는 것 같단 말이야. 인민의 여자들이 인민 얘길 하면서 젖는다는 얘기 들어본 적 있어? 사교계 여자들은 '인민' 얘기를 자신들의 신비적 사랑 얘기를 하듯 하고 있어. 구역질 나지. 긍지에 찬 목소리로 '나는 인민의 아들이다'라고 감히 말할 수 있는 때는 부르봉 파르므 일가의 시대야. 후원자를 자처하는 모든 부인네는 창녀들 같아. 무엇보다도 그 여성 코미디언들이 텔레비전에 나가 떠들어대는 것부터 막아야 해. 그녀들이 '인민' 얘기를 하는 건 자신을 화장하려는 거란 말이야. 안녕, 제스, 별일 없어?"

"안녕, 여기 올 때마다 로제 마르탱 뒤 가르의 『1914년 여름』으로 되돌아가는 느낌이야. 지금이 1914년인지 1963년인지 모르겠다고."

"신문 봤어? 청년들에게 부족한 게 전쟁인 모양이야. 다들 읽어봐. 무척이나 우리를 해치우고 싶은가 봐."

"……프레파시스트."

"……뭔가를 의미하지 않고도 얼마든지 데카당일 수 있어. 한 세기 전 라비슈와 페이도의 부르주아지보다 더 데카당한 게 있어? 하지만 그 후, 부르주아지는 별일 없이 잘 지내. 한데 너희들은?"

폴이 안경을 이마 위로 올린 채 거만 떨며 말하고 있는 구석은 잔뜩 흥분된 분위기였다. 그의 곁에는 R.P.라는 약칭으로 통하는 도미니크회 수도사 부르가 등을 벽에 기댄 채, 신의 출입이 금지된 곳에서 모든 도미니크회 수도사가 하는 일을 하고 있었다. 그는 두 팔을 가슴에 오므린 채 히드 뿌리로 만든 거대한 파이프 담배를 피우고 있었다. 몸이 수퇘지처럼 단단한 데다 신체적으로나 정신적으로 너무나 안정된 인상을 풍겨 보는 이로 하여금 절로 주눅이 들게 했다.

"절대로 나는 그들이 몬티니를 선출할 리 없다고 생각하오" 하고 그가 말했다. "세상은 아직 빼빼 마른 교황을 맞이할 준비가 되지 않았으니까. 안녕하시오, 도너휴 양."

그들은 그녀가 앉을 자리를 만들기 위해 간격을 좁혔다.

"무슨 일이지, 폴? 얼굴이 환해진 것 같은데?"

"소식 못 들었어? 오늘 아침 라디오 방송 말이야."

"베트남 얘기?"

"아니, 가재들 얘기. 가재들은 성적 쾌락이 스물네 시간이나 지속된다는 사실이 발견되었어. 중단 없이 말이야. 이야말로 아인슈타인 이후 최대의 과학적 발견 아닌가. 진정한 혁명이지. 정말 고무적이야."

"그게 어째서 고무적이지?"

"물론, 그걸 가재들에게 넘겨주지 말아야지. 하루 스물네 시간이면 정말 신천지가 열리는 거잖아!"

"그런 야…약속들은 저…전에도 많았어" 하고 장이 말했다.

"하지만 미국에서는 그게 통하지 않을 거야. 대통령이 가톨릭 신자라" 하고 척이 말했다.

"케네디를 잘 모르시는 말씀" 하고 제스가 말했다.

"그걸 가재들에게서 빼앗아야 해" 하고 폴이 말했다. "이건 신용의 문제야. 젊은 학자들을 격려해야 해. '인권위원회'는 즉시 놈들을 체포해야 하고."

"유럽연맹을 이 일에 끌어들인다면 결과는 뻔해, 가재 대학살이 벌어지는 거지."

"스물네 시간 중단 없는 **교미**라, 스위스는 그걸로 끝장이겠군."

"그토록 아름답고 놀라운 걸 누구에게 줬지? 얼빠진 암 가재에게 줬어. 하느님의 처사가 그래. 신부님, 부끄러운 줄 아시오."

"난 가재들에게는 무신론자가 없을 거라고 확신해" 하고 제스가 말했다.

도미니크회 수도사는 평온한 얼굴로 파이프의 재를 재떨이에 비웠다.

"이보게 친구들" 하고 그가 말했다. "자네 같은 젊은이들이 자신보다 위대한 뭔가를 추구하는 것을 보니 기쁘오. 비록 그것이 한낱 가재들이라 할지라도 말입니다. 하지만 스물네 시간이면 가재들이나 여러분에겐 충분하겠지만 나에겐 충분치 않아요."

"충분치 않다고?" 하고 겐나로 쌍둥이가 말했다. "그러시겠지. 영원이 필요하실 테니까. 하여간 이 양반들은 요구도 참 대단하다니까."

"내 여러분에게 몇 마디만 덧붙이고 싶소……."

그가 탐욕스런 만족감을 드러내며 포동포동한 두 손을 비볐다.

"흉해요" 하고 제스가 말했다. "생쥐를 몇 마리나 먹어치우려는 고양이 같다고요."

"본인은 여러분에게 살충제 얘기를 해드리고 싶소" 하고 수도사가 말했다. "요즘 새로 나오는 살충제들은 참으로 대단합니다. 없애버려야 할 기생충이며 오래된 해충, 부식성 벌레가 참 많죠. 이 살충제들은 그런 것을 아주 잘 없애줍니다. 문제는 이 강력한 살충제들이 자연 자체를 오염시킨다는 겁니다. 아마 여러분도 레이첼 카슨의 『침묵의 봄』이라는 책을 읽어보셨겠지요? 그녀는 우리가 자연을 정화하려다가 자연의 정수 자체, 아름다움과 풍요로움, 그 다양한 노래와 놀라운 군집을 어떻게 해치게 되는지 정말 놀랍도록 잘 제시했습니다. 그 결과가 바로 매미도 새도 없는 자연의 조용한 봄입니다. 여러분의 이념적 DDT도 바로 그런 일을 하지요. 그들은 위대한 봄을 위한 일이라고 주장하지만 정작 봄이 오면, 그 봄이 그저 침묵일 뿐이라는 사실을 깨닫는 겁니다.

여러분의 냉소주의, 다시 말해 일종의 탐욕스런 청교도주의가 바로 그거요. 헝가리로 가서 살아보세요. 거기 사람들이 여러분을 침묵하게 만들 테고, 그럼 아마 여러분은 뭔가 할 말을 갖는다는 것이 얼마나 경이로운 감정인지 느끼게 될 거요."

"여자와 자본 적 있나요, R.P.?" 하고 쌍둥이가 물었다.

"물론이요. 사제가 되기 오래전에."

"그것이 당신에게 어떤 효과를 주었죠?"

"바보 같은 소리" 하고 폴이 말했다. "그래서 사제가 됐잖아. 그게 효과 아닌가."

부르 신부는 귀여운 미소를 지어 보였다. 그는 포동포동한 얼굴에 코는 단추처럼 생겼고 머리 위가 벗겨져 주변으로 머리카락이 말굽 형태로 나 있었으며 철제 안경을 썼다.

"이 평온하게 착 가라앉아 흡족해하는 태도 좀 보소. 바로 이런 게 신앙이란 거야. 부르르!"

"이런, 이제 보니 고의적이군" 하고 제스가 말했다.

"뭐…뭐가? 뭐가 고의적이라는 거지?"

"생텍쥐페리나 카뮈 얘긴 입도 벙긋 않잖아."

"소…속셈을 감추다니. 대…대단한 위선자시군."

"요컨대" 하고 수도사가 결론을 내렸다. "내가 기대하는 건 종교적 깨달음이란 말이요. 그것이 여러분에게도 곧 닥칠 거외다. 그래서 말인데, 저 위, 그랄에 있는 우리 수도원은 늘 신입을 위한 자리를 마련해두고 있소. 스키도 탈 수 있지요. 스키어 형제들도 있소. 강아지 같은 형제들이여, 여러분도 그곳으로 오시오."

"가도록 하지요" 하고 폴이 말했다. "폭탄을 싸들고."

"저 위에 가면 젊은 친구가 한 명 있는데 버그 모렌이라고, 장차 글을 쓸 생각을 하는 미국 '글쟁이' 중 한 명이오. 그가 내게 아주 재미있는 질문을 했소. 수수께끼랄까. 미국 꼬맹이들의 이니 미니 마이니 모 같은 거지요. 영어 악센트가 엉망이지만, 그 질문을 여러분에게 해보지요. Who took the cookie from the cookie jar? 누가 쿠키 통에서 쿠키를 훔쳤지?"

"Not I took the cookie from the cookie jar" 하고 제스가 말했다.

"Then who took the cookie from the cookie jar?" 하고 쌍둥이 겐나로가 말했다.

"보아하니 여러분도 이 질문을 아는 것 같군요" 하고 수도사가 말했다. "여러분은 아주 총명하고 아는 것도 많은지라 아마 답을 알아낼 수 있을 거요. 여러분의 쿠키를 누가 훔쳐갔는지는 나도 몰라요. 어쩌면 그것이 학문이거나 프로이트, 마르크스, 혹은 번영일 수도 있고, 어쩌면 여러분이 그걸 살충제로 없애버렸는지도 모르지요. 어쨌든 여러분은 그것이 간절해서 아무거나 닥치는 대로 대체하려 하고 있소. 아무 프레타포르테기성품로 말이요."

"아…알겠어" 하고 장이 투덜거렸다. "우…우리가 프레파…파시스트란 말이군. 웃기지 좀 마쇼."

부르가 자리에서 일어났다.

"전투를 피하려는 게 아니오" 하고 그가 말했다. "난 내일 베른 오버란트로 스키를 타러 떠납니다. 여름용 트랙들이 있지요. 해발 고도 3천 미터. 산소가 거의 없는 곳입니다. 거기 가면 여러분도 제집처럼 편안한 느낌이 들 거요. 그럼, 쿠키 없는 어린 친구들이여, 난 이만 가보겠소. 스물네 시간 지속되는 오르가슴에 도달하여, 마침내 가재들과 동등해지길 빕니다. 차오."

그는 돛을 모두 펼치고서 위풍당당하게 문 쪽으로 미끄러지듯 나아갔다.

"사람 맥 빠지게 하는 자식이야" 하고 폴이 말했다.

"어쩌면 다음번 거시기가 될지도 몰라" 하고 쌍둥이가 말했다. "뭔가 정말 새로운 것 말이야. 종교라는 것. 이제 LSD는 질렸어."

"파시즘은 사…사라지지 않을 거야" 하고 장이 말했다. "문제는 그 밖에 다른 모든 것은 사…사라질 위험이 있다는 거지."

"다들 한심하군" 하고 척이 말했다. "난 흑인인 게 만족스러워. 난 내 집에 있어. 너흰 늘 남의 집에 있고 말이야. 우리 집에 오는 건 환영하지만, **우리** 문제 갖고 우릴 귀찮게는 하지 마. 미국 흑인들에게 와서 공산주의 얘기하지 말라고. 우린 거기에 한통속이 되고 싶지 않으니까. 프롤레타리아도 다른 그 무엇도 말이야. 그리고 또 한 가지. 우린 미국 자본주의를 뒤집어엎을 생각이 전혀 없어. 오히려 정반대야. 우린 **환불**받고 싶어 해. 수 세기 동안의 강탈과 착취와 노동과 땀을 이자까지 쳐서 환불받아야 하는데, 이걸 백인 프롤레타리아와 나눌 생각이 전혀 없단 말이야. 백인들이야 얼마든지 공산주의자가 될 수 있겠지. 우리에게 환불해주지 않으려고 말이야. 미국 흑인들의 투쟁은 흑인 자본주의와 흑인들의 치부로 통하는 거야. 흑인 프롤레타리아는 있지도 않고 있을 수도 없어. 모든 흑인이 빼앗기고 도둑맞고 강탈당하고 착취당한 자본가이기에, 우린 우리의 재산을 이자까지 쳐서 돌려주길 바라. 공산주의는 우리의 적이야. 왜냐하면 계급 없는 사회를, 보편성을, 보편적 정의를 요구하기 때문이지. 흑인 사회, 흑인 소유권,

흑인의 정의라는 단계를 뛰어넘고서 말이야. 흑인들은 너희의 혁명을 하지 않을 거야. 속이 뻔히 들여다보이는 혁명이니까. 우릴 이용하려는 거지. 턱도 없어."

"파시즘이 사라지지 않을 거라고 누…누가 그랬지? 그러니까, 어떤 파…파시스트가 그랬느냐고?"

"돈을 구해야 해, 되도록 빨리" 하고 칼 뵘이 말했다. "지금 문제는 이 체제를 날려버리는 데 성공하느냐 못하느냐가 아니라, **신뢰성**이라고 할 수 있어. 예컨대 독점기업 스프링거 말이야. 폭동으로 스프링거 그룹을 와해시켜 우리가 조직된 힘으로 존재함을 증명해야 해. 그런데 '몰로토프 칵테일화염병' 하나에 스위스 프랑으로 2프랑이나 하지."

"뭘 담보로 잡힐 거지?" 하고 폴이 물었다. "스위스 은행들은 먼저 그것부터 물어볼걸."

"정말 재미있군. 수동성의 특히 위선적인 형태가 바로 유머지."

그녀는 한동안 이곳에 머물며 자기 자신을 외면하고자 했으나 결국 이 자명한 사실 앞에 굴복해야 했다. 미국 흑인들의 반항도 베트남전쟁도 아무 효력이 없고 스스로를 떨쳐버리는 데 별 도움이 되지 않을 때도 있다는 것. 지금까지의 온갖 이념적 출격에도 불구하고 빌어먹을 '나'의 소왕국은 끄떡없이 버티며, 그 한계에서 벗어나 타자들 고통의 거대한 무 속으로 망명하도록 허용하지 않는 것이다. 인류의 절반을 삼켜버릴 대재앙이라 할지라도 당신의 '나'만은 지긋지긋하게 손 하나 대지 않고 그대로 남겨둘 것이다. 그의 작은 크루아상과 카페오레와 함께 말이다. 게다가 이 '나'는 지금 추방되고 금지되고 부인된 상태다. 지금은 감정에 대해 "센티멘털리즘"이 아닌 다른 방식으로 말하는 진지한 책 한 권 없고, 사랑의 시는 생각조차 할 수 없다. 이는 시에 대한 범죄, "지성"과 "세상의 고통"에 대한 범죄가 될 것이다. 이제 사람들은 오직 전 지구적인 규모로만 감동해야 하고, "군중"은 몰개성화의 종교 같은 것이 되어버렸으며, "마음"이니 "영혼"이니 하는 말은 고지식하거나 '막심네 부인' 같은 사람이나 만들고, 개인은 오직 "더러운 개인"이라는 표현으로만 허용되고, 사람들은 남성다움에 너무나 큰 중요성을 부여해 여성이 더는 허용되지 않으며, 사생활은 일종의 마스터베이션으로 간주되고, 여성들은 완전 별개의 인간 존재, 즉 탈인간화되었으며, 인간관계가 이젠 단지 인구상의 마찰일 뿐이요, 모든 "진정한" 문제는 계급이나 인종, 국가를 바탕으로 수백만 단위로만 수치화된다. 인구라는 대재앙은 출생을 죽음의 관점에서만 생각하게 하고, '자아'는 인민에 대한 모독이 되어 오직 자기비판의 권리만 지니며, "인민"은 샤넬 투피스처럼 유행에 뒤지지 않는 유일한 프레타포르테—그러나 인민만이 입지 않는—가 되었으며, 스무 차례의 혁명 이후에도 여전히 '멍청함'이 가장 큰 정신적 힘이지만, 차이라면 이제는 이 역시 다른 모든 것과 마찬가지로 우주적 규모가 되었다는 것이다. 유일하게 가능한 항의는 어떤 법이 되었건, 법을 깨부수는 것이었다. 당신에게 중요한 유일한 것이 무시무시한 눈을 가진 일종의 야생 고양이—눈 덮인 평원이나 외몽골로 달아나지 못하게 막아야 하는—임을 고한다는 건, 보수주의자들의 눈앞에 자기 괴물성의 의지를 천명하는 것이었다. 이제 당신은 『자본론』이나 『정신분석 강의』 책갈피에서 말라버린 부조리한 꽃잎에 불과했다. 정말로 그들은 우리의 봄을 부르가 말한 침묵의 봄으로 만들어버린 걸까? 사랑 노래도 심장 고동도 없는 20년간의 봄, 20억이 된다는 조건으로만 우리에게 삶을 허용하는 대량 학살로? 청년 세대는 원죄 개념과 죄책감의 장독瘴毒에 맞서 싸웠으나, 이번에는 새로운 보수주의자들이 당신들을 새로운 성聖에 대한 과시적 신앙심으로 감염시키고, 당신들의 사회의식과 덕성을 조심스레 감시한다. 그래서 이제 당신들은 문제를 제기할 권리조차 갖지 못한다. 그것은 다만 당신들 "계급의식"의 국부적 파열일 뿐이다. 어떻게 죄의식에서 벗어날 것인가? 이기주의니, 반동이니, 파시즘이니 하는 비난을 듣는 일 없이 어떻게 이 세계를, 계급과 인종과 인민을 탈성화할 것인가? 가톨릭 구호소 유리창에서 "이 세상의 배부른 모든 사람에게는 굶어 죽는 형제가 있음을 잊지 마시오"라는 경건한 문구를 읽고 이를 즉각 "이 세상의 굶어 죽는 모든 사람에게는 배부른 형제가 있음을 잊지 마시오"로 대체해버린 알랭 로세처럼 해야 하는 걸까? 파시즘, 부르주아 아나키, 아니면 정신 위생? 지금 문제는 신도 프롤레타리아도 아니요, 바로 성聖이다. 또다시 우리가 과거 1천 년처럼 신성모독 앞에서 치를 떨어야 하는가? 이제 완전한 개자식의 자아 외에 허용되는 다른 '자아'는 존재하지 않는가? 허용된 유일한 '나'는 공중변소 같은, 공적 유용성이 있는 자아뿐이었다.

그녀는 그들을 쳐다보았다.

"얘들아, 어떻게 하면 완전 무지막지한 개자식이 될 수 있지?"

"적절한 환경의 혜택이 필요하지" 하고 쌍둥이 젠나로가 말했다. "행복한 가정, 가족의 애정, 이혼하지 않은 부모, 심리적이고

정서적이고 물질적인 확실한 안정 등등. 그럼 분명 그렇게 될 수 있을 거야. 하지만 이젠 가족해체 때문에 젊은 친구들이 행복한 짐승이 되긴 어려워."

"제스, 또 너의 그 이분법으로 우릴 골탕 먹이려는 건 아니지?" 하고 척이 말했다. "혹시 이 세상을 구해 엿 먹이려는 사람이 너 혼자뿐이라고 생각하는 거 아냐?"

그녀는 항구에서 맴돌았을 뿐, 그를 만나러 가려고 감히 트리움프를 세우지는 못했다. 천천히 차츰차츰 나아가야지 그가 놀라게 해선 안 된다. 집으로 돌아온 그녀는 열린 창문 앞에서 달빛을 받고 서 있는 아버지를 보았다. 두 어깨 위에 망토를 걸친 채 밤꾀꼬리 울음소리에 귀를 기울이고 있었다. 유행이 지났다지만 밤꾀꼬리들은 아직 건재했으며, 그녀의 아버지는 그런 세대에 속했다. 이상주의와 휴머니즘이 아직 부르주아 지식인들의 직업병으로 간주되지 않던 시대에 말이다. 못된 년, 아버지를 심판하는 그 못된 버릇 아직도 못 버렸어? 너의 사랑 방식은 정말 모권제로 직행하는 거야. 제발 네 속의 부드러운 여성성의 그 고갱이는 좀 떨쳐버려. 강철처럼 단단한 그 핵 말이야. 그렇지 않으면 아마넌 요절한 남편과 IBM 과반 주식 보유자로 끝장날 거야.

"안녕, 젊은 아빠들은 뭘 꿈꾸는 거지?"

"명상 중이야."

"딱히 뭐가 있어서야, 아님 그냥 삶에 대한 거야?"

"현실의 정확한 실상에 대해 명상 중이야. 방금 네 엄마 편지를 받았어. 우리를 다시 거둬주겠다고 제안하더라. 우리더러 자기를 다시 거둬달라고 요구하는 것일 수도 있고. 딱히 뭐라 말하기가 어렵군…… 하여간 대찬 여자야."

잠시 그녀의 호흡이 멈추었다.

"말도 안 돼." 이윽고 그녀가 입을 열었다. "캐딜락 시장이 붕괴되었나 보지. 증시 살펴봤어?"

"제스. 넌 그녀에게 좀 심한 것 같아."

"그녀가 우리에게 좀 심했지."

그가 웃음을 터뜨렸다. 그녀가 이렇게 태평스러운 아버지의 웃음소리를 들은 것은 이번이 처음이었다. 어떤 걱정거리가 있어서가 아니라. 늘 그녀는 그가 아직 얼마나 젊고 아름다운지를 잊고 있었다. 희끗희끗한 머리카락만이 시선의 거무스레한 깊이를 도드라지게 할 뿐이었다. 어깨 위에 아무렇게나 걸친 검은 망토, 밤꾀꼬리, 달빛 등이 다소 의도적인 듯이 보이기는 했지만, 이제는 그에게도 경쟁자가 있으니 뭣 하나 소홀하지 않는 게 당연했다. 천부적인 유혹자랄까, 아마도 그는 훌륭한 외교관 노릇을 할 수도 있었을 것이다. 그에게 다른 무엇 없이, 그저 매력만 있었다면 말이다. 코는 나의 코요 턱도 나의 턱이었지만, 두 눈이 좀 더 검었다. 어떻게 두 남자를 동시에 사랑할 수 있단 말인가? 하지만 분명 가능한 것 같다. 근친상간이 허용되었다면, 우리로선 많은 귀찮은 일을 피할 수 있을 것이다. 우리는 아름다운 한 쌍의 커플이었다. 미국인과 공산주의자가 이 세상에서 가장 싫어하는 끔찍한 두 세계인 말이다. 우리는 "우리 집"이라는 것을 아주 기분 좋게 빼앗긴 사람들이었다. 모든 밤꾀꼬리처럼 아일랜드인의 피 함량이 많은 사람들이었다. 상상을 초월하는 내적 사치를 누리는 사람들이었다. 그 밖에는 낭떠러지 가장자리에서 비틀거리며 걷는 완벽한 보법만이 아직도 우리가 미 국무성의 외교정책과 공유하는 유일한 것이었다.

"꽃이 만발한 사과나무들 앞에서 어떤 결정을 내린 거지?"

"겸손이야, 제스. 냄새가 풀풀 날 정도로 부자가 되기로 결심했어. 그래, 겸손. 내가 누구라고 냄새 풍기길 거부한단 말이야? 이젠 순응해야 할 때야, 제스."

"그 일, 진짜로 할 거야?"

"일이 아냐, 제스. 이건 사업이야. 돈 말이야. 우린 아직 한 번도 그런 걸 시도해보지 않았지. 비밀스런 매력이랄까, 어떤 내적 아름다움이랄까, 잘은 모르겠지만 거기에도 뭔가가 있는 것 같아. 그걸 좀 더 가까이에서 보기로 했어."

그녀는 자리에 앉아 담배를 피워 물었다. 점입가경이었다. 앨런 도너휴가 재계에 투신한다는 건 정말이지 달러가 끝장났음을 의미했다.

"아빠, 내가 하게 해줘. 나도 뭔가를 찾았어. 내가 더 젊으니까, 좀 더 쉽게 적응할 수 있을 거야."

그는 들은 척도 하지 않았다. 어떤 재미난 장난을 치려는 아이처럼 치기 어린 기쁨마저 엿보였다.

"항복할 줄 알아야 해. 난 백만장자가 될 거야, 그뿐이야. 강변의 호화 빌라에, 여기저기 피카소도 걸어두고 말이야. 세상이야 무너지든 말든 상관 않겠어."

"고용주가 정확히 누구라고?"

"스위스 은행들. 그들은 전 세계를 돌아다니며 각 나라의 상황에 대한 정치적 보고를 해줄 사람을 구하고 있어. 투자의 안정성을 위해서지. 지금 외교 수장들이 모두 나와 같은 세대야. 친구들이지. 그러니까 난 연락책인 셈이야. 우린 전 세계를 냉동 채소로 뒤덮어버릴 거야. 멋진 공장들로……."

그가 약간 거북해하는 듯했다. 그녀는 그가 그런 일을 하면서 마시게 될 알코올의 양을 생각해보았다. 어느 대사와의 친근한 면담이란 무엇보다도 먼저 마티니 두 잔을 의미했다. 그녀는 입을 다물었다.

"그래, 나도 알아" 하고 그가 말했다. "하지만 날 믿어줘, 제스."
"나도 계획이 있다니까."

CC번호판을 달고 열 번만 오가면 6만 달러였다. 그 후에는 아마 그가 병원에서 어떻게 지내는지 보러 테헤란으로 달려가야 할 것이다.

밤꾀꼬리가 달빛 아래서 목쉰 소리로 울고 있었다. 아직도 잘 버티고 있는 최후의 메신저였다. 다른 모든 것은 모두 메시지 업자가 되어버렸다.

"그건 그렇고, 우리가 정확히 어떤 사람들이지? 가톨릭?"
"물론이지. 좋은 아일랜드 혈통이고."
"잘 알았어. 다른 일도 모두 실패하면, 그걸 공격할 수 있겠어."
"그 녀석과 잘되지 않는가 보군."
"끔찍한 건 말이야, 첫 번째에 실패하더라도 또 다른 남자들이 있음을 안다는 거야. 난 그게 눈물 나도록 슬퍼."
"경험이지."
"그래. 하지만 난 그런 걸 받아들일 준비가 전혀 안 되어 있어."
"아버지처럼 말하는 것 같아 미안하다만, 그게 그러니까……."

"말하지 마. **그냥** 아버지만 되는 건 싫어. 난 그걸 받아들일 준비도 돼 있지 않아. 그러니까 '난 녀석을 사랑해'라고 중얼거린 후 자신이 한 게 단지 샛서방을 보게 한 것뿐이라는 사실을 깨달아야 해…… 앨런, 정말 이제 남은 건 이 세계와 **진짜** 문제들뿐인 거야? 난 이것도 받아들일 준비가 돼 있지 않아. 난 살고 싶어. 그런데 말이야, 나머지 모든 것이 정말 너무 '삼손과 델릴라와 그의 푸시캣츠' 같다고. 그럼 이만…… 잘 자."

"그래, 그러자. 잘 자. 오, 한마디만 더……."

그가 그녀의 손을 잡고 웃었다.

"그래, 데카당이라는 데 동의해. 하지만 전형적이지 않은 데카당이 될 수도 있어. 내 느낌에 아메리카가 날 겁낼 건 전혀 없는 것 같아. 난 아무것도 의미하지 않아. 전적으로 안심되는 존재지. 그 무엇도 해치는 일 없이, 그 무엇도 예고하는 일 없이 데카당이 될 수 있다는 것, 그거야말로 최고의 사치야. 아무것도 의미하지 않는다면, 무슨 짓이든 할 수 있어. 해를 끼치지 않으니까. 계급 없는 진정한 사회, 그건 바로 너와 나야."

그녀는 손을 뺐다.

"잘 자. 나도 그걸로 족해, 밤꾀꼬리나 달빛처럼 말이야. 황혼녘의 영혼 상태 따윈 싫다고. 난 살고 싶어."

그녀는 방으로 올라가, 옷을 벗고 이불 속에서 공처럼 몸을 웅크렸다. '동물보호협회'로 돌아가 일을 해야겠어. 그럼 적어도 내가 나 자신에게 신경 쓴다는 느낌은 갖게 될 테지. 이젠 정말 내게 필요한 게 구조주의도 라로슈푸코도 아니요 수의사라는 생각이 들어. '나'라는 소왕국의 두꺼운 벽에 갇힌 멍청한 공주 같으니라고, 이젠 자신에게 금지된 게 거기 그렇게 은신하고 있는 건지, 아님 뛰쳐나가는 것인지조차 모르고 있지. 요즘은 여리고의 모든 나팔이 그냥 재즈일 뿐이야. 프로이트와 마르크스가 각자 자기들 푸시캣츠와 함께 나팔을 부는 거지. 이젠 광년의 어휘로 나 자신을 생각해야겠어. 그 모든 것이 이젠 싫어. 그렇다고 아인슈타인이 될 생각은 없지만, 사람들이 제안하는 온갖 목줄 틈바구니에서 어쩔 줄 몰라 하는 강아지 노릇 자체가 이젠 지겨워.

12

그는 프라이헤르에서 알테로 갔다. 조른과 그룬덴탈을 넘어 라슈르를 내려가는 데 사흘 낮 이틀 밤이 걸렸다. 한 계집애를 품속에 영원히 간직하고 싶은 생각이 들 때, 그때가 바로 달아나야 할 때다. 내가 교훈 같은 걸 들려줄 위인은 못 되지만, 그래도 이 한마디만은 해주고 싶다. 사랑은 존재한다. 그것은 허수아비도 공포 영화도 아니다. 정말 실제로 존재한다. 거기에 빠지면 터럭 하나 무사할 수 없다.

그 돈은 그에게 너무 비싼 대가를 요구했다. 그래서 계집애에게 그들이 다른 사람을 구했노라고 말했다. 제네바에 CC번호판이 그리 희귀한 게 아닌 모양이라고. 응, 제스, 그들 말로는 다른 누군가가 있다더군. 내일 봐, 그래, 내일. 그래, 준비되는 대로.

그래놓고는 내빼버렸다.

그들의 더러운 돈은 지뢰투성이였다. 타오스인지 뭔지 하는 곳처럼 말이다.

휴우.

산장의 풋내기들은 그에게 이렇게 경고했다. 탈에 쌓인 눈이 너무 무겁고 잘 들러붙지 않아, 자칫하면 눈사태를 일으키니 방귀조차 마음대로 뀔 수 없을 거라고. 대체 왜 그래, 레니. 그만, 살기 싫어진 거야? 그래, 그렇다고 해두자. 그들의 경고에도 불구하고 그는 떠났다. 죽고 싶은 마음은 전혀 없었다. 죽음은 아직 실행 단계의 거시기가 아니었다. 아직 손봐야 할 작업이 있었다. 거기에는 뭔가가 부족했다. 하지만 어떤 계집애 하나가 이 정도 효과를 내기 시작한다면, 그녀로 인해 당신의 모든 원칙이 공중분해될 지경이라면, 뭔가 큰 수단이 필요하다. 사랑이라는 것, 그건 그냥 사랑인 것만은 아니며, 이 또한 손을 볼 수 있을 것이다. 사랑이란 당신을 복귀시키려는 삶 같은 거다. 그 늙은 것도 화장을 한다. 하지만 고도 3천 미터라면, 그마저 속에서 얼어붙는다. 당신은 아무것도 느끼지 못하고, 더는 생각조차 할 수 없다. 아무리 지랄 같은 것도 더는 배겨내지 못한다. 언제나 그런 것부터 얼어붙기 시작한다. 게다가 그는 탈이 다시 보고 싶기도 했다. 마치 시간 속인 양, 절대적으로 텅 빈 순백의 눈이 30킬로미터나 펼쳐진 곳. 그런 곳에서라야 뭔가를 진정으로 세울 수 있고, 주소를 남기는 일 없이 내 집에, 내 집 속에 있을 수 있다. 탈에는 참으로 놀라운 진짜 침묵이 있었고, 그것은 다른 어느 곳에도 존재하지 않았다. 그래서 다른 곳에서는, 진짜로 중요한 뭔가를 들을 수단이 없는 것이다.

그는 젊은 신부에게 더는 말고 그룬덴 대피소까지만 데려다주겠노라고 약속했다. 그에게는 그럴 만한 분명한 이유가 있었다. 신부는 종교와 하느님에 대한 신앙으로 너무도 똘똘 뭉친 사람이라 그의 사기를 진작시켜줄 수 있을 것이다. 즉, 당신이 그와 함께 가면서 자기를 진짜 목석같은 사람으로 느낀다면, 당신으로서는 그보다 더 좋은 일이 없는 것이다. 이 도미니크회 수도사는 정말 형편없는 스키어였다. 호흡법을 몰라 반쯤 갔을 때부터 이미 탈진한 송어처럼 입을 벌렸고 코는 새빨개졌으며 가쁜 숨 때문에 안경이 뿌옇게 되었다.

"저런, 숨 좀 그렇게 쉬지 마쇼. 그러다 눈사태를 일으키겠소!"
"아이… 하아! 아이… 하아! 아이… 하아!"
"무슨 말씀을 하시려는 건지 알겠소. 그럼 좀 천천히 가지요."
"이건… 저…정말 경이롭소, 이…이번 사…산행 말이오! 아이… 하아! 아이… 하아!"

두 '클라인 그로스_{뚱뚱한 소년}'가 태양 속에서 반짝이며 좌우 양편에 우뚝 서 있었다. 더는 눈조차 보이지 않고, 오직 빛뿐이었다.

"무슨 일이요, 레니? 얼굴이 좋아 보이지 않는군요."
"배가 아픕니다."

조른을 마주 보는 곳에 이르면 10~15킬로미터의 완만한 경사가 당신 앞에 펼쳐지고—주변은 온통 빛의 바다일 뿐, 다른 그 무엇도 아니다—, 저 멀리 두 날개를 펼친 채 새끼들을 보호하며 앉은 흰 독수리처럼 생긴 조른이 있다. 하늘은 당신들이나 내가 알고 있는 그냥 쪽빛이 아니라, 오히려 당신들이나 내가 전혀 모르는 그런 쪽빛이다.

"아이… 하아! 아이… 하아!"
"좋습니다, 여기서 좀 쉬죠."

두 눈에 하늘을 가득 담고 뜨거운 차와 함께 먹는 정어리. 티 베트에서는 바로 저런 것을 쪽빛이라고 하는 모양이지만, 그야 가서 두 눈으로 직접 보아야 할 일이다. 쪽빛 추적은 당신을 대단히 먼 곳으로 데려갈 수도 있다. 그들은 눈 속에 쪼그리고 앉아 속을 덥히며 정어리를 빵에 얹어 먹었다. 마치 어느 누구도 도달할 수 없는 곳에 있는 양, 승리자처럼 의기양양해하는 저 쪽빛이란 놈을 바라보며, 기름기 가득한 정어리들을 빵에 얹어 뜨거운 차와 함께 먹고 마시는 것, 그가 세상에서 가장 좋아하는 것이었다. 소외라고 했던가. 소외라면 저 하늘이 진짜 챔피언이요, 아무리 기를 쓰고 대들어봐야 소용없는 일이다. 하지만 이 정어리들만큼은 기를 쓸 가치가 있었다. 얼마 후 태양이 슐라게 봉우리 너머로 잠겨들었다. 거기는 바로 지난해, 바사노라는 스무 살짜리 이탈리아인이 실종된 곳이다. 30년이나 40년이 지난 어느 날, 빙하가 육신을 돌려주면, 그의 부인이 그를 보러 올 것이다. 그는 스무 살의 얼굴을 그대로 간직하고 있을 테고, 그녀는 50대나 60대가 될 테니, 아마 그는 그녀의 아들 같아 보일 것이다. 어둠의 그림자가 굶주린 맹금처럼 사방에서 그들을 향해 급강하를 시작했다. 기온이 내려가는 소리가 들렸다. 눈 아래에서 나는 바스락거리는 소리가 그것이었다. 쪽빛이 연보랏빛으로 변했고, 오직 조른의 독수리 머리만이 순백으로 빛났다. 도미니크회 수도사가 거대한 파이프를 꺼내 불을 붙였다. 두 눈은 경건한 사념들을 향해 위로 들려 있었다. 그의 입은 동그스름하니 괴상해 보였고, 코는 작아서 안경이 걸릴 자리조차 부족한 듯했다. 진지해진 그의 표정은 심각하고 불안해 보이기까지 했다. 신. 영원. 성당. 이 친구들은 다른 건 생각조차 하지 못하지.

"뭘 그리 생각하시지요?"

"엉덩이가 얼어붙고 있는 거 아닌가 하고 생각 중이오, 레니. 아마 틀림없을 거요. 그런데 뭐가 그리 우습죠?"

"아무것도 아닙니다."

이제는 천지가 짙은 보랏빛으로 변했다. 눈은 고약하게도 자꾸만 들러붙었고, 냉기가 온몸을 파고들며 당신의 심장을 찾았다. 기이한 부동不動이 당신을 삼키고 뇌를 엄습하여, 뇌 속의 사념 조각들은 어딘가 다른 곳, 당신과 동떨어진 데서 굴러다녔다. 물론 당신은 아직 살아 있지만, 그러나 그것은 누군가 다른 사람에게서 일어나는 일이었다. 이제 당신 속이나 당신 주변에는 심리의 흔적조차 없었다. 이제 그는 그런 것에 아주 무관심해져, 그만 발길을 돌려 내일이라도 제네바로 돌아갈 수 있을 것 같았다.

"레니, 이젠 엉덩이만도 아니오. 두 불알도 얼어붙는 것 같소."

"그까짓 불알이야 어디 쓸데가 있다고 그러쇼? 당신은 사제가 아닙니까?"

"에너지를 생각해야죠, 레니. 에너지는 불알에 쌓입니다. 사제건 아니건 불알은 있어야지요……."

그는 마지막 정어리 통조림을 먹어치웠다.

"갑시다, 레니. 이러다 얼겠소."

"죽는 게 두려우세요?"

"얼어붙는 게 두렵소."

레니가 웃음을 터뜨렸다.

"제가 저 아래에서 무슨 짓을 했는지 아세요? 제네바에서? 6천 달러를 내팽개쳤습니다."

"저런, 왜요?"

"너무 위험해서요."

"경찰이?"

"아뇨. 여자애가. 하마터면 걸려들 뻔했죠. 그러니까 이 정어리보다 그녀가 더 좋아지더란 말이죠."

"끔찍하군."

"조금만 더 그녀와 함께 있다간 삶에서 뭔가가 중요해질 것 같은 느낌이 들었소. 정말 그녀에게 애착을 갖게 된 거죠. 진짜로 말이오."

"레니, 그녀들은 곧 떨어집니다."

"그럼 신부님께서 주우세요. 다만, 이제 제 생각이 바뀌었어요. 대피소까지 혼자 가실 수 있나요?"

"물론이오. 한데 왜?"

"전 여기서 돌아갈 생각입니다."

"미쳤군요. 누구도 한밤중에 이런 길을 갈 수는 없소."

"그럼 저를 위해 기도나 해주시죠. 기도는 실패란 걸 모르니까."

"레니, 당신과 나 사이에는 말이오, 가끔씩 실패도 합니다. 드물지만 그럴 수도 있단 말이오. 그러니 고집부리지 마시오."

"안녕."

그는 돌아서서 몸을 날렸다. 처음 사십 분 정도가 가장 좋았다. 그는 눈앞에 있는 계집애의 얼굴을 보았다. 그녀가 미소를 지었기에, 피가 뜨거워져 얼어붙을 위험이 더는 없었다. 그 이후부터는 좀 더 힘이 들었다. 기운을 내려면 정말로 그녀를 생각해야 했다. 하지만 밤이 아주 맑은 데다 인광이 반짝거려 꼭 서핑하는 것 같았다. 차이라면 당신을 태우고 가는 것이 바다가 아니라 밤이라는 것, 주변에서 솟아오르는 것이 물보라가 아니라 별들이라는 것이었다. 밤에는 눈으로 뒤덮인 별들이 있다. 별들은 당신 주변에서, 분설이 날리는 당신의 자취 위에서 반짝거리고, 당신은 은하수를 가로질러 미끄러진다. 모든 성운이 당신의 발아래 있고 모든 공간이 당신 것이며, 당신은 절대적 고요와 침묵뿐인 외몽골들을 가로질러 날아간다. 오직 당신의 스키만이 눈 위에서 **스스슥** 하는 약간의 소리를 낼 뿐이지만, 그것은 혼 곳을 항해하는 거대한 범선들의 밧줄이 내는 소리처럼 대단히 부드럽고 감미롭다. 잭 런던은 참으로 대단한 녀석이다. 생존하는 미국 최고의 작가라 할 만하다. 이제 당신 주변엔 아무도 없고 오직 자연뿐이다. 대지는 사람들이 늘 말하던 그것, 즉 행성이 되어, 진짜로 하늘에—허공이 아니라— 거주하기 시작한다. 당신의 스키는 은하수 위에서 **스스슥**거리고, 세계들은 눈 속에서 반짝거리고, 산은 이따금 파도처럼 당신을 들어 올려 하늘을 가로질러 나아가게 한다. 하와이의 거대한 파도처럼 말이다. 거기에서 샌디 다리오는 14미터 높이의 파도에서 떨어져 죽었다. 죽는 방식에도 여러 가지가 있으나 사실 젊게 머무는 방식, 뭔가를 사랑하는 방식일 뿐이다. 별 무리가 그의 주변에 포말을 일으켰고, 그는 이따금 돌아서서 분설이 별들 위로 튀어 오르는 양을 바라보았다. 하지만 되도록 멈춰 서는 일 없이 빠른 속도로 미끄러져야 했다. 거기서 명상한다는 건 얼어 죽는 확실한 방법이었다. 게다가 '수수께끼'에 걸려들 위험도 있었다. 한밤중에 별들 틈에서 너무 심하게 스키를 타다가 '수수께끼'에 걸려든 스키 건달들이 있다. 그들은 '신'에게 걸려들었고, '수수께끼'에 걸려들 때 걸려들 수 있는 모든 것에 걸려들었다. 한창 혈기왕성한 젊은 친구들이 낭신에게 마치 손에 열쇠를 들고 거처를 마련해줄 듯이 굴면서, 영생에 대해 얘기하러 오는 모습을 본다는 건 슬픈 노릇이었다. 그들에게 거기엔 아무것도 없다고, 다만 해양 유기체들뿐이라고 설명해주는 것조차 부질없는 짓이었다. 무슨 얘긴지 다들 알 것이다. 사실 플랑크톤이나 별이나 그게 그거다. 어딜 가나 과학뿐이다. 하늘도 과학이고 바다도 과학이다. 물질이고, 전기 충격이고, 우주 광선들을 동반하는 마그네슘 장이고, 진짜 똥이다. 달리 적당한 말이 없다. 그 속으로 나아가려 한다면 진짜로 우주 비행사의 똥 벌레가 되어야 한다. 그는 속도를 늦추고 멈춰 서서는 '적막'의 바다를 향해 코를 들었다. 저기 베텔게우스가 있군. 그는 그 별을 알았다. 안녕, 늙은 창녀여.

그는 자정이 좀 넘어서 산장에 도착했다. 스키를 어깨에 짊어진 채 두 시간이나 걸어 완전 탈진 상태였다. 첫 기차는 6시에 있었다.

산장에는 알 카포네만 빼고 아는 사람이 아무도 없었다. 출발 전 버그에게서 전권을 위임받은 알 카포네는 아주 꼴불견이 되어 있었다. 그는 안으로 들어서기 전에 신발을 벗게 했고, 버그에게 빚을 지고 있다는 증거로 한 책자에 서명하도록 요구했으며, "세면대 방뇨는 절대 금지"였고, 정말 역겹게도 구세군까지 들여놓았다. 그는 심지어 로렌스 웰크와 프랭크 시나트라의 디스크까지 틀고 있었다. 정말이다, 조금도 지어낸 얘기가 아니다. 어디 그뿐인가, 집안에서 가장 좋은 화장실들, 장밋빛 사기로 된 화장실마다

"이곳을 당신이 들어설 때 원했던 만큼 깨끗이 해주세요"라는 게시물을 걸어 기를 꽉 꺾어놓았다. 요컨대 산장의 모든 것이 너무도 깨끗하고 잘 정돈이 되어, 안으로 들어서면 자신이 하나의 오점으로 느껴졌다. 권력 취미란 게 그런 모양이었다. 알 카포네는 조직자의 영혼을 가진 녀석이었다. 이 쓰레기 같은 자식은 세계를 건설한 자들과 한통속이었다. 만약 버그가 지금 산장을 지배하는 이 같은 질서를 보았다면—이 카포네라는 자식은 밤에 문 앞에서 오줌 누는 것도 금지했다. 노랗게 얼어 미관상 좋지 않다는 게 이유였다. 고요한 밤중에 잠든 채로 문 앞에 서서 오줌을 갈기는 것보다 더 기분 좋은 일도 정말 없는데 말이다—, 만약 버그가 이 힐튼 같은 자식이 자기 산장을 어떤 꼴로 만들어놓았는지 보았다면 아마 천식 발작을 일으켰을 것이다. 그에게 질서란 끔찍한 것이었다. 그건 그의 속내와 어울리지 않았다. 주변 정돈이 잘되어 있을수록, 내면에서는 난장판으로 느껴졌기 때문이다.

산장에는 머리카락이 너무 길어 그것으로 스키에 어떤 탈것을 매달 수도 있을 것 같은 친구들이 몇 있었으나, 다만 문제는 그들이 스키를 탈 줄 모른다는 사실이었다. 신세대였다. 그들은 스키를 타러 온 게 아니었다. 인구 폭발에 날려 온 거였다. 그들처럼 이렇게 눈밭에 떨어진 녀석들도 있고, 또 어떤 녀석들은 아마 대서양 한가운데에 떨어져 개헤엄을 치고 있을 것이다. 그들은 모든 것을 해결하는 데 필요한 유일한 것은 사랑이라고 떠들어댔으나, 그런 말을 하는 것을 보면 사랑을 해보지도 않은 녀석들이 분명했다. 더구나 사랑 때문에 삶이 이렇게 파멸 지경에 이른 사람에게 그런 말을 해댔으니, 그야말로 어떤 해일이 모든 걸 해결해주리라고 믿는 것과 크게 다를 바 없었다. 그들 중 가장 호감이 가는 녀석은 노르웨이에서 온 녀석이었다. 녀석은 인도에 예수 수난도를 그려 생계를 꾸렸으나 스위스에서는 그런 일을 할 수가 없었다. 스위스 사람들은 인도가 깨끗하길 바랐기 때문이다. 그들은 정말 청결 마니아였다. 그 무리 중에서 그가 아는 유일한 녀석인 말트 샤피로는 가톨릭으로 개종하기 위해 아스코나에 있는 베네딕트회 수도원으로 가버렸다. 그는 여름마다 그렇게 했다. 거기에서 먹고 잤다. 다만 그를 알던 도미니크회 수도사들에게는 그런 짓이 통하지 않았다. 그래서 그는 네 번이나 개종했다. 흑인들을 돕기 위해 베른에 있는 미 대사관 유리창을 깨부수러 가려던 청년도 한 명 있었다. 그는 레니에게 같이 가자고 제안했지만, 레니는 흑인들에겐 조금도 관심이 없다고 말해주었다. 그들도 다른 사람들과 똑같은 사람이라고, 무슨 차이가 있는지 모르겠다고 말이다. 그 녀석은 베트남으로 수송되는 꼴을 당하지 않을 새로운 묘책 하나가 현재 미국에 있다고 말해주었다. 포르노 사진을 찍어 징병국에 보내는 것이었다. 그러면 그들은 당신을 받아들이지 않는다. 수퇘지들을 베트남에 보내지는 않으니까.

그는 커피 잔을 들고서 밖으로 나갔다. 커피는 찬 곳에서 더 뜨거웠다. 노르웨이 녀석이 뒤를 따랐고, 둘은 잠시 밖에 함께 머물렀다. 뭐랄까, 한밤중에 커피를 마시고 가래침을 뱉으며 서로 소통하기 위해서였다.

"늘 그렇게 예수 수난도를 그리는 이유가 뭐야?"

"사람들이 보고 싶어 하니까."

"난 아냐. 예수 수난도만 나오면 텔레비전을 꺼버리지. 뉴스 보는 걸 좋아하지 않아. 예수의 십자가형이 집행된 현장에 있었더라도 그걸 보려고 그 자리에 머무르진 않았을 거야. 나와버렸을 거야."

녀석은 미국으로 가고 싶어 했다. 교황파프pape의 후원까지 받는, 아주 잘나가는 종교화가 하나 있다는 소리를 들어서였다. 그것을 팝아트pop art라고 하는 모양이었다. 그는 열여섯 살이었다. 레니는 늙어버린 것 같았다.

"넌 집으로 돌아가는 게 좋겠어. 집에 2~3년 더 머물러. 그 후에 떠나는 게 좋을 거야."

"그럼 넌? 왜 스위스에 온 거야, 레니?"

"스위스엔 최고의 눈과 최고의 중립이 있단 얘길 들었지. 그래서야. 자, 이제 그만 주무셔."

그는 그날 오후 스위스에 도착하여 즉시 '동물보호협회'로 가보았지만 그녀는 없었고, 히스테리 증세를 보이는 복슬개를 주무르던 수의사가 그에게 여기서 꺼지라는 식의 프랑스 말을 했다. 정말 아주 못된 자식이었다. 반미주의자.

"제스에게 내가 왔었다고 말해주시오."

"이 동물이 아파하는 게 보이지 않나요?" 하고 수의사가 영어로 말했다.

그럼 나는? 그는 반감을 드러내며 복슬개를 바라보았다. 리본을 맨 완전 호모 같은 녀석이었다.

"내가 왔었다고만 해주세요. 나야 어째도 상관없지만, 그녀에겐 중요할 겁니다. 아마 사방으로 날 찾으러 다니고 있을 거요."

수의사는 등을 돌렸다. 당신은 개가 아니라는 사실을 확실히 느끼게 해주는 자식이었다.

요트에서 잔 그는 다음 날 온종일 '동물보호협회'의 동물 병원 주변을 배회했지만 계집애는 나타나지 않았다. 뭔가 잘못됐다는 느낌이 들었다. 그는 이런 것을 경험한 적이 없었다. 감기 같기도 하고 배앓이 같기도 한데, 다만 아프지가 않았다. 아픈 것보다 더 지랄 같았다. 중국 바이러스랄까, 뭐 그런 거였다. 이 개자식들은 당신의 뇌를 세탁한다. 뭐든 실토하게 한다. 그래, 내가 그랬어, 그녀를 사랑해. 당신들이 바라는 건 뭐든 인정하지. 그녀 없이는 살 수가 없느냐고? 그래, 그녀 없이는 살 수 없어. 그들은 그것을 아시아 독감이라고 불렀다. 그러고는 감방에 처넣는다. 뇌 세탁이라는 건 끔찍했다. 이제 그는 갈매기의 울음소리를 더는 견딜 수가 없었다. 그래서 흑인 창녀가 그를 자신의 방에서 재워주었고, 앙주가 그를 보러 와서는 알겠다는 듯 뚫어지게 바라보며 말했다.

"서둘러. 준비는 끝났어. 이번 건은 100만 달러짜리야."

"지금 내가 아픈 게 안 보여?"

"그럼 다른 사람을 쓸 거야. 운반책이 없는 게 아니라고."

그는 여전히 낙타털 모직 옷에 모자까지 쓰고 있었다. 7월이었지만, 개폼을 잡으려고 그러는 거였다. 이 자식은 정말 대가리가 사막 같은 놈이었다. 속에 낙타 대상과 자칼이 득시글거렸다. 모든 것이 뾰족하고 예리했다. 아랍인들에게는 얼굴의 정수가 코다. 칼날 같은 코.

"그녀에게 여러 번 차인 거 아냐, 레니?"

"농담하는 거야? 바이러스에 감염됐어. 중국산 바이러스."

"물론 그럴 테지. 아무래도 자네들 미국인은 말이지, 우리 아랍인만큼 잘 할 줄 모르는 것 같은데, 아닌가?"

"너의 저 흑인 애인에게 물어봐. 너와 나, 둘 중 누가 더 잘하는지 얘기해줄 거야."

하지만 앙지는 CC번호판이 필요했다. 그는 레니의 미국 여권을 갱신해주었다. 물론 위조 여권이었다. 이곳에서 그들은 뭐든지 위조할 수 있었다. 모든 게 가짜였다. 정말 모든 게 가짜여서, 어느 날 당신이 가짜가 전혀 아닌 것, 진짜인 무엇과 맞닥뜨리게 되면 그것이 당신을 완전히 망가뜨려버린다.

그는 자신의 스키를 똑바로 쳐다보지도 못했다.

흑인 창녀가 1층 클럽에서 스트립쇼를 하고는 그에게 뜨거운 수프를 가져다주었다. 어떤 때는 목욕 가운 차림이었다. 하지만 그는 건드리지 않았다. 그냥 수프만 마셨다.

"안 좋아 보여, 레니."

"아주 더러운 중국 바이러스야. 아시아 독감 말이야. 차라리 잘된 일인지도 몰라. 어쨌든 평화잖아. 내가 전에 말했던 그 가난뱅이 계집애 알지?"

"야아Yeah."

"나에게 홀딱 빠졌단 말이야. 늘 그게 짐스러웠지. 조용히 지낼 방도가 없었어."

"야아."

그렇다, 그렇게 맞장구는 쳤지만, 그녀는 그에게 마투살렘969년을 산 성경 속 인물의 시선을 보냈다. 이따금 모든 흑인이 갖는 그 케케묵은 시선 말이다. 예수 그리스도가 태어나기 5천 년 전부터, 이 흑인 자식들은 모르는 게 없었다. 마치 이 세상에 태어나기 전부터 이미 모든 것을 알고 있는 것 같았다. 그는 흑인들을 무척 좋아했다. 사람들이 그들에게 그러지 않아서였다. 정말이지 그들은 거시기섹스를 잘 알았다. 그걸 진짜로 알고 있었다. 정말로 제대로 교육을 받은 게 분명했다.

그 후 그는 '동물보호협회'로 돌아가 온종일 주변을 배회했지만, 그들은 그에게 안부조차 묻지 않았다. 제기랄, 그렇다고 짖어댈 수도 없는 노릇이었다.

오후가 끝나갈 무렵, 그는 '트리움프'가 오는 것을 보았다. 중국 바이러스에 얼마나 시달렸던지 두 다리가 후들거려 자칫 쓰러질 뻔했다. 심장이 멎는 듯했지만, 그는 나서지 않고 그녀가 동물 병원 안으로 들어서도록 내버려두었다. 어쨌거나 개와 경쟁할 생각은 없었다. 어쩌면 감히 그러지 못한 것일 수도 있다. 그녀를 보지 못한 지 벌써 나흘이 지났다. 나흘이면 엄청 긴 시간이다. 비행기는 한 시간에 2천 킬로미터를 가지 않는가. 어쩌면 그녀가 이젠 그를 기억하지 못할지도 모를 일이다. 얼마 후, 그녀가 나왔다. 그가 거기, 벽에 등을 기대고 있었다. 그는 미소를 지으려 했으나 일그러지고 말았다. 미소가 절름발이였기에, 얼른 거두어버렸다. 그녀의 얼굴이 하얗게 질렸다. 그들은 아무 말 없이, 꼼짝도 하지 않은 채, 2~3년을 그렇게 머물렀다.

"레니."

"응, 제스."

"레니."

그는 더 이상 말을 할 수가 없었다. 울음을 터뜨리고 싶었다. 심장이 산산조각 난 것 같았다. 끝장이었다. 빌어먹을. 그는 끝장난 거였다. 마다가스카르로 갈 필요조차 없었다. 더는 그녀 없이 살 수가 없었다. 그녀를 이렇게 대면하고 나서야 그는 자신이 끝장났음을, 희망이 없음을 알았다. 절대 그녀를 떨쳐버릴 수 없을 것이다. 그야말로 미리 비용까지 모두 치른 일등 장례식이었다. 자신을 지키려 할 필요조차 없었다. 이런 제기, 어차피 언젠가는 죽어야 하는 것. 그녀와 함께 죽는 편이 나았다.

"제스. 제스."

"맙소사, 레니, 죽는 줄 알았어. 다시는 못 볼 줄 알았다고. 어디에 있었던 거야?"

그는 복슬개를 생각했다.

"간과 폐에 이중으로 탈이 났어. 복합적으로. 잔뜩 부어 있었어."

"레니!"

"그래, 그 자식들이 내 체온까지 재더군. 아주 심각했어."

그녀는 두 눈에 눈물을 글썽이며 미소를 지었다. 하지만 그녀는 그게 참말임을 알았다. 어느 면에서는 참말이었다. 다만 그의 말하는 방식이 그랬을 뿐이었다. 그렇게 말하지 않으면……"마치 그들 모두가 여기 모여 거짓말을 하고 있는 것 같아"가 될 것이다.

"이 안에, 복슬개 같은 것이 한 마리 있어. 나와 함께 말이야. 그들이 녀석을 몹시 애지중지하더군. 예전에 수의사가 되고 싶었던 적이 있어. 수의사라면 더는 그 누구도 필요가 없지."

"이제 좀 나아, 레니?"

"그래, 좀 나아. 아주 좋아졌어, 제스."

사람들이 이런 걸 가리키는 이름을 하나 찾아냈지, 하고 그녀

게리 쿠퍼여 안녕 233

는 생각했다. 냉소적이고 씁쓸한 이름. 그들은 이런 걸 "첫사랑"이라고 불러. 즉 다른 것도 있다는 뜻이야. "첫사랑." 그들의 지혜롭고 사리 밝은 미소가 눈에 선해. 하지만 틀렸어. 일생 동안 두 번 사랑한 사람은 없어. 두 번째 사랑, 세 번째 사랑, 그런 게 의미하는 건 아무것도 의미하지 않는다는 거야. 그냥 교제일 뿐. 자주 만나는 것일 뿐. 물론 그저 교제만 하는 인생들도 있지. 하지만 마침내 그녀가 진정으로 살고, 집을 세우고, 서재를 정돈하고, 디스크 컬렉션을 꽂고, 플라스틱 새 가구를 고르고 싶은 곳에 있게 됐을 때, 다시 말해 마침내 그녀가 그의 품안에 있게 됐을 때, 그 모든 사리 밝은 너그러운 미소들—오, 청춘! 청춘!—, "체득한" 그 모든 지혜는 솔로몬 왕을 만나러 그의 무덤 속으로 가버리는 것과 같았다. 지혜가 먼 예부터 다른 미라들과 함께 썩고 있는 곳으로 말이다. 아니면 이렇게 생각해야 하는지도 몰랐다. 우리 이전에는 어느 누구도 진짜로 사랑을 한 적이 없다고. 그것도 얼마든지 가능한 일이었다. 언젠가는 누군가가 시작해야 하는 것이다. 물론 먼 옛날부터 많은 불멸의 경이로운 시가 사랑을 노래한 것은 사실이지만, 다만 예언적인 시들일 뿐이었다. 이제는 그것이 진짜로 일어났다. 이제 더 이상 사람들은 절대 "첫사랑"을 들먹일 수 없을 것이다. 어쨌든 그와 그녀는 그랬다. 두 사람 모두 마지막으로 누군가를 사랑하는 것이다. 이제 그들은 두 번 다시 헤어지지 않을 것이다. 이제는 그게 가능하지 않았다. 그렇게 하면 아무것도 남지 않을 것이다. 그녀는 그의 손을 꼭 거머쥐었다. 물론 지금처럼 영원이 문제인 터에, 제네바에 정박 중인 요트를 이상적인 장소라고 할 수는 없었다. 게다가 이 모든 일에는 "둥지에서 떨어진 듯한" 측면도 없진 않았지만, 사실 둥지 자체가 없었다. 그런 것은 애당초 존재하지 않았다. 종교적 선전일 뿐이었다. 그녀도 기도하게 되는 때가 있는 건 사실이지만, 다만 울분을 풀기 위함이었다.

"이제 우린 어떻게 되는 거지, 레니?"

"아마 이것도 스쳐 지나갈 거야."

"난 그렇게 생각하지 않아."

"미리부터 그렇게 생각할 순 없어, 제스. 그저 그러길 빌 뿐. 그래도 조심할 건 조심해야겠지? 인구 말이야."

"난 네 아이를 하나 갖는다면 더 이상 바랄 게 없을 거야, 레니."

닭살이 돋았다. 목덜미에서 시작하여 엉덩이까지 내려갔다.

"괜히 날 겁줄 필요 없어, 제스. 그런 얘긴 꺼내지도 마. 내가 떠나길 바란다면, 그냥 내 눈을 똑바로 보면서 말만 하라고. '난 네가 떠나길 바라, 레니' 하고. 그럼 난 갈 거야."

"이 세상에 아이를 하나 낳는 게 뭐 그리 끔찍하단 거야?"

"이 세상은 그럴 준비가 돼 있지 않아, 제스. 세상은 아이들을 가질 준비가 돼 있지 않다고. 난 누구에게도 해를 끼치고 싶지 않은데, 내가 왜 자식 놈에게 해를 끼친단 말이야? 요즘 사람들은 아이들을 만드는 게 아냐. 그들이 만드는 건 인구요, 통계일 뿐이야. 네가 아이를 하나 낳았다고 쳐. 그 후 어느 날, 녀석이 와서 너의 눈을 똑바로 쳐다봐. 아무 말도 하지 않고 쳐다보기만 해. 그럴 때 어떻게 할 거지? 녀석의 발 앞에 엎드려 빌기라도 할 거야? 어쨌든 너와 나, 우리 두 사람이야 함께 행복할 수 있어. 다른 어떤 아이에게 대가를 치르게 하는 일 없이 말이야. 그다음에는? 그는 어쩌지? 누구에게 하소연하지? 사회보장청에? 너무 많단 말이야."

"뭐가 너무 많다는 거야?"

"모든 게 너무 많아. 때로 우리는 부끄러워하고, 또 때로는 격분하지. 하지만 거기서 조금만 더 나아가면, 에라 모르겠다 하고 포기하게 돼. 절대 세상을 바꾸려 들어서는 안 돼. 그건 확인도 안 되고, 시작 자체가 틀려먹은 거야. 곧바로 엉뚱한 데로 가서는 어딘지도 모를 곳에서 어슬렁거리게 돼. 물론 너도 그 안에 있지. 하지만 도와줄 사람은 아무도 없어. 진짜로 좀 다른 사람 말이야. 난 말이지, 초기 기독교도들이 지겨워. 너무 오랫동안 지속되고 있어. 그들이 중국인이나 쿠바인이라고 자처한대도 마찬가지야. 젠장맞을. 네가 이 세상으로 만들 수 있는 건 결국 이 세상이야. 이건 과학이라고."

그는 그녀의 머리카락을 부드럽게 어루만졌다. 날이 어두워졌다. 그는 늘 어둠 속이 좋았다. 어둠은 당신을 보호해주니까. 당신이 어디에 있는지 사람들이 모르니까.

"네 머리카락은 정말 대단해, 제스. 진짜로 하는 말이야. 이걸 만질 때마다 내가 진짜로 존재하는 것 같단 말이야."

"넌 진짜로 존재해, 레니."

"어떤 순간에는 그렇지. 지금 같은 때. 하지만 나머지 시간에는 마치 아직 태어나지도 않아 대기하고 있는 것 같아. 그럴 수 있을 것처럼 말이야."

"우린 미국으로 돌아갈 수도 있을 거야."

"미국엔 전혀 관심 없어. 난 책무를 원치 않아."

"정치는?"

"그걸 말이라고 해? 그게 바로 책무지. 흑인들을 봐. 난 흑인에게 전혀 관심 없어. 그들은 다르지 않아. 그런데 미국에 가면 흑인들이 날 미치게 하지. 사람들이 흑인을 대하는 방식 때문에 말이야. 도대체 생각들이 없어. 사람들이 흑인을 대하는 꼬락서니가 정말 역겨워. 이 세상에 사람이 30억 명쯤 있는 모양이야. 너에게 겁을 주고 네가 개똥이나 다름없다는 사실을 깨우쳐주려고 하는 말인지, 아니면 진짜 그런지는 모르겠어. 그게 진짜라면 말이야, 흑인이니 백인이니 하는 건 존재하지 않아. 존재하는 건 다만 30억뿐이지. 무게로 태어나는 거야. 버그 말이 옳아. 그는 이렇게 말했어. 나라는 존재는 인구 낙진일 뿐이라고. 인구 폭발이 있었고, 우린 일종의 방사능 낙진 같은 존재라는 얘기지. 무슨 얘긴지 알 거야. 버그는 그걸 인구 세대라고 불러. 그의 말이 맞는 것 같아. 내 친구 중에는 네팔에 떨어진 녀석들도 있고, 다른 녀석들은 다만 여기 없다는 것뿐, 어디 있는지도 몰라."

"그럼 난? 나는 그 속에서 어떻게 되는 거지?"

그는 그녀의 손을 잡고는 뺨에 갖다 댔다. 이제껏 그가 여자애에게 한 번도 해본 적 없는 유일한 몸짓이었다. 모든 것을 다 해본 그가 말이다. 거북하지도 않았다. 어둠 속이라 부끄럽지 않았다.

아침에 그가 그녀를 깨웠다. 그는 현창을 통해 부두 쪽을 바라보고 있었다. 불안해하는 표정이었다.

"경찰이야" 하고 그가 말했다. "앙지 녀석이 붙잡힌 게 분명해."

그녀가 웃음을 터뜨렸다. 아버지는 홈부르크해트를 쓰고 "의전 방문" 때나 입는 정장을 하고서, 단춧구멍에 카네이션까지 한 송이 달고 있었다.

"앨런. 여긴 웬일로 온 거야?"

"내 인생에 다른 남자를 하나 들여야 하는 거라면, 적어도 어떻게 생겨먹은 녀석인지는 알고 싶어서 왔지."

익지 않은 올리브색 벤틀리 승용차 한 대가 운전수와 함께 그를 기다리고 있었다. 고급 시가가 배기구를 착각한 듯, 배기관에서 보일 듯 말 듯 연기의 소용돌이가 새어나왔다. 운전수 곁에는 복슬개 한 마리가 머리 대신 국화를 한 송이 달고 있었다.

"저 복슬개는 뭐지?"

"내 새 주인이야. 점심 식사 초대를 했지. 실은 선수금을 받았어. 자, 받아. 저 복슬개 비서가 지불 담당이야……."

봉투에는 **스위스** 프랑으로 5천 프랑이 들어 있었다. 진짜인 모양이었다. 믿기지 않지만, 진짜였다. 그는 위엄에 찬 승리자의 표정으로 그녀를 바라보았다. 마침내 남자가, 황금을 얻는 진짜 남자가 된 것이다. 부활이었다. 구원이었다. 공적 유용성을 인정받았다. 이 세상의 모든 돈을 긁어모아 불 질러버린다면, "사람이라는 이름에 걸맞은" 사람이 더는 남지 않게 될 것이다. 그거야말로 진정한 화형식일 것이다. 사람이라 할 만하지 않은 사람들만 남게 될 것이다. 다행히도 말이다. 이제 드디어, 머리를 꼿꼿이 세우고서, 밀린 식료품비며 전화 요금이며 가스비 등을 지불할 수가 있었다…… 그녀의 눈에 눈물이 고였다. 그러고도 베이징행 비행기를 탈 수 있을 만큼 돈이 남을 것이다. 뭘 입고 가지? 지방시, 아니면 샤넬? 내 속 깊은 곳에 숨어 있는 게 기껏 〈엘〉지 편집인이라니.

"그러니까, 이만하면 나도 꽤 쓸모 있는 인간이 된 것 같군그래. 그런데 내가 침대 테이블에서 발견한 그 사진은 뭐냐?"

"체 게바라."

"빚을 갚는 방식치곤 좀 이상하군."

"빚이 쌓이고 쌓였잖아. 필요한 건 필요한 거야."

"〈보그〉지에서 오려낸 거니?"

"응. 무슨 소릴 하려는지 나도 알아, 아빠. 환상에서 깨어나라. 사정을 좀 제대로 알아라. 어른이 돼라. 경험을 쌓아라. 내 귀엔 아빠 발아래에 가을 낙엽 떨어지는 소리가 들려."

"경험 얘기가 나왔으니 말이지만, 난 그것이 러시아에 어떤 결과를 안겨주었는지 보았지."

"어쩌면 그럴지도 몰라. 아무튼 지금이야말로 더러운 짓거리를 바꿀 절호의 기회라고 해두자고. 어차피 더러운 놈들에게서 벗어날 수 없는 건지는 모르지만, 적어도 그놈들이 늘 같은 놈들은 아니어야 하잖아."

이 모든 것이 벤틀리와 복슬개의 밑바탕 위에서라니. 그는 실소를 흘렸다. 하지만 그는 벌써 여러 주째 알코올을 입에 대지 않았고, 여전히 멀쩡히 서 있었다.

"요즘 난 공격성을 기르는 훈련을 하고 있어, 제스. 사업에는 그게 꼭 필요하지. 경쟁 말이야. 내가 정말 경쟁자를 볼 수 없는 거냐? 경쟁력 수련 중이라고 하는데도?"

"이렇게 이른 아침에는 안 돼. 자칫 그를 죽이게 될 수도 있어. 그에겐 '아버지'란 말이 곧 야만이야."

"관례적이고 대단히 인습적인 친구로군. 좋은 남편이 되겠어.

아무튼 넌 행복해 보여."

"그는 날 떠날 거야."

"뭐라고? 그건 또 뭔 소리냐?"

"자리 잡고 앉는 걸 겁내는 족속이야. 사람들이 얼마나 총질을 해댔던지, 그런 녀석들은 어딘가에 자리 잡는 걸 두려워해. 새들이 나뭇가지에 앉기를 겁내듯이."

"그런데 '사람들이 총질을 많이 해댔다'는 게 정확히 무슨 말이냐?"

"아빠 세대는 머리가 꽉 채워진 세대야. 저항해야 했지. 그런데 너무 심하게 저항했고, 너무 심하게 해독했어. 그래서 남은 게 아무것도 없단 말이야. 뇌 세탁이랄까. 그러니까, 머리 채우기 다음엔 뇌 세탁인 거지. 백지 상태. 무. 텅 빈 설원 말이야. 이것이 의미하는 건 이래. 또다시 머리 채우기 작업이 준비되고 있다는 것. 그래서 개자식들을 바꿔야 한다는 거야. 그가 날 떠나려는 이유도 사랑 때문이야. 사랑은 애국주의니까. 국수주의고. 사랑은 곧 드골이란 말이야."

"대체 무슨 소릴 하는 거냐?"

"그의 생각을 읽었지."

"그 녀석, 흥미로운걸."

"사람들이 우리에게 거짓말을 너무 많이 했어. 말들의 가면이 떨어진 거야."

그는 생각에 잠긴 표정으로 그녀의 얼굴을 살폈다. 어떤 앙심 같은 것?

"그 녀석이 예견하지 못한 게 하나 있어, 제스⋯⋯ 넌 강한 여자야. 의지가 강해. 아주 강하다고."

그녀의 표정이 차가워졌다. 여자에게 힘이 세다는 건 언제나 약점이니까.

"알겠어, 모권제 말이지. 그렇지만 모권제를 만든 건 여자들이 아냐. 남자들이지……."

"……**패기 없는** 남자들. 솔직히 말하자고. 이건 우리 둘만 아는 얘기로 해."

"……그런데 내가 엄마 닮았다는 말은 절대 하지 말아줘. 그건 너무 안이하고 부당한 말이니까."

그녀의 목소리가 떨렸다. 그는 당황한 듯했다.

"제스, 얘야……."

"오, 미안해. 사실 난 지금까지 한 번도 나를 진짜로 **만난** 적이 없어. 이번이 처음이야. 그런데 전혀 마음에 안 들어. 층층마다 구석구석마다 있는 '나'의 소왕국 말이야. '나'는 행복하길 바라고, '나'는 소유하고 간직하려고 하고, '나'는 보존하려고 하고, '나'는 스스로에게 중국과 쿠바의 멋진 알리바이를 제공하고, '나'는 체 게바라 사진을 침대 테이블 위에 올려놓지. 그것을 신성한 이미지로 만드는 거야. '나'가 보수주의적이라는 증거지. 만약 이 '나'가 베트남이나, 흑인이나, 천치 문화cul-culture 등등으로 스스로를 위로할 수 없다면 뭐가 되는지 알아? 순수 상태의 제스 도너휴가 되겠지. 아빠한테 이미 말했지. 길 잃은 하라키리들이 있다고."

벤틀리는 조용히 시가를 피우고 있었지만 복슬개가 짜증을 냈다. 저 위, 베르그 호텔 지붕 위에서 빛나는 '스위스 항공'의 찬란한 간판과 오메가 성단은 아침 네온사인이 갖는 축제 뒤끝의 쓸

쓸한 분위기를 풍겼다.

"그는 날 떠날 거야."

"철새처럼 말이지……."

"그게 아냐. 옛날에는 사람들이 여자에게 이렇게 말했던 것 같아. '넌 나의 전부야'라고. 바로 그거야. 난 그의 '전부'야. 다시 말해 '세상'이란 얘기지. 그렇지만 그는 절대 그걸 바라지 않아. 죽어도 말이야. 믿기 어렵겠지만, 이 냉소주의자는 트라피스트 수도사야. 스키하고 눈밖에 몰라."

그녀는 눈물 너머로 미소를 지어보였다.

"그럼 나에겐 네가 남겠군, 다행히도 말이야."

그는 슬픈 눈으로 그녀를 바라보았다. 이번만큼은 유머마저 잊고 있었다.

"사랑한다, 제스. 넌 내 인생의 전부야. 난 스키는 탈 줄 모르지만, 넌 그것보다 훨씬 더 귀중한 존재야."

"아빤 녀석을 알지도 못하잖아."

"오, 난 녀석 얘기를 한 게 아냐. 내 인생 얘길 한 거야. 그건 그렇고, 이젠 적어도 물질적인 문제는 해결될 거야. '트리움프'를 내가 좀 몰아도 되겠니? 오늘 저녁에 좀 필요해서 그래. 돈 받는 대로 다른 차를 하나 구입할 생각이야."

그녀는 열쇠를 주었다. 그는 미소를 짓고는 벤틀리 쪽으로 걸어갔다. 손에 장갑을 낀 완벽한 남성 실루엣, 미국 없는 미국인. 그녀는 저 복슬개가 누구일지 궁금했다. 아마 네슬레 사람일 것이다. 스위스에서는 산도스나 시계점 아니면 네슬레니까. 그녀는 요트로 돌아가 선실로 내려갔다. 그는 햇살 가득한 모습으로 간이침대에 앉아 있었다. 태양이 없었지만 그의 머리카락은 그런 게 필요하지도 않았다. 햇살 가득한 모습. 구릿빛으로 그을린 맨살의 상반신. 청바지에 언제나 그 괴상한 붉은 양말. 보호해주고 싶은, 다시 말해 소유하고 싶은 마음이 절로 이는 아름다운 얼굴.

그녀는 나중에 한밤중의 악몽에서, 바로 이런 모습으로 그를 기억했다. 햇살 가득한 모습. 그는 전혀 그런 운명을 숨기는 것 같지 않았다.

그 후의 대수롭잖은 몇 시간은, 비극이 돌연 평범한 일상을 점령할 때, 전자가 후자에 부여하는 영원성의 충격에 각인되듯 영원히 그녀의 기억 속에 남았다. 일상이 그토록 쉽게, 그토록 간단하게 공포로 변해버릴 수 있다는 사실이 도저히 납득되지 않았기에, 그녀는 믿을 수 없다는 심정으로 그 디테일 하나하나를 곱씹고 또 곱씹을 수밖에 없었다. 경찰이나 기자의 질문에 대답할 때도 그녀는 현실이 아닌 듯한 심정이었다. 자신이 거짓말하는 것 같아 말을 망설였다. 더욱이 거짓말을 해야 하기도 했다. 말을 빠뜨리고, 말을 아끼고, 이제 더는 있지도 않은 것을 지켜야 했다.

11시에 그녀는 '동물보호협회'로 갔다. 오늘은 그녀가 일하는 날이었고, 오후 내내 유난히 심각한 몇 가지 일에 매달려야 했다. 한쪽 날개가 부러진 울새 한 마리가 들어왔고, 또 여섯 살배기 여자아이가 죽어가는 나비 한 마리를 가져와서는 손바닥에 올려놓고 울면서 서 있었다. 수의사는 자신이 아무것도 할 수 없을 때 늘 그러듯 화를 터뜨렸다. 인도엔 굶어 죽는 개가 부지기수인데 나비 한 마리가 대수냐고? 하지만 여자아이는 이제 겨우 여섯 살이었다. 손에 든 나비와 진짜로 절망에 빠진 한 가족이 되어 있었다.

그녀가 귀가해야겠다고 생각했을 때는 이미 밤이었다. 그때 자동차를 아버지에게 준 사실을 떠올리고는 장에게 전화를 걸어 태우러 와달라고 부탁했다. 밤 10시, 그렇다. 정확히 10시였다. 그녀는 시각을 눈여겨봐두었었다. 그들 세 사람이 모두 포르셰에 올라탔지만, 11시경에야 제네바를 떠날 수 있었다. 폴이 어느 경찰관에게 시비를 걸어 말다툼이 벌어졌기 때문이었다.

"제스, 넌 날 사랑하지 않아, 그뿐이야. 스위스가 세계에서 가장 자살률이 높은 나라인 것도 놀랍지 않지."

"내가 널 사랑하지 않는 게 아니라, 난 다른 사람을 사랑해. 이 둘은 전혀 달라."

그랬다, 거의 마지막까지도 그녀는 그를 생각했다.

폴이 자동차를 세웠다.

"경관 나리, 길 좀 가르쳐주시겠어요?"

"어디로 가십니까?"

"사랑을 찾고 있어요."

"뭐요?"

"사랑을 믿지 않으시나요?"

"열흘간 철창신세를 질 수도 있소."

"전 길을 물었을 뿐인데요."

"스위스 경찰 모욕죄로 말이오."

"이젠 경찰에게 사랑 얘기를 할 권리도 없단 겁니까?"

그들은 경찰서로 가서 사십오 분이나 머물러야 했다. 술에 취하지 않았음을 증명하기 위해 튜브까지 불어야 했다.

국경을 넘은 것은 자정이 다 되어서였다. 달빛 아래의 옛 성과

소박한 과수원이 지난날의 난봉과 연애 행각을 떠올리게 하는, 기분 좋기만 한 레만 호의 여름밤이었다.

그들은 도로에서 벗어나자마자 '트리움프'를 보았다. 전조등이 켜진 채 체리 나무들을 비추고 있었으며, 모터도 아직 돌아갔다. 그녀의 아버지는 한쪽 발을 차 밖으로 내놓았지만 만취한 듯, 끝내 일어서지 못하고서 핸들 위로 쓰러진 채 손 하나를 문밖으로 맥없이 늘어뜨리고 있었다.

"오, 안 돼!" 하고 제스가 신음을 터뜨렸다.

"갱생은 오랜 투쟁의 길이야" 하고 폴이 말했다. "그래도 알코올중독자들에게는 인생의 목표가 하나 있지. 더 이상 마시지 않는 것."

"맙소사, 병원비를 정산하지 않아서 다행이야. 계속 기다려주겠지."

그녀는 그를 도와 자동차 밖으로 내려줄 생각이 없다는 듯, 걸음을 멈추지 않고 곧장 집 안으로 들어가버렸다. 그러고는 불을 켰다. 젠장맞을. 정말 지겨워. 절망으로 고주망태가 되는, 인간을 잃어버린 그림자와 살 수는 없는 노릇이었다. 어딘가에 날개 부러진 울새가 있고 여섯 살배기 계집애의 손바닥 위에서 죽어가는 나비도 있지만, 그래도 그 사람들에게는 **진짜** 문제가 있었다. 특히 더 화가 나는 건, 그가 하필이면 지금 이때를 자기 몰락의 시간으로 선택했다는 점이었다. 그녀가 다른 남자와 사랑에 빠지자 그는 어린아이 같은 방식으로 그녀에게 벌을 준 것이다. 이야말로 거꾸로 된 오이디푸스콤플렉스였다. 하여간 그는 이런 프로이트식 장난을 칠 만큼 그 저자들을 너무도 잘 알고 있었다.

"제…제…제스."

그녀는 뒤도 돌아보지 않았다. 더듬거릴 테면 더듬거려. 장이야 당연히 약자를 옹호하려 들겠지.

"제…제…제시."

그녀는 뒤돌아보고서 깜짝 놀랐다. 장이 아니었다. 지금 말을 더듬는 사람은 폴이었다. 낯빛이 창백했다. 그의 안경까지도 창백한 빛이 어른거렸다. 그녀는 더럭 겁이 났다.

"경색이야?"

"아…아니."

그는 바보처럼 멍한 표정으로 벽에 등을 기댔다. 더는 말조차 하지 못했다. 장이 뛰어 들어와 곧장 그녀 쪽으로 다가왔다. 침착하고, 확신에 찬 태도였다.

"큰일 났어, 제스."

그가 그녀를 자리에 앉히려 했지만, 그녀는 그를 밀쳐버렸다. 물어볼 필요조차 없었다. 인간의 심장이 견딜 수 있는 데는 한계가 있었다. 그것이 정말 인간의 심장이라면 말이다. 나중에 그녀는 그들에게 이런 말을 해야 했다. "가장 먼저 떠오른 생각은 물론 나에 대한 생각이었어. 내가 참 못된 년이라고 생각했지."

"으…으…으…" 하고 폴은 뭔가 말할 듯하다가 무기력한 몸짓을 해보이곤 입을 다물어버렸다.

"그분은 돌아가셨어, 제스."

그녀가 웃음을 터뜨렸다. 너무도 웃기는 일이었다. 말을 더듬는 쪽은 폴이었고, 흠잡을 데 없이 완벽하게 말하는 쪽은 장이었던 것이다. 충격요법이었다.

"히스테리는 안 돼, 제스. 넌 그러면 안 돼. 그건 너무 헤픈 짓이야."

"내가 웃은 건, 넌 말을 더듬지 않는데 오히려 폴이…… 심장이야?"

"아니. 살해당하셨어."

"누가 살해했단 말이야?"

"등에 총을 맞으셨어."

그녀는 멀찌감치 떨어진 곳에서 이렇게 말하는 자신의 목소리를 들었다.

"삼손과 델릴라와 그의 푸시캣츠."

"제스, 그러다간 정신이 어떻게 되겠어. 정신 줄 놓지 않도록 해. 넌 그러면 안 돼. 그건 너답지 않아."

"난 **삼손과 델릴라와 그의 푸시캣츠**라고 했을 뿐이야. 미치지 않았어. 오히려 정반대야. 미친 건 세상이지. 그런데 녀석들은 우리에게 외교관 면책특권이 있다는 걸 모르는 거야? 우릴 건드릴 권리는 없잖아."

"제스……"

그녀는 기절하지 않았다. 흔히 사람들이 일으키는 신경 발작 속으로 도피하지 않았다. 그래서 그녀는, 이런 경우 대개 사람들이 당신의 신경 발작을 믿는다는 뜻으로 가하는 그 전통적인 한 쌍의 따귀 세례를 받을 권리가 없었다. 빌어먹을 관행. 누군가가 한 사람을 죽였다. 그녀의 가족을. 지난날, 우리 여자들은 총을 들 줄 알았다. 남편이 옆에서 쓰러지더라도, 각성제 처방을 받지 않고 계속 총질을 했다.

"뭐야? 왜 그래?"

장은 대답하지 않았다. 난생처음으로 그녀는 어떤 비현실감을 느꼈다. 지금 그가 서랍을 마구 비워내고 가구들을 뒤엎고 있었던 것이다. 그는 램프를 깨뜨리고 창문도 부수었다. 냉혹하게. 미리 다 생각해둔 듯 침착하게. 이윽고 그는 방 한가운데에 서서 주변을 빙 둘러보며 말했다.

"이 정도면 되겠어."

그녀가 버럭 고함을 질렀다.

"이게 뭐야? 이게 대체 뭐냐고?"

"곧 경찰을 부를 텐데, 그들이 납득할 만하게 보이는 게 나아."

"납득할 만하게라니?"

그가 주머니에 손을 넣은 채 그녀 쪽으로 되돌아왔다. 지금껏 그녀는 그의 이런 모습, 즉 냉정하고 차분하게 화난 모습을 한 번도 본 적이 없었다. 마치 그는 본색을 드러내기 위해 한평생 이런 큰 사건을 기다려온 사람 같았다.

"제스, 괴로울 테지만, 이걸 좀 봐."

그의 손에는 금화들이 쥐어져 있었다.

"자동차 안에서 발견한 거야. 더 있어. 훨씬 더 많이. 네 아빠가 금 밀수를 했나 봐, 제스. 우리야 그러셨거나 말거나지만, 경찰은 아무것도 모르는 게 좋아. 놈들이 대부분 가져가면서 금화를 좀 떨어뜨린 거겠지. 그러니까 우린 말이야, 건달들이 집을 털고 있을 때 마침 네 아빠가 귀가하자 살해한 것 같다고 말하자고. 내 얘기 듣고 있어?"

"내가 그를 위해 했어야 하는데" 하고 그녀가 말했다.

"그건 또 무슨 소리야?"

그녀는 머리를 가로저었다. 이제, 눈물이 솟구쳤다. 또 뭐가 있는 거지? 그는 그녀를 앞질러버렸다. 그녀는 그를 위해 금 밀수를 할 참이었으나, 그가 앞질러 그녀를 위해 그 일을 해버린 것이다. 그가 침몰 중이라는 사실을 알고서 누군가가 그에게 접근한 모양이었다. CC번호판…… 순간 그녀의 표정이 굳어졌다. 그녀의 심장이 송두리째 얼음 속에 잠겨들었다.

그들이 다른 사람을 구했다고 했어, 제스. 제네바에 CC번호판이 그리 귀한 게 아닌가 봐. 그들 말로는 다른 누군가가 있다더군.

햇살 가득한. 그렇다, 그녀는 그렇게 말할 수 있었다. 두 입술 위에, '눈만 좋으면 다른 건 다 어찌 되든 난 상관없어'를 뜻하는 미소와 함께.

"이해했어, 제스?"

"이해했어."

"그러니까 경찰에게는 말이지……."

이제 알겠어. 그러니까 그들은 아버지와 딸, 모두에게 따로 청부한 거야. 딸 쪽이 좀 지지부진했지. 그가 나름 최선을 다했지만 말이야. 한데 아버지 쪽은 훨씬 더 쉬웠어. 더는 아무것도 잃을 게 없는 사람이라면, 언제나 더 쉬운 법이지.

그녀는 어째서 늘 증오가 사람들에게 그토록 대단한 매력을 발휘하는지 문득 깨달았다. 증오가 용기를 주고, 비범한 힘을 주고, 당신을 지탱해주는 것이다. 만약 사람들에게 증오가 부족해진다면, 정말이지 대단한 사내다움이 필요할 것이다.

"경찰을 부를게."

"잠깐만. 거짓말 좀 정리해봐…… 자동차 안에 금화가 있었던 건 어떻게 설명하지?"

"없었던 걸로 하는 거지. 그 애긴 하지 않는 거야. 내가 전부 다 주워 모았어."

"그들이 자동차를 살펴보겠지. 폴, 네가 가서 확인…… 잠깐만. 너 지난번에 내게 베레타 권총 애길 했는데."

그가 깜짝 놀라 문 앞에서 걸음을 멈추었다.

"그래. 왜?"

"그것 좀 빌려줘."

"농담하는 거야? 안 돼. 너 미친 거 아냐?"

"누구 짓인지 알아."

"맙소사, 그럼 경찰에게 그냥 얘기만 하면 될 일이잖아!"

"그럴 수는 없어. 그럼 전부 다 털어놓아야 하니까. 금 밀수며, 전부 다 말이야."

두 사람은 말없이 그녀를 바라보았다.

"전부 다 말이야, 제스?"

"그래. 그래서 안 된다는 거야."

폴은 그녀에게 불안한 시선을 날리고는 아무 말도 하지 않고 나가버렸다.

"너의 남자가 한 짓이 아냐" 하고 장이 말했다.

"어떤 남자도 그런 더러운 짓을 할 수 없기 때문에 그렇단 거니? 정말 말도 안 돼. 이런 일이 처음이라는 거야?"

그녀는 자신의 목소리 음색에 깜짝 놀라 그를 향해 돌아섰다. 그녀의 목소리는 히스테리 때문에 억양이 딱딱해진 것도 있었지만, 그보다 좀 더 뿌리 깊은 뭔가가 있었다. 더는 여성성과는 무관한, 오히려 암컷과 관계된 무엇이었다.

"제스, 이런 짓을 벌인 건 하나의 조직이야. 프랑스에 외환 관리 체제가 생긴 이래 무수한 운반책들이 이 일에 뛰어들었어. 믿음직한 사람들 말이야. 이런 일을 스무 살짜리 떨거지 같은 녀석에게 맡기진 않아. 아마 그는 이 일을 알지도 못할 거야."

그녀는 어안이 벙벙해져 그의 얼굴을 찬찬이 살피며 말했다.

"대체 이 남성 연대는 또 뭐지? 지금 **네**가 그를 옹호하는 거야?"

"내가 옹호하려는 사람은 오히려 너야, 제스. 한 방에 모든 걸 잃는다는 건 너무 슬프잖아…… 그의 짓이 아냐. '조직'이 있어. 그걸 부숴버려야 해."

"부숴버릴 건 너희의 개 같은 사회 전체야."

그가 이상하다는 표정으로 그녀를 바라보며 말했다.

"**우리의** 사회라고? 그럼 넌 뭐야, 제스. 넌 어떻게 되는 거지?"

"내가 요구하는 건 죽는 것뿐이야. 지금 이 순간부터 난, 정치적으로 나에게 반하는 모든 것의 편에 서겠어."

"그래, **개인적인** 이유로 말이지……."

그는 전화기를 향해 갔다.

"이런 얘길 꺼낼 때가 아닌 것 같긴 한데……."

"그런데?"

"……**사회적** 운명이란 것이 있어."

"이미 나에게 골백번도 더 한 말이야. 그게 정확히 뭘 말하는 거야? 돈?"

"……두고 보면 알겠지."

13

그는 온종일 그녀를 기다리며 시간을 보냈다. 밤에도 그랬고, 아침에도 마찬가지였다. 허사였다. 그녀는 오지 않았다. 어쩌면 개인적인 이유, 즉 사랑이 지겨워진 건지도 몰랐다. 어쩌면 그 자신은 아무 상관이 없는, 그녀와 사랑 사이의 문제인지도 몰랐다. 그들 둘 사이가 끝났다고 생각할 여지는 없었기에, 다만 그녀와 사랑 사이가 끝난 건지도. 내가 어찌 알겠어. 여긴 야만인이 득시글거린단 말이야. 다들 나름 생각이 있겠지만, 그 생각들이란 게 참 믿기지가 않아. 다섯 살배기 어린아이도 그런 생각은 하지 않을 거야. 그는 '동물보호협회'에 들러 한쪽 다리에 깁스를 한 침팬지와 재채기를 하는 발바리 사이에서 한 시간을 보냈다. 사방에서 울부짖고 짖어댔다. 짐승들은 진짜로 소통할 줄 안다. 어디가 아프면, 당신이 그것을 알 수 있게 해준다.

그러다 결국 한 여자가 진료카드를 들고서 그에게 다가와 물었다. "아픈 동물이 있으세요?" 그는 "예" 하고 대답하고 밖으로 나왔다. 그는 계집애가 지긋지긋했다. 자지도 먹지도 않을 만큼 지굿지굿했다. 그녀 없이는 살 수 없을 것 같은 느낌마저 들기 시작했다. 그것은 진짜 우스갯소리였으나, 알고 보니 진짜였다. 물론 그들은 어쨌든 헤어질 예정이었다. 하지만 이별에도 방식이 있는 법. 굳이 비극으로 만들 필요는 없는데, 지금 그녀는 비극으로 만들고 있는 것이다.

그는 너무나 속이 상해 결국 흑인 여자를 만나러 갔다. 흑인들과 함께 있으면 언제나 기분이 좋기 때문이었다. 백인들에 비해 그들에게는 크나큰 이점이 하나 있었다. 그들이 2천만 명뿐이라는 것이었다. 그것도 많지만, 그래도 2억보다는 나았다. 당신이 2천만 중 하나라면, 그래도 아직 당신이 어떤 사람임을 의미한다. 하지만 2억 중 하나라면, 더는 그 무엇도 의미하지 않는다. 당신은 그저 마그마의 일부일 뿐이다. 단지 다수파와 경찰이 있을 뿐이다. 다수파라는 건 민주정치에 의해 금지되어야 마땅하다. 나는 정치에 신경 쓰지 않지만, 그래도 민주정치를 지지한다. 젠장맞을, 대체 무엇이 민주정치인가? 그것은 소수파들이다. 흑인들. 멕시코인들. 푸에르토리코인들. 뭐든 다수파만 아니면 된다. 다수파와 함께할 수 있는 민주정치는 없다. 그저 다수파만 있을 뿐. 과거에는 미국에 소수파만 있었다. 그들이었다면 베트남에 똥 싸러 갈 생각을 하지 않았을 것이다. 이 지랄 같은 나라를 세운 것도 소수파지만, 다수파가 빼앗아버렸다. 만약 당신들이 나에게 레니, 그럼 너의 정치는 뭐지 하고 묻는다면, 나는 이렇게 대답할 것이다. 나의 정치는 소수파라고. 나 자신 역시 다른 무엇이 아니다. 나는 소수파일 뿐. 그것도 최소 소수파요, 그런 소수파로 남을 것이다. 샤이데크 산꼭대기에 올라가 거기서 얼어 죽는다 할지라도 말이다. 이게 웃기는 얘기인 줄은 나도 잘 안다. 이제 더는 미국인 중에 소수파가 없으며, 그저 2억의 무엇이 있을 뿐이니 말이다. 하지만 나는 나를 이해하며, 그것으로 족하다. 다들 이 게리 쿠퍼 사진을 가지고 늘 나를 놀려대곤 했지만, 사실 쿠퍼는 언제나 소수파였지 다른 무엇이었던 적이 없었다. 그는 진짜 미국인이었다. 미국이야 어찌 되건 전혀 내 알 바 아니지만 말이다. 이젠 끝, 앞으로는 인구더러 알아서 하라고 하고, 그만 얘기하자. 그런데 흑인들은 그럭저럭 선방하고 있다. 아직 2천만일 뿐이다. 흑인들, 그들이야말로 최후의 미국인이다. 다른 사람들이 그들을 못 참는 것도 그래서가 아닌가. 그런 게 다 어찌 되건 나야 신경도 쓰지 않지만, 지금 이 순간 그 비뚤어진 계집애 생각만 하지 않을 수 있다면 어떤 생각도 괜찮을 것 같다. 정말 철저하게 비뚤어지지 않고서야 어찌 그런 진짜 드라마를 만들 생각을 할 수 있단 말인가. 1년이나 2년, 아님 좀 더 뒤에 가서, 서로 점잖게 헤어질 수도 있지 않은가. 사실 그녀와 결혼하지 못할 것도 없다. 형식 따윈 신경도 쓰지 않지만 말이다. 콜레라니, 티푸스, 황열 등등 유럽이 가진 그 모든 것에 대한 예방접종 주사도 맞지 않았는가. 그녀가 결혼을 바라지만, 잔혹에 반대하므로 아이를 갖고 싶진 않으나, 그녀가 정 갖고 싶다면 가지면 될 일 아닌가. 나야 어째도 상관없으니 말이다.

    그는 흑인 여자가 고객 한 명을 해치우는 동안 문 앞에서 기다려야 했다. 일이 끝나고 방으로 들어선 그는 곧장 창문을 열러 갔다. 방 안에서 백인 냄새가 났던 것이다. 미세하지만, 백인 냄새가 있고 없고는 차이가 있었다.

"뭐 좀 먹을래?"

"됐어, 어제 이미 먹여줬잖아."

"냉장고에 닭튀김이 좀 있어."

그는 그녀에게 매서운 시선을 날렸다.

"하루에 몇 놈이나 해치우는 거야?"

"퍼센트를 알고 싶어?"

"이런 바보, 왜 미국으로 돌아가지 않지?"

"그러는 넌, 왜지?"

"난 흑인이 아니잖아. 미국이야 전혀 내 알 바 아니지."

"거기에선 흑인인 게 더 낫다는 거야?"

"그래, 훨씬 낫지."

"어디 설명 좀 해봐."

"설명할 게 뭐 있어. 원래 그런걸. 내가 흑인이라면 말이야, 난 미국에서 움직이지 않을 거야. 지금 이 순간, 미국에서 흑인으로 존재한다는 건 뭔가를 의미하니까. 유효하단 거지. 거기선 사람들이 무슨 짓을 하는지 알잖아. 이건 처음 만났을 때, 바로 네가 한 말이야. 갈매기 일. 기억나?"

"약에 잔뜩 취해 있었어."

그는 그녀가 알몸으로 화장하는 동안 그녀의 커다란 두 엉덩이와 〈플레이보이〉지 젖가슴을 바라보았다. 정말이지 그녀는 둥글고, 단단하고, 탄력 있는, 끝내주는 매스미디어를 갖고 있었다.

"넌 아직 그 계집애에게 홀딱 빠져 있는 거지?"

"어떤 계집애?"

그녀가 웃음을 터뜨렸다. 즉시 그녀의 매스미디어가 출렁거렸다. 그는 가운을 집어 그녀에게 던져주며 말했다.

"이걸 걸쳐. 한기가 느껴진다고."

"나에겐 관심 없는 거야? 심장이 다른 데 가 있어? 내가 널 죽도록 사랑하는 게 보이지 않아?"

"그건 한쪽에 제쳐두자고. '노'라고 하지 않을 날이 올지도 모르지. 넌 정말 끝내주는 매스미디어를 갖고 있어. 그것만큼은 의심의 여지가 없다고."

"그녀가 다시 안 왔어?"

"왔다 갔다 하는 거지 뭐."

그녀가 그에게 이상한 시선을 던졌다.

"신문 봤어?"

"신문 봤느냐고?"

그녀는 테이블 위에 놓인 〈헤럴드 트리뷴〉을 집으러 갔다.

"가끔은 네가 관심 가질 만한 기사도 있어."

미국 외교관 제네바에서 살해……

맙소사. 어찌 이런 일이. 그는 전신의 기운이 일시에 빠져나가는 느낌이었다. 목이 꽉 잠겼다.

"맙소사" 하고 그가 말했다.

"그래, 그런 말이 나올 만하지. 그들이 빼앗아간 거라곤 커프스단추 몇 개와 시계 하나뿐이라는군. 그리고 여기, 이것 좀 읽어봐…… 미시시피 주에서는 '시민권자들'에게 전자 몽둥이를 쓴대. 그들을 해산시키려고 말이야. 가축 다루듯이. 이 기사 때문에 신문을 버리지 않았던 거야."

그는 그녀의 손에서 신문을 빼앗아 들고는 배를 향해 뛰었다.

기분이 한결 좋아졌다. 안심이 되었다. 그녀가 오지 않은 건 그럴 만한 사유가 있어서였다. 그보다 더 나은 사유도 없었다. 이제 곧 그녀가 오리란 걸 그는 확신했다. 그녀에겐 그가 필요했다. 그는 그 기사를 적어도 백 번은 읽고 또 읽었다. 한 쌍의 커프스단추와 시계 하나. 그것 때문에 사람을 죽이다니. 맙소사.

새벽 5시였다. 첫 갈매기가 물 위에서 깨어나는 소리가 들렸다. 먼저 날개를 퍼덕거리는 소리가 들렸고, 뒤이어 울음소리가 들려왔다. 마치 당신의 마음인 양, 절망에 찬 그들의 울음소리는 온종일 그렇게 울릴 것이다. 스위스에서 저런 울음소리가 허용되어선 안 될 것 같았다. 갑판에서 나는 발소리를 듣고 그가 간이침대에서 튕기듯 내려와 서 있자, 그녀가 내려왔다.

곧바로 그는 뭔가 잘못되었음을 알아차렸다. 아니, 그녀의 아버지 때문이 아니라, 뭔가 개인적인 문제였다. 그녀는 마치 조준하듯 그의 두 눈을 뚫어지게 정시했지만 뭐랄까, 마치 그를 보지 않는 것 같았다. 시선은 그를 관통하여 훨씬 더 멀리 나아가 세상을 일주했다. 정말이지 그녀의 시선은 세상을 못 맞힌 게 아니었다. 다만 세상이 아랑곳하지 않을 뿐이었다. 노려봐봤자 소용없는 일이다. 세상은 단단하다. 돌멩이처럼.

그는 **제**… 하고 입을 벌렸다. 이렇게 말할 생각이었다. 제스, 이건 정말 더러운 짓이야. 어떤 개자식이 아주 더러운 짓을 한 거야. 이게 어떤 건지 알아. 내 아버지도 당했으니까. 다만 그는 진짜로 개죽음이었지. 커프스단추나 시계 하나 빼앗기지 않았으니 말이야. 하지만 그는 얼굴 가득 그녀의 시선을 받고서, 뭔가 개인적인 문제임을 깨달았다. 그녀의 시선이 세상만 겨누는 게 아니라, 그를 개인적으로 겨누고 있음을 알아차렸다. 그는 하마터면 "무슨 일이야?" 하고 물을 뻔했다. 하지만 그녀 아버지 일을 생각한다면, 그건 할 소리가 아니었다. 그는 입을 다물어버렸다.

그녀는 마치 '팔로마'를 통해서 보듯 그를 바라보았다. '팔로마'는 세상에서 가장 큰 망원경이다. 기분이 한결 나아지기 시작한 참이었으나, 지금 그는 그녀에게서 수백만 광년이나 떨어져 있는 듯했다. 전혀 이곳에 있는 사람 같지 않았다. 대체 뭘 더 바란단 말인가?

젠장맞을, 왜? 내가 뭘 어쨌다고?

그녀는 간이침대 위에 놓인 〈헤럴드 트리뷴〉을 보았다. **미국 외교관**……

"신문에서 사람들이 네 얘길 하는 게 처음이지, 레니? 만족스럽겠어."

정말 가혹한 말이었지만, 그는 그런 걸 이해하려고 머리를 쥐어짤 생각은 없었다. 버그 모렌은 과학과 철학의 모든 노력은 단 한 가지 목표뿐이라고 했다. 가혹함을 이해하는 것. 그들은 그것을 세상이라고 부른다. 하지만 그걸 이해하는 게 어려운 일은 아니었다. 갈매기의 울음소리만 들어보면 알 일이었다.

좋아, 항상 인기를 누릴 수는 없는 법. 디마지오도 이제 사람들이 더는 좋아하지 않잖아.

"이건 더러운 짓이야, 제스. 정말 더러운 짓이라고. 누구 짓인지 그들이 알아냈어?"

"아니. 안심해."

"그게 무슨 말이지?"

"네가 위험할 건 없다고. 아빠가 프랑스와 스위스를 오가며 외환과 금 밀수를 했다는 얘길 경찰에 불지 않을 거니까. 절대로. 명예라는 게 있잖아. 죽은 사람에겐 그보다 더 중요한 게 없지. 그러니까 네 친구들에게 겁낼 필요 없다고 말해도 돼. 그건 우리만 아는 얘기로 남을 거야. 경찰에게 그들이 아빠를 죽인 거라는 얘길 하지 않았어. 네가 그랬다거나."

그는 머릿속이 까맣게 된 채, 한 1~2년쯤 아무 생각 없이 가만히 있었다. 그러다 이렇게 말하는 자신의 목소리가 어렴풋이 들렸다.

"신문에서 하는 말로는……."

그뿐이었다. 그는 입을 다물어버렸다. 뭐라 할 말이 없었다. 그럴 필요가 없었다.

"말해봐, 레니…… 솔직하게 말해줘. 네가 위험할 건 없으니까. 명예가 우선이야. 경찰은 전혀 의심하지 않고 있어. 앨런 도너휴 부녀는 의심을 사지 않는 사람들이야. 그래서 말인데, 너도 가담한 거야?"

그것은 지금까지 그가 얼굴에 맞아본 것 중 가장 더러운 돌직구였다. 다만 너무 심한 돌직구여서 딱히 뭐라 말할 수가 없었다.

그는 웃음을 터뜨렸다. 유쾌하게. 아니, 진짜로 유쾌하게 웃었다. 그건 너무나 웃기는 얘기였다.

"제스, 만약 내가 네 아빠를 죽였다면 말이야, 너에게 기탄없이 얘길 했을 거야. 그거야말로 늘 내가 여자에게 가장 해주고 싶어 하던 말이니까."

진정한 성경, 신약이라 할 만한 위대한 쥐스의 그 **수키야키**가 뭐였더라?

왜 네 아버지를 죽인단 말인가,
다른 사람이 그 일을 할 텐데.

아냐, 이게 아냐.

절대 그녀의 아버지를 죽여선 안 된다,
그것이 좋은 일이라면 또 모르지만.

이것도 아냐, 제기랄. 지금이야말로 동양 지혜의 진정한 진주가 필요한 때인데 말이야.

네 형제를 죽이고 네 아버지를 죽여라.
사업은 사업이다.

젠장맞을, 그는 아무리 생각해봐도 정말 그 시가 기억나지 않았다.
"난 그를 죽이지 않았어, 제스. 어찌 된 일인지는 모르겠지만, 난 그를 죽이지 않았어. 다른 걸 생각해야 했어."
그녀의 눈시울이 붉어졌다. 작은 얼굴, 부쩍 야위어버린 듯했다. 하지만 단단했다. 쓸데없는 모든 것이 사라지고 없었다. 이 계집애는 의지가 굳어. 분명 갈매기 울음소리 따윈 들리지도 않을 거야. 녀석들은 그녀를 위해 우는 게 아냐. 나를 위해 우는 거지.

헤밍웨이가 그렇게 썼지. 누구를 위해 우는 거냐고. 누구를 위해 우는지 묻지 마, 너를 위해 우는 거야.

"제스, 난 사람을 죽일 수 없을 거야. 상대가 네 아버지더라도 말이야. 난 그런 사람이 못 돼. 언젠가는 그럴 수 있을지도 모르지만, 아직은 아냐. 그럴 수 있으려면 성숙해야 해. 이념이 필요하지. 조국이 널 위해 무엇을 해줄 수 있는지 묻지 말고, 네가 조국을 위해 무엇을 할 수 있는지 물어라······."

그는 너무도 화가 나서, 그것을 숨기기 위해선 이를 활짝 드러내고 웃는 수밖에 없었다. 자신의 모든 울화를 그 미소 속에 담았다. 이렇게 그를 조준하듯 바라보는 그녀의 태도를 참을 수가 없었다. 그건 시선도 아니었다. 쥐약이었다. 그는 제스, 오, 제스, 제스 하고 외치고 싶었지만, 갈매기들이 하는 짓이 바로 그것이었다. '동물보호협회'에서 온종일 짐승들을 돌보다가 와서는 이런 눈으로 사람을 바라보다니. 동물 학대란 바로 이런 것을 두고 하는 말 아닌가.

"난 사람을 죽일 위인이 못 돼, 제스. 난 영웅이 아냐."

"아무래도 상관없어."

네가 내 아버지를 죽였건 말건 난 상관없어, 네가 날 사랑하기만 한다면 말이야, 레니. 그는 폭소를 터뜨리고 싶었다.

"어쨌든 좀 웃기긴 해. 네 아버진 널 위해 그 일을 했고, 넌 그를 위해 그 일을 하려고 했으니 말이야. 둘이 얘기를 전혀 나누지 않나 보지?"

그런 말을 하려던 건 아니었다. 그것은 잘못된 의사 표현이었다. 그는 그녀가 바로 쓰러지리라고 생각했다. 그녀는 온몸을 떨기 시작하더니, 눈물을 흘리며 문에 등을 기대야 했다. 이것 봐, 드디어 갈매기들의 출현이로군, 놀랍게도 말이야. 그의 심장 속에도 울부짖는 갈매기가 한 마리 있었지만, 그것은 시각적 환상이었다.

"제스."

"넌 더러운 쓰레기야, 레니."

그는 환하게 미소를 지었다. 사방에서 태양이 빛났다.

"너 지금 나에게 우리 사이가 완전히 끝장났다는 걸 이해시키려고 노력 중인거야, 제스? 뭐 그런 종류의 일이야? 난 말이지, 삶이 이제 막 시작된 것 같은 느낌이었기에 하는 말이야, 제스."

사실이 그랬다. 그는 삶이 막 시작된 것처럼 느끼고 있었다. 그랬기에 더욱더 이 모든 일에 넌더리가 났다.

"그건 중요하지 않아, 레니. 내가 여기 온 건 그런 것 때문이 아냐. 가서 너의 친구를 만나봐. 그에게 내가 준비되었다고 말해줘."

"준비되었다니?"

"금이든 다른 뭐든, 언제든 그가 원할 때 운반해줄 준비가 되었다고 말이야. 하지만 서둘러야겠지. 며칠만 지나면 CC번호판이 끝장나니까. 내 생각엔 여러 번 옮겨야 할 것 같은데?"

그는 입을 벌린 채 멍한 시선으로 그녀를 바라보았다. 정말 말도 안 되는 소리였으나, 그것은 곧 그 말이 진담이란 얘기였다.

"제스" 하고 그가 마침내 입을 열었다. "그러니까 넌, 우리가 네 아버지를 죽였지만 우릴 위해 일하고 싶다는 말을 하려고 온 거야? 네 생각엔, 만약 내가 이 얘길 앙주에게 하면 그가 우스워 죽겠다고 하지 않을 것 같아? 경찰을 돕겠다는 거야 뭐야? 그럼 그들이 우릴 죽일 거라고."

그녀의 입가에 희미한 미소가 어렸다.

"그래서? 갑자기 인생에서 뭐가 그렇게 소중해진 거지, 레니?"

"아무것도 없어. 너뿐."

이 말이 그녀를 흔들었다. 한순간 그녀는 망설이는 듯이 보였고, 돌연 전혀 다른 눈길로 그를 바라보았다. 아직 뭔가가 남아 있는 것처럼.

"좋아, 제스. 그에게 말하지. 하지만 응하지 않을 거야."

"응할 거야. 아무런 위험이 없으니까. 눈곱만큼도 말이야. 난 그가 체포당하게 할 수 없어. 그가 아빠의 밀수 행각을 경찰에 알릴 테니까."

일리가 있었다. 옳은 말이었다. 앙지가 위험해질 일은 전혀 없었다. 그건 확실했다.

"다만, 할 거면 즉시 해야 해."

"오케이. 그러지."

그는 셔츠를 집어 껴입기 시작했다. 그러다 얼굴이 옷 속에 묻혔을 때, 잠시 동작을 멈추었다. 그는 두 팔을 올리고서 머리를 셔츠 속에 묻은 채, 잠시 그대로 있었다.

아시아에 있다는 그곳 이름이 뭐였더라? 좀 더 멀다는 것뿐, 꼭 외몽골 같은 곳인데. 맞아, '유타나지안락사'.

머리를 셔츠 속에 묻은 채로 그가 말했다.

"난 그를 죽이지 않았어. 누가 죽였는지도 몰라. 난 나 자신을 죽일 능력도 없단 말이야. 한데 어째서 내가 전혀 알지도 못하는 사람에게 그런 봉사를 해주러 가겠어? 난 젠틀맨이 아니라고."

그녀가 미소를 지었다. 하지만 그는 머리와 두 팔이 셔츠 속에 옭매여 있어 그녀를 볼 수가 없었다. 단지 그의 금빛 머리카락만 조금 밖으로 삐져나와 있었다. 그것이 허클베리 핀에게 남은 전부였다.

"서둘러."

셔츠 속의 목소리가 슬픈 어조로 말했다.

"유타나지, 내가 가고 싶은 곳이 바로 거기야. 어딘지는 모르지만, 나에겐 절대 그리 먼 곳이 아닐 거야."

이번 일은 진짜 똥 냄새가 가득했다. 깊은 잠 같은 것이랄까. 마다가스카르, 이번 일은 진짜 마다가스카르였다. 그렇지 않으면 그가 지리를 전혀 모르는 사람이거나. 하기야 앙지가 응하지도 않을 것이다.

하지만 앙지는 즉각 응했다. 라이터를 꺼내지도 않았다. 레니는 나이트클럽 위층에서 그를 만났다. 그의 미스터 존스와 함께였다. 정말이지 이자의 낯짝이야말로 그리스 운명이라는 것, 거기에는 이론의 여지가 없었다.

"앙지, 난 신뢰가 가지 않아. 그녀의 수작은 믿을 만한 게 못 돼. 몇 번이나 얘기하는 거지만 말이야."

"그녀가 11시라고 했어?"

"그래. 불길한 시간이지."

"어째서?"

"이유는 모르겠지만, 하여간 불길한 시간이야. 난 그걸 온몸으로 느끼고 있어."

다른 사내가 그를 비웃듯이 바라보며 말했다.

"그녀에게 전화해서 오케이라고 말해."

"너희는 전부 완전히 미쳤어, 아랍인들에다, 또……."

그러다가 그는 깨달았다. **그들은 너무 많은 것을 알아, 레니와 그 계집애, 둘 다 말이야.**

그는 입을 다물었다. 앙지가 모자를 썼다. 이 흔한 몸짓조차 레니에게는 더없이 불길해 보였다.

"괜찮아, 레니?"

"괜찮아."

"그녀 말이 맞아, 그녀는 경찰에 아무 말도 못해. 아버지 때문에 말이야. 그런 건 신성한 거니까. 기억이라는 것. 나도 그래, 내 아버지도 죽었지. 그래서 어떤 건지 알아."

조상 숭배. 알제리에는 그런 게 있었다.

"그를 죽인 게 너야?"

"내 아버지 말이야?"

그는 "아니, 그녀의 아버지 말이야"라고 말할 생각이었지만, 그럴 필요가 없었다. 중요한 건 그가 살해되었다는 사실이었다. 이미 그는 충분할 만큼 많이 알고 있었다.

"레니, 물론 우리도 좀 조심할 거야. 나에겐 겁에 질린 100만 달러가 국경 저 건너편에 있어. 그 100만 달러가 심장이 좀 약해. 그놈이 숨통을 트려면 스위스에 들어와야 한다고. 이미 보름이나 지체됐어. 이건 나의 명성에 해가 되지."

"그다음에는?"

"그다음이라니, 뭐가?"

"보수를 받게 되는 거야? 그녀와 나 말이야."

앙주가 놀란 표정으로 말했다.

"물론이지."

"현물로?"

쓰레기는 잠시 망설였다. 쓰레기를 어떤 완벽한 존재로 생각해서는 안 된다. 그는 이 쓰레기를 믿지 않았다.

"넌 우릴 둘 다 죽일 거야."

"내가 왜 그런 짓을 한다는 거지, 레니?"

"네가 그 모자를 쓸 때 그게 보이더라고."

앙지가 그리스 운명 쪽으로 몸을 돌렸다. 그리스 사람이 어떻게 미스터 존스라는 이름을 가질 생각을 했는지는 알 수 없었다. 사람을 기만하는 이름이었다.

"내가 모자를 쓸 때 보았다는군."

운명이 재미있다는 듯이 웃었다. 정말 소름이 끼쳤다. 운명은 절대로 웃지 않는다. 아니 잘은 모르지만, 늘 웃고 있는지도 모를 일이다.

앙지가 그를 심각한 표정으로 바라보았다. 명예 수칙이라는 것. 갱들에게는 그런 게 있다.

"너에게 약속할 수는 없어, 레니. 넌 괜찮은 녀석이야. 널 위해 뭘 해줄 수 있을지는 두고 보자고."

그리스 운명이 하─하─하─하 하고 웃었다. '하' 하나하나에 똥 냄새와 썩은 냄새가 났다. 딱 하나 없는 거라면, 어머니나 아버지와 자고 두 눈이 뽑히는 아들뿐이었다.

그들은 우리 둘 다 죽일 것이다. 함께 말이다. 영화에서처럼, 이런 일은 언제나 해피엔딩으로 끝난다. 뭔가가 마침내 이렇게 제대로 되는 것은 정말 오랜만이다. 같이 죽는다니. 웃긴다. 그녀는 그토록 쉽게 그를 떨쳐버릴 수 있다고 생각하는데 말이다. 저 위, 어쩌면 찰리 파커의 트럼펫 소리뿐 아무것도 없는 곳에서, 그녀가 날 어떻게 차버리려 들지 궁금하다.

그는 어깨를 으쓱거리면서 말했다.

"그녀는 네가 자기 아버지를 죽였다고 생각하고 있어."

"정말이야?"

그는 놀란 것 같지 않았다. 놀랄 리가 없었다. 진짜 쓰레기라면 말이다.

"내가 사람들을 모조리 죽일 수는 없어, 레니. 날 나폴레옹으로 아는 거야 뭐야?"

레니는 놀랐다. 앙지가 나폴레옹을 알 줄은 몰랐다.

"그녀가 네게 못된 짓을 하더라도, 내 잘못으로 돌리지는 마."

"난 너희에게 아무 말도 하지 않을 거야. 날 믿어."

"이번엔 약속하는 거야?"

앙지가 호기심 어린 눈빛으로 그를 살폈다.

"하여간 넌 미국 놈 치곤 재미있는 녀석이야. 속이 아주 복잡해. 약속하지, 레니. 가자고."

그리스 운명은 아무 말도 하지 않았다. 그는 거기에 있었고, 그것으로 충분했다. 그는 휘파람을 불며 밖으로 나갔다. 드디어 외몽골로 간다. 어쩌면 좀 더 먼 곳으로.

그는 11시 정각에 그녀에게 전화를 했다.

그녀는 전화박스에서 전화를 받았다. 그래, 제스, 그들이 동의했어, 오늘 오후 2시, 프랑스 쪽 국경 6킬로미터 지점에 창고가 하나 있어, 그래, 친자노 바로 옆 창고, 어딘지 알지?"

"알아."

"2시 정각이야."

"거기 있을게."

그녀는 바로 돌아와 계산을 했다. 그녀가 모르는 아버지 친구 한 명이 손에 마티니 병을 들고서 다가와 심심한 위로의 말을 건넸다. 희망 없는 알코올중독자의 창백한 푸른 눈동자를 가진 사람이었다.

"……정말 훌륭한 분이었소. 난 아주 소중한 친구를 한 명 잃었다오."

그녀는 그의 마티니 병을 바라보며 말했다.

"예, 이해해요, 뭐 이제 그분도 '익명의 알코올중독자 모임'에 가입하신 셈이죠."

그는 깜짝 놀라는 듯하더니, 얼른 자기 테이블 쪽으로 기어가 버렸다. 11시 10분이었다. 그녀는 몹시 초조했다. 디데이 때, 아이젠하워 연합군사령관이 꼭 이런 심정이었을 것이다. 다만 그날처럼 비가 내리지 않을 뿐.

오후 2시, 그녀는 친자노 아래에서 '트리움프'에 앉아 기다렸다. 날씨가 아주 좋았다. 도로에서 200여 미터 떨어진 그 창고는 폐가였다. 그녀는 디스크플레이어에 헨델의 〈메시아〉를 올렸다. 천상의 합창은 엄청난 거금을 맞이하는 데 꼭 필요한 노래였다. 하늘은 미에 무감각하지 않은 것이다. 그녀는 백미러를 통해 초록색 뷰익이 공터 안으로 천천히 굴러오는 것을 보았다. 운전석에는 검은 까마귀 같은 녀석이 앉아 있었는데, 옆모습이 대개 조종간을 잡는 녀석의 그것이었다. 레니는 잘 빼입은, 말하자면 헤로인이나 기관총 등 뭐든 감출 수 있는 옷차림의 녀석과 함께 뒷좌석에 앉아 있었다. 그녀는 겁을 먹지는 않았지만, 〈메시아〉를 부르는 천상의 합창대 목소리가 왠지 공포의 억양을 가진 것처럼 느껴졌다. 그들이 '트리움프'의 트렁크에 가방을 싣는 동안 그녀는 백미러를 통해 그들을 지켜보면서 입술에 립스틱을 발랐다. 레니가 옆자리에 올라타 그녀에게 열쇠를 돌려주었다.

그녀는 시동을 걸었다. 뷰익이 20여 미터 떨어져 뒤따랐지만, 그녀는 세관 검문 때 그들을 떨쳐버릴 수 있을 것으로 생각했다.

그녀는 입을 열지 않았다. 운전을 하려고 선글라스를 썼고, 선글라스가 그녀를 단단한 사람처럼 보이게 했다. 다행이었다. 그녀에게 필요한 것이 바로 그런 단단함이었다. 그 밖에는 다 아무래도 상관없었다. 마흔 살쯤 되면 아마 이 계집애는 철근 콘크리트가 되어 있을 것이다.

"자, 제스, 너와 나 그리고 트렁크에 100만 달러가 있어. 사랑과 돈, 필요한 건 다 있는 것 아냐?"

그녀가 엄청난 증오심을 드러내며 가속 페달을 밟았다. 그는 지금 그녀의 발아래 있는 것이 자신의 얼굴처럼 느껴졌다. 그는 웃음을 터뜨렸다. 이제 그것은 증오가 아니었다. 사랑이었다. 그녀는 그를 마음속에 품었던 게 아니라 피부 속에 품었던 것이다. 130. 150. 그녀는 국경을 날려버릴 기세였다.

"고마워, 제스. 네가 어떤 감정인지 알겠어. 나도 널 사랑해."

160. 나무들이 그들의 머리 위로 날아갔다.

"자, 안녕, 제스. 지난 일은 잊자고. 스키를 가지고 왔어야 하는 건데. 스키만 이 세상에 버려두고 가려니 마음이 아프군."

"대가는 어디에서 받게 되는 거지?"

"속도를 늦추지 않는다면 말이야, 제스, 땡전 한 푼 없을 거야. 내 장담하지. 모르지 또, 하늘나라에서 하느님이 네게 대가를 지불할지도. 저 위엔 돈이 잔뜩 있을 거야."

"내 6천 달러 말이야, 레니?"

"제네바에서."

그는 뭔가 맥이 빠지는 느낌이었다. 그녀는 진짜로 돈을 생각하고 있었다. 이제 더는 그녀가, 그의 바람대로, 보기 좋게 한 방 먹이려고 세관에 모조리 털어놓으리라는 확신이 서지 않았다. 그럼 그녀의 아버지는? 그러니까 만약 그녀가 정말로 그들이 아버지를 죽였다고 믿는다면 말이다…… 그는 이마에 식은땀이 솟는 걸 느끼며 질린 눈으로 그녀를 흘끔 곁눈질했다. 빌어먹을 프랑켄슈타인 같으니라고. 이럴 수는 없었다. 그녀는 그런 사람이 아니었다. 착한 여자였다. 분명 그들을 골탕 먹일 독한 음모를 꾸몄을 터다. 복수랄까, 이에는 이 말이다. 정말로 그녀가 돈 때문에 이런 짓을 하는 거라면, 그녀와 함께 죽을 필요조차 없는 것 아닌가. 그는 뒤를 돌아보았다. 이제는 뷰익이 보이지 않았다. 맙소사, 만약 그렇다면, 그리스 운명은? 아무 일도 일어나지 않는다면 돈을 좀 벌고, 계속 살아가게 된다. 만약 그렇다면, 어머니와 자고 두 눈이 뽑히는 운명 같은, 진짜로 역겨운 운명, 진짜 그리스 운명은 어찌 되는가?

"제스, 난……."

"말 다 했어?"

한데 이 빌어먹을 음악은 또 뭐란 말인가? 속에 천사들이 가득 들어 있지 않은가. 정말 그저 돈 때문일까? 시속 160으로 달려 같이 죽는 게 아니고?

그녀가 브레이크를 밟았다. 110. 80. 아무리 좋은 일도 끝이 있는 법이다. 결국 그녀는 감상적인 사람이 아니었다.

국경.

금이든 외환이든, 세관에서는 10퍼센트의 보상금을 준다.

'트리움프'가 멈춰 섰다.

그는 눈을 감았다. 사랑하느냐 사랑하지 않느냐. 그는 미소를 지었다. 이제 곧 알게 될 일이었다. 앞면인지 뒷면인지.

"자동차에서 내려주시겠습니까?"

그렇게 말하는 목소리가 그의 귓가에 또렷이 들렸다.

"번호판을 보지 못했나요? 영사단 표지 말이에요."

"미안하지만, 안에 들어가서 수사 반장님과 얘기하시죠."

그녀는 차에서 내렸다. 있을 수 없는 일이었다. 그들에겐 그녀의 자동차를 뒤질 권리가 없었다. 세관 사무실 안에서 웬 남자가 자리에서 일어나 그녀 쪽으로 걸어왔다. 그의 책상 위에 라일락 한 다발이 놓여 있었다. 시멘트와 철제 붙박이장으로 된 사무실에 그 꽃다발만 밀수되어 거기 있는 것 같았다.

"안녕하세요, 도녀휴 양, 절 아실지 모르겠군요……."

그녀는 그의 얼굴을 살펴보았다. 창녀들이 좋아할 타입의 프랑스인이었다. 투실투실 살진 몸에, 혈색 좋은 얼굴. 대머리에 짧은 콧수염.

"아뇨."

"저도 그날 저녁 현장에 있었습니다. 부친께서 변을 당하신⋯⋯ 당신은 쇼크 상태였죠."

"그랬군요."

"아주 진지하게 드릴 말씀이 있습니다. 말씀드리기가 좀 곤란한 얘긴데⋯⋯ 앉으시죠."

"전 기절하는 습관은 없어요."

그는 자신이 인정을 모르는 사람이 아님을 강조하려는 듯, 꽤나 난처한 듯이 굴며 말했다.

"어떻게 말씀드려야 할지⋯⋯."

"최대한 신속하게 해주세요, 반장님. 제가 바빠서 말이죠."

"그러니까, 부친의 죽음에는 저도 약간의 책임이 있습니다. 우리는 그분이 돈이 몹시 궁한 처지임을 알고 있었습니다. 그분의⋯⋯ 건강 상태 때문에, 그분께⋯⋯ 에헴, 부채가 있다는 걸 말입니다. 공직에서 막 물러나신 참이기도 했고요. 요컨대 상부에서 저에게 그분께 어떤⋯⋯ 제안을 해도 좋다고 허락해주었지요. 그분께는 아직 외교특권이 있었고⋯⋯ 그래서 우린 그분이 CC번호판을 계속 보존할 수 있도록 조처했지요. 아마 당신도 모든 압수물에 10퍼센트의 보상금을 지불한다는 사실을 알고 계실 겁니다. 요컨대⋯⋯ 그분께서 우리를 돕기로 한 거죠."

그녀는 잠시 무표정하게 있다가 별안간 웃음을 터뜨렸다. 반장은 충격을 받은 듯했다. 대단히 도덕적이고 순수한 스위스 공기를 너무 가까이에서 대하다 보니 프랑스 경찰도 전염된 모양이었다. 그녀는 창문 쪽으로 시선을 던졌다. 레니가 그 잘난 얼굴을 태양에 노출하고 있었다. 그사이 그는 〈메시아〉를 바꾸었다. 헨델의 〈메시아〉를 꺼내고 대신 밥 딜런을 넣었다.

"삼손과 델릴라와 그의 푸시캣츠로군" 하고 그녀가 말했다.

"뭐라고요?"

"그냥 아빠 생각을 한 거예요. 분명 그게 아빠의 마지막 말이었을 거예요."

"그분이 살인범을 알고 계셨을 거라는 말이군요. 우리도 그러리라고 확신합니다."

"……어쩌면 '쇼세트 누아르'인지도. 이 이름을 기억해두세요, 반장님. 이 사건의 열쇠니까요. 사건 **전체**의 열쇠. 하실 말씀이란 게 그게 다인가요? 전 이만 애인과 함께 춤을 추러 가도 될까요?"

그는 '미친 여자로군' 하고 생각하는 듯했다. 학생이라지만 말이다.

"반장님, 미안합니다만……"

아, 그럼 그렇지.

"이해해요, 충격이 컸을 테니……"

"……미안합니다만, LSD를 잔뜩 먹어서요. 오늘 아침에 세 알이나 먹었죠. 대학이라는 데가 그렇잖아요. 그러니까, 아빠가 세관을 위해 금을 밀수했다는 말씀인 거죠?"

반장은 "이젠 정말 젊은 것들은 도저히 이해를 못하겠어"라는 표정이었다. 다른 모든 것, 정말 모든 것을 이해해도 말이다. 이제 이 세상에 이해받기를 거부하는 족속은 젊은이들뿐이었다.

"몇 달 전부터 우린 금과 외환 밀수 전문 조직을 와해시키려고 애써왔습니다. 많은 이들이 정치적 불안정과 혁명을 피해 스위스로 도피했죠. 그런 무리는 종종 외교관들에게 접근했습니다. 당신 부친이 어떤 곤경에 처했는지는 널리 알려진 바고, 그래서 사람들이 그분께 이런저런 '제안'을 했답니다. 그분은 늘 거절했습니다. 신의가 있는 분이었죠. 우린 그분께 그런 제안을 받아들이라고 했고, 그래서……."

"그래서 밀고자 노릇을 하라고 제의하셨군요. 신의가 있는 사람이야말로 밀고자로 적격이니까요. 최고가 아닌가요."

이번만큼은 그도 곱지 않은 시선을 던졌다.

"이 얘기를 그런 어조로 받을 줄은 몰랐습니다, 아가씨."

"미국식 억양이 거슬렸다면 미안합니다만, 반장님, 전 당신 얘기가 지긋지긋해요."

그는 너무나 뜻밖의 얘기에 처음에는 아무 반응도 보이지 않았다. 곧이어 그의 머리는 벌통 같은 것이 되었고, 속에서 벌들이 윙윙거리는 소리가 들리는 듯했으며, 그 모든 것이 그의 두 눈을 통해 튀어나왔다.

"아가씨, 당신이 심각한 우울증 상태만 아니라면……."

"아니라면?"

"당신 부친은 성인이었소. 자기가 무슨 일을 하는지 알고 있었소. 압수물이 50만 달러였다면 5만 달러를 벌게 되었을 거요."

난 겸손을 택했어. 냄새가 풀풀 날 만큼 부자가 될 거야. 내가 누구라고 냄새 풍기길 거부한단 말이야? 그러고는 평소의 그 예리한 현실감각으로 자신을 희생시킨 것이었다. 그에겐 참 안된 일이다. 하지만 지금 이 순간 중요한 유일한 것은 바로 돈이었다. 돈을, 우리를 날려버리는 데 쓸 줄 아는 녀석들에게 주는 것이었다. 그렇다, **우리**를 말이다.

"그래서 그분은 우리 제의를 받아들였고……."

"그들이 그걸 알고서 아빠를 해치운 거죠."

"어찌 된 일인지는 우리도 몰라요. 필요한 모든 대비책을 마련해두었습니다. 위험해질 일이 사실상 거의 없었단 말이오. 그분은 제네바에서 우리에게 전화를 걸어 배달 장소를 가르쳐주었소. 우리는 스위스 당국과 협력하여 거기다 덫을 놓았지요. 하지만 당신 부친은 약속 장소에 나타나지 않았습니다. 확실한 건 그분이 삼십 분 일찍 국경을 넘었고, 그 후 되돌아갔다는 겁니다. 그들이 계획을 바꾼 게 분명해요. 아마 그분이 우리를 위해 일한다는 사실을 마지막 순간에 알게 되었을 겁니다. 그래서 배달을 취소하고 그분을 살해해버렸고요. 그렇지 않으면, 그분께 엉터리 장소를 알려준 뒤 도중에 저지하고는 돈을 빼돌렸는지도 모르죠. 하지만 그랬을 가능성은 거의 없어요. 그랬다면 그들이 당신네 집을 뒤지지는 않았을 테니까. 어쨌든 이놈들은 진짜 조직이오. 아주 신속하고 유능한 조직 말입니다."

그녀는 바깥으로 눈길을 던졌다. 그는 완전히 긴장을 푼 채, 두 눈을 감고서 얼굴을 태양에 맡기고 있었다. 보티첼리의 금발 청년이랄까. 약간은 성 세바스찬 같은 면모도 엿보였다. 저런 인간이 주머니에 권총을 넣어두었다고 상상하기는 어려웠다. 너무 게을러서라도, 누군가를 죽이려고 몸을 움직이지 않을 것이다. 배달이 끝나면, 그들이 두 사람 다 죽일 작정을 하고 있을 가능성이 컸다. 너무 많은 것을 알고 있기에, 그들로서는 두 사람을 살려둘 수가 없었다. 그녀는 감정이 잔뜩 고양됨을 느꼈다. 어떤 승리감 같은 것. 그들은 살인자들을 상대하고 있었으며, 그들은 프로였다. 프로는 아마추어를 별로 경계하지 않는다. 걱정 마, 레니. 엄마가 알아서 할 테니까.

"정말 아주 감동적인 얘기예요" 하고 그녀가 말했다.

반장은 몹시 놀란 표정이었다. 이 사람들은 냉소주의를 끔찍이도 싫어했다. 도덕심이 대단한 사람들로서, 그렇지 않다면 경찰에 몸담지 않을 것이다.

"한 가지 더 있어요, 아가씨" 하고 그가 딱딱한 어조로 말했다.

"그래요?"

이번에는 그녀도 잠시 불안감을 느꼈다. 자신을 걱정한 게 아니라, '트리움프' 트렁크에 있는 금을 걱정했다. 위대하고 아름다운 일에 쓰일 금이었기에, 그녀는 그 금에 집착했다.

"사실, 우린 당신이 조금은 걱정됩니다. 만약 그들이 그…… '물건'이 어디에 있는지 알았다면, 그토록 다급하게 당신 집을 뒤지지는 않았을 겁니다."

그들은 전혀 뒤지지 않았네, 이 양반아. 우리가 그런 연출을 조금 했을 뿐이지. 명예를 지키기 위해서…….

"그들은 당신 부친이 배신…… 그러니까 그분이 법의 편에 선 걸 알고는 거의 공황 상태에 빠져 반응한 것 같습니다. 이는 곧 물건이 아직 국경 이편에 있음을 말해주죠. 우리가 그 저택을 좀 뒤져보고 싶은데, 당신의 허락이 필요합니다."

이보세요, 그 '물건'은 저기 저 자동차 속에, 내 자동차 트렁크 속에 있어요. 뒤지세요, 뒤져보세요.

"뒤져보세요, 반장님."

"그들이 되돌아올 수도 있습니다. 그들로선 당신 부친이 당신에게 자초지종을 알려주었을 것으로 상상할 수 있죠. 만약 누군가가 당신에게 전화나, 아님 다른 방도로 접촉을 시도한다면……여기 제 명함입니다. 망설이지 말고 저에게 연락해주십시오."

"반장님은 경찰에 계시지만, 정말 가족을 생각해주시는 분 같아요."

그가 다소 경계하는 눈빛으로 말없이 그녀에게 의문을 표했다. 그는 남프랑스의 따뜻한 바퀴벌레의 눈을 갖고 있었다.

"그래요, 아버지를 죽게 한 걸로는 모자라 이젠 딸더러 앞장을 서라는 거군요. 또 봐요, 반장님. 틀림없이 그렇게 할 거예요."

그녀는 '트리움프'로 돌아와 운전석에 앉아서는, 잠시 이 **모든** 일의 중압에 압도당한 채 어떻게든 버텨내고자 했다. 이런 바보, 용기 좀 내, 그래봤자 세상의 종말일 뿐이야, 그건 언제라도 일어날 수 있어. 앨런 도너휴가 밀고자이자 경찰의 끄나풀이었다. 그 모든 것이 다시 딸의 존중을 받으려고, 자신이 보기에 온전한 한 남자가 되려고 한 일이었다. 어느 면에서는 현실과 대면하는 것이었지만, 거기에는 그녀가 꿈에도 생각지 못한 어떤 증오가 수반되어 있었다. 전갈 같은 알코올중독에 빠질 때까지, 이 유리 종에서 저 유리 종으로, 이 임지에서 저 임지로 옮겨 다니는 동안 내내 엄존했을 어떤 내적 증오와 함께였다…… **그래서 결국 그런 일이 벌어진 것이다.** 그녀는 그를 진정으로 안 적이 없었다. 그럴 짬이 없었다. 그녀는 늘 자기 생각만 하고 있었다.

맙소사, 그녀가 왜 이런다지? 아주 박살이 난 것 같은데. 그는 세관원들이 자동차를 뒤질 것으로 생각했으나 천만에, 그게 아니었다.

"제스."

"닥쳐, 레니."

그녀는 그를 바라보았다. 그러고는 선글라스를 썼다. 그건 이젠 정말 신경도 쓰지 않겠다는 뜻이었다. 나를 대할 때, 늘 안경을 벗었던 그녀였다.

"날 좀 기쁘게 해줄 생각 없어, 레니?"

그는 기다렸다. 또 어떤 고약한 요구를.

"그 빌어먹을 미소 좀 치워줘."

"못해, 제스. 꼭 박혀 있어서. 정말이야. 이런 걸 마비라고 하지. 그들이 뭔 소릴 지껄인 거야?"

"조의를 표했어. 아빠에게 말이야."

그녀는 시동을 걸었다. 스위스 쪽 세관원들은 그들을 거들떠도 보지 않았다.

"뷰익이 지나갔어?"

"아니."

"이런, 대체 어쩐 일이지? 웬 신뢰람, 갑자기?"

그는 불안했다. 그녀의 목소리가 갈라져 있었다. 속 곳곳이 떨리고 있었다. 내부에는 돌멩이 하나 온전하지 않을 것 같았다.

또다시 시속 120. 150. 좋아, 함께 있게 될 기회를 다시 한 번 갖게 됐군.

"제스."

"입 닫아, 레니. 그럴 기분이 아냐. 쓰레기 더미에 깔린 느낌이라고. 〈메시아〉나 넣어."

그는 디스크를 넣었다. 천사들의 합창. 딱 어울리는 곡이었다.

시속 160으로 하늘나라로 직행할 참이니 말이다.

"할렐루야. 황금이 납신다. 그런데 저 속에 도대체 얼마만큼이나 있는 거야?"

"이 차엔 아무것도 없어, 제스. 빈 가방이야. 그들은 미치지 않았어."

그녀는 자동차가 부서질 듯 급정거를 했다. 〈메시아〉 소리가 뚝 끊어졌다. 그녀의 두 손이 땀에 젖었다. 그가 지금 그런 말을 했기에 망정이지, 300미터만 더 갔다면 모든 일을 그르칠 뻔했다. 그녀는 차를 세웠다.

"그건 또 무슨 소리야?"

그는 웃고 있었다. 마치 그녀가 그에게 뭔가를 증명하기라도 한 듯, 그는 행복해 보였다. 그리고 코 주위의 저 주근깨. 아주 징글맞도록 비열한 놈도 주근깨는 생기는 모양이었다.

"그들은 미친놈들이 아냐, 제스. 확인을 하고 싶었던 거야."

"확인한다고? 뭘 확인한다는 거지?"

"네가 우릴 고발하는지 안 하는지. 나와 〈메시아〉, 아니, 돈을 말이야. 그래서 빈 걸음을 시켜보기로 한 거지. 어쩌나 보려고."

"그래 잘 보았어?"

"잘 보았어, 제스. 넌 날 진정으로 사랑하더군. 오, 이런 세상에…… 눈동자 속에 비수가 들어 있군그래. 날 좀 덜 사랑해야 할 것 같아. 그런 식이라면 말이지, 어쩌면 나도 궁지에서 벗어날 기회를 잡을 수 있겠는걸."

그녀는 정면을 똑바로 응시했다. 아주 조금 조금, 마음이 아팠다. 감미로운 양심의 가책 같은 것. 여성 혁명가답지 않았다. 하지만 그는 화를 낼 수도, 어찌할 수도 없는 인간이었다. 저 미소만 빼고, 완전히 무장해제된 인간이었다. 내가 없다면, 과연 저건 어떻게 될까? 그녀는 냉정을 되찾았다. 지금 문제는 그도 그녀도 다른 누구도 아니었다. 문제는 돈이었다. 100만 달러. 어쩌면 마침내 **우리**를 제거해줄 수도 있을 녀석들에게 그 돈을 주는 것이었다.

"좋아, 그럼 이제는?"

"다시 시작하는 거지. 이번엔 진짜로 말이야."

그녀는 천천히 되돌아가 국경을 통과했다. 이상주의든 아니든, 난 못된 년이야. 늘 후회만 거듭하고 있어. 앨런의 생각이 틀린 것 같아. 우린 가톨릭이 아냐. 우린 확실히 프로테스탄트야.

뷰익이 친자노 아래 있었고, 이번에는 그들 모두가 자동차 밖에 서 있었다. 세 번째 쓰레기, 아니 창고에 등을 기대고 선 레니까지 계산하면 네 번째라고 할 수 있는 쓰레기도 있었는데, 지금까지 그녀는 그런 단단한 체구에 그런 두상을 한 인물을 한 번도 본 적이 없어, 자신이 두상의 다양한 가능성을 저평가해왔다는 생각이 절로 들었다. 정말 믿을 수가 없었다. 그들이 가방을 싣는 동안, 그녀는 담배를 피워 물고서 재미있다는 듯, 미소 띤 얼굴로 그를 주시했다. 결국 녀석은 그녀의 조소 어린 미소를 더는 견디지 못했다. 그는 사람들이 애써 그를 외면하려 하는 데만 익숙했던 것이다. 그가 다가왔다.

"내가 마음에 드시나 보지?"

"그냥, 임신을 하지 않아 다행이라고 생각했을 뿐이에요."

"한 대 맞고 싶어?"

"당신 입은 어디에 있죠?"

"이 쪼끄마한……."

앙주가 아랍어로 뭐라 중얼거렸다. 아랍어를 아는 멋쟁이 금발 청년이라니, 이는 예사로운 일이 아니다. 나치로 보기엔 너무 젊다. 분명 책을 보고 배웠을 것이다.

레니가 그녀 옆자리에 올라탔다.

"천천히 가라는군. 그들은 국경 통과 절차를 밟는 데 시간이 걸린다고 말이야."

그녀가 타이어 찢어지는 소리를 냈다. 그는 그녀 옆에서 자세를 바로잡았다. 그가 일그러진 표정으로 말했다.

"맙소사, 내가 지금 여기서 대체 뭘 하고 있는 거지? 내가 이 모든 일과 무슨 상관이 있단 말이야? 제스, 내가 지금 여기서 무슨 짓을 하고 있는지 말해줄 수 있어?"

"사랑을 하고 있잖아, 레니."

"사랑 따윈 전혀 알 바 아냐! 난 아무것도 요구하지 않았어! 그것이 날벼락처럼 내게 떨어진 거지! 퍽! 하고 이 낯짝 가득 말이야!"

"멋져, 레니. 진짜 시인 같아."

"네 집에서의 첫 만남 기억나? 난 너와 자려고도 하지 않았어. 지뢰밭이란 걸 직감했으니까. 타오스처럼."

"라오스."

"제기랄. 난 너를 보는 즉시 네가 내 별자리에 좋지 않다는 걸 직감했어. 마다가스카르라고 말이야."

"무슨 얘길 하는 거야?"

"내 별자리 얘기야. 내 별자리에 가장 위험한 게 바로 마다가스카르야. 진짜 재앙. 사람들이 그러더라고. '레니, 마다가스카르에는 절대 발을 들여놓지 마'라고. 그런데 그게 어디 있는지 모르다 보니, 나도 모르게 그 속에 떨어진 거야. 난 널 사랑해, 제스. 정말 골치가 아프다고."

화를 낼 수 없게 하는 녀석이었다. 잠시였지만, 그녀는 망설였다. 그는 아무것도 의심하지 않았고, 어떤 의혹도 품지 않았다. 마치 신처럼 아름다운 송아지 한 마리를 도살장으로 데려가는 느낌이었다.

150.

"이런 제길, 제스, 조심해, 이 차에 100만 달러가 실려 있단 말이야!"

이번에는 정말 하마터면 나무를 들이받을 뻔했다. 웃고 있을 때가 아니었다.

"레니, 내가 전에도 말했지, 미국으로 돌아가라고. 넌 그곳 민속을 저버리고 있어."

"그 후에는 말이야, 이 일이 더는 하고 싶지도 않았어. 새벽에 내가 슬그머니 달아난 건 그래서야. 한데 녀석들이 밖에서 날 기다리고 있더군. 물건과 함께. 그들이 말하길…… 하여간, 이젠 너도 알잖아. 너도 그 녀석을 보았지. 난 가방 위에 앉아 널 기다렸어. 세 번이나 도망치려 해보았지만 소용이 없었어. 이건 정말 그리스 거시기야."

"그리스 거시기라니?"

"운명 말이야. 그놈 얼굴이 태어날 때부터 그랬는지, 전쟁 때문인지, 아니면 다른 무슨 일 때문인지는 나도 몰라. 어쨌든 그리스 운명에 그보다 더 잘 어울리는 건 없어. 다만 놈이 그리스인이 아니라는 것뿐. 녀석은 미국인이거나 독일인이야."

"대체 무슨 소릴 하는 거야?"

그는 완전히 얼이 빠져 있었다. 그의 푸른 두 눈동자마저 푸르스름하게 변해 있었다. 그가 언성을 높였다.

"정말이지 난 내가 지금 여기서 무슨 짓을 하고 있는지 알고 싶어. 돌멩이를 사랑해서, 100만 달러를 싣고 웬 그리스 놈을 꼬리에 단 채 시속 150으로 달리고 있잖아? 내가 알고 싶은 건 그거야. 제스, 지금 그들은 우릴 살해하는 중이야!"

"죽는 게 두려워?"

"죽는 게 두렵진 않아. 죽음 같은 건 아무래도 상관없지만, 난 이해하고 싶어! 이해 말이야, 알아듣겠어? 뭔가를 이해하고 싶단 말이야! 뭐든 상관없어, 그게 뭐든 타당성만 있다면! 분명히 말하지만, 이 모든 걸 준비한 게 바로 그놈이야, 내 별자리를 위조한 놈도 그놈이고, 쓰레기 같은 놈!"

"누구 말이야?"

"그 재수 없는 그리스 놈 말이야! 날 때부터 그렇게 태어난 놈이야! 우리가 한 발만 바깥으로 내딛어도 미쳐 날뛰겠지! 낯짝만 봐도 알아. 놈은 어미 아비를 죽인 놈이야. 운명 따위야 어찌 되건 난 상관없어, 그건 나를 위한 거시기가 아냐!"

그녀는 속도를 늦추었다.

"그들이 우릴 죽일 걸 뻔히 알면서도 지금 이 짓을 하는 거야?"

그가 미소를 짓지 않을 때, 그의 얼굴이 감추는 건 아무것도 없었다. 그런 놀라운 순수성은 역시 아름다울 수밖에 없었다.

"이 지구상에 수십 억이나 되는 인간이 있고 그 자식들 모두가 너 없이 살 수 있어, 제스. 그런데 왜 난 안 되는 거지? 이게 무슨 개 같은 경우야, 왜 하필 레니냐고? 난 너 없이 살 수 없어. 누구라도, 다섯 살배기 꼬마도 할 수 있는 거시기를 이 레니는 못한단 말이야. 넌 이게 이해가 돼?"

그녀는 눈물을 삼켰다. 그의 심장 속에, 아직 성당 몇 채는 더 세울 수 있을 만큼 많은 돌이 있을 것 같은 느낌이었다. 그녀는 아주 작은 목소리로 이렇게 속삭였다.

"어쩌면 언젠가 다시 만나게 될 거야, 레니. 누가 알겠어."

그는 뒤를 돌아보았다. 뷰익이 따라오고 있었다.

"그걸 말이라고 해. 다시 만날 일은 없어. 너와 난 이제 영원히 헤어지지 않을 테니까 말이야. 그들은 네 아버지처럼 우릴 죽일 거야. 이번엔 진짜 외몽골이야. 어쨌든 거기에도 만년설은 있을 거야."

프랑스 쪽 국경. 그녀는 브레이크를 밟았다.

"기가 꺾인 거야, 레니?"

그가 웃음을 터뜨리고 나서 말했다.

"그런 것 같아. 돌연 네 아빠까지 생각하는 걸 보면 말이야. 얼마나 기가 꺾였으면 그러겠어."

그들 앞에 대기 중인 차가 세 대나 있었다. 뷰익은 5미터 뒤에 멈춰 섰다.

"너의 성자를 보도록 해, 레니. 그럼 사기가 좀 올라갈 거야."

"무슨 성자?"

"그 사진 말이야. 게리 쿠퍼."

"찢어버렸어."

말도 안 돼, 그럴 수는 없었다. 그것은 10년 전 꼬마 레니를 찢는 짓이었다. 가뜩이나 잔뜩 찢어진 꼬마를 말이다.

"그럼 이번엔 진짜로 그 노래 내용처럼 되는 거야? 〈게리 쿠퍼여 안녕〉?"

"이젠 작별이야, 제스. 그건 확실해."

자동차 두 대가 통과했다. 이 미친 여자는 경찰들에게 일러바칠 생각조차 하지 않았다. 물론 그렇다고 그가 그런 생각을 한 것은 아니었다. 정말이지 그렇다고 할 수는 없지만, 그들의 빌어먹을 제복이 사람을 안심시키는 건 사실이었다. 그것들은 아름답기까지 했다. 경찰들의 제복에는 이전에 한 번도 보지 못한 뭔가가 있었다. 전에는 그걸 제대로 바라본 적이 한 번도 없었다. 게다가 이 미친 여자는 간이 부풀 대로 부풀어 있었다. 차분하고, 태연했다. 뒤의 그리스 마다가스카르 쪽은 눈길 한 번 주지 않았다.

그들 앞에서 세 번째 자동차가 시동을 걸었다. 그는 이마의 땀을 닦았다.

"경찰하고는 일절 대화를 하지 않는 거야?"

"뭔가 할 말이 있을 때만 해."

뭔가 할 말이 있을 때라니, 빌어먹을!

"너처럼 간이 부은 계집애는 본 적이 없어, 한 번도 말이야."

"모권제란 게 그런 거야."

"그건 또 뭔 더러운 짓거리지?"

"나중에 알게 될 거야."

맙소사, 그녀가 경찰들에게 할 말은 간단했다. 단 한 마디면 되었다. 하지만 아니었다. 아무 말도 없었다. 그저 짓궂은 미소만 설핏 지었을 뿐이었다. 진짜 사디스트였다.

경찰들이 통과하라는 신호를 했다.

절망이었다.

그는 문득 기분이 나아졌다. 마음이 가벼워졌다. 그리스 놈과는 따지고 자시고 할 게 없었다. 그는 그렇게 타고난 놈이었다.

하지만 좀 심한 건 사실이었다. 달아날 방법이 없었다. 이건 베트남이 아니었다. 마다가스카르였다.

그녀는 속도를 늦추지 않은 채 호의적인 수신호를 받으며 스위스 측 국경을 통과했다. 경찰들에게 왜 월급을 주는지 궁금할 노릇이었다.

그녀가 속도를 냈다. 이번엔 진짜로 속도를 내, 질풍처럼 달려 나갔다.

뷰익은 아직도 프랑스에 있었다.

"그들이 천천히 가라고 했잖아. 죽기 전에 고문까지 당하고 싶은 거야?"

"약속 장소가 어디지?"

"성 뒤."

"잘 골랐군. 고양이 한 마리 없는 곳이야."

"잠시 후면 고양이 두 마리가 있게 될 거야. 죽은 채로."

140. 지금 그들은 뷰익보다 적어도 육 분은 앞서 있었다. 그녀는 속도를 늦추기 시작했다. 커브를 제대로 돌지 못할까 봐 두려웠다. 그녀는 표지판을 보았고, 블레딘의 예쁜 두 뺨과 함께 네슬

레 아기를 보았다. 지금이었다.

그는 처음에는 그녀가 핸들 통제를 상실한 거라고 생각했다. 그는 비명을 질렀고, 나무가 다가드는 것을 보고는 두 팔로 얼굴을 가린 채 눈을 감고 충격을 기다렸다. 하지만 '트리움프'는 계속 굴러갔다. 눈을 뜨자 숲을 가로지르는 자전거도로가 보였고, 핸들을 붙잡으려다가 팔꿈치 가격을 당했으며, 제복 차림의 스위스 병사 두 명을 보고는 두어 번 '빌어먹을'을 중얼거리다가 자동차 앞 유리창에 얼굴을 통째로 들이받았다. 누가 내장을 뽑아내기라도 하는 듯한 브레이크 비명이 들리다가 곧 잠잠해졌으나, 그의 머릿속에선 자명종이 울렸고, 입술 위로 피가 흐르는 것이 느껴졌다. 앞을 바라보았지만, 처음에는 마치 그의 눈이 넷인 것처럼 보였다. 곧이어 그는 그들이 백여 명이 아니라 열두어 명임을 알았는데, 개중 대여섯 명은 총을 든 스위스 군인처럼 보였다. 다만 그들은 무슨 글자들이 적힌 검은 완장 같은 것을 차고 베레모를 썼으며, 할아버지 세대의 노란색 구형 패커드와 미니, 그리고 포르셰도 한 대 있었다. 맙소사, 이게 대체 무슨 법석이지? 등 뒤에서 웬 성난 목소리가 "내려, 이 자식아!" 하고 말하는 소리가 들리더니, 검은 완장을 찬 놈 하나가 총신을 그의 얼굴에 들이대는 것이 보였다. 그의 머릿속에서는 아직도 계속 자명종이 울렸지만, 새삼 깨어나야 할 필요는 없었다. 그는 미소를 지으려 해보았지만, 오는 도중에 그것을 잃어버린 게 분명했다. 그는 핀지 뭔지, 다시 기운을 차리게 하는 뜨거운 뭔가를 삼켰다. 그러고는 꼼짝도 않고 잠시 그대로 머물렀다. 그래, 좋아, 다만 목숨이 너무 질긴 게 탈이란 말이야. 그는 두리번거리며 그녀를 찾았다. 제기랄,

어쨌거나 그에겐 소중한 사랑 아닌가. 하지만 그녀는 고개를 돌려버렸다. 그를 쳐다보려 하지 않았다. 좀 전에 그녀가 했던 말이 뭐였더라? 그래, 모권제. 아마 그런 것인 모양이었다.

"고마워, 제스."

그녀는 수염 난 녀석에게 열쇠 꾸러미를 던져주었다. 아하 이 놈은 알아보겠군. 텔레비전에 나오는 놈이지. 피델 카스트로. 그는 실소를 흘렸다.

"내려."

총을 디밀었던 안경잡이 멍청이였다.

"이게 뭐야? 여기가 코치노스 만인가?"

개머리판이 그의 얼굴을 찍었다. 쿠바 놈들은 모두 반미주의자였다. 그들 모두가 그를 에워쌌는데, 개중에는 흑인도 한 명 있었다. 빌어먹을, 스위스 니그로라니. 그들마저 흑인을 붙잡아온 줄은 몰랐는걸. 자신을 적대시하는 흑인을 본다는 건 정말 뒤로 나자빠질 일이었다. 이제 더는 아무것도 믿을 수가 없었다. 무리 중에는 쌍둥이도 있었다. 처음에는 하나가 둘로 보이는 줄 알았으나, 그게 아니라 쌍둥이였다. 3시 이후에 스위스에서 쌍둥이를 보면 불행이 닥친다고들 하지. 쿠바 놈들은 모두 그를 바라보고 있었고, 그는 이만큼이나 사랑받는다고 느껴본 적이 한 번도 없었다. 덕택에 그는 미소를, 그의 시니컬한 진짜 미소를 되찾았다.

그들은 그를 '트리움프' 밖으로 밀쳐냈다. 사방에서 개머리판 타격이 가해졌다. 내가 말했잖은가, 코치노스 만이라고. 구석구석에 비에트들이 있었다. 그들의 수염이 증거였다. 그는 군용 모포 같은 망토를 걸치고 있었다. 체 게바라를 주인공으로 해서 찍은,

'〈시에라마드레의 황금〉에 나오는 망토 같았다.

"어이 친구들, 여기에 미국 국기는 없나 보지? 난 그게 없으면 안 되는데."

그들은 아무 말도 하지 않았다. 시시덕거리기엔 아직 일렀다. 100만 달러 앞에서는 정색하게 되는 법이다. 교황이라 할지라도 정색하지 않을 수 없을 것이다.

그들은 가방을 꺼내 뚜껑을 열었다. 그 많은 돈을 본다는 건 정말 소름 돋는 일이었다. 굶어 죽어버리고 싶을 지경이었다. 황금. 달러. 무더기로 들어 있었다. 그건 돈이라고 할 수도 없었다. 인구였다. 그것은 두 눈으로 직접 볼 만한 가치가 있었다. 책에서 배울 수 있는 무엇이 아니었다. 잘 봐둬, 레니. 그래야 진짜로 네가 스위스에 있었다고 말할 수 있을 거야.

"레니."

진짜로, 그녀가 눈물을 흘리고 있었다. 당연했다. 그녀를 울리는 건 돈이었다. 감동이었다. 그가 뭐라고 했더라? 위대한 쥐스, 이 세상에 하나뿐인 진짜 중국인, 자신의 진주들을 통해 모든 것을 예견한 녀석 말이다. 아, 그래, 이렇게 말했지.

> 정말로 세상을 바꾸려면
> 녹을 때까지 기다려야 해.
> 화씨 10만 도.
> 세상은 그 후에나 바뀌지.

"레니."

"그래, 제스. 고마워, 제스. 나도 널 사랑해, 제스. 하지만 제발 아무 말도 하지 마. 이 정도로도 충분히 아름다우니까."

안경잡이 등신이 다가왔다. 경계와 질투가 엿보였다. 분명 개인적 감정이 있는 놈이었다. 그의 손에 보온병이 들려 있었다.

"마셔, 쓰레기 같은 자식."

"폴, 이제 그만해."

폴이라고. 진짜 폴은 한 사람뿐이야. 데이브 브루벡 악단의 트럼펫 연주자, 폴 데스먼드. 그는 찰리 파커가 아냐, 찰리 파커는 죽었어, 헤로인 남용으로. 그의 트럼펫도 죽었지. 그가 없으면, 끝이야. 찰리 파커가 트럼펫을 불면 사람들은 이런 느낌을 가졌지. 마침내 뭔가가 무너지고, 마침내 뭔가가 열리고, 마침내 뭔가가 그 속에 있을 것 같은 느낌 말이야. 그는 한 모금 마셨다. 커피였다.

"어린 친구, 여기 뭘 탄 거지? 쥐약인가?"

"한가득이야."

"그냥 수면제일 뿐이야, 레니."

아, 겨우 그거란 말이지. 그는 또 한 모금 마셨다. 만족스러운 느낌마저 들었다. 아나스타지성녀 아나스타샤와 마취를 뜻하는 아나스타지를 함께 가리키는 중의법. 그에게 필요한 게 바로 그것이었다. 아나스타지. 그녀의 품 안에서 잠드는 것. 더는 아무것도 느끼지 않는 것.

"제스, 그들이 널 죽일 거야, 그건 신이 존재하는 만큼이나 확실해…… 내 말이 무슨 뜻인지 알 거야."

"그들은 아무 짓도 못해. 그들은 끝이야. 폴, 그에게 사진 좀 보여줘."

좋아, 이제 서로 사진을 보여주잔 말이지. 이게 아빠 엄마고 이게 에펠탑이야. 너의 목을 내게 보여줘, 그럼 내 목을 너에게 보여 줄게. 가족 앨범을 갖고 오는 안경잡이 등신.

"날 그런 식으로 부르지 마. 그러면 뱃가죽에 총알을 박아줄 거야."

이런 세상에. 그는 자신이 말을 한 줄도 몰랐다. 아나스타지가 시작된 모양이었다.

그는 사진을 바라보았다.

빌어먹을.

그는 잠시 동안 멍하니 넋을 놓았다.

요트 앞에 있는 앙주와 그리스 운명. 멋쟁이와 가방과 함께 뷰익 앞에 있는 앙주. 뷰익을 타고 있는 앙주, 그리스 운명, 멋쟁이. 레니와 함께거나 레니 없이, 곳곳에 앙주가 있었다. 그리스 운명 혼자 있는 사진도 있었다. 망원렌즈로는 코텔까지도 보였다. 친자노 창고 앞에 뷰익과 '트리움프'를 세워둔 채 벌인 그 피크닉 장면 사진도 있었다.

"빌어먹을."

"일차 회동 때는 폴이 창고 안에 있었어. 폴라로이드 카메라를 들고 말이야."

젠장맞을. 앙주가 속았군. 멋쟁이도 얌전히 속아 넘어갔고, 그리스 운명도 속았어. 끝났어, 그리스 운명은. 마다가스카르에 온 거야. 그들이 할 수 있는 건 아무것도 없어. 저 가족 앨범에, 모두의 신원이 확인되어 사진이 찍히고, 꼬리표가 붙었으니까.

"계속 마시지그래?"

그는 다시 한 모금을 삼켰다. 커피는 처진 기분을 되살리는 데 좋지 않은가. 아나스타지는 더더욱 좋고. 그는 그녀를 바라보았다. 타잔. 그게 바로 이 계집애의 진면목이었다. 정글의 왕, 타잔.
그래도 예의상 눈물은 흘리고 있었다. 그러려고 선글라스까지 벗었다. 그가 그녀의 우는 모습을 보지 못할 수도 있으니까.
"넌 타잔, 난 제인" 하고 그가 그녀에게 말했다.
"오, 레니……."
아냐. 그건 너무 속 편한 말이야. 사람을 멋대로 굴리고, 골탕 먹이고, 피 흘리게 하고, 마취까지 시키고는 이제 와서 눈물을 찔끔거리며 "오, 레니"라니. 빌어먹을 모권제. 좀 기다려봐.
"할 말이 있어, 제스. 난 말이야, 지금껏 너보다 잘하는 여자와 자본 적은 없었어. 무슨 얘긴지 알지?"
그는 연거푸 두 방이나 머리에 개머리판 가격을 받았다. 얻어맞는 게 당연했다. 이제 알겠지, 레니, 이 아래 지상에서, 고도 제로의 똥 바닥에서 어정거리면 어떤 꼴을 당하는지 말이야. 그가 무너지듯 쓰러졌다. 머리가 터졌다. 진짜 타오스였지만, 그의 소외에는 좋았다. 그는 얼굴에 손길을 느꼈고, 그대로 반듯이 누워 있었다. 머리를 무릎 위에 둔 채였다. 그녀의 무릎에 말이다. 그녀는 그를 품에 꼭 껴안았다. 그는 저항을 할 수 없었다.
"잘 가, 레니."
그녀의 얼굴 위로 눈물이 흘러내렸다. 도대체 얼마나 많이 저장해두고 있는 거야. 믿을 수가 없군. 머릿속이 빙빙 돌았다. 그는 쓰러지고, 또 쓰러졌다. 이 복슬개는 대체 여기서 뭘 하고 있는 거지? 이 개자식들은 내가 개가 아니라는 걸 아주 확실하게 느끼게 해주는군. 자, 드디어 그게 오는 거야? 하늘. 저 기막힌 푸른

빛. 세상을 등지는 것. 아마 그 속엔 그리스 놈들이 가득할 거야. 미스터 존스, 사람들은 엄마랑 잘 생각이 없어, 한 번이면 족해, 또 엄마를 따먹어야 한다면⋯⋯ 그건 모권제야. 이제 아나스타지가 빠른 속도로 들이닥쳤다. 그는 눈을 크게 뜨더니, 저 위에서 누군가 혹은 뭔가를 찾았다. 하지만 푸른빛뿐, 아무것도 없었다. 게리 쿠퍼의 자취는 없었다. 다른 쿠퍼, 진짜 쿠퍼 말이다⋯⋯.

"제스, '십자가에서의 하강' 공연이 끝나면 말이야, 얼른 달아나야 해."

그녀는 레니의 손에 사진 두 장을 남겼다. 그중 한 장에 이렇게 끼적거렸다. **요트 위의 당신들 모습을 찍은 다른 사진이 열 장은 더 있어요. 그러고는 행동위원회 소속, 제스 도너휴**라는 서명까지 했다.

그들은 돈을 겐나로 형제의 패커드에 실었다. 그녀는 칼 뷤, 장, 척과 함께 포르셰에 올라탔다. 폴은 운전석에 앉았다.

"잠깐만."

그녀는 차에서 내려 가방에서 1천 달러짜리를 열 장 집어 레니의 주머니에 넣어주러 갔다. 그러고는 그들이 제복을 벗고 총을 숨길 때까지 기다렸다. 스위스 청년이 군 복무를 마친 후 집에 간직해야 하는 개인 화기가 반자본 투쟁에 가담한 경우는 이번이 처음이었다. 그 총들은 창피해서 얼굴이 시뻘겋게 되었을 것이다. 두 번 다시 예전의 총으로 되돌아가지 못할 것이다. 장이 담배를 피우며 그녀를 지켜보고 있었다.

"너희 둘은 미국으로 돌아가야 할 것 같아."

"고마워. 네가 '사회적 운명이란 게 있어'라고 한 말이 그건가봐. 아니면 내가 '행동위원회'를 위해 찾아낸 저 100만 달러를 말하는 건가?"

"넌 뭘 들으면 잊어먹는 법이 없어, 제스…… 하여간, 녀석을 사랑하는 거지, 그렇지?"

"아빠도 사랑했지. 아줌마 노릇 하는 건 싫어. 남자 같은 여자가 될 생각은 추호도 없어. 그래, 그를 사랑해. 이게 의미하는 건 말이야, 이제 더는 사랑이 어쩌고 하는 얘기 따윈 듣고 싶지 않단 거야. 이제 나의 '나'랑도 볼일이 없어. '나'란 것도 신물이 나. '나'의 왕국과도 작별이야. 바깥 세계를 꿈꾸는 공주도, 호사스런 망루도 다 끝이야. 똥만 가득한 그 왕국도 끝이고. 속에서 구린내가 나."

"내 부모님이 널 기다리고 계셔. 아무도 널 귀찮게 하지 않을 거야."

"보름 동안만이야."

"그 후엔?"

"베를린으로 갈 거야. 거기, S.P.E.에 내가 아는 녀석이 한 명 있어. 칼 뵘과 같이 떠날 거야. 앞으로 뭔 일이 터진다면, 그건 아마 독일에서일 거야."

"그래. 세계 최고의 생활수준을 누리는 인간들이 갈 곳도 없다니. 자, 이것 받아."

그는 그녀의 투피스 주머니에 지폐 한 뭉치를 쑤셔 넣었다.

"계산은 나중에 칼과 해. 너의 지출 말이야."

그녀는 '트리움프'의 문을 열며 말했다.

"오케이."

"안 돼, 제스, 그들과 함께 가. 그게 낫겠어. 아직 그들은 그 사진을 보지 못했잖아."

"그럼 네가 '트리움프'를 '크레디 아틀랑티크' 은행 앞에 주차해주겠어? 아버지 서류를 찾아야 하거든."

"너희들, 갈 거야 말 거야?" 하고 폴이 소리쳤다.

그녀는 포르셰에 올라탔다. 칼 븜은 1930년대에 목적이 수단을 정당화한다는 유명한 슬로건—"훌륭한 주부는 모든 것을 이용할 줄 알아야 한다, 쓰레기까지도"—을 날린 라덱과 닮았다. 하지만 스탈린은 그를 총살했다. 자신 외에 다른 쓰레기는 필요 없다고 생각한 게 분명했다.

포르셰가 다시 도로로 나섰다. 감색 외투에, 임박한 대머리를 예고하는 약한 머리카락, 그리고 금빛의 밤색 수염과 철제 안경. 칼 븜의 외모에서는, 현실에 대해 순전히 이론적인 경험만 잔뜩 가진 지식인들의 그 "견고한 명철함"이 엿보였다.

"분배는 누가 할 거지?" 하고 폴이 물었다.

"협력위원회에서 할 거야. 독일 학생들이 우선권을 가져. 가장 무르익은 녀석들이니까."

"체포당할 준비 말이야? 지금 그쪽 동향은 어때? 베이징 쪽?"

"이렇다 할 움직임이 없어."

"그렇다면 분배가 걱정이로군."

"우리 모두가 행동 강령에 동의했어."

"그 후에는 어떻게 되지?"

"그 후의 일이야, 얘기해봤자 추상론이지."

"세 은행에 금고를 하나씩 빌려뒀어" 하고 폴이 말했다.

"저걸 스위스에 간직해두고 싶진 않아."

"바보 같은 짓이야. 100만 달러라는 돈은 잘 투자하면 1년 안에 두 배가 될 수도 있어."

"재투자를 하자는 거야? 자본주의?"

"중화인민공화국도 그렇게 하고, 바티칸, 쿠바, 소련도 그렇게 해…… 너에게 대단한 전문가를 한 명 소개해줄 수도 있어."

"네 아버지?"

"바보 같은 소리."

"나중에 생각해보자고."

그들은 그녀를 '크레디 아틀랑티크' 앞에 내려주었다. 장이 벌써 도착해서 '트리옴프'와 함께 있었다. 그녀는 열쇠를 받았다.

"그럼 잠시 후에 네 부모님 댁에서 봐."

"안 돼. 기다릴게. 놈들은 무슨 짓을 할지 모르는 녀석들이야."

"날 납치해 제네바 아랍인촌으로 데려가기라도 한다는 거야?"

"그건 모르는 일이야."

그녀는 은행 검사소에 소환장을 제시한 뒤, 그녀 명의의 밀봉 봉투와 열쇠를 받아 금고들이 있는 지하실로 내려갔다. 그곳은 잠수 중인 잠수함처럼 철저하게 보호받는 분위기에다 진정한 신앙의 침묵 같은, 기이한 침묵이 지배하고 있었다. 안전이라는 인류의 오랜 꿈이 구현된 곳이었다. 전자 빛이 장갑 철판들 위에서 반짝거렸고, 심장의 희미한 고동까지 들리는 듯했다. 심장병 환자들은 대개 천성이 예민하다. 큰 가마솥을 닮은 대형 금고들에는 절대 바깥으로 나오지 않는 수십 억어치의 미술 걸작들이 있었다. 독재와 왕정과 혁명의 수확물이었다. 역사상 가장 아름답고 유명한 보석들, 트로이의 헬렌, 앤 불린, 카스티야 왕국의 이사

벨 1세 등, 모든 왕과 황제의 보석이 있었고, 폭정의 황금과 미래 해방의 황금이 있었으며, 그 속에서 마오와 트루히요, 소련공산당 정치국과 CIA, 갱과 정보기관, 마피아와 헤로인과 특파원, 계급투쟁과 부르주아지 등은 형제처럼 하나가 되어 있었다. 이곳에 들어와본 것은 처음이었기에, 그녀는 본능적으로 투탕카멘을 찾아보았다. 이런 곳이면 사람들이 고대의 석관들, 네부카드네자르나 사르다나팔로스의 미라를 안치했을 법도 했다. 그녀는 자신이 숨 죽인 채 발뒤꿈치를 들고 걷고 있음을 깨달았다. 어쨌든 그들 모두가 '영원'을 숭배하는 중이었다.

그녀는 금고를 찾아 열었다.

순간 그녀는 무슨 일인지 이해하지 못했다. 가장 먼저 떠오른 생각은 자신이 다른 금고를 열었다는 것이었으나, 그건 말이 되지 않았다.

금고에는 **빨간 단추**의 코만도들이 그녀가 운반한 가방에서 찾아낸 것에 버금가는 정도의 금화와 금괴와 달러 뭉치가 들어 있었다.

그녀는 보물을 뚫어지게 쳐다보았다. 이건 분명 아버지의 금고였다. 그러니까 그는…….

그녀는 차가운 철판에 의지한 채 두 눈을 감았다. 그러고는 한동안 꼼짝도 하지 않았다. 이윽고 그녀의 피가 다시 심장으로 가는 길을 찾았다.

그는 밀수꾼들과 세관 양쪽에서 이 재물을 빼돌린 거였다. 수사 반장이 그녀에게 "어디에도 도착하지 않았다"고 말한 돈, 사라진 돈이 바로 이것이었다. 그는 밀수꾼들을 속였고 경찰도 속였다. 자신의 생명을 대가로 지불하고서 말이다.

두 다리에 힘이 빠져 어디 가서 앉고 싶었지만, 감히 금고를 닫을 수가 없었다. 더는 금고를 열 수 없게 될까 봐, 아니면 금고 안에 아무것도 없을까 봐 두려웠다. 마법이 더는 일어나지 않을까 봐 두려웠다.

그녀는 서류들을 보았고, 금괴로 눌러둔 흰 봉투를 하나 보았다. 그녀는 봉투를 집었다. **제스에게. 나의 유고 시 열어볼 것.** 그녀는 편지를 개봉했다.

얘야, 이 속에 있는 것은 모두 다 네 거야. 얘기가 너무 길어 다 설명할 수는 없다만, 지금쯤이면 그들이 사방에서 날 찾고 있겠지. 하지만 나의 생, 나의 노스탤지어, 달빛 아래의 몽상가 피에로, 앨런 도너휴는 아주 먼 곳에 있어. 여생을 '익명의 알코올중독자들 모임'에서 보낼 생각은 추호도 없었어. 사람들이 너에게, 네 아빠 밀수꾼들과 경찰을 위해 "일했다"고 말하거든 그냥 웃고 말아. 난 널 사랑했어. 지금껏 어떤 남자도 자기 딸을 나만큼 부끄럼 없이 사랑하진 못했을 거야. 존엄하게 해결할 수 없는 내적인 문제들이 있어. 하지만 네가 보듯, 일부…… 외적인 문제들은 해결했어. 물질적인 문제 말이야. 이 정도면 그래도 꽤 만회를 하지 않았나 싶어. 정직? 우리는 자신에게도 다른 사람들에게도 정직할 수 없어. 네가 말했지. 우린 다만 개자식들을 바꿀 뿐이라고, 인류사의 모든 혁명은 어느 것 하나 예외 없이, 언제나 자신들의 개자식들을 찾아냈을 뿐, 더 많이 찾아보려고 한 적이 한 번도 없었다고 말이야. 내가 행복한지—말하자면, 복수를 했는지— 알고 싶다면 이 돈을 가져. 이 돈 때문에 체 게바라 사진을 침대 테이블 위에 올려두는 게 거북해지지 않길 바라. 언젠가는 네가 선택을 하게 될 거야. 아직은 선택하지 마, 스무 살에는 말이야. 스무 살에는 선택하는 게 아냐. 이념들이 새롭고, 저항할 수 없을 만큼 매력적일 때니까. 어떤 진실을 보고서, 그것이 다만 미에 불과함을 깨닫지 못하지. 알아, 알아, 가을 낙엽…… 하지만 이건 "경험"이 많다거나 "성숙"한 사람이라서 하는 말이 아냐. 사랑으로 하는 말이야. 이 돈을 가져. 그러지 않으면 난 저세상에서 살아갈 의욕을 잃게 될 거야. 사랑해, 제스. 난 언제나 널 사랑했어. 하지만 이 말 때문에 너의 발아래에 어떤 구렁텅이도 벌어지는 일이 없었으면 해. 이건 진정한 사랑이요, 어떤 사랑이든 진정한 사랑은 언제나 순수하니까. 사랑해, 제스. 그뿐이야. 안녕. 앨런.

그녀는 울지 않았다. 울 생각조차 하지 않았다. 그녀는 감동 저너머, 생각 저 너머에 있었다. 아버지의 피와 살이 하는 말이었다. 그녀는 그 말에 따랐다. 어떤 다른 손, 다른 힘, 어떤 진정한 사내다움, 그녀의 아버지이기도 한 남자의 그것이 그녀 대신 행동했다. 운명이란 것이 있었다. 그녀는 금고를 닫다가 다시 열고는 1천 달러짜리 지폐 열 장을 꺼내고 편지를 안에 남겼다. 그러고는 금고를 꼭꼭 잠갔다. 그녀는 검사소로 되돌아가 작은 금고 하나를 빌려 거기에 첫 번째 금고의 열쇠를 보관했다. 그러고는 열쇠 세 개를 요구했다. 하나는 그녀가 가졌고, 다른 하나는 그녀 명의로 은행에 맡겼으며, 세 번째 열쇠는 베네치아의 그리티 호텔로 보내 그녀 명의로 보관하게 했다. 그녀는 검사소에 보관용 하나와 발

송용 하나, 그렇게 봉투 두 개를 남기고 밖으로 나왔다.

장이 '트리움프' 앞에 서 있었다.

"아니, 오 분이나 걸렸잖아…… 뭐 중요한 거라도 있었어?"

"전혀. 개인 서류들이야."

"뭔가 충격 받은 사람처럼 보이는데."

"정말? 왜 그럴까."

"무슨 일이야, 제스? 누가 보면 나에게 화난 줄 알겠어."

그녀는 그의 시선을 피했다. "사회적…… 운명이란 것이 있어." 그가 이 말을 그녀에게 되풀이한 게 몇 번이지? 그래, 그래서 뭘 어쩌라고? 투탕카멘이 가득한 그 바빌로니아 무덤 바닥에서 웬 목소리가 방금 그녀에게 한 말이었다. 한 남자, 진짜 남자, '남자'의 진정한 사랑…… 이제 모두들 가서 너희를 보여줘. 너희의 '행동위원회'를 위해 내가 거금을 마련해줬잖아. 이제 실천해. 우리, 난 그만 잊어버려. 그렇지만 너흰 순수한 녀석들이야. 너흰 아무것도 성공하지 못해. 지독한 개자식들이 몇 놈 끼지 않으면 말이야. 스탈린 치하에서, 전사자 빼고도 2천만 명이 죽었어. 너흰 아마 어느 새로운 부다페스트에서 으스러질 거야. 체 게바라, 그래. 순수한 인간. 그는 과연 얼마 만에 총살당할까?

"제스, 너 도대체 어디 있는 거야?"

"나도 내가 어디 있는지 모르겠어, 장. 하지만 있어, 아직은 말이야."

그녀는 망설였다.

"시장에 좀 들러야 해. 택시 좀 잡아주겠어?"

"그렇게 혼자 돌아다니면 위험해."

"다른 짓 하는 것보다 더 위험할 건 없어, 장. 운명이란 게 있잖아."

그녀는 앙심에 찬 표정으로 그를 바라보았다.

"사회적…… 운명 말이야."

"그 말 취소할게. 내가 널 잘못 봤어. 미국 여성에 대해 고정관념을 가졌던 거야. 사과할게. 어떤 여자가 자신의 이해 범위를 벗어날 때는 말이야……."

그녀는 그를 껴안았다.

"넌 날 아주 잘 보았어. 처음부터 그랬어. 넌 언젠가 유명 작가가 될 거야."

"제기랄, 이게 뭐지? 진짜 작별이야? 제스, 바보짓 하면 안 돼."

"전화할게. 아, 그래, 잊을 뻔했군……."

그녀는 그가 준 1만 달러를 주머니에서 꺼냈다.

"자, 받아."

"그럼 넌 한 푼도 없을 텐데."

"금고에 돈이 좀 있었어. 아빠가 날 위해 챙겨둔 거야. 이건 칼뱅에게 줘. 난 필요 없으니까. 차오."

그녀는 '트리움프'에 올라 시동을 걸었다.

그가 눈을 떴을 때, 그녀는 운전 중이었다.

그는 자기 곁, 운전석에 앉아 있는 그녀를 보고 끔찍한 비명을 내질렀으나 곧 잠잠해졌다. 그것은 모권제가 아니라 그냥 악몽일 뿐이었다. 휴우. 그는 잠에서 깨어나고자 했다. 눈을 뜨고자 했다. 하지만 두 눈은 이미 뜨여 있었다. 그는 자고 있지 않았다. 신의 가호를 빌기 위해 교회에서 그러듯, 그는 '빌어먹을'을 세 번 중얼거렸다. 그러고는 식은땀을 뒤집어쓴 채, 나 여기서 내려, 고마워, 덕택에 잘 도착했어, 하고 외쳤다. 하지만 그녀는 그의 손을 붙잡고 있었고, 그래서 운전 중에 뛰어내리고 싶었지만 그녀가 두 다리를 묶어두어 움직일 수가 없었다. 그래서 자신의 몸을 더듬어 보았지만 천만에, 아직 아나스타지 기운이 제법 남아 있었다.

"사랑해, 레니."

그는 얼른 대답했다.

"나도 널 사랑해, 제시, 난 지금까지 누군가를 혹은 뭔가를 너처럼 사랑해본 적 없어, 제스, 맹세해."

그는 그녀가 너무도 두려웠기에, 그의 말은 진심에서 튀어나왔다. 진심을 토로하게 하는 데는 두려움만 한 것이 없었다. 정말이지 그는 그 말 속에 자신이 가진 모든 것을 쏟아 넣었다. 빌어먹을, 그것이 정말 심장에서 우러나올 줄이야. 심지어 그는 "한평생 널 사랑할 거야"라는 말까지 덧붙이고는, 너무 심했나 하고 생각했으나 천만에, 그 역시 진심에서 나온 말이었고, 몹시 솔직한 말이어서 더욱더 두려웠다. 빌어먹을, 아마도 그게 진실인가 보다.

"알아, 레니."

휴우. 특히 그녀를 거스르지 않도록 조심해야 해. 사랑이잖아. 그는 입가에 엉긴 피를 닦아냈다. 사랑인걸. 어째 베트남에서 조용히 지냈을 수도 있었을 것 같은 생각까지 다 드는군⋯⋯ 이게 다 버그라는 갈라 터진 놈과 그의 별자리 점 때문이야. 내게 골칫거리만 안겨주었지. 다음에 또 누가 별자리를 봐주겠다고 하면 면상을 갈겨야지. 그런 더러운 짓거리는 불행을 가져올 뿐이야.

그는 주변을 둘러보았다. 어둠뿐, 아무것도 없었다. 좋은 냄새도 났다. 미모사 향기였다.

"정말이지 난, 너와 나 사이가 끝난 줄 알았어, 제스" 하고 그가 탄식조로 말하다가, 하마터면 혀를 물 뻔했다. 하지만 이미 엎질러진 물이었다. 이런, 어쨌든 그건 계집애에게 할 소리가 아니었다. 예의가 아니었다. 그는 불안한 마음에 사팔눈으로 그녀를 쳐다보았으나 천만에, 아무렇지도 않았다. 알아듣지 못한 모양이었다.

"내 말은……."

"알아, 레니. 나도 그랬어, 끝난 줄 알았지. 하지만 운명이란 게 있어."

그는 급히 어깨 너머를 바라보았지만 천만에, 뷰익의 자취는 없었다. 하기야 그 사진들이 있으니, 그놈이 그들에게 아무 짓도 할 수 없는 게 사실이었다. 그 운명이 말이다.

"마침내 우린 자유야, 레니."

자유라고, 그럴 리가 있나. 자기가 무슨 말을 하는지도 모르다니. 때로 사랑하고, 곧 자유로워지고 하는 거지. 그 두 가지는 함께 가는 게 전혀 아냐. 선택해야 해. 난 선택을 했지. 난 사랑을 선택했어. 맹세해, 제스…… 생각할 때도 조심해서 해야 했다. 요즘엔 무시무시한 수단이 있으니 말이다. 전자공학적인 수단들. 그들은 뭐 못 듣는 게 없었다.

"어떻게 된 일이지, 제스?"

"널 찾으러 돌아왔지."

고맙군.

"지금 여기가 어디야?"

"이탈리아."

아, 그래? 이번엔 이탈리아란 말이지. 그는 이탈리아하고는 어떤 볼일도 없었다. 그가 원하는 것은 베트남이었다. 도처에 비에트들이 있는 그곳, 논들 사이 어디였다. 마침내 조용히 지내기 위해서 말이다.

"난 너 없이는 살 수 없어, 레니."

"재밌네, 내가 막 그 말을 하려던 참이었는데, 나도 그래, 제스. 맹세해."

"날 사랑해?"

"사랑해, 제스."

"날 정말로 사랑해?"

"널 정말로 사랑해, 트루디, 난……."

빌어먹을.

"트루디라고?"

그는 살인이라도 도모하듯 정말이지 전례 없는 상상력의 노력을 기울였다.

"내가 트루디라고 했어?"

"트루디라고 했어. 트루디가 누구야?"

"세상에, 정말 재밌네. 트루디는 내 어머니 이름이야. 세상에!"

휴우. 그는 이마의 땀을 닦았다. 그렇게 기를 쓰다간 다리 하나가 부러질 수도 있었다.

"그래, 내 어머니. 머릿속에서 좀 혼동이 되네. 아나스타지 때문인가 봐."

그녀는 그에게 몸을 기울여 포옹했다. 부드럽게. 상냥하게. 그는 기분이 한결 나아졌다. 자신의 방법에 신뢰가 생겼다. 아직 올림픽에 출전할 만한 컨디션은 아니지만 그래도 그 정도면 괜찮았다. 거짓말들, 진실한 건 그뿐이었다.

"이탈리아에는 왜 가는 거지, 제스?"

"살려고, 레니. 마침내 좀 인간답게 살아보려고."

그녀가 차를 조금만 더 천천히 굴렸어도 그는 차에서 뛰어내려 자신을 한 며칠만 지하실에 숨겨줄 용감한 사람을 찾아갔을 것이다. 여름은 이제 곧 끝나니 스키 강습을 할 수 있을 것이고, 그러다 보면 우리 모두의 아버지 버그가 돌아올 것이다. 산다. 게다가, 인간답게 산다. 이 여자에게 그것은 아주 간단했다. 그녀는 아메리카를 건설한 그런 부류의 여자였다. 절대 물러서는 법이 없다.

하지만 그는 뛰어내리고 싶은 마음 자체가 없었다. 마음이 거기 있지 않았다. 그는 싸워서는 안 되었다. 그런 수고를 할 만한 것이 이 세상에 하나도 없었다. 사랑도 이유가 되지 않았다. 사랑에 맞서 싸워서는 안 되었다. 그는 사랑 따위엔 전혀 관심 없었지만, 그것이 당신을 덮친다, 정말, 그것이 당신을 덮친단 말이다. 눈사태가 얼굴 위로 쏟아지는데, 당신이 뭘 어쩌겠는가? 어디 그뿐인가, 그는 행복하다는, 편안하다는 느낌마저 들기 시작했다. 정말 완전히 끝장났을 때 그렇듯이.

"우리 결혼할까, 제스?"

늘 그렇듯 여자를 차버리기에는 결혼했을 때가 훨씬 쉬운 법이다. 그건 정말 당신 생각이 옳다. 누구도 반박하지 못할 것이다.

"고마워, 레니. 하지만 아냐. 좀 참는 게 좋겠어."

참는다고? 하, 하. 어디 교회 같은 것이 없나 보려고 벌써부터 주변을 살피는 사람이 말이지.
"우리 결혼해, 제스. 그러고 나면 좀 더 쉬울 거야."
"뭐가 좀 더 쉽다는 거지?"
그는 목소리에 너무 많은 것을 담았다. 너무 많은 앙심을. 사실 적을 하나 더 만들 필요는 없었다. 이 계집애까지 말이다. 하나로 족했다. 안 그러면 날 시니컬하다고 생각하겠지. 난 시니컬하지 않아. 다만 성숙을 좀 훔치고 싶을 뿐. 결국 머리를 쏘아 돼지는 녀석들처럼 말이지.
"나도 모르겠어, 제스. 그러고 나서 집에 돌아와 마주 보며, 됐어, 나 결혼했어, 라고 하면 뭔가 그럴싸할 것 같아."
그의 얼굴에 전율 같은 것이 일었다. 결혼 생각이 에로틱한 효과를 내는 모양이었다. 좁아지기고 하고, 장갑을 뒤집을 때 장갑 손가락이 그러듯 속으로 들어가기도 했다.
"좀 더 두고 봐, 레니."
"너 좋을 대로 해, 제스. 아이들을 가져도 좋아."
그는 그녀를 결코 우습게 보지 않았다. 아메리카를 건설하고 당신을 지배하는 이런 계집애에겐 큰 수단이 필요했다. 우선 결혼을 하고, 아이를 셋이나 팡 팡 팡 낳고 나면, 그 무엇도 당신을 붙들 수 없다. 사자를 먹어치운 사람처럼 된다. 빌어먹을, 정말이지 확실하게 떠나버릴 수 있다. 주유기를 잡는다거나 하는, 뭔가 자질구레한 일이라도 한다면, 더욱더 멀리 꺼져버릴 수 있을 것이다.
그는 그녀에게 못되게 굴고 못된 말들을 하고 싶었다. 다른 계집애에겐 한 번도 그런 마음을 가진 적이 없었다. 그것은 곧 그가 케이오당했다는 뜻이다. 마구 헐뜯고 싶은 마음은 있어도, 그녀를 떠나고 싶지는 않았다. 하지만 그는 그런 못된 말들을 조심스레 감추었다. 그러지 않았다간 그녀가 그를 차버릴 수도 있었다. 정말 그녀는 고약한 여자였다. 게다가 거칠었다. 고집도 세고. 끝까지 가서 아메리카를 건설하는 그런 족속이었다. 만약 당신들이 나를 자신이 진짜 원하는 게 뭔지도 모르는 사람이라고 생각한다면, 그건 당신들이 정말 견딜 수 없는 여자를 사랑해본 적이 없어서 그러는 거다. 그녀는 어떤 사람에게는 아주 기막힌 여자가 될 것이다. 새끼들을 먹이는 암 호랑이 같은 여자. 그러니까, 새끼들을 보호하는 여자 말이다.

그는 웃음을 터뜨렸다. 그녀도 웃었다.

"다 괜찮을 거야, 두고 봐" 하고 그녀가 말했다.

이탈리아.

달.

모권제. 사랑.

빌어먹을. 사람들이 지금 한 남자를 죽이고 있단 말이야.

그녀가 그의 손을 잡았다. 그녀의 얼굴은 놀랍도록 부드러운 작은 얼굴이었다. 설마 거기에 곧 강철이 덧씌워질 거라곤 도저히 믿을 수가 없었다.

"겁이 조금 나나 봐, 레니. 알아. 이해해."

조금이라고. 그 조금만으로도 인프라루스에 걸릴 수 있어.

"아냐, 제스, 그게 아냐. 내가 지금 어디 있는지 몰라서 그래."

"외몽골에 있지."

그는 그녀가 그런 말을 하는 게 싫었다. 외몽골, 그건 그녀가 건드릴 게 아니었다.

"무슨 소린지 모르겠어."

"외몽골, 그건 바로 너와 나야. 우리만의 세계라고. 그것이 유일한 진짜 외몽골이야, 레니."

그렇다고 쳐, 다만 나중에 되돌아와야겠지.

그는 그녀를 곁눈질했다. 정말 이 계집애는 보름이 지났는데도 믿기지 않을 만큼 예뻤다. 무슨 말이냐면, 늙지도 않는 것 같다는 얘기다. 너무나 예뻐서, 마치 모르는 사람 같았다.

그는 되는대로 가보기로 했다. 원칙이란 것도 지긋지긋했다. 늘 그렇게 살 수는 없었다. 가끔씩은 되는대로 사는 거다. 그래, 그는 그녀를 사랑했다. 이것은 최고의 행운아들에게 닥치는 일이다. 횡단보도에서 차에 깔려 죽는 녀석들도 있잖은가. 사람이란 어디까지나 사람일 뿐, 늘 진보할 수는 없다. 기막힌 달빛이 있고, 향기도 좋고, 이탈리아에 있다. 지금이야말로 기회가 아닌가. 이탈리아. 언제나 그는 피라미드가 보고 싶었다. 당신이 여덟 살 때 어머니가 당신을 차버렸다고 해서, 그녀만 그럴 수 있고 다른 여자들은 평생 남으리라고 상상하는 건 말이 안 된다. 이 계집애도 그래, 곧 널 차버릴 거야, 레니. 신경 쓸 것 없어.

그는 콧노래를 흥얼거리기 시작했다. 두 손을 주머니에 넣었다가, 전에 없던 뭔가가 있음을 느꼈다. 그는 그것을 꺼냈다. 빌어먹을. 달러였다. 대량의 달러였다.

"맙소사, 이게 웬 거야? 어디서 난 거지?"

"내 친구들이 네 주머니에 넣어둔 거야, 레니. 널 도와주려고."

그는 지폐를 헤아렸다.

"1만 달러야" 하고 그가 목이 멘 목소리로 말했다.

그는 잠시 동안 화석처럼 굳어 있었다. 덫. 진짜 덫이었다.

"1만 달러라. 난 이런 거액을 지니고 살 수 없어, 제스. 안 돼. 웃기지 말라고, 이건 날 위한 게 아냐. 1만 달러라니…… 이젠 감히 움직이지도 못하겠어, 녀석들을 다치게 할까 봐 겁나서 말이야."

"괜찮아, 그냥 내버려둬."

"겁이 난다고 했잖아."

"익숙해질 거야."

"바로 그래서 겁이 난다고. 뭔가에, 누군가에 익숙해지면 곧 그게 널 차버려. 그럼 아무것도 남지 않지. 무슨 소린지 알겠어?"

그녀가 브레이크를 밟았다. 그녀의 목소리가 떨렸다.

"레니, 도대체 그들이 네게 무슨 짓을 한 거지? 모두 말이야. 난 널 떠나지 않을 거야."

"그들은 내게 아무 짓도 하지 않았어, 제스. 정말 아무 짓도. 글쎄 2억 명이나 된다잖아…… 그들은 신경도 쓰지 않아. 날 거들떠도 보지 않았어. 인구 말이야. 이따금 떠나버리는 엄마가 있는 거지, 그뿐이야."

"난 떠나버리지 않을 거야."

"난 엄마를 구하지 않아. 엄마들에겐 전혀 관심 없어. 다행히도 내 엄만 잘도 떠나버렸지. 떠나기 전에 집에서 바람을 피우더군, 아버지가 없을 때 말이야. 그래 여보 아 그래 아 좋아 여보 전부 다 줘 그래 그렇지. 그때 난 겨우 일곱 살인가 여덟 살이었어. 셈도 할 줄 몰랐다고."

그녀는 자동차를 세웠다. 그러곤 그에게 달려들어 품에 꼭 껴안았다.

"레니, 레니."

"울 필요 없어, 제스. 내 말은, 난 떠나버리는 것들이 싫다는 거야. 그래서 내가 먼저 가버리지. 그게 더 확실하니까."

"약속할게, 레니. 절대 내가 먼저 가버리는 일은 없을 거야. 네가 날 차버리게 될 거야."

"약속해?"

"진심으로."

"그럼 됐어. 그리고 아이는 갖지 말자고. 애들에게 못된 짓을 할 필요는 없어."

"그건 네가 결정해."

"한 가지만 더. 네 아빠 일, 난 전혀 무관해. 전혀 몰랐어. 전혀 말이야, 알겠어?"

"레니, 이젠 나도 전부 알아. 아빠가 내게 편지를 한 통 남겼어. 다른 패거리였어. 앙주 짓이 아니었어."

"휴우, 한결 낫군. 정말, 한결 나아. 앙주란 놈, 괜찮은 녀석이야. 무슨 말이냐면, 아무나 함부로 죽이는 녀석이 아니란 거야. 그는 함부로 날뛰지 않아."

"젠틀맨."

"그래. 그리고 그놈 이름이 뭐였지? 그 왜 있잖아, 다른 놈, 운명이 따라다니는, 그 그리스 놈?"

"오이디푸스."

"아니. 아, 그렇지. 존스. 미스터 존스. 그놈은 진짜 킬러야. 재미있잖아, 제스, '이건 운명이야'라는 말은 항상 뭔가 더러운 것을 뜻하거든. 예감이란 게 그렇듯이 말이야. 사람들이 좋은 예감 얘기하는 걸 들어본 적 있어?"

그는 곧 잠들게 되리란 걸 느꼈다. 아나스타지였다. 아시아 사람들은 좋은 것을 잔뜩 가진 게 분명했다. 아나스타지. 유타나지. 외몽골. 게다가 먼 곳에 있다. 아주 먼 곳에. 거기엔 운명도, 그리스 놈도, 예감도 없었다. 바람 피우는 엄마도 없었다. 오 그래 오 좋아 전부 다 줘 여보 그래 그렇지 그래 오 미오 오오······.

"저기로 한 바퀴 둘러보러 가야 해, 제스."

"어디 말이야, 레니?"

"저기 말이야······ 저기. 먼 곳. 아주 먼 곳. 어쩌면 그게 있을지도 몰라. 아주 확실한 것. 어딘가에는 분명히 있을 거야, 제스······."

달빛 아래에서 그녀는 햇살 가득한 그의 머리를 부둥켜안고 눈물을 흘렸다.

"그건 있어, 레니. 그건 있어. 하지만 아직은 먼 곳에 있어."

"어딘가에는 분명 뭔가 있을 거야, 제스. 잘 살펴봐, 트럼펫 속에서는 살 수가 없어."

"잘 자, 레니, 푹 자."

"찰리 파커 있잖아. 그가 나팔을 불 때는 그게 있다고. 그 소리를 들으면, 여기라고 그것이 말하지. 그가 트럼펫을 불면 말이야, 그런 느낌이 와······ 그게 열린다고······ 무슨 말인지 알지······."

"알아, 레니. 잘 자, 내 사랑. 잘 자, 내 아기. 난 절대로 널 떠나지 않을 거야. 절대로. 날 버리고 떠날 사람은 너야. 겁내지 마. 잘 자, 내 사랑. 잘 자."

"그가 트럼펫을 불면 말이야, 제스…… 그런 느낌 와…… 뭔가가 곧 무너지고…… 뭔가가 곧 열리고…… 그 속에 뭔가가 있을 것 같은 느낌…… 무슨 말인지 알지……."

"무슨 말인지 알아."

"언젠가 거기로 가, 둘이 함께……."

"그래, 레니. 거기 가게 될 거야. 잘 자. 머리를 여기에 둬. 그래, 그렇게. 여기. 넌 이제 내 인생의 전부야."

"거긴 정말 멋질 거야, 어딘가에 있을 텐데…… 어딘지 모르겠어…… 다른 곳…… 너도 알지……."

"알아, 레니. 그래. 무슨 말인지 알아."

"트럼펫 속에서는…… 살 수가 없어. 제스…… 무슨 말인지 너도……."

1963년 11월, 바자 캘리포니아

1968년 3월, 파리

■ 옮긴이의 말 ■

'길 잃은 하라키리'들의 시대

알렉상드르 코제브는 1917년 러시아혁명 때 유럽으로 망명하여 독일을 거쳐 프랑스에 정착한 철학자다. 1930년대에 그가 파리 고등연구원에서 한 헤겔『정신현상학』강의는 프랑스가 헤겔을 발견하는 계기가 되었다고 한다. 헤겔 철학에 기대어 당시의 미국 소비사회와 일본 속물주의snobisme를 바라보는 그의 관점이 재미있다. 헤겔 철학에서 인간이란 자의식을 가진 존재로서 동일한 의식을 가진 타자와의 대결을 통해 절대지絶對知와 자유와 시민사회를 향해 진화하는 존재로 규정된다. 그 투쟁과 진화 과정이 '역사'다.

코제브는 헤겔이 말한 '역사의 종말' 이후 인간에겐 두 가지 존재 방식뿐이라고 말한다. 하나는 미국식 생활양식의 추구요, 다른 하나는 일본식 속물주의다. 그의 관점에서 보면 미국식 생활양식의 추구란 곧 동물로 회귀하는 것을 의미한다. 그는 당시의 미국에 만연한 소비자 유형을 동물이라 칭하며, 이를 헤겔이 정의한 인간과 비교한다. 호모사피엔스는 곧바로 인간인 게 아니다. 인간이 되어야 하는 존재요, 인간이 되려면 구체적인 행위를 통해 자신에게 주어진 환경을 부정해나가야 한다.

인간이 이렇듯 자연과 투쟁해야 하는 존재인 것과 달리 동물은 언제나 자연에 동의하는 존재다. 그가 미국 소비사회를 '동물적'이라고 규정한 이유는 소비자가 욕구를 즉각 충족시킬 수 있는 물건에 둘러싸여 있고 미디어의 뜻에 따라 유행이 좌우되는 사회이기 때문이다. 그런 사회에는 갈망도 투쟁도 없고, 철학도 물론 없다. 코제브는 이렇게 말한다. "역사의 종말 이후 사람들은 마치 새가 둥지를 짓고 거미가 거미줄을 치듯 건물을 세우고 예술 작품을 만들며, 어린 동물이 놀듯 놀고 짐승이 하듯 사랑을 즐긴다." 한편 일본식 속물주의란 역사가 끝났기에 개인이 더는 투쟁해야 할 어떤 이유가 없는데도 "완전히 형식화된 가치, 즉 '역사적인' 의미에서의 '인간적' 내용이 텅 빈 가치에 따라" 자신의 환경과 대적하는 행동 유형을 가리킨다.

코제브는 이 속물주의의 극단적 형태를 일본의 '하라키리할복'에서 찾는다. 예를 들면 미시마 유키오의 할복이 그런 경우다. 그의 자살은 분명 "역사적 가치에 기초하여 수행되는 투쟁 속에서 맞이하는 생명의 위기와는 무관한" 일종의 퍼포먼스 같은 것이다. 형식은 거창하고 비장하지만 속은 텅 비어 있다. 그런 할복자살을 이 소설의 여주인공 제스는 "길 잃은 하라키리"라고 부른다.

그러니까 코제브의 견해에 따르면 역사 이후의 인간은 동물이 되거나 속물이 되거나 둘 중 하나다. 우리가 '동물 되기'를 거부할 때 이 세계에 대해 취할 수 있는 태도는 속물주의뿐이다. 코제브 이후 반세기 가까이 지나서, 슬라보예 지젝은 그의 속물주의 개념을 '냉소주의cynicism'라는 용어로 좀 더 자세하게 이론화한 바 있다『이데올로기라는 숭고한 대상』. 코제브의 스노비즘과 지젝의 냉소주의, 속물적 주체와 냉소적 주체의 유사점과 차이에 대해 아즈마 히로키는『동물화하는 포스트모던』에 이렇게 적는다.

> 스탈린주의 지지자는 그것스탈린주의이 거짓이라는 것을 알고 있다. 그러나 그들은 그래서 더욱 그것을 믿는 척하기를 그만두지 못한다. 실질과 형식의 이 뒤틀린 관계는 코제브가 '스노비즘'이라 부른 태도와 같은 것이다. 스놉하고 냉소적인 주체는 세계의 실질적 가치를 믿지 않는다. 그러나 그렇기 때문에 더욱 그들은 형식적 가치를 믿는 척하기를 그만두지 못하며, 때로 그 형식=겉모습 때문에 실질을 희생하는 일도 마다하지 않는다. 코제브는 이 '그렇기 때문에 더욱'을 주체의 능동성으로 파악했지만, 지젝은 그러한 전도가 오히려 주체로서는 어찌할 수 없는 강제적인 메커니즘이라고 설명한다. 사람들은 무의미하다는 것을 알면서도 할복을 자행하고 거짓이라는 것을 알면서도 스탈린주의를 믿는다. 그리고 그것은 싫어도 그만두지 못하는 것이다.

'그렇기 때문에 더욱'이라는 이 역설을 지젝은 고대 그리스철학에서부터 나타나는 인간의 보편적 원리로 탐구한 듯하나, 히로키는 그의 냉소주의론을 20세기 우리 사회가 냉소주의에 지배되었음을 보여주는 "20세기 정신에 대한 정교한 분석"으로 국한할 것을 제안한다. 근대에서 포스트모던으로의 이행기, 즉 초월적 거대 담론은 이미 없어졌고 또 누구나 그 사실을 알고 있지만 그렇기 때문에 더욱 그것의 가짜를 날조하고 거대 담론의 겉모습을 믿어야 했던 시대에 대한 훌륭한 분석으로 말이다.

옮긴이의 소감을 간단히 적는 자리에 철학적 사변을 길게 늘어놓았다. 하지만 이 '냉소주의'야말로 이 소설의 핵심을 관통하는 키워드 같다는 생각이 들어서다. 동물보호협회에서 일하며 레만 호의 오리를 보살피는 일을 인생의 주특기로 여기는 제스부터 얘기해보자. 이 소설에서 그녀는 사회에 대한 냉철한 관찰자이자 분석가로 나타난다. 제스는 자신 역시 동시대인들처럼 '길 잃은 하라키리'의 삶을 살고 있음을 알며 그것을 '덫'으로 인식한다. 9장에서 그녀는 아버지 앨런에게 두서없이, 자조하듯 이렇게 중얼거린다.

"……완전히 덫에 걸린 것 같아. 시스템에 갇혀서, 우리를 분노케 하는 것 바깥에서는 절대 살 수 없게 되어버렸어. (…) 이 세상 전체를 내밀한 슬픔으로 간직하다 보면, 결국엔 상상임신 같은 것이 되어버려…… 베트남, 흑인들의 상황, 원폭을 비롯한 온갖 끔찍한 일, 정말 당신은 그것들을 당신의 관념을 바꿀 정도로 진지하게 생각하는가 하는 의심을 갖게 되는 것보다 더 치욕스런 일이 또 있을까? 미스 블랜디시와 그녀의 난초들이랄까. 앨런, 길 잃은 하라키리들이 있어." (187쪽)

제스는 지젝이 말하는 '냉소적 주체'의 전형이다. 그녀는 자신을 제임스 헤들리 체이스의 소설 『미스 블랜디시를 위한 난초는 없다』1939에 나오는 여주인공 미스 블랜디시에 비유한다. 자신이 냉혹하고 무자비한 갱단에게 걸려들어 마구 유린당하는 인질 같은 신세일 뿐 자신을 위한 난초는 없다는 것을 그녀도 알지만 그래도 그것에 대한 믿음을 그만두지 못한다. 그녀를 인질처럼 붙잡고 있는 사회는 '그녀가 필요로 하는 모든 것(다른 어떤 사회도 채워줄 수 없는)을 만들어, 그녀 자신을 포기하는 것 외에 다른 해결책이 없는데도' 자신이 그러지 못한다는 것을 그녀는 안다. 제스가 지독한 냉소주의자 레니를 즉각 알아보고 사랑에 빠지는 것은 그녀의 이러한 '냉소적 태도' 덕분이다. 세계에 대한 유사한 태도가 상호 이해의 바탕이 되어주기에 두 사람은 잘 통하고 서로를 잘 이해한다. 하지만 두 사람이 자신들의 '덫'을 인식하고 대처하는 방식에는 차이가 있다.

제스가 주로 소비사회 시스템을 물고 늘어진다면, 레니의 강박적 고민거리는 게리 쿠퍼와의 작별, '끝장난 개인주의'다. (『내 삶의 의미』1980에서 로맹 가리는 게리 쿠퍼를 "자신의 가치들을 확신하고, 자기 권리를 확신하고, 결국에는 언제나 이긴다고 확신하는 오만한 미국"의 화신으로만 설명하나, 사실 이 인물은 근대 서구 개인주의의 토대가 된 '영웅적 개인'의 상징적 표상으로 읽힐 수 있다. 이 소설의 화자는 이렇게 말한다. "이 모든 일의 배후에 실종된 경계가 있었다. 불을 피우고, 자신의 말에 안장을 얹고, 사냥감을 쓰러뜨리고, 자신의 집을 짓는 것. 이제는 그런 결정을 내릴 일이 아무것도 없었다. 모든 결정이 이미 내려져 있었다. 우리는 언제나 다른 사람들의 집에 있었다. 자리를 잡는다는 건 순환 속으로 들어가는 것이었다. 이제 당신의 삶은 하나의 토큰일 뿐이요, 당신 자신이 자판기에 주입되는 하나의 토큰이었다."195쪽)

게리 쿠퍼가 떠나고 '나'와 '세계'의 경계가 사라져버린 이 세상 어디에도 '내 집'은 없다는 것을 그는 안다. 이제 자신의 삶이 "하나의 토큰"일 뿐이요, 자기 자신이 "자판기에 주입되는 하나의 토큰"일 뿐임을 그는 안다. 물론 그렇다고 해서 그가 '다른 곳', '다른 삶'을 믿는 것은 아니다. 찰리 파커의 트럼펫 속이라면 모를까 이 세상 어디에도 '다른 곳'은 없다는 것을 그도 안다. 다만 '믿는 척하기'를 그만두지 못할 뿐이다. "상상임신"임을 알면서도 그러길 그만두지 못하는 제스와 마찬가지로, 레니 역시 '게리 쿠퍼'의 사진을 가슴에 품고 다니는 짓을 그만두지 못하고, '다른 곳'을 곁눈질하는 짓을 끝끝내 그만두지 못하는 것이다.

한데, 제스의 덫은 그래도 사회적 존재를 허락하는 덫이다. 비극 "무의미의 비극"이지만, 믿지 않아도 믿는 척하며 살 수는 있다(그녀는 '길 잃은 하라키리'임을 알면서도 68혁명 모의에 참여한다). 그러나 레니의 덫은 그런 사회적 존재 자체를 위협하는 덫이다. 생각해보라. 게리 쿠퍼가 떠남으로써 개인주의가 끝장났고, 따라서 이 세상 어디에도 '내 집'은 있을 수 없다는 것을 알지만 '그래서 더욱' 그것을 믿는 척하는 레니의 냉소주의는 결국 극단적 소외 추구로 귀착할 수밖에 없지 않겠는가.

레니의 좌우명은 "누구와도 함께하지 않고, 누구에게도 반대하지 않고, 누구에게도 찬성하지 않는" 것이다. 연애든, 인류애 혹은 형제애라는 "구렁텅이"든, 소외에 해가 되는 건 어떤 짓도 하지 않는 것이다. 사실 말도 안 되는 원칙이지만, 그에게는 그것이 제스와의 사랑에 걸림돌(유일한!)이 될 만큼 진지한 인생 수칙이다. 놀랍지 않은가. 그저 베트남전쟁 징용을 피해 미국에서 스위스로 도

망쳐 나왔을 뿐인 한 미국 청년의 병역기피 행각에 이렇듯 희화적일 정도로까지 극단화된 냉소주의의 후광을 덧씌우는 로맹 가리의 언어 예술은 경악스럽기까지 하다.

그러고 보면 이런 반문이 제기될 것 같다. 인류로부터의 소외를 지상 유일의 유효한 가치로 여기는 천하의 스키 건달 레니 같은 인물이 독자의 공감을 살 수 있을까? 그렇다, 어쩌면 오늘의 독자에겐 과장되고 작위적인 인물로 느껴질지도 모른다. 하지만 이 스키 건달이 '길 잃은 하라키리'들의 시대, 무의미함을 알면서도 어쩔 수 없이 의미 있는 척해야 하는 비극이 지금으로선 상상하기 힘들 정도의 강도로 사람들의 의식을 압박한 시점에 탄생한 인물이라는 점을 잊어서는 안 된다.

프랑스에서 지독한 냉소로 악명을 떨쳤던 잡지 〈하라키리〉가 창간된 해가 1960년이다. 샤를 드골이 1970년 고향 콜롱브에서 사망했을 때, "콜롱브의 비극적 댄스파티. 사망 한 명"이라는 제목의 기사로 그의 죽음을 대중에게 알린 잡지다. '전시 및 미성년자 판매 금지' 처분을 받자 일주일 후 〈샤를리 엡도〉로 다시 태어났고, 마호메트를 풍자하다가 2015년 초 이슬람 근본주의자들의 무참한 테러 대상이 되었던 바로 그 잡지다. 체 게바라가 철이 지났는데도 다시 한 번 이상사회 건설을 꿈꾸며 볼리비아의 어느 산기슭으로 숨어들었다가 군인들에게 붙잡혀 제비뽑기로 당첨된 자에게 처형된 뒤 꼴사나운 몰골로 마을 교회당에서 주민들에게 전시된 해는 1963년이고, 미시마 유키오가 도쿄의 어느 연병장에서 "천황 폐하 만세!"를 외치며 '하라키리'를 자행한 해는 1970년이다. 그리고 이 소설은 미국에서는 1963년에 완성되어 이듬해에 『스키광』이란 제목으로 출간되었고, 프랑스에서는 68혁명 이듬해에 『게리 쿠퍼여 안녕』이란 제목으로 출간되었다. 요컨대 "소외 부문 동계올림픽 금메달 수상자"인 우리의 주인공 레니는 20세기 사회 전반을 지배한 냉소주의의 정점에서 탄생하여, 로맹 가리 자신이 『내 삶의 의미』에서 회고하듯 당시 "젊은이들의 열광적인 반응"을 끌어낸 등장인물인 것이다.

동물로 살아야 하는가, 속물로 살아야 하는가? 그도 저도 싫다면 또 어떻게 해야 하는가?

유치하게 들릴지도 모르겠지만 실은 나도 레니의 유혹을 받은 적이 한두 번이 아니라는 사실을 고백하자. 이젠 결코 젊지 않은 내가, 그것도 그의 탄생 반세기가 지나서 말이다! 번역 작업을 하는 동안 종종 그가 "사는 게 더러워? 그럼 해발 2,500미터 아래 세상은 아예 똥 바다로 여기는 나 같은 스키 건달로 살아보는 건 어때?" 하고 속삭이는 것 같았다. 단언하건대 로맹 가리의 신랄한 유머와 지독한 냉소를 사랑하는 사람이라면 이 소설에 실망하는 일은 없을 것이다.

2016년 3월

김병욱